U0519944

陶尔夫 笺译

梦幻的窗口
—— 梦窗词选

商务印书馆

2017年·北京

图书在版编目(CIP)数据

梦幻的窗口:梦窗词选/陶尔夫笺译. —北京:商务印书馆,2017
ISBN 978-7-100-12231-3

Ⅰ. ①梦… Ⅱ. ①陶… Ⅲ. ①宋词—选集 Ⅳ. ①I222.844

中国版本图书馆 CIP 数据核字(2016)第 101843 号

权利保留,侵权必究。

梦幻的窗口
——梦窗词选
陶尔夫　笺译

商　务　印　书　馆　出　版
(北京王府井大街36号　邮政编码100710)
商　务　印　书　馆　发　行
北京市艺辉印刷有限公司印刷
ISBN 978-7-100-12231-3

2017年7月第1版　　开本 787×960 1/16
2017年7月北京第1次印刷　印张 34

定价:79.00元

目 录

代前言　梦幻的窗口 1

琐窗寒（绀缕堆云）73
尉迟杯（垂杨径）80
渡江云三犯（羞红鬓浅恨）85
三部乐（江鶂初飞）90
霜叶飞（断烟离绪）97
瑞鹤仙（泪荷抛碎璧）103
又（晴丝牵绪乱）110
又（藕心抽莹茧）117
又（乱云生古峤）124
又（记年时茂苑）130
又（辘轳春又转）137
又（夜寒吴馆窄）144
又（彩云栖翡翠）150

满江红（云气楼台）156

又（结束萧仙）161

解连环（暮檐凉薄）168

又（思和云结）174

夜飞鹊（金规印遥汉）178

一寸金（秋入中山）183

又（秋压更长）187

绕佛阁（夜空似水）191

又（蒨霞艳锦）196

拜星月慢（绛雪生凉）200

水龙吟（艳阳不到青山）204

又（夜分溪馆渔灯）209

又（有人独立空山）213

又（望中璇海波新）218

又（望春楼外沧波）224

又（几番时事重论）230

又（外湖北岭云多）235

又（淡云笼月微黄）241

又（杜陵折柳狂吟）246

玉烛新（花穿帘隙透）250

解语花（门横皱碧）255

又（檐花旧滴）259

庆春宫（春屋围花）265

又（残叶翻浓）269

塞垣春（漏瑟侵琼管）273

宴清都（翠羽飞梁苑）278

又（绣幄鸳鸯柱）283

又（万壑蓬莱路）289

又（翠匝西门柳）295

又（柳色春阴重）299

又（万里关河眼）304

齐天乐（三千年事残鸦外）308

又（芙蓉心上三更露）313

又（凌朝一片阳台影）317

又（新烟初试花如梦）322

又（竹深不放斜阳度）326

又（曲尘犹沁伤心水）330

又（烟波桃叶西陵路）335

又（玉皇重赐瑶池宴）341

又（余香才润鸾绡汗）346

丹凤吟（丽景长安人海）351

扫花游（冷空淡碧）357

又（水云共色）362

又（草生梦碧）367

又（水园沁碧）371

又（暖波印日）375

应天长（丽花斗靥）379

风流子（金谷已空尘）384

又（温柔酎紫曲）390

过秦楼（藻国凄迷）395

法曲献仙音（风拍波惊）400

又（落叶霞翻）404

还京乐（宴兰淑）408

塞翁吟（草色新宫绶）413

又（有约西湖去）417

丁香结（香袅红霏）420

六幺令（露蛩初响）424

蕙兰芳引（空翠染云）429

隔浦莲近（榴花依旧照眼）433

垂丝钓近（听风听雨）438

荔枝香近（锦带吴钩）441

又（睡轻时闻）444

西河（春乍霁）447

浪淘沙慢（梦仙到）451

西平乐慢（岸压邮亭）457

瑞龙吟（堕虹际）464

又（黯分袖）471

又（大溪面）478

大酺（峭石帆收）484

浣溪沙（门隔花深梦旧游）489

点绛唇（卷尽愁云）492

祝英台近（采幽香）495

风入松（听风听雨过清明）498

莺啼序（残寒正欺病酒）501

八声甘州（渺空烟四远）510

踏莎行（润玉笼绡）514

唐多令（何处合成愁）518

金缕歌（乔木生云气）521

附　主要参考文献 526

跋　断臂的维纳斯　范子烨 528
《梦幻的窗口——梦窗词选》书后　刘敬圻 531

代前言

梦幻的窗口[1]

  吴文英（1207？—1269？）[2]，字君特，号梦窗，又号觉翁，四明（今浙江宁波）人。一生未任官职。二十岁左右游德清，三十岁左右游苏州，为仓台幕僚，从此长期居住苏杭一带，行踪未出江浙二省。晚年困顿而死，卒年约六十岁左右。平生交游极众，除文人词客外，多为苏、杭两地僚属及部分显贵。有《梦窗甲乙丙丁稿》，存词三百四十余首。

  吴文英是南宋存词最多且具有独创成就的词人之一。他的词运意深远，构思绵密，落笔幽邃，超逸之中时有沉郁之思，显示出迥异于其他词人的独特的艺术风格。吴文英去世十年左右，南宋就灭亡了。他是发展宋词传统，使南宋词在辛弃疾、姜夔之后进一步产生新变，

---

1 此"代前言"依据陶尔夫论文《梦窗词：梦幻的窗口》（见《文学遗产》1997年第1期）与陶尔夫、刘敬圻合著《南宋词史》中的相关章节融合而成。
2 关于吴文英的生卒年，因资料缺乏，极难考订。据现有资料，共有五说：A.1200—1260（夏承焘）；B.1205（或1207）—1276（杨铁夫）；C.1205—1270（陆侃如、冯沅君）；D.1212—1272（或1276）（陈邦炎）；E.1207—1269（谢桃坊）。本文暂从谢说。

并由此进入第三高潮、攀上第三高峰的大词人。吴文英的出现，形成了辛、姜、吴三足鼎立的新格局，为南宋词坛甚至为整个词史增添了光彩。

在漫长的历史时期中，吴文英的词时或评价过高，时或评价极低。某些词评家未能正视梦窗词在词史上的拓新价值及其应有的历史地位，往往延续张炎"梦窗词如七宝楼台，眩人眼目，碎拆下来，不成片断"这一著名评语。

梦窗词，多为恋情相思、登临酬唱与咏物分韵之作，其中不少作品深蕴着一种勃郁不平之气，寄托着身世飘零、家国兴亡的感慨。至于那些抚时感事、吊古伤今或借古鉴今之作，其爱国思绪表现得则更为明显。不过，就一位流传三百四十余首作品的词人来说，其内涵确实有些单薄而偏狭。读梦窗词，虽也时见高远的心情、振奋的境界，但更多的时候却使人产生迷惘之思，并进入虚无缥缈的梦幻之境。

梦窗词的成就更多地表现在艺术技巧方面。他出生于辛弃疾和姜夔之后，要想超越词史上这两大高峰，就梦窗的才、学、识以及个人位置与经历来说，几乎是不可能的。他既不可能沿着辛弃疾的雄豪、博大、隽峭继续爬升，又不能沿着姜夔的幽韵冷香亦步亦趋。所以他虽然与姜夔一样脱胎于周邦彦，但却只能同姜夔分镳并驰，在幽韵冷香、骚雅峭拔之外，开辟出一个超逸沉博、密丽深涩的艺术新天地。叶嘉莹在《拆碎七宝楼台》一文中说："梦窗词遗弃旧传统而近于现代化[1]。"这一论

---

1 见其《迦陵论词丛稿》，第144页，上海古籍出版社1980年版。

断是颇有见地的。文学史上的作品，有的是为他生活的那个时代写的，有的既是为当时又是为后代写的，而另外一些则似乎主要是为后代写的，只有后代人才能逐渐挖掘，深入理解，并有望发扬光大。梦窗词当属后者。前人说梦窗词"如唐诗家李贺"（郑文焯《校梦窗词跋》）；"词家之有文英，如诗家之有李商隐"（《四库全书总目提要·梦窗词》），是有一定道理的。不过，由于梦窗词跳跃性过强，加之用典过密，藻绘过甚，所以难免有堆垛与晦涩之失。说他部分词篇"不成片断"，说他部分词作如雾里看花，终隔一层，也是有根据的。或许这也是他的追求？但不免影响了其词的流播。

与姜夔一样，吴文英也是一个音乐家。他精通乐理，能自度新曲（词集中还存有近十首之多）。作为专业词人精通乐理并能自度新曲者，往往艺术上有独到过人之处，北宋的柳永、周邦彦，南宋的姜夔和吴文英，正是如此。这是词史上一种常见的文学现象，其中或许有某些规律性的东西有待寻绎。

梦幻境界的艺术创造

艺术上有独创性的作家，往往在常态性批评中遭致误解，这多半是因为他的作品超逸出传统的创作模式，并有悖于传统的欣赏习惯，吴文英就算得上是这样的词人。七百年间，对《梦窗词》毁誉参半，众说纷纭，分歧的焦点则不外是晦涩难懂。与梦窗同时的沈义父说："梦窗深得清真之妙。其失在用事下语太晦处，人不可晓。"（《乐府指迷》）张炎说："梦窗词如七宝楼台，眩人眼目，碎拆下来，不成片断。"（《词源》卷下）清代的周济说：梦窗词"惟过嗜饾饤，以此被议"（《宋四家词选序论》）。又说："君特意思甚感慨，而寄情闲散，使人不能测其中之所有。"（《介存斋论词杂著》）王国维认为："梦窗诸家，写景之病，终在一'隔'字。"（《人间词话》）

梦窗词扑朔迷离，并由此而遭致误解，主要原因之一是：历代读者经常被"隔"在"七宝楼台"之外。事实上，梦窗词已不是一般地直接地去描写或反映客观现实，不是一般地直接地去抒写自己的情感，而是习惯于通过梦境与幻觉，曲折地反映词人的内在情思与审美感受，并由此而构成整体上与其他词人迥然异趣的梦幻型歌词。如果试图准确理解梦窗词，做梦窗词的"知音"，那么首先必须注意观察那"七宝楼台"之上的数不清的"梦幻的窗口"，注意窗口上闪映出的一幅幅画面，然后才能越过屏障，直探"楼台"之中的奥秘——"梦幻之窗"是开启词人心灵的唯一通道。

窗口：梦幻世界的频闪与回眸

往事如烟，温情似梦。一个在现实中受了伤害，把一切都视之为梦幻的词人，他不再有其他办法，而只能在自己编织的梦境之中，把自己的心当一张眠床，让那同样受到伤害并已不复存在的恋人与友朋来休眠将养。作为现实中清醒的读者，是很难跟生活在梦幻中的词人谈到一起去的。读梦窗词，似乎就有点儿近似这种情况。王国维说："梦窗之词，吾得其词中之一语以评之曰：'映梦窗，零乱碧。'"（《人间词话》)王氏摘用梦窗的词句来概括梦窗词的整体面貌,本来是借以用作贬意的,但是,如果我们剔除主观好恶,用比较客观的态度来审视,那么,王国维所引词句不仅生动形象,而且完全符合梦窗词的创作实际,概括得十分精准。因为这一评语反映了吴文英善于摹写梦幻并用梦幻来反映现实这一整体特征。读者的注意力不应只投向"七宝楼台"的外部结构及其炫目的异彩,而应注目于"七宝楼台"上面的无数窗口。在这些窗口里闪动着五光十色的画面,仿佛屏幕一般,变换着数不清的场景与镜头,出现众多的人物,包括在正常情况下难以窥测的内心世界。词人把梦幻之境展示到屏幕上来,把"人不可晓"的潜意识展现到屏幕上来,这不就是"映梦窗"吗?梦幻世界是来无踪去无迹的,"零乱碧"不正是梦幻世界波谲云诡、腾天潜渊的跳跃性与神秘性的具体反映吗?据初步统计,在现存三百四十余首梦窗词中,仅"梦"字就出现一百七十一次(不包括虽写梦境但却无"梦"字的作品)[1]。在古代诗人、词人中,除晏几道以外,很少有像吴文英这样全神贯注地创造梦幻之境的作者了。从这一点讲,吴文英也可称为梦幻词人,他的词写的就是没完没了的难圆的梦。

梦窗词的梦幻世界是丰富多彩的。他的向往和追求、追忆与悔恨、叹息与悲伤,均能通过梦幻的窗口闪射出来。而其中,又多数是梦境的闪现,如《思佳客·赋半面女髑髅》《高阳台·过种山》《八声

---

[1] 对梦窗词所作的数字统计,均系笔者当年用古老方式完成的,没有借助网络检索,如有微小误差,敬请宽谅。

甘州·陪庾幕诸公游灵岩》《绛都春·京口适见似人怅怨有感》《宴清都·连理海棠》以及《高阳台·落梅》等，其中均有明显的梦境或幻境。此外，还有一首《夜游宫》，写入梦前后的全过程：

窗外捎溪雨响。映窗里、嚼花灯冷。浑似潇湘系孤艇。见幽仙，步凌波，月边影。　　香苦欺寒劲。牵梦绕、沧涛千顷。梦觉新愁旧风景。绀云欹，玉搔斜，酒初醒。

词前有一小序，交代这首词的创作背景："竹窗听雨，坐久隐几就睡，既觉，见水仙娟娟于灯影中。"开篇第一句写"竹窗听雨"。从室内听到窗外雨打竹梢，仿佛洒在溪水中一般沙沙作响。窗里一灯如豆，像樱唇戏嚼的红茸（李煜《一斛珠》："烂嚼红茸，笑向檀郎唾。"），此刻，在风雨声中却逐渐暗淡，给人以阴冷的感觉。听着听着，这居室竟像是系在潇湘江边的孤艇一般，轻轻摇晃起来；又仿佛看见湘水中有位仙女若隐若现，踏着凌波微步，月光映射出她的苗条身影。下片换头以"香苦欺寒劲"稍作推宕，虽仍是梦境，但却转视觉为嗅觉与内心感受的抒写。"梦觉新愁"一句承上启下，但依然处于似醒未醒之中，那仙女仿佛已进入"孤艇"。结拍"绀云欹，玉搔斜，酒初醒"三句，写人？写梦？还是写水仙？已很难得出确切结论了。这种朦胧、模糊与神秘感，正是梦窗词所追求并极力创造的艺术氛围。其"人不可晓""使人不能测其中之所有"以及梦窗词的"隔"，都与此追求有关。梦窗词的迷人与耐人咀嚼，也正表现在这里。这首词还有一鲜明特点，即连用两个"窗"字与两个"梦"字。通过这四个字，把"窗里""窗外"、"梦绕""梦觉"联成一片。短小词篇，反映了入梦的全过程，并且把梦写得活脱生动，极富艺术魅力。是有意还是无意？梦窗两番把自己的名字，甚至把自己的生命融入这五十七字之中了。

还有一些词，本来写的是晴天朗日，与灯前月下有很大不同，但词人仍能进入梦境，确实是在写"白日梦"了。如《齐天乐·齐云楼》：

> 凌朝一片阳台影，飞来太空不去。栋宇参横，帘钩斗曲，西北城高几许？天声似语，便阊阖轻排，虹河平溯。问几阴晴，霸吴平地漫今古。　　西山横黛瞰碧，眼明应不到，烟际沉鹭。卧笛长吟，层霾乍裂，寒月溟濛千里。凭虚醉舞。梦凝白阑干，化为飞雾。净洗青红，骤飞沧海雨。

词写苏州齐云楼，取《古诗十九首》"西北有高楼，上与浮云齐"句意。首句中的"阳台"，用《高唐赋序》"朝朝暮暮，阳台之下"句意。"天声似语""卧笛长吟"不仅气势恢宏，而且在画面变幻跳跃的同时，传来难以想象的画外音。是天声还是人语？是笛奏还是"层霾乍裂"，石破天惊？均难以分辨，从而渗透出浓重的神秘色调。杨铁夫针对"梦凝白阑干，化为飞雾"等句，说："用一'梦'字幻出一片化境。'梦'承'醉'来，'醉'由题目暗藏之'宴'字来。"又说结拍"转出'雨'字一境，大有将上文所布'寒月溟濛''飞雾''凝白'诸境一扫而空之象。梦窗常用此法，不止另出一境已也"（《梦窗词选笺释》）。全词画面重叠，镜头跳跃，一忽儿人境，一忽儿仙境，一忽儿实境，一忽儿梦境，这种境界的重叠交叉、相互映衬，使人很难分清哪里是梦境，哪里是仙境，哪里是齐云楼了。读者对齐云楼未必有什么具体体认，但可以感到齐云楼神龙夭矫，奇彩盘空，气势非凡，不类人世。这一艺术效果,虽然从词人情绪的感染而来,但也同词中所创造的神秘莫测的梦境、幻境密切相关。这种梦幻性很强又带有某种神秘色彩的词篇,在梦窗词中几乎俯拾皆是。如:

梦仙到,吹笙路杳,度巘云滑。溪谷冰绡未裂,金铺昼锁乍掣。见竹静、梅深春海阔。有新燕、帘底低说。念汉履无声跨鲸远,年年谢桥月。

——《浪淘沙慢》

惨淡西湖柳底,摇荡秋魂,夜月归环佩。画图重展,惊认旧梳洗。去来双翡翠,难传眼恨眉意。梦断琼娘,仙云深路杳,城影蘸流水。

——《梦芙蓉》

梦醒芙蓉,风檐近、浑凝佩玉丁东。翠微流水,都是惜别行踪。

——《新雁过妆楼》

记行云梦影,步凌波、仙衣剪芙蓉。

——《八声甘州》

旧尊俎,玉纤曾擘黄柑,柔香系幽素。归梦湖边,还迷境中路。可怜千点吴霜,寒消不尽,又相对、落梅如雨。

——《祝英台近》

可以看出,梦窗词中的梦幻之境是千变万化、丰富多彩的,有时是仙骨姗姗,有时又鬼气森森。总之,这"七宝楼台"的梦幻之窗,似乎永远闪映着眩人眼目的梦境。

这里有"醉梦":"醉梦孤云晓色,笙歌一派秋空"(《风入松》);"清梦":"清梦重游天上,古香吹下云头"(《西江月》)、"尽是当时,少年清梦,臂约痕深,帕绡红皱"(《醉蓬莱》)、"三十六矶重到,清梦冷云南北"(《惜红衣》);"幽梦":"算南北幽梦,频绕残钟"(《江南好》)、"和醉重寻幽梦,残衾已断熏香"(《风入松》)、"湘佩寒,幽梦小窗春足"(《蕙兰芳引》);还有"旧梦":"二十年旧梦,轻鸥素约,霜丝乱、朱颜变"(《水龙吟》);"昨梦":"昨梦西湖,老扁舟身世"(《拜星月慢》)、"昨梦顿醒,依约旧时眉翠"(《惜秋华》);"新梦":"明朝新梦付鸦,歌阑月未斜"(《醉桃源》);"春梦":"心事孤山春梦在,到思量、犹断诗魂"(《极相思》)、"春梦笙歌里"(《点绛唇》);"秋梦":"伴鸳鸯秋梦,酒醒月斜轻帐"(《法曲献仙音》)、"阿香秋梦起娇啼"(《烛影摇红》)。于是,这屏幕上交替出现"晓梦""午梦""晚梦""倦梦""残梦""乡梦""楚梦""客梦""寻梦""冷梦""孤梦""续梦""断梦""寒梦""飞梦""别梦"等等,不一而足。

梦的种类多彩多姿,梦的形态与运作过程更为变化莫测。其中有"梦远""梦杳""梦长""梦短""梦惊""梦觉""梦回""梦断""梦冷""梦隔""梦轻""梦云""梦雨""梦影""梦醒",还有"香衾梦""三秋梦""归家梦""长安梦""新岁梦""桃花梦""花蝶梦""五更梦""城下梦""双头梦"……于是,"梦"便无限扩散开来,弥漫在梦窗词所勾勒出的广阔时空之中。可见,他对梦境的追求塑造是自觉的。

吴文英在词中还多次把"梦"与"窗"两个字联系到一起。除"映梦窗,零乱碧"(《秋思》)以外,还有"湘佩寒、幽梦小窗春足"(《蕙兰芳引》);"为语梦窗憔悴"(《荔枝香近》);"燕子重来,明朝传梦西窗"(《高阳台》);"西窗夜深剪烛,梦频生、不放云收"(《声声慢》）；"欢事小蛮窗，梅花正结双头梦"（《风入松》）；"临水开窗，和醉重寻幽梦"（《风入松》）等，这是"梦""窗"二字结合较紧密者。另外，还有同一首词中出现这两个字，关系紧密但结合较远者，如："带绿窗"，"惊梦回"（《塞垣春》）；"梦销香断"，"寒雨灯窗"（《宴清都》）；"吟窗乱雪"，"千载云梦"（《宴清都》）；"败窗风咽"，"梦里隔花时见"（《法曲献仙音》）；"小窗春到"，"行云梦中"（《花犯》）；"半窗灯晕，几叶芭蕉，客梦床头"（《诉衷情》）；"彩笺云窗"，"黍梦光阴渐老"（《澡兰香》）；"秋星入梦隔明朝"，"正西窗灯花报喜"（《烛影摇红》）；"楚梦留情未散"，"晓窗移枕"（《烛影摇红》）；"孤梦到，海上玑宫，玉冷深窗户"（《喜迁莺》）；"碧窗宿雾濛濛"，"春夜梦中"（《声声慢》）；"梦长难晓"，"窗粘了，翠池春小"（《点绛唇》）；"乡梦窄，水天宽，小窗愁黛淡秋山"（《鹧鸪天》）；等等。"窗"字在梦窗词里共出现四十八次之多。

　　以上不厌其烦地罗列同一首词中出现的"梦""窗"二字，以及这两个字结合的疏密关系，目的在于说明"梦""窗"这两个字在词人心中的重要位置，包括词人自号"梦窗"的深刻含蕴。

景列：潜层心理的敞显与屏蔽

　　词人之所以自号"梦窗"并在作品中反复组合这两个字，绝非偶然。其中不仅反映了词人创造梦幻境界所获得的情感与心理上的某种补偿，同时也反映了他的审美价值取向与新的艺术追求。

　　文学艺术形态是复杂多样的。就文学作品而言，如果从反映现实方式这一方面来加以区分，一般可分为三类，即：再现型、表现型和

代前言 梦幻的窗口

象征型。简言之，再现型强调文学作品是社会现实生活的反映，是现实生活的一面镜子，致力于典型的塑造。表现型则强调主观精神的开掘，强调直觉、移情以及意境的创造。象征型主要借助一个或一组意象，以暗示事物的本质特征，寄寓某种思想，使形象性的艺术与现象性的思想概念相互融通。梦窗词中这三种类型的作品都有一些，但又很难用其中的某一类型来概括其整体特征。事实上，梦窗词巧妙地综合了这三种类型的艺术经验与技法，成功地用于策划并营造他人笔底所无而为词人所独钟的梦境与幻象世界，终于推出了一个新的类型：梦幻型。下面准备从视象的密丽幽深、结构的奇突幻变、气氛的迷离缥缈、感觉的错综叠合等四个方面，对梦窗词有别于其他类型的艺术品格加以论述。这四个方面恰恰都有悖于读者的传统欣赏习惯。

首先是视象的密丽幽深。梦窗词与此前所有"梦"词的最大区别，便是词语的视象性，强调画面的悬置呈示而淡化旁白、解说与直抒。具体说来，梦窗词主要是靠景框、构图与影像三大要素完成的。他追求的是画面效应。在梦窗生活的那个时代，当然想不到六七百年后会有电影和电视这样崭新的艺术品种出现，但他却意识到"窗口"与"画面"之间的相似关系。"映梦窗"，也就是画面的悬置呈示。"凌乱碧"，则可视之为画面的剪接、变换与连缀而形成的"景列"。"景框犹如窗框，而这扇窗户是向世界敞开的[1]。""文学用文字来描写，而电影用画面[2]。"梦窗词正是用诗的语言构绘画面并剪接成"景列"的，

---

[1] 〔法〕罗伯·格里叶《我的电视观和我的创造》，《世界电影》1984年第6期。
[2] 〔德〕鲁道夫·爱因海姆《电影作为艺术》，第118页，中国电影出版社1985年版。

但他并不在画面上或在"景列"中将其蕴含的思想讲明白,说清楚;也不像导游那样,耐心地指引你如何进入"七宝楼台";而只让你看那窗口上悬置的画面和"景列"的表层,能否进入"画境",进入"楼台",那是观众自己的事。试以《踏莎行》为例:

润玉笼绡,檀樱倚扇,绣圈犹带脂香浅。榴心空叠舞裙红,艾枝应压愁鬟乱。　　午梦千山,光阴一箭,香瘢新褪红丝腕。隔江人在雨声中,晚风菰叶生秋怨。

短短十句,每一句均可视之为一幅独立的画面,是连缀起来的"景列",是用移动镜头拍摄下来的美人午睡图。它所敞显的画面虽然优美,但画境却幽隐深微,有所屏蔽。它不仅仅诉诸读者的视觉,还诉诸读者的想象,调动读者积极参与创造而不是被动地接受。因为画面内有多重转折,拐了好几个弯儿,必须逐层剖析,进行必要的文化解读,才能由表及里地把握其内在深蕴。让我们先从画面入手。第一幅:"润玉笼绡",用借代手法形容女子白润如玉的肌肤。第二幅:"檀樱倚扇"。"樱",同样用以代唇,形容女子唇的红艳。但此句还有两层深意:一、暗指其歌女身份;二、暗示此女为词人爱姬。据孟棨《本事诗·事感》:"白尚书(居易)姬人樊素,善歌;妓人小蛮,善舞。尝为诗曰:'樱桃樊素口,杨柳小蛮腰。'"晏几道《鹧鸪天》:"舞低杨柳楼心月,歌尽桃花扇底风。""扇"暗点善歌,非只写其驱暑之用也。第三幅:"绣圈犹带脂香浅"。将绣花的围饰与嗅花之"香"一并交代,似难以在画面上体现,但从"绣圈"下垂紧贴酥胸,其"香"亦可想见矣。第四幅:"榴心空叠舞裙红"。此句承"扇"字,续点其善舞。"空叠",

非指"舞裙空置",放在一边以示"无心歌舞"。"叠"字与下句"压"字前后呼应,其义互见,应作重叠、皱叠解,即午睡时将"石榴裙"压皱是也。第五幅:"艾枝应压愁鬟乱"。"艾",点节候。夏历五月五日端午节,江南民间妇女喜用真艾或用绸纸剪成艾花戴在头上。过片"午梦"两句,点明以上乃梦中之所见。下面"香瘢新褪红丝腕"是全词的重点,评家对此句解释出入很大,有解作"设想家人此际之瘦损";有解作"系着彩丝的手腕上的印痕似因消瘦而宽褪"。诸解均似有未妥。"香瘢"者,"守宫朱"是也。古代女孩有的自幼便在手腕上用银针刺破一处,涂上一种特地用七斤朱砂喂得通体尽赤的"守宫(即壁虎,又名蝘蜓)"血,刺破之处留下一个痣粒般大小的红瘢点,可以同贞操一起永葆晶莹鲜艳,直至婚嫁破身后才逐渐消失(参见张华《博物志·卷四》)。李贺《宫娃歌》:"蜡光高悬照纱空,花房夜捣红守宫。""新褪",暗示新婚不久。"红丝",端午节系于手腕上的五彩丝线。"红丝""香瘢",二者相映生辉,印象极深,醒后仍在眼前浮现不去,故用高倍放大的特定镜头,并聚焦于"香瘢"之上,使之占满整个屏幕。如只解作手腕瘦削而红丝宽褪,则不免与前面"润玉"等五句犯复,且全词过于质板单调而无纵深之立体感了。其实,"香瘢"这一意象早已沉潜于词人心底,积淀为"处女崇拜"情结,因此,在其他词中也不时出现。如《满江红·甲午岁盘门外寓居过重午》:"合欢楼,双条脱,自香消红臂,旧情都别。"《澡兰香》《隔浦莲近》等词中也有类似词句。这些词中所写,便是前已论及的词人在苏州遇合的一位歌女。最后,镜头推向远处:"隔江人在雨声中,晚风菰叶生秋怨。"词人醒后,在如醉如痴的情态下，只听得江声、雨声、风声、菰叶的摇动声响成一片，梦中的爱姬仿佛已被隔阻在大江的彼岸，词人也由此而把五月仲夏错当成令人生悲的秋季。"秋怨"，指离愁，亦即前引《唐多令》所说之"何处合成愁？离人心上秋"是也。画面优美，色彩浓艳，镜头特写，细节放大，应当说这"画面"这"景列"已经是足够的开放，足够的敞显了，然而情感与潜层心理活动却被屏蔽于其中，人不可晓。这类画面深深的作品，在梦窗词中俯拾皆是。

其次是结构的奇突幻变。梦窗词中的梦境是从一个个画面剪接而成的"景列"中展示出来的。因词体形式的限制，作者要在有限的"景列"中把奇幻的梦境显示出来，就只能把已经定型于胸的画面有选择地悬置，只能强化动作的中心而无暇顾及故事的边缘。加之词人是用语言描绘画面，"景列"的剪接不可能像电影那样，在画面起幅、落幅之间有渐隐、渐显的过渡，而只能是垂直切断；再加之以梦境来无踪，去无迹，这就更加增大画幅之间的跳跃性。前首《踏莎行》即是如此。再看《琐窗寒·玉兰》：

绀缕堆云，清腮润玉，汜人初见。蛮腥未洗，海客一怀凄惋。渺征槎、去乘阆风，占香上国幽心展。□遗芳掩色，真姿凝淡，返魂骚畹。　　一盼。千金换。又笑伴鸱夷，共归吴苑。离烟恨水，梦杳南天秋晚。比来时，瘦肌更销，冷薰沁骨悲乡远。最伤情、送客咸阳，佩结西风怨。

词题是"玉兰"，而实写苏州遗姿。作者将人与玉兰打并成一体，写花实即写人。一起三句写"初见"之第一印象：秀发浓黑，容颜俊美，但却不离"玉兰"形态。继之用"汜人"(即鲛宫神女)状去姬品性高洁,即使被打入凡尘,仍不掩其"国香"本色。"征槎""阆风",在花与人之外再拓出一派仙境。"骚畹",用《离骚》滋兰"九畹"故实。下片,用画面映现其顾盼神飞、倾国倾城、一笑千金的美质。"离烟恨水"以下引出短暂结合与被迫诀别的悲剧,同时辅之以"瘦肌更销"等画面与诀别时瘦损难禁刺骨寒心的悲痛。结拍用李贺"送客咸阳"诗句,将全词收束。这首词结构上的跳跃性十分强烈。胡适说:"你看他忽然说蛮腥,忽然说上国,忽然用楚辞,忽然说西施,忽然说吴苑,忽然又飞到咸阳去了[1]。"胡适是从批评梦窗词"堆砌"的角度来说这段话的。其实,这是结构的跳跃性,而并非堆砌,是梦境来去无端这一性质决定的。一般作品习惯于依照客观现实的逻辑进程来组织作品的框架结构,可称之为客观现实性结构。而梦窗词(包括某些非梦幻性作品)却习惯于依据个人主观心理活动的逻辑来组接作品,是一种主观心理结构。

再次是气氛的迷离缥缈。在梦幻型作品中,词人的审美对象多为非实在性对象,激活的是一种"幻觉情感"。作者在这虚无缥缈的梦境中重新生活了一遍,同时又是那样虔诚地把梦幻当作真实的存在,这已经就有了不同寻常的神秘性。在此基础上,再加之以百怪千奇的内容和变化莫测的剪接,这就更加浓化了作品的神秘气氛。请看下面这

---

[1] 胡适《国语文学史》第五章"南宋的白话词",《胡适文集》八,北京大学出版社1998年版。

首《浣溪沙》：

> 门隔花深梦旧游，夕阳无语燕归愁。玉纤香动小帘钩。
>
> 落絮无声春堕泪，行云有影月含羞。东风临夜冷于秋。

本篇是悼念杭州亡妾之作。经过长期分别之后，当词人重返杭州时，其爱妾早已不在人世。词人痛苦万分，禁不住要追忆过往的游踪遗迹，以寻求心灵的慰安。这首词便是凭吊旧居时所激活的一种幻境：深锁的门户，深密的花丛，仿佛一道无情的铁幕把词人同爱妾永远地隔开了；但这铁幕却隔不断词人的记忆与梦幻的翅膀。词人久久地徘徊在门外，孤独地一任回忆啮食他那滴血的心房。夕阳悄无声息地走下地平线，只有燕子在诉说归来的忧伤。此刻，是现实还是梦幻？反正奇迹出现了：词人久久凝望的那扇窗子上，突然，小小银钩在夕阳下晃动，闪闪发光。窗帘被纤纤玉手挂起来了，无形的铁幕被掀开了：是熟悉的面孔出现了吗？不然为什么会飘来一阵幽香。词人久久在门外徘徊，只见柳絮在无声地坠落，是春天在默默哭泣，还是自己的眼泪在流淌？行云把自己的身影投向大地，那躲在行云背后的，是月亮，还是她含羞的面庞？词人忘记了一切，就像在梦中一样，久久徘徊，把东风吹拂的春夜错当成寒冷的深秋时光。画里含香，情思溢雅。"玉纤香动"一句，写的是一种错觉，一种幻境，仿佛冥冥之中有一个"幽灵"在行动，"夜"与"冷"加重了这种神秘气氛。《踏莎行》《夜游宫》《琐窗寒》《齐天乐》也是这样。这些词通过构图与造型，使心灵梦幻连续投映到"梦幻之窗"的景框上，静态的画面转化为动态的影像，其矩形空间有了回旋跃动，有了景深，于是便构成了动态的三维空间或多维空间。这空间又因色彩与光线的变幻，使业已形成的空间更加迷离缥缈。可意会却难以言宣，可神领而不可形求。陈洵《海绡说词》谓此词"游思缥缈，缠绵往复"，讲的就是这种神秘性。

最后，是感觉的错综叠合。视象的丰富，是词人感觉灵敏的反映。据统计，在人类日常生活中，视觉活动占有的比重是70%。梦窗词中的视觉活动不仅超过了这一比重，其感受质量也越过常人。在梦窗词171个"梦"字所分布的161首词中，作为视觉形象的"花"字出现了130次，"风"110次，"云"109次，"月"80次。视觉的色彩感也极其丰富，如"红"字出现106次，"清"68次，"翠"62次，"青"52次，"幽"38次，"碧"31次。此外，还有"紫""绛""黄"，甚至连"金""银""铜""铅"也都成为画面常见的颜色。前人所说"藻彩组织""务出奇丽""眩人眼目"等，均指此而言。当然，梦窗并非仅以视象性取胜，他同样十分注意其他感觉的体验。如嗅觉，梦窗词中仅"香"字就出现了131次。重要的是，他那些名篇往往是各种感觉错综叠合的整体反映。如"香苦欺寒劲"，五字之中包含有嗅觉、味觉、视觉、肤觉与心灵体味。"嚼花灯冷""箭径酸风射眼，腻水染花腥""香瘢新褪红丝腕""冷薰沁骨悲乡远"等句，也非一般"通感"所能解释清楚。感觉的错综叠合在其他词中也层出不穷，如《庆宫春》："残叶翻浓，余香栖苦，障风怨动秋声。云影摇寒。波尘销腻，翠房人去深肩。"形体、色彩、气味、光线、声音、动作都自然而然地交糅在一起，大自然的整体形象气韵生动地向读者扑来。又如《醉桃源》："金丸一树带霜华，银台摇艳霞。烛阴树影两交加，秋纱机上花。"再加之以"飞醉笔,驻吟车,香深小隐家。明朝新梦付啼鸦,歌阑月未斜"。词中所写,似乎已不是"叠印""意向叠加"所能说清楚的了。再如《过秦楼》:"藻国凄迷,曲尘澄映,怨入粉烟蓝雾。香笼麝水,腻涨红波,一镜万妆争妒。湘水归魂,佩环玉冷无声,凝情谁愬?又江空月堕,凌波尘起,彩鸳秋舞。"这样的画面,这样的镜头,它带给读者的已不仅是色彩的世界,而是色彩的旋律,是艺术家全部感觉的和弦,是人对大自然、对大千世界所有感觉的同频共振,是人同大自然的交融与和谐。前人对梦窗词中这种感觉的错综叠合大多缺乏理解,只有况周颐有所发现与体认。他举例说:"'心事称、吴妆晕红'(《塞翁吟·赠宏庵》)七字兼情意、妆束、容色,梦窗密处如此。"他还用"芬菲铿丽"来赞美梦窗词,这四个字本身就包含有感觉的多重叠合,用以形容梦窗词是很有创见的。(参《蕙风词话》卷二)

梦窗词之内蕴通过"七宝楼台"的"窗口"向世界敞开,其沉潜心底的"画面"与"景列"才得以显示。但这"敞显"是有限的,因为"楼台"之中绝大部分内容被厚重的墙壁所掩蔽。梦窗词的艺术品格正是在"敞显"与"屏蔽"这二者之间所形成的张力之中展开的,其艺术上的优长与缺欠均来自这里。

梦窗词中出现的171个"梦"字(包括同一首词中重复出现的"梦",以及"梦窗"在词中的复杂组合),绝非偶然,这至少可以说明以下几个问题:其一,通过梦幻境界的创造丰富了词的艺术画廊。梦幻之窗是通向词人心灵深处的窗口。词人通过这扇窗,把心底最潜隐的思想情感投射到屏幕之上,使平凡的小事变得瑰伟。因此,这又是同读者对话的窗口,使读者看到并了解人类情感的丰富性与词人奇特的艺术创造性。有了梦窗词,祖国的艺术画廊只会更丰富、充实、深邃而多样。其二,扩大了艺术表现的自由。梦是人唯一自由的国度,在那里可以摆脱物质世界的喧嚣,摆脱礼法、伦理和舆论的羁绊,回到本真的自我状态。尽管在艺术创作过程中,把一些难见天日的东西过滤并筛选掉了,或者作改头换面的矫饰,但梦境的描述毕竟已经是可以宽谅的一部分生活,比之描绘社会现实有着更多一些自由。正是这一部分自由,拓展了词人的心理时空,使人类灵魂的活动有了更多的表现时机。其三,随之而来的便是拓深与完善了艺术的朦胧性、浓缩性、突变性与象征性,由此构成梦窗词的重要艺术特征。

作者对"梦""窗"的留恋,正是留恋他缤纷多彩的梦。这梦境直到晚年才逐渐消失,为此,他改号为"觉翁"。从"梦窗"到"觉翁",意味着人生观与艺术观的转换。既然觉醒已经到来,梦境便一去不复返了。但他觉醒得毕竟晚了些,他没有留下更多醒后的词篇,便匆匆告别人世,使我们今天仍为"七宝楼台"的"梦幻之窗"而眩目惊心。梦窗一生留下的只有这340余首歌词,他没有留下其他文字,也很少有生平经历的文字记载。事实上,吴梦窗其人本身,就是一个不折不扣的"梦"。

意识流的结构方式及其他

梦窗词的跳跃性十分突出,这是与他善于通过梦幻来反映生活与抒写思想情感联系在一起的。梦境的朦胧性、突变性、浓缩性与间隔性在结构层次上的反映，便是来无由去无踪的跳跃性。这种跳跃性很近似西方意识流的艺术手法，也就是说他采用了近似意识流的结构方式。人们或许会问："意识流"兴起于十八九世纪之交的西方世界，而吴文英却是十三世纪中叶的中国词人，两者风马牛不相及，又怎能联系在一起呢？这里之所以用"意识流"这个术语，只不过觉得这一术语用起来比较方便贴切，并非有把吴文英归之为"意识流"派词人之意。此其一。其二，"意识流"这种提法，只不过是对人的"思想流、意识流或主观生活之流"这样一种心理活动过程和艺术构思过程的某种概括而已。在没有"意识流"这个术语之前，并不等于人类没有这种"意识流"的心理活动与思维活动存在，也不可能没有"意识流"式的文艺创作活动出现，只是没有那么明确、自觉并形成流派而已[1]。

这种"意识流"的结构方式在梦窗词中主要体现在何处呢？一般而言，主要体现在以下两方面：一、按意识的流程把写景、叙事与内心活动三者交织在一起；二、通过自由联想使现在、过去（有时还加上未来）相互渗透。还要提出的是，以上两点贯穿于词的前后各片之

---

1 "意识流"这个名称首先见于美国心理学家威廉·詹姆士（W·James 1842—1910）的论文《论内省心理学所忽略的几个问题》，后又在《心理学原理》中予以发挥。他认为人类的思维活动是一种斩不断的"流"，因而称之为"思想流""意识流"或"主观生活之流"。他还认为这种"意识流"往往具有变化多端和错综复杂的特点。"意识流"已经是西方现代许多文艺部门（包括小说、电影）广泛运用的一种写作技巧。因吴文英的词在创作上与传统的写法有很大不同，这里只是借用"意识流"这一术语来概括他的词的艺术特点而已。对于"意识流"的理解，读者可参看《光明日报》1980年4月2日袁可嘉《意识流是什么？》一文。

中，而不是在各片的局部作片断的衔接。现以梦窗词中最长的《莺啼序》为例来说明这一问题。全词如下：

> 残寒正欺病酒，掩沉香绣户。燕来晚、飞入西城，似说春事迟暮。画船载、清明过却，晴烟冉冉吴宫树。念羁情、游荡随风，化为轻絮。　十载西湖，傍柳系马，趁娇尘软雾。溯红渐、招入仙溪，锦儿偷寄幽素。倚银屏，春宽梦窄；断红湿，歌纨金缕。暝堤空，轻把斜阳，总还鸥鹭。　幽兰渐老，杜若还生，水乡尚寄旅。别后访、六桥无信，事往花委，瘗玉埋香，几番风雨。长波妒盼，遥山羞黛，渔灯分影春江宿。记当时、短楫桃根渡。青楼仿佛，临分败壁题诗，泪墨惨淡尘土。　危亭望极，草色天涯，叹鬓侵半苎。暗点检、离痕欢唾，尚染鲛绡；䄖凤迷归，破鸾慵舞。殷勤待写，书中长恨，蓝霞辽海沉过雁，漫相思、弹入哀筝柱。伤心千里江南，怨曲重招，断魂在否？

《莺啼序》是词中最长的词调，全篇二百四十字。这一长调始见于《梦窗词》集及赵闻礼《阳春白雪》所载徐宝之词。可见，《莺啼序》实为梦窗之首创。这首词在《宋六十名家词》中又题作"春晚感怀"。所谓"感怀"，意即怀旧悼亡之意。据夏承焘"其时春，其地杭州者，则悼杭州亡妾"之说，这首《莺啼序》应是悼念亡妾诸作中篇幅最长、最完整、最能反映词人与亡妾情爱关系的一篇力作。它不仅形象地交代了词人同亡妾的邂逅相逢及生离死别，而且字里行间还透露出这一感情悲剧是某种社会原因酿成的。这首词情感真挚，笔触细腻，寄慨深曲，非寻常悼亡诗词之可比。作者之所以创制这最长的词调，也绝非偶然。他是想借此来尽情倾泻那积郁于胸的深悲巨痛，并非像某些论者所说，只是想就此"炫学逞才"，"难中见巧"。

全词共分四段。第一段从伤春起笔。"残寒"两句点时，渲染环境气氛，烘托词人心境。"残寒"乃是清明前后冷空气控制下的一段较长的天气过程。"欺"字不仅道出其中消息，而且在此字之前复加一"正"字，充分显示出"残寒"肆虐，正处高潮。此之谓"欺"人者，一也。又恰值词人"病酒"之际，此之谓"欺"人者，二也。不仅如此，"掩沉香绣户"一句，也是"残寒"逼出来的，此之谓"欺"人者，三也。有此三者，"残寒"的势头便写得活灵活现。一起两句，借畏寒病酒烘托词人伤逝悼亡之情，使全篇笼罩在寒气逼人的气氛之中。"燕来晚"三句承上，说明作者长期足不出户，春天的信息是从飞燕口中得知的。实际上，并不是"燕来晚"，而是词人见之"晚"、听之"晚"、感之"晚"也。这几句揭示出词人有意逃避与亡妾密切相关的西湖之春。所以，前句中之"掩"字，表面"掩"的是"沉香绣户"，实际"掩"的却是词人那早已失去平衡、充满悲今悼昔之情的心扉。"画船"两句，写作者从飞燕口中得知"春事迟暮"的消息，于是他再也顾不得什么"残寒""病酒"，决心冲出"绣户"，作湖上游。然而，词人之所见已与往日大异其趣。湖面上的画船已将清明前后西湖的热闹场面载走，剩下的只是吴国的宫殿与绿树的倒影在水中荡漾，一片冉冉"晴烟"从湖面升起。"念羁情"两句缘情入景，直贯以下三片。"羁情"表面写的是旅情，实则含有死别生离与家国兴亡之叹。

第二段怀旧，由上段伤春引起。"十载"以下，全是倒叙。作者立足"残寒""病酒"之今日,将十年旧事凭空提起,跌落到"傍柳系马"这一细节之上,引出词人与亡妾邂逅相逢的富有诗意的恋情生活:"溯红渐、招入仙溪,锦儿偷寄幽素。""倚银屏"两句,写仙境般的热恋生活转眼成空,接踵而来的是忍痛洒泪相别。"暝堤空"三句,写作者与亡妾的恋情遭到社会摧残,只好忍痛割爱,远避他乡,把大好的西湖风光交给无知的鸥鹭去尽情占有了。人竟不如禽鸟。此三句极沉痛,与第一段结尾有异曲同工之妙。

第三段伤别。过片三句写别后旅况。"别后"四句,写旧地重游,物是人非,逝者难寻,往事成空。句中"花""玉""香"均指亡妾。"委""瘗""埋",指亡妾之死与殡葬。"几番风雨",是死后惨状。"长波"三句,词笔提转,引出往日欢会与伤别场面,补充永难忘怀的根由。这几句是词中最富画境诗情之所在。"记当时"以下四句,写当年分别之惨痛情景。结尾用"泪墨惨淡尘土"与前"别后访、六桥无信"相接,构成完整的回忆过程,凄恻已极。

第四段悼亡。"危亭"三句,望远怀人,并以"鬓侵半苎"状相思的折磨与身心之交瘁。"暗点检"四句,睹物思人,本为寻求慰藉,却反增伤痛。词人以受到伤害的鸾凤自比,形只影单,踽踽独行,失去生活的一切欢趣。"殷勤待写"四句,情感极其复杂。本拟把心中话语写成书信,寄给亡人,可是,广阔的蓝天,无边的大海,却不见传书大雁的踪影。于是,作者不得不把心中的极度悲伤与悼亡之情谱成乐曲,借哀筝的一弦一柱来予以表述。因亡妾已不知去向,即使这琴弦能充分传达自己的心声,最终还是枉然徒劳。所以词中用了一个"漫"

字来表达这种矛盾心情。最后，词人借用《楚辞·招魂》中的诗句（"目极千里兮伤春心，魂兮归来哀江南"）来寄托自己的悼念之情。但是，亡魂是否能够听到？所以在词的结尾以怀疑的语气作结，在读者心中画了一个难以解答的大问号。

　　通过上述简要分析，可以看出，词中"眩人眼目"的一句句、一片片、一段段，不仅有其各自的独立性，而且相互之间还有着难以碎割的联系性。这首词很像一幢设计新颖的高层建筑，不论是哪一个部位和角落，暗地里几乎都嵌进了型号不同的钢筋铁网，盘根错节，四通八达，无往而不在。正是有这种外表难以发现的钢筋铁网，才把这"七宝楼台"的高层建筑支撑起来，它是那样严密、完整、牢固、难以动摇，而并非如张炎所说"碎拆下来，不成片断"。也不像有的评家所说："一分拆便成了砖头灰屑。"那么，这遍布全词的钢筋铁网是怎样编织并扭结成为统一的整体的呢？如前文所提示的那样，它是按照词人的意识流动过程组织起来的，采用的是意识流的结构方式。作者按自己意识的流动过程把写景、叙事与内心活动三者交织在一起，并通过自由联想使现在、过去与未来相互渗透。

　　《莺啼序》是词中的长篇，它提供了足够的篇幅任作者驰骋想象和施展铺叙的才能，也提供了表现意识流动的广阔天地。表面看，它不仅运用了即景抒情与情景交融的传统手法，同时，由于词是"感怀"，是悼亡，所以词中带有明显的叙事成分。因之，在一般情况下，人们会很自然地认为这首词具有抒情、叙事、写景三者密切结合的特点。如此说来，这首词岂不成了一般的叙事长诗了吗？但事实并非如此。因为词中所涉及的"事",并不像《孔雀东南飞》《木兰辞》或《长恨歌》那样,有完整的事件发展过程和清晰的故事情节可寻。即使以《莺啼序》与其他著名悼亡诗词相比较,也可看出二者之间的明显区别。不论是睹物思人,如张华《悼亡诗》:"望庐思其人,入室想所历。帏屏无仿佛,翰墨有遗迹。流芳未及歇,遗挂犹在壁";还是回忆恩爱,如元稹《遣悲怀》:"顾我无衣搜荩箧,泥他沽酒拔金钗";抑或是梦中相会,如苏轼《江城子》:"小轩窗,正梳妆,相顾无言,惟有泪千行"。上举诸诗词均有一个清晰的脉络或者有具体的事件与细节,让人们读后一目了然。事件的因果关系与感情发展过程,都十分明确自然。《莺啼序》则有所不同。它既未交代事件的起因、发展与主要过程,也未刻画细节,而是把完整的事件发展过程打乱,根据意识活动的需要,从中拈出孤立的一段,插入到词中的任何一个部位。直到读完全篇,人们仍很难捕捉作者悼念的对象是何许人,既不详其姓字,亦不解其为何分离又为何早夭。风景描写也是如此。词中有不少描绘西湖风光的佳句,但是,即使像"渔灯分影春江宿"这样的名句,也大都是片断,并不像白居易《钱塘湖春行》与柳永《望海潮》那样,把西湖写得形象鲜明,画面集中,基调明朗而又统一。

吴文英迥异于其他诗人词人的特点之所以产生,除人生观、美学观这样一些不同因素的影响外,主要原因还在于构思方式与结构方式之不同。一般诗人或者直抒胸臆,或者陈述事件,或者描写风景,采取多种手法来再现客观现实。这诸种写法都有明显的脉络可寻。吴文英则与之判然有别。他考虑的不是事件发生发展的连续性,不是情节演进的完整性，也不是风景画面的和谐与统一。为了含蓄地、曲折地表现内在感情的活动过程，他笔下出现的人物、事件与风景本身已不再有什么独立意义，而只是作为反映其复杂内心活动与意识流动过程的一种工具、一个媒介而已。因此，词中出现的人、事、景、物、情，均呈现出突现、多变并带有跳跃性的特点。如第一段，作者正"掩沉香绣户"，畏寒病酒，忽又出现"画船载、清明过却"的场面，接着又出现了"游荡随风，化为轻絮"的意识活动。在第四段中，这种意识活动的多变性表现得更为突出，计算起来，至少有五六次转折、跳跃和起伏。很明显，这首词是按意识的流动过程，把叙事、写景和表现内心活动三者交织在一起的，目的是让叙事、写景更好地为表现内心活动服务。此其一。

另外，关于时间形态的处理，这首词也与以时间先后为序的传统手法有所不同。《莺啼序》这类作品是采取过去、现在（有时还包括未来）相互交叉、相互渗透，甚至采取颠来倒去的手法来组接的。因为作者的目的不在于展示这一悲剧的时间过程，而是着眼于这一悲剧对生命的影响，以及这一悲剧在内心深处所造成的无法弥补的创伤。在写作过程中，作者并不顾及事件发生发展的先后，也不顾及景物与季节的时序变化，而是按照意识流动过程，在时间这一无尽无休的长河之中，随意拣选出整个事件之中的任何一个环节，忽而向前飞跃，忽而向后回缩。在空间位置的处理上亦复如此。词人身在甲地，忽又跳至乙地、丙地，很难寻绎出场景变化的因果关系和发展脉络。如第三段，起笔写"水乡尚寄旅"，忽又回到西湖"别后访、六桥无信"。词人正痛悼亡妾"事往花委,瘗玉埋香",忽又插入江上的欢乐之夜:"渔灯分影春江宿",继之,又跳到"青楼"之上去"败壁题诗",复又忆起"短楫桃根渡"的别离。这里有空间的交错、时间的杂糅,也有时空二者之间的相互渗透。这种时空的交错与杂糅,表面看,似乎如某些论者所说"前后意思不连贯",其实,它的内在的连续性是非常清楚的。这众多的交错与杂糅,完全是通过作者的自由联想把它们有机地串接起来的。这种自由联想,是一种向心的意识活动,它可以超越时间与空间的限制,它可以打破事物之间的固有联系,甚至改变事物原有的某些特性,给意识流动的表现以极大的自由。具有"意识流"这一特点的诗人与词人,他们创作中所遵循的时间观念并不是物质存在的一种客观形式,并不是由过去、现在、未来三者构成连绵不断的系统。他们在创作中所遵循的(不论有意无意、自觉或不自觉)是"心理时间"。所谓"心理时间",就是"各个时刻的相互渗透"。这就是说,意识流式的文艺作品,可以打破表现物质运动变化持续性的正常规律,而根据主题(在梦窗词中特别是梦幻境界的创造)的需要,通过自由联想,使过去、现在、未来三者相互颠倒与相互渗透地组接在一起。

意识流式的结构方式在梦窗其他作品中也有充分表现,如前引诸词,特别是《琐窗寒·玉兰》一首。这首词将对爱姬的怀念和对玉兰的抒写合并为一体。写花就是在写人,写人也就是在写花。空间方面,一忽儿在吴苑,一忽儿又去咸阳;在时间上,一忽儿过去,一忽儿眼前。由此胡适才说:"你看他忽然说蛮腥,忽然说上国,忽然用《楚辞》,忽然说西施,忽然说吴苑,忽然又飞到咸阳去了。"这些现象正是词人意识流结构方式的反映，表现出任何事物均可跳越时空范围而异乎寻常地发生联系，按正常的逻辑推理去要求，自然免不了要认为这是"堆砌成的东西，禁不起分析；一分析便成为砖头灰屑了"。

应当指出的是，梦窗词与近代"意识流"作品有一个显著不同，那就是作者始终在"词"这一有极严的字数与格律限制的诗体形式中发挥他的艺术才能。他比西方"意识流"作家遇到更多一层的障碍和困难。所以，梦窗词不仅充分体现出他的创新精神，同时也体现了鲜明的民族特色。

由于梦窗词在注意表现客观外部世界的同时又特别致力于内心梦幻世界的创造，再加之以意识流的结构方式，所以梦窗词便不可避免地要更多地运用象征性的表现手法，在词的象征性的艺术技巧方面有着更多的发挥与创造，从而打破了陈述事件、白描景物以及直抒胸臆这些惯见习知的传统手法。作者善于撷取有声有色的客观形象来表现内心的微妙活动，赋予抽象的意识、情感以具体可感的形象。象征性手法往往以一当十，以少胜多，往往借助一个或一组生动形象，就能暗示出一种深刻思想，或暗示出事物的本质特征，使读者有更多的领悟。就梦窗词而言，其象征性手法主要表现在以下三个方面：比拟、借代、用典。

1. **比拟手法** 作者通过联想，使抽象的意识活动与具体形象相结合，并通过形象充分表达出来。仍以《莺啼序》为例。《莺啼序》的副题是"春晚感怀"。宋词中描写"春晚"的作品俯拾皆是，归纳起来，其手法不外是直抒、白描或情景交融。例如，有的作品先点出"春晚"，然后直抒胸臆，如吕滨老《薄幸》："青楼春晚。昼寂寂，……

鸦啼莺弄,惹起新愁无限。"有的先描绘晚春景物然后点题,如贺铸《湘人怨》:"厌莺声到枕,花气动帘,醉魂愁梦相伴。……几许伤春春晚。"有的则只通过形象来展现晚春图景,如蔡伸《柳梢黄》:"满院东风,海棠锦绣,梨花飞雪。"《莺啼序》中所写的"春晚"则与此不同。其"春晚"的内容贯穿全词四段之中。比较起来,第一段用笔最为集中。作者在这段里三次着墨,层层皴染,逐步深化,而主要用的是比拟手法:一是燕子,二是画船,三是轻絮。作者赋予燕子以人的情感,让它以惋惜的口吻去诉"说""春事迟暮";作者赋予"画船"以神奇的魔力,让它"载"着湖上的繁华热闹以及美好的"清明"季节,在时间的长河中消失;作者使"轻絮"知觉化,让它化作"羁情","游荡随风",漫天飞舞。表面看,这三件事似无必然联系,但作者经过自由联想,把它们巧妙地串接起来,不仅使西湖晚春形象化,重要的还在于通过三件事物烘托出词人内心情感的起伏。

2. 借代手法 通过暗示使复杂的意识活动知觉化。《莺啼序》的主题是悼亡,但作者并未在词题中予以标出,而且有关亡姬的身世、遭遇,甚至某些关键性细节也一概略去。这些省略的内涵,主要是依靠暗示来表现的。这与前面提到的其他名家的几首悼亡诗词,在表现手法上有明显不同。同样是通过回忆来描写妻子的亡殁,潘岳是"之子归穷泉,重壤永幽隔";苏轼是"十年生死两茫茫。……千里孤坟,无处话凄凉";贺铸在《鹧鸪天》里则说"重过阊门万事非,同来何事不同归"。而梦窗词却不用直陈,而是用借代手法来暗示。如:"别后访、六桥无信,事往花委,瘗玉埋香,几番风雨。"同样是回忆过往的生活细节,潘岳是"翰墨有遗迹","遗挂犹在壁";元稹是"顾我无衣搜荩箧,泥他沽酒拔金钗。野蔬充膳甘长藿,落叶添薪仰古槐";贺铸是"谁复秋窗夜补衣"。上述诸作中的生活细节均清晰可辨,而梦窗词中则是通过物象、场景暗示出来的。如"歌纨金缕"暗示相遇之初的欢乐;"暝堤空,轻把斜阳,总还鸥鹭"暗示欢乐结束,分别的到来;"春宽梦窄"暗示美满爱情遭受到社会的阻挠与摧残。其他词,如"弓折霜寒,机心已堕沙鸥"中的"弓""沙鸥";"总难留燕""西湖燕去""南楼坠燕"中的"燕"字;"香瘢新褪红丝腕"中的"香瘢",均为借代用法,有暗示性意义,需要发掘。似此,梦窗词中所在多有。

3. 适当用典 通过典故的象征意义来展示内心活动与潜隐的含义。吴文英是南宋词人中最喜欢用典者之一。在《莺啼序》里,词人只用了少数几个典故,这些典故以精练的语言、鲜明的形象与丰富的内涵,展示人物之间的关系以及复杂的内心活动,并有一定的象征性。例如,"溯红渐、招入仙溪",用的是刘晨、阮肇入天台山逢仙女的故事,说明作者与亡姬有过一段奇缘,暗示爱情的美满。又如"鹍凤迷归,破鸾慵舞",用的是罽宾王获鸾鸟的故事,写的是鸾镜,是亡姬遗物,同时又象征自己形只影单的孤独处境,极富象征性。

当然,比拟、借代乃至用典,并非梦窗词所独有。但是,梦窗词中使用极其频繁,而且有着不同的艺术效果。其一是梦窗词中往往使用僻典并富于变化,其二是这些手法的使用往往与联想、暗示、象征紧密结合在一起,其三是这些手法比较集中地用于词中关键之所在,其结果便使梦窗词呈现出与其他词人判然有别的艺术面貌。本来一见便知的形象、一说便懂的思想感情,通过梦窗词表现出来,却反而使人感到迷离惝恍,委曲含蓄,如罩在"娇尘软雾"之中,需要读者探幽发微,才能逐渐显露其绰约多姿的本来面目。这既是梦窗词独创性的艺术特点,同时也成为被后人訾议的力证。

感性的造句与修辞[1]是梦窗词的又一艺术技巧。

梦窗词里,虽也不乏理性的思考与深刻的颖悟,但却很少有直接的叙写,词中的理性往往带有感性的情态,或在感性的抒写中蕴含深沉的哲思。即使像"天上,未比人间更情苦"(《荔枝香近·七夕》)这样的句子,也注入了词人"超生死,忘物我,通真幻"的真实情感。又如"后不如今今非昔"本是理性的概括,但后句立即追踪跟进"两无言、相对沧浪水,怀此恨,寄残醉"这类感情深沉的词句。"送人犹未苦,苦送春,随人去天涯"(《忆旧游》);"天际笛声起,尘世夜漫漫"(《水调歌头》);"柔怀难托,老天如水人情薄"(《醉落魄》);"千古兴亡旧恨,半丘残日孤云"(《木兰花慢》);"闲里暗牵经岁恨,街头多认旧年人"(《浣溪沙》);"何处合成愁?离人心上秋"(《唐多令》);"看高鸿、飞上碧云中,秋一声"(《满江红》),这些哲思词语,都具有鲜明的感性色彩,是从感性的阅历中概括提炼出来的。即使像"昏朝醉暮""感红怨翠""醉玉吟香""离烟恨水""酒朋花伴"这样的词句,也不能只从"拼字法"这一技巧方面作简单理解,其中

---

[1] 参见叶嘉莹《拆碎七宝楼台》,见《迦陵论词丛稿》第149页,上海古籍出版社1980年版。

仍有感情的线索可寻。此外，词人还善于抓住独具特征的物象作感情的烘托，如"暗点检、离痕欢唾，尚染鲛绡"（《莺啼序》）；"走马断桥，玉台妆榭，罗帕香遗"（《采桑子慢》）；"莫愁金钿无人拾，算遗踪犹有枕囊留，相思物"（《满江红》）；"翠阴曾摘梅枝嗅，还忆秋千玉葱手"（《青玉案》）；"燕子不知春事改，时立秋千"（《浪淘沙》）；"黄蜂频扑秋千索，有当时纤手香凝"（《风入松》），由物及人，恋人恋物，物象牵引出生死与虚无。梦窗词的感性修辞，最突出的是将个人一己之特殊感受投注到所描绘的客观事物上，使无知的万物也分明具有词人的敏锐感觉。如"箭径酸风射眼，腻水染花腥"；"岩上闲花，腥染春愁"；"蛮腥未洗"。这三个"腥"字，读来刺目惊心，颇不合正常之理性。但仔细品味，此三字均有其特殊含蕴在内。第一个"腥"字，正是为烘托当年灵岩山馆娃宫美人所弃"腻水"之浓重；第二个"腥"字，用岩上"闲花"之无知烘托文种之死；第三个"腥"字则为写爱姬。作者以"汜人"喻爱姬，因其"初见"，故有"蛮腥未洗"之想，"湘中"的特色也由此得以实现。由于梦窗词追求语言的刷新与独创，不免又出现另一种倾向，即部分作品的语言"凝涩晦昧"。如"柅栾金碧，婀娜蓬莱""蓝尼杯单，胶牙饧淡"等等，均使人感到凝涩晦昧，难以解读。

"孤怀耿耿""运意深远"的内涵

梦窗词中，并不缺少感事伤时的爱国词篇。他的这些词虽不如辛派词人那般豪爽隽快，大声鞺鞳，却也有沉郁之思、旷逸之怀，令人品咀回味无穷。如《八声甘州·陪庾幕诸公游灵岩》《高阳台·过种山》《齐天乐·与冯深居登禹陵》和《金缕歌·陪履斋先生沧浪看海》等。前二首从历史的回音之中，对南宋王朝偏安一隅、荒淫误国、妄杀忠良提出鉴戒；后者通过对抗金英雄的凭吊，指斥压制抗金志士、坚持妥协投降的错误政策。在抗金复国、重整河山这一时代主旋律上，梦窗的上述词章与爱国豪放词无疑是同声同气的。先看《八声甘州》：

渺空烟四远，是何年、青天坠长星？幻苍厓云树，名娃金屋，残霸宫城。箭径酸风射眼，腻水染花腥。时靸双鸳响，廊叶秋声。　宫里吴王沉醉，倩五湖倦客，独钓醒醒。问苍天无语，华发奈山青。水涵空、阑干高处，送乱鸦、斜日落渔汀。连呼酒，上琴台去，秋与云平。

这是一首登临之作。集中描绘登灵岩山之所见，凭吊了与吴王夫差有关的历史遗迹，抒发了吊古伤今的哀思。据夏承焘《吴梦窗系年》，梦窗三十岁左右曾在苏州为仓台幕僚，居吴地达十年之久（《惜黄花慢》词云："十载寄吴苑"），对吴地的历史掌故极为稔熟。这一时期，他写下许多作品，如《木兰花慢·虎丘陪仓幕游》《声声慢·陪幕中饯孙无怀于郭希道池亭闰重九前一日》《祝英台近·饯陈少逸被仓台檄行部》等，其中以这首《八声甘州》的讽喻性与现实性为最强。

吴文英生于南宋末期，其生年上距北宋灭亡约八十年左右，其卒年下距南宋灭亡约十年左右。他在世的六十余年间，外有强敌压境，内有权臣误国，从上到下耽安享乐。面对这一现实，作者触目伤怀，抚事兴悲。所以，在苏州所写的登临之作，都不同程度地流露出悲今悼昔的哀思。这首词中,借古讽今的锋芒较其他同期作品表现更为明显。全词由六部分组成。开篇两句自成一层,描述灵岩山的环境特点:山麓四周,浩渺空阔,一望无垠,灵岩山却拔地而起,仿佛是一颗巨大的彗星从天而降。第二层以一"幻"字领起三句。因为"长星"是从天外飞来,所以它就幻作出一段梦境般的远古历史。那"苍厓云树",那"名娃金屋",只不过是称霸一时的吴王留下的遗迹而已。从"箭径酸风射眼"至上片结尾是第三层。"箭径",即山下之采香径。《吴郡志·古迹》载:"采香径,在香山之傍,小溪也。吴王种香于香山,使美人泛舟于溪以采香。今自灵岩山望之,一水直如矢,故俗名箭径。""箭径""腻水"本是当年吴王时的事物,如今仍清晰展现在目前,可见、可触、可嗅。因其中糅进了作者的感觉、感受、感慨与丰富联想,故曰"酸风"。下片换头三句是第四层。作者把历史上相对立的两件事物放在一起对比着描写:一是"宫里吴王沉醉";一是范蠡"独钓醒醒"。前者,迷恋西施美貌,沉醉于寻欢逐乐,终于国破家亡;后者,清醒估计到"可与共患难,不可与共乐"的未来,功成身退,泛舟五湖之上,得以完身。"问苍天"两句是第五层,指出高山湖水岂非旧态,而人世无常,变化莫测,寄托无法挽回危局的喟叹。"水涵空"至篇终是第六层,融情入景,以景结情,意余言外。"秋",实即"愁"也。作者《唐多令》有云:"何处合成愁?离人心上秋。"作者拟赴琴台(山顶西施弹琴处)以酒浇愁,而愁已与高空秋云连成一片,塞满整个空间。此与杜甫《自京赴奉先县咏怀五百字》尾句"忧端齐终南,颎洞不可掇",同工异曲。

代前言　梦幻的窗口

　　前人评梦窗词多讥其晦涩难懂，或说其"不成片断"，而本篇却无上述缺憾。这首词不仅立意超拔，境界高远，波澜壮阔，笔力奇横，即从结构看，也脉络清晰，布置停匀。"问苍天"以下五句突为空际转身，别开异境，排荡婉转，但仍能血脉流贯，一气浑成，无懈可击。篇终又结响遒劲，高唱入云。这首词不独是梦窗词中的上品，在整个宋词中也堪称佳作。

　　与此密切相关，作者在《高阳台·过种山》一词中，对文种被杀一事也深表同情。越国原来是楚的属国，吴国得到晋国的帮助以后，成为楚国的巨大威胁，于是楚国也采取同样方法帮助越国与吴抗衡，特派文种和范蠡到越，助越攻吴。越国灭吴以后，范蠡深知越王勾践不会信任楚人，"不可与共乐"，遂功成身退。而文种自以为有功于越国，不肯逃离，终于被勾践杀死。死后葬绍兴北，名曰种山。词人过此，想到文种有功越国，结果却不免遇害，南宋王朝抗金有功的岳飞等人，岂不同样如此！《高阳台·过种山》写的就是这种复杂的感受：

　　　帆落回潮，人归故国，山椒感慨重游。弓折霜寒，机心已堕沙鸥。灯前宝剑清风断，正五湖、雨笠扁舟。最无情，岩上闲花，腥染春愁。　　当时白石苍松路，解勒回玉辇，雾掩山羞。木客歌阑，青春一梦荒丘。年年古苑西风到，雁怨啼、绿水萦秋。莫登临，几树残烟，西北高楼。

这首词的特点是入手擒题，把时代氛围、个人感慨和文种的不幸结局交织在一起，使历史时空与个人感慨、古与今、情与景杂糅在一起。"故国"，指古越地，作者故乡。"山椒"，山顶，种山之顶。此三句实是苏轼《念奴娇·赤壁怀古》"故国神游"的生发,同时也可看作是文种"神游故国"。"弓折霜寒"以下,均可视为"重游"的"感慨"。"弓折"两句虽可解作"重游"的时间季节性特点,并象征时代的没落危殆,同时也可解作文种当年被杀的象征。"机心已堕沙鸥",取"鸥鹭忘机"之典,语出《列子·黄帝篇》。范蠡隐去后,在齐国曾给文种一信,其中引用谚语云:"飞鸟尽,良弓藏;狡兔死,走狗烹。"同时还明确告诫文种:"越王为人长颈鸟喙,可与共患难,不可与共乐。"文种不听,自恃有功,结果被害。"灯前宝剑清风断,正五湖、雨笠扁舟"二句写两种不同遭遇,前句写文种的可悲下场,"断"与"折"前后辉映;下句写范蠡扁舟五湖,终得完身。文种之死是越王赐剑命其自杀的,所以"宝剑"二字令人刺目惊心。歇拍三句,从虚境转为实境,实中有虚。作者认为草木无情,但是面对这一悲惨的结局,也止不住用当年沾染的血迹腥氛,向路人和凭吊者抒发春日的牢愁。下片紧扣"种山",写"当时"的殡葬过程。对文种被害,连无知的大自然也感到难以忍受:"雾掩山羞"。"木客",即"山精"(也可解作越王所歌《木客之吟》)。在空寂无人的岁月里,只有"木客"为文种歌唱不平,歌唱他当年的青春梦想如今只剩下一垄荒丘。年年春去秋来,鸿雁北去南飞,古老林苑里春水碧绿,红蓼花开,而文种的悲剧在历史舞台上却不断地重演。面对这一现实,词人透过"几树残烟",向西北望去,吊古伤今与忧国伤时的感慨便油然而生。"西北",正是广大沦陷国土,也象征着战争的威胁。从苏轼的"西北望,射天狼"(《江城子·密州出猎》),到辛弃疾"举头西北浮云,倚天万里须长剑"(《水龙吟·过南剑双溪楼》），爱国的词人，总是关注着西北敌人的侵凌。吴文英生活的时代，先是金的威胁，随后又是蒙古这一更为强大的威胁。对此，词人在"过种山"时，便想到国家急需栋梁之材，而现实却与此相背，前有岳飞的遇害，后有抗战派遭到的摧残。"莫登临"正是对此而发，登临凭吊又有何补益呢？可以看出，这首词柔中有刚，明显地吸收了苏、辛词风的优长。

《八声甘州》讽刺吴王荒淫误国，《高阳台》凭吊贤臣遇害，《齐天乐·与冯深居登禹陵》则讴歌"忧民治水"的圣君：

三千年事残鸦外，无言倦凭秋树。逝水移川，高陵变谷。那识当年神禹？幽云怪雨，翠萍湿空梁，夜深飞去。雁起青天，数行书似旧藏处。　　寂寥西窗久坐。故人悭会遇，同剪灯语。积藓残碑，零圭断壁，重拂人间尘土。霜红罢舞，漫山色青青，雾朝烟暮。岸锁春船，画旗喧赛鼓。

吴文英主要生活在宁宗、理宗两朝。其间，成吉思汗攻金，金南侵受挫，宁宗病死，史弥远拥立理宗，1233年史病死，宋与蒙军合兵攻金。1234年金哀宗在蔡州自杀，金亡。金亡后，蒙古军进攻襄、樊和四川，南宋危亡在即，而理宗君臣却陶醉于灭金的胜利，不仅不图进攻恢复，连抗敌自救的布置也不加考虑。在强敌面前，宋理宗不时重复先人对待金人的办法，向蒙古求和，另一方面则沉溺声色，大造寺观园林。朝廷之腐败，加速了南宋的灭亡。吴文英这首《齐天乐》，就是针对这一现实有感而发的。对夏禹的讴歌，即是对理宗等昏庸腐朽的亡国之君的痛斥。夏禹是"忧民救水"、给平民百姓创造幸福的帝王，是后世仰慕的圣君,是作者心中推崇与效法的榜样,是最值得赞颂的英雄。但是,即使像大禹这样创建了不可磨灭的历史功绩的伟大人物,他死后,也仍然出现了"逝水移川,高陵变谷"的巨大变化,假如夏禹再生,也会为此沧桑巨变而感到震惊。上片开篇五句,实即写此。"无言倦凭秋树","那识当年神禹"?作者有多少难言之隐,难言之苦!吴文英生活的南宋末世,不仅大禹死而有知会极度不满,甚至连禹庙里的梅梁也会在"幽云怪雨"之中腾空而起,飞入镜湖与凶龙搏斗,以期改变"幽云怪雨"的现状。为此它坚持不懈,直至"三千年"后吴文英来禹庙时,仍亲眼目睹到梅梁身上还沾带着镜湖里的萍藻,甚至滴水未干。不仅如此,夏禹藏在石匮山中的十二卷宝书,后人不曾读到,作者便幻想那宝书不甘心久埋地下无所作为,于是通过雁行,把书中文字写上青天,让世人瞻仰,以便从中获得治理国家的某种启示。下片扣题,写与冯深居重逢。"西窗久坐","同剪灯语",将个人一己离合之悲融入三千年历史的沧桑巨变,"残碑""断璧",引起家国兴亡之痛。作者与冯深居都想能用自己微薄之力去扫除历史尘埃,使中华民族的历史精华得以重放辉光:"重拂人间尘土"。对此,作者仍怀有信心,他深信"霜红"会有落尽之时,"山色青青"却是万古不易的,不管"雾朝"还是"烟暮",永远如此。因此,作者以"岸锁春船,画旗喧赛鼓"这一想象中有声有色的热闹场面结束全篇。这一结尾给全词增加了一抹乐观的色调。辛弃疾晚年在被起用以后,曾经写过一首"我自思量禹"的《生查子》,一方面表示希望能有禹那样的圣君出现,同时又在鞭策自己老当益壮,当像大禹那样吃尽"砣砣当年

代前言　梦幻的窗口

苦",树立"悠悠万世功"。梦窗这首词的写法虽有不同,但其精神却是与辛词相通的。

至于《金缕歌·陪履斋先生沧浪看梅》,则慷慨纵横,悲壮激越,直与辛弃疾豪迈奔放之作相近。吴潜,号履斋,当时知平江(今苏州),与吴文英相友善。"沧浪",沧浪亭,苏州名园。原为五代吴越广陵王钱元璙园,北宋诗人苏舜钦在园内建沧浪亭,故名,后为南宋抗金名将韩世忠别墅。"看梅",即通过看梅凭吊韩世忠。全词如下:

乔木生云气。访中兴、英雄陈迹,暗追前事。战舰东风悭借便,梦断神州故里。旋小筑、吴宫闲地。华表月明归夜鹤,叹当时、花竹今如此。枝上露,溅清泪。　　遨头小簇行春队。步苍苔、寻幽别坞,问梅开未?重唱梅边新度曲,催发寒梢冻蕊。此心与、东君同意。后不如今今非昔,两无言,相对沧浪水。怀此恨,寄残醉。

词以"乔木生云气"这一壮阔高大形象开篇,含有"先言他物以引起所咏之词"的意味。"乔木"者,大树也,词人先写园前之所见,又暗比韩世忠(《后汉书·冯异传》:"诸将并坐论功,异常屏树下,军中号曰'大树将军'。"),同时还可联及"出自幽谷,迁于乔木"(《诗经·小雅·伐木》),暗示韩世忠在官场遭受排挤打击,被迫迁居沧浪亭。"访中兴、英雄陈迹,暗追前事",交代看梅的目的以及对英雄的景仰。继之,则拈出韩世忠惊天动地的伟大业绩来加以抒写:"战舰东风悭借便,梦断神州故里。"这两句写黄天荡之捷,并抒发词人的感慨。韩世忠在黄天荡以八千兵力抗击金兀术十万大军,坚持四十八日,黄天荡之役虽使金兀术"不敢再言渡江",但韩世忠也因遭受火攻而退回镇江。史载:兀术"刑白马以祭天,及天霁风止,兀术以小舟出江,世忠绝流击之。海舟无风不能动,兀术令善射者乘轻舟,以火箭射之,烟焰蔽天,师遂大溃,焚溺死者不可胜数。世忠仅以身免,奔还镇江"。作者对此深以为憾,故词中表示,如果东风劲吹,毫不吝惜地给韩世忠以一臂之助,那么失去的神州故里(韩世忠是陕西绥德人)就可能得以恢复,用不着梦里回乡、醒后徒增惆怅了。"旋小筑、吴宫闲地"二句承上,写韩被剥夺兵权后,来到沧浪亭过"不再言兵"的隐居生活。黄天荡战役之后,韩又在扬州西北之大仪大破金与伪齐联军。两年后任京东淮真路宣抚处置使,开府楚州(今江苏淮安),力图恢复。秦桧主和,他多次上疏反对。后被召至临安,授枢密使,解除兵权。他既上书反对和议,又以岳飞冤狱面诘秦桧。所言既不被采纳,乃自请解职,闭门谢客。一个大有作用于抗金的英雄,就这样被投闲置散。从"华表月明"至上片结尾,用丁令威化鹤归辽东故事,说韩世忠如果能魂返旧地,也会为物是人非而慨叹不已。枝上的露珠,仿佛就是因心伤而溅出的泪滴。下片紧扣词题,对看梅过程加以梳理,点出吴潜当时身份。"步苍苔"点"梅",至"重唱梅边新度曲,催发寒梢冻蕊",把意境提高到爱国统一这一思想高度上来。"寒梢冻蕊"是南宋王朝怯懦无能、苟且偷安、不图进取这一形势的写照;"催发",含改变现状、力图有所作为的积极意义在内。"重唱梅边新度曲",实际是呼唤春天的到来,呼唤国家的振作。在这主要之点上,作者与吴潜是人同此心、心同此理的。吴文英与吴潜的知己之情,在此已和盘托出。然而,现实是无情的,即使他们"此心与、东君同意",而无情的现实却是"后不如今今非昔",形势并不乐观。不仅世无韩世忠,而且连黄天荡那样振奋人心的战役也不可能出现了。对此实已无可如何,作者与吴潜只能"两无言,相对沧浪水。怀此恨,寄残醉"了。所以陈洵才说:"清真、稼轩、梦窗三家,实为一家。"但梦窗毕竟不是稼轩,即使有些近似,仍有明显差别。一是描写巨大场景或历史事件时往往与某些清幽之境或较小生活细节结合,直陈中带有明显象征性。二是主观抒情与客观描绘相结合,以实为虚或化实为虚。近似稼轩却又保有梦窗词自身的艺术个性,所以陈洵又说:"清真、稼轩、梦窗,各有神彩,……莫不有一己之性情境地。"

以上从吊古伤今方面,传达了作者对时局的关心。提供历史鉴借,呼唤圣君贤相,以期挽回南宋败亡的颓势。这种思想感情,在梦窗一般登临酬唱之作中也有较多透露。如《高阳台·丰乐楼分韵得如字》:

  修竹凝妆,垂杨驻马,凭阑浅画成图。山色谁题?楼前有雁斜书。东风紧送斜阳下,弄旧寒、晚酒醒余。自销凝,能几花前,顿老相如。 伤春不在高楼上,在灯前欹枕,雨外熏炉。怕舣游船,临流可奈清臞?飞红若到西湖底,搅翠澜、总是愁鱼。莫重来,吹尽香绵,泪满平芜。

在《莺啼序》里,因丰乐楼刚刚落成,所有观者、游者、饮者以及吟者,都怀有喜庆之情。吴文英也不例外,他在那首词里对楼的建成,也极尽描绘夸张之能事。(如对楼的描写:"彩翼曳、扶摇宛转,雩龙降尾交新霁。近玉虚高处,天风笑语吹坠。"如楼上所见之景:"面屏障、一一莺花,薜萝浮动金翠。惯朝昏,晴光雨色,燕泥动,红香流水。"如写建楼人:"以役为功,落成奇事。明良庆会,赓歌熙载,隆都观国多闲暇,遣丹青、雅饰繁华地。")词中一片升平景象,几乎没有什么宋末的时代色彩。大约作者也深深感到《莺啼序》徒具表面文章,所以借重游之机又写了这首《高阳台》。一是时过境迁,国势更加危殆,故有斯感;二是写一首超逸沉博、密丽深涩的登临之作,以补《莺啼序》之不足。虽然词的上片前五句已将登楼过程和所见美景摹绘如画,但从第六句"东风紧送斜阳下"开始,时代气氛通过紧迫的时光与紧缩压抑的内心感受异样地呈现出来,与"丰乐"二字形成巨大的反差。"紧送""斜阳""旧寒""晚酒",加之"能几花前,顿老相如",大好春光已所剩无多了。换头以"伤春"二字束上启下,收纵绵密,转折无痕。"不在高楼",而"在灯前欹枕,雨外熏炉",再现"空际转身,非大神力不能"的特点。但词之转身并不限于"空际",而是出人意外地进入湖水之中:"飞红若到西湖底,搅翠澜、总是愁鱼。"结拍以"莫重来"的感叹收束全词,因不拟看那"吹尽香绵"而使人"泪满平芜"也。陈洵在《海绡说词》中解释说:"'浅画成图',半壁偏安也;'山色谁题',无与托国者;'东风紧送',是危急极矣;'愁鱼',殃及池鱼之意;'泪满平芜',城邑丘墟,高楼何有焉?故曰'伤春不在高楼上'。是吴词之极沉痛者。"陈洵认为句句皆有寓意,实在是过于深求,难免陷于穿凿附会。但其"伤春"不在高楼之上,而在感时伤世,则是没有问题的。旧地重游,山色依旧,而国是日非,词人的感慨便截然不同了。这一点在其他词作中,也有充分反映。在论述辛弃疾及其作品时,我们曾经说过:"体现与体验密切相关。雄豪、博大、隽峭、和谐统一的高水平作品,是与词人审美感兴的高峰体验联系在一起的。"吴文英也是这样,他在上述作品中所反映出的那种吊古伤今、感时哀世的思想感情，也是他审美感兴的高峰体验。吴文英生活在南宋灭亡前夕，有论者甚至认为《瑞龙吟》《古香慢》《三姝媚》与《绕佛阁》等四首词，作于宋亡之后，是梦窗亲见元兵攻入临安有感而作（参见杨铁夫《吴梦窗事迹考》）。对此，虽未成定论，但梦窗已痛感南宋灭亡在即，当是十分自然的了。只是梦窗缺少稼轩的"文才武略"，又没有稼轩"金戈铁马"的实战生活，再加上审美主体趣味差异等因素，所以，梦窗不可能写出大量的雄豪悲壮之作，而只能通过超逸沉博、密丽深涩的词风，体现他对祖国的忠悃和面临危亡的哀思。刘熙载说："白石，才子之词；稼轩，豪杰之词。才子豪杰，各从其类爱之。"（《艺概》卷四）稼轩与白石之不同如此，稼轩与梦窗之不同亦复如此。刘熙载还说："词品喻诸诗，东坡、稼轩，李、杜也；耆卿，香山也；梦窗，义山也；白石、玉田，大历十子也。"根据刘氏的比喻，梦窗和稼轩的区别类乎李商隐和杜甫；梦窗和姜夔的差别类乎李商隐和大历十才子。

梦窗词中数量最多的是恋情词。按杨铁夫所说，约占梦窗全部作品（340余首）的1/4（参见《梦窗词选笺释》）。因梦窗生平资料甚少，其恋情本事已无法详考。现据夏承焘《吴梦窗系年》考证，这些恋情词所写之主要对象是与梦窗感情极深的两位姬妾："其时夏秋，其地苏州者，殆皆忆苏州遗妾；其时春，其地杭者，则悼杭州亡妾。"据梦窗这些恋情词所写的内容分析比照，还可以看出，这两位姬妾原来都是妙解琴曲乐理的歌女。梦窗这些词，与北宋词人晏几道一样，是同歌女热恋的情歌，他同她们之间有过美好的生活，但后来终于以悲剧告终，这在词人心灵上造成了难以弥补的创痕。据词中所写，这两位歌女聪敏过人，有绝代的歌舞技艺，但其地位低下，是社会中的受侮辱受损害者。作为词人，吴文英经常为她们填写歌词，她们的美貌、风韵、歌喉、舞姿是那样久久地拨动着词人的心弦。"体态的美丽、亲密的交往、融洽的旨趣"等，促使词人从表层的愉悦、吸引，进而转为灵魂深处的倾心相爱，最后终于有了美满的结合。正如恩格斯所说，在封建社会里，真正的爱情有时并不存在于"父母包办，当事人则安心顺从"的夫妻之间，而往往同"官方社会以外的妇女——艺妓"产生真实的恋情[1]。晏几道是这样，吴文英也是这样。但这种恋情往往为封建礼法所不容，所以一开始便注定了它的悲剧结局。吴文英同苏州歌女的结合，后来终于不得已而离去。之后，在杭州又热恋一歌女并有过刘晨、阮肇"入仙溪"般的美好姻缘，但分别后恋人却不幸死去。吴文英的恋情词正是这两大悲剧结局的挽歌。人，如果不能被人所思念，终其一生，有个能思念的人，也是一种幸福。人间之所以可爱，原因之一，就在于有情，有爱，有牵绊。对吴文英来说正是如此。所以这些词写得缠绵悱恻，极其沉痛，反映了词人丰富的内心世界及其美好情感。

《瑞鹤仙》对与苏州遗妾的相逢和两地相思，有较为具体的交代：

晴丝牵绪乱，对沧江斜日，花飞人远。垂杨暗吴苑。正旗亭烟冷，河桥风暖。兰情蕙盼。惹相思，春根酒畔。又争知、吟骨萦销，渐把旧衫重剪。　　凄断。流红千浪，缺月孤楼，总难留燕。歌尘凝扇。待凭信，拌分钿。试挑灯欲写，还依不忍，

---

[1] 参见《家庭私有制和国家的起源》，见《马克思恩格斯选集》第1卷，第72—73页，人民出版社1972年版。

笺幅偷和泪卷。寄残云、剩雨蓬莱，也应梦见。

词写两地相思。上片写词人自己并回忆当时一见钟情的过程。"晴丝牵绪乱"中的"晴丝"，乃晴空中可见的飘动的游丝，但此处又作谐音隐语，"晴丝"即"情思"也。一开头，词人便借"晴丝"叙写心头纷乱情感。"对沧江斜日，花飞人远"二句，交代情思纷乱的原因。"垂杨"一句即景叙情，而"旗亭烟冷"二句则从目之所见引出过往的一段艳情："兰情蕙盼。惹相思，春根酒畔。"此三句写当年歌女眉目传情，顾盼神飞，直惹出如今这一段相思之情。一结三句，写词人饱受相思之苦，肌肤消瘦，过去爱姬所剪裁的春衫已十分肥大，需要重新剪修才能合体。下片从去姬着笔，写她的孤独境遇："楼"中只孤身一人，连飞燕似乎都不肯稍作停留与她相栖为伴。"歌尘凝扇"进一步交代她的身份，说明她早已停歌罢舞，完全忠实于自己同词人定情的誓言，并用白居易"钗留一股合一扇，钗擘黄金合分钿"（《长恨歌》）句意，表示"但教心似金钿坚，天上人间会相见"。尽管如此，仍不能消释相思情怀，所以"挑灯欲写"三句，对相思之情再作补充："笺幅偷和泪卷。"结拍二句，再作推宕，说的是这位歌女把会面的希望寄托在虚无缥缈的梦境之中。

《夜合花》的词题是"自鹤江入京，泊葑门外有感"，词中对苏州那一段恋情又有新的补充：

柳暝河桥，莺晴苔苑，短策频惹春香。当时夜泊，温柔便入深乡。词韵窄，酒杯长。剪烛花，壶箭催忙。共追游处，凌波翠陌，连榇横塘。　　十年一梦凄凉，似西湖燕去，吴馆巢荒。

> 重来万感，依前唤酒银罂。溪雨急，岸花狂。趁残鸦、飞过苍茫。故人楼上，凭谁指与，芳草斜阳。

这首词开篇便直写过去的热恋。通过"柳暝""莺晴"烘托美好阳春烟景，暗示初恋的欢快心情。"河桥""苔苑"是当时游乐之地，极富苏州地域性特点。"短策频惹春香"，束上启下。"春香"虽为春之总托，实亦有惹人怜爱之意在内。"当时夜泊，温柔便入深乡"二句，写当年欢合之所在，与今泊舟葑门十分近似。"词韵窄"以下四句，写"温柔乡"中另一侧面。由于情感充实，内容丰富，连最擅填词的词人自己也感到语言的贫乏，音韵的单调狭窄。总之，已无法表达这幸福的一切了。但时间却毫不容情："剪烛花，壶箭催忙。"幸福的时光飞快消失，迎来的却又是白日的嬉游："共追游处，凌波翠陌，连棹横塘。"他们在花草缤纷的原野上漫步，在横塘（苏州胥门外九里）附近的河里荡舟。然而，这美好的生活对词人来说，早已是短暂的梦境。换头"十年一梦凄凉"，即写此万感幽单的凄凉处境。面对"燕去""巢荒"的现实，重游旧地的词人竟同过往一样"唤酒银罂"，以求一醉。然而自然界的风景却令词人惊心动魄："溪雨急，岸花狂。"疾风暴雨，鞭打着岸边的春花，春花发狂似的摇摆。此刻似已近黄昏时分，残鸦几点也仓促地从头上飞过，消失在暮色苍茫的远方。在自然的风景中，词人想到当时与伊人共居的旧楼，而今再也不会有人为他指点芳草斜阳那平和安祥的黄昏景色了。

梦窗词中写杭州所恋歌女者，较怀念苏州歌女者更多、更丰富，感情也更深沉悲痛。在《莺啼序》（残寒正欺病酒）与《定风波》（密约偷香□踏青）等词里，作者交代了他们相恋的过程及其悲剧结局。

《莺啼序》写到邂逅相逢与热恋的经过:"溯红渐、招入仙溪,锦儿偷寄幽素。倚银屏,春宽梦窄;断红湿,歌纨金缕。"同时也交代了这位歌女别后的亡殁:"别后访、六桥无信,事往花委,瘗玉埋香,几番风雨。"《定风波》则以坦率的笔墨写密约偷期的过程:

> 密约偷香□踏青。小车随马过南屏。回首东风销鬓影。重省。十年心事夜船灯。　　离骨渐尘桥下水,到头难灭景中情。两岸落花残酒醒。烟冷。人家垂柳未清明。

开篇所说的"密约偷香",不类妻妾,很像是与歌儿舞女之间的热恋。《齐天乐》(烟波桃叶西陵路)对此还有补充:"华堂烛暗送客,眼波回盼处,芳艳流水。素骨凝冰,柔葱蘸雪,犹忆分瓜深意。"细节烘托的不只是一见钟情,打动人心的还有多才多艺与艺术上的相知。《霜叶飞·重九》中说:"记醉踏南屏,彩扇咽寒蝉,倦梦不知蛮素。"这说明杭州所恋歌女不仅能歌善舞,其身份又大约是白居易身边樊素与小蛮一样的人物,与普通歌妓不同,因此才为当时社会所不容。然而,愈是为封建礼法不容,便愈是增大了这一恋情的社会内涵,同时也增加了情感的深度。这一恋情终因杭姬不明不白地死去而加深了其悲剧性,并由此造成词人终生难以消泯的深长创痛。"痛苦是诗歌的源泉。只有将一件有限的事物的损失,看成一种无限损失的人,才具有抒情的热情和力量。只有回忆不复存在的事物时的惨痛激动,才是人类的第一个艺术家[1]。"在梦窗词里,他所歌咏的恋情并不是正在发生、发展的情感,而是对失落的惋惜和追忆,这种追忆表现为彻骨萦心的惨

---

[1] 《费尔巴哈哲学著作选集》上卷,第106页,商务印书馆1984年版。

痛,并永世难以释怀。季节的变化,事物的再现,旧地重游,都能引起词人悲今悼昔的伤惋。如《风入松》:

> 听风听雨过清明,愁草瘗花铭。楼前暗绿分携路。一丝柳,一寸柔情。料峭春寒中酒,交加晓梦啼莺。　　西园日日扫林亭,依旧赏新晴。黄蜂频扑秋千索,有当时、纤手香凝。惆怅双鸳不到,幽阶一夜苔生。

多愁善感的词人,在清明时节,对大自然的变化是十分敏感的。春季来临之后,词人始终沉浸在过往与杭州亡姬共同生活的回忆与悲悼的激情之中。春天来了,他不愿也不敢游目骋怀,而只是醉卧家中,任春天的脚步在窗外走过。从风雨声中,词人清醒意识到春天已快步走过,百花业已凋零。为了表达对落花与春天的惋惜,词人准备写一篇"瘗花铭"(即"葬花词")。表面看讲的是草拟葬花的挽词,实际却是在写悼亡的诗词,因为"花"即是亡姬。《莺啼序》中有"事往花委,瘗玉埋香"二句可证。当风雨中送走清明以后,词人满以为绿肥红瘦的深春与初夏来临了,于是走出室外。突然,楼前分手的小路又映入眼帘,那路旁摇曳的丝丝垂柳,绾结的不就是他们分别时的寸寸柔情吗?不仅如此,词人还步入雨后新晴的西园,蓦地又发现当时爱姬游荡的秋千。伊人永逝,那秋千已闲置多时了。可是黄蜂儿却一而再、再而三地向秋千的绳索频频扑去,莫不是爱姬当时纤手留下了难以消失的异香,至今仍吸引黄蜂粉蝶远道而来不忍离去?"黄蜂"两句,充分发挥词人丰富而又奇特的想象,通过联想的四次转化:蜂──→索──→香──→人,给读者提供了想象和再创造的广阔空间。虽然作者在这首词里没有交代他与亡姬热恋的细节,但从她手上的香泽仍凝聚在"秋千索",虽经风吹雨淋却依然历久不消这一点上,可以想见当年他们在西园的欢乐场面以及她的音容笑貌。这种写法在梦窗词中比较常见,如"记琅玕、新诗细掐,早陈迹、香痕纤指"(《莺啼序·荷》);"燕归来,问彩绳纤手,如今何许"(《西子妆慢》)。这些都是通过一个细节,发展成为多重联想与多种感觉相互转化的名句。

有时,词人还因旧地重游而联及今昔境遇之对比,如《三姝媚·过都城旧居有感》:

> 湖山经醉惯。渍春衫、啼痕酒痕无限。又客长安,叹断襟零袂,涴尘谁浣?紫曲门荒,沿败井、风摇青蔓。对语东邻,犹是曾巢,谢堂双燕。　　春梦人间须断。但怪得当年,梦缘能短。绣屋秦筝,傍海棠偏爱,夜深开宴。舞歇歌沉,花未减、红颜先变。伫久河桥欲去,斜阳泪满。

上片写今日"又客长安"的孤寂索寞,下片回忆当年旧居中的歌舞欢乐。结拍以景结情,字过音留,益见沉痛。

有时突然发现现实生活中有貌似亡姬者,也会引起无限伤感与痛苦的回忆。如《绛都春·燕亡久矣,京口适见似人,怅怨有感》:

> 南楼坠燕。又灯晕夜凉,疏帘空卷。叶吹暮喧,花露晨晞秋光短。当时明月娉婷伴。怅客路、幽扃俱远。雾鬟依约,除非照影,镜空不见。　　别馆。秋娘乍识,似人处、最在双波凝盼。旧色旧香,闲雨闲云情终浅。丹青谁画真真面?便只作、梅花频看。更愁花变梨霙,又随梦散。

这首词全由一貌似亡姬的歌女引起。上片写对亡姬的思念,是幸遇歌女联想亡姬的基础。下片写由此产生的联想,点出"似人处、最在双波凝盼"。作者之所以"便只作、梅花频看",原因也正在这里。

梦窗词亦多咏物之作。据不完全统计,词题直接点明咏物者近六十首左右。其中有咏梅、咏桂花、芍药、牡丹、海棠、芙蓉、玉兰、白莲、水仙、菊,此外还有咏扇、咏雪、咏汤、咏薰衣香,直至咏"半面女髑髅"。这些词的特点是,往往与时代的没落以及个人情爱的失意等联系在一起,很少就物咏物而不见寄托者。例如前引《金缕歌·陪履斋先生沧浪看梅》,就是通过看梅、咏梅而歌咏抗金英雄韩世忠。其他咏物词虽不如这类作品明显,但其寄托仍依约可见,如《宴清都·连理海棠》:

绣幄鸳鸯柱,红情密,腻云低护秦树。芳根兼倚,花梢钿合,锦屏人妒。东风睡足交枝,正梦枕、瑶钗燕股。障滟蜡、满照欢丛,嫠蟾冷落羞度。 人间万感幽单,华清惯浴,春盎风露。连鬟并暖,同心共结。向承恩处。凭谁为歌长恨,暗殿锁、秋灯夜语。叙旧期、不负春盟,红朝翠暮。

这是梦窗词中具有代表性的作品。作者把咏物与咏人、咏事联系在一起,不仅不凝滞于物的美感范围,而且深化了作品的思想深度。上片写连理海棠,下片叙李杨情事,亦花亦人,亦人亦花,花与人事打并为一,难解难分。所谓"连理海棠",乃是根株相连的海棠,是爱情的象征。在爱情与海棠相关的历史掌故与趣闻轶事中,以李隆基与杨玉环的情事最为著称。据《明皇杂录》，一次唐玄宗李隆基登沉香亭召杨贵妃，杨妃酒醉未醒，高力士命人扶之而至，玄宗笑曰："岂是妃子醉耶？海棠睡未足也。"据此，苏轼《海棠》诗有"只恐夜深花睡去"之句。而这首词却偏偏从"海棠春睡"正面着笔，写其"睡足交枝"情态。一起三句，写连理海棠的优越环境。"鸳鸯柱"，状"连理海棠"根株相连、成双成对的特质。"红情"状花，"腻云"写叶，"秦树"点其产地，暗合李杨情事。接下去从"芳根"一直写到"花梢"，绘其连理双成，极为形象。"花梢钿合"句，想象奇警，出人意外。这就是说，下面花根交相倚并，还可以看得清楚，但上面两枝花梢缠结在一起，花团锦簇，难以分辨谁是哪枝根株上的花儿，就像"钿合"一样，严丝合缝地扣紧在一起。《长恨歌》中有"金钿"作定情物及"但教心似金钿坚，天上人间会相见"诗句，因由物及人，而丰富了词的内涵。闺中人对此十分羡妒，也是当然的了。"东风"二句写海棠睡态，"障滟蜡"二句写惜花人秉烛赏花，致使孤单的嫦娥在月宫里因此自惭。换头"人间万感幽单"一句将全篇唤醒，使花与李杨情事交织在一处。"华清惯浴""连鬓"等句，写其恩爱缠绵。"凭谁为歌长恨"一句，又空际转身，陡作转折，从欢乐的峰巅跌入极度悲惨的深渊。"长恨"二字，用白居易《长恨歌》题面点"安史之乱"及杨妃死于马嵬的悲剧结局。"暗殿""秋灯"是《长恨歌》"夕殿萤飞思悄然，孤灯挑尽未成眠。迟迟钟鼓初长夜，耿耿星河欲曙天"等诗句的凝缩。结拍紧扣词题"连理"二字，化用白诗名句"七月七日长生殿，夜半无人私语时。在天愿作比翼鸟，在地愿为连理枝。天长地久有时尽，此恨绵绵无绝期"。"旧期",即"七月七日"。"春盟",指永世为夫妻的誓愿。必须提及的是,这首词虽然把咏花与咏李杨爱情交织在一起,但却把感情的侧重面投向海棠一方。李杨有"愿为连理枝"的誓言,然毕竟未能实现。而"连理海棠"却与此相反,它们没有什么密誓,却年年"芳根兼倚,花梢钿合","睡足交枝,正梦枕、瑶钗燕股"。"人间万感幽单",说的就是人不如花,更难成"连理"。其中有词人自身的悔恨与感叹,也包括对世间负心人的谴责。联系南宋生存空间的日益缩小,亡国的威胁逐渐迫近,其中也含有以李杨悲剧为鉴戒的深意在内。

《高阳台·落梅》一篇则从"落"字着眼展开联想,梅耶?人耶?写梅实亦词人自况:

宫粉雕痕,仙云堕影,无人野水荒湾。古石埋香,金沙锁骨连环。南楼不恨吹横笛,恨晓风、千里关山。半飘零,庭上黄昏,月冷阑干。　　寿阳空理愁鸾。问谁调玉髓,暗补香瘢?细雨归鸿,孤山无限春寒。离魂难倩招清些,梦缟衣、解佩溪边。最愁人,啼鸟晴明,叶底青圆。

开篇的"雕痕""堕影",即词题所说的"落"字;"宫粉""仙云",则为题中之"梅"。"无人野水荒湾",即梅之生死难离的故土。梅于无人野水荒湾自开自落,无人赏见,岂不辜负此"宫粉"之色、"仙云"之姿?词人满腹诗书,终生未第,壮志难酬,不也似此梅之自开自落乎?开篇便紧扣词题,用笔不苟,且为词境的大开大合作好铺垫。"古石"两句向深处掘进一层:千古巨石埋此落梅之幽韵冷香,此梅之冷香幽韵又埋此巨石于千古。于是,那古石浸透了梅的幽香,那梅又与古石之沙砾的最细微的分子钩锁连环在一起，年年严冬来临，便又凌风冒雪，傲然开放，显示出中华民族所叹赏的硬骨头精神。这精神来自"古石""金沙"，也来自梅的哺育与滋养。既不畏惧严冬，也不为无人赏识而自惭。梅的性格与人的性格由此而得以充分显现。"南楼"两句在空间上再拓展一层。这两句虽然用的是李白《与史郎中钦听黄鹤楼上吹笛》中的诗意（"黄鹤楼中吹玉笛，江城五月落梅花"），并暗逗其"落"字，但其内涵却远比李诗含蕴广深，词人的着眼点已不是个人的遭际（如个人的迁谪等），而是千里边防与战事前沿。"恨"，即关山隔阻，威胁增大，国土难全之怅恨。这与一般《梅花落》所抒情怀已大有不同，其思想品位与美学价值也由此得以张扬。一株在"无人野水荒湾"中自生自灭的梅树，它那小小花心却始终萦系于祖国的千里关山。这就不只是词人的一己之情，而是整个民族特性的概括了。陈洵认为"南楼"七字"空际转身，是觉翁神力独运处"（《海绡说词》）。"半飘零"三句融林逋《山园小梅》诗意，通过"冷"字传达时代氛围。换头从"寿阳"公主之"梅花妆"写起，作纵向的历史开掘。"春寒"，与前"月冷"上下呼应，贯穿全篇。结尾三句，写梅花落尽子满枝的季节变化，对"落梅"作最后的哀挽。陈廷焯认为这首词"字字凄恻，自是一篇绝妙吊梅花文。他人有些凄恻，无此笔力"（《云韶集》）。又说这首词"既幽怨，又清虚，几欲突过中仙咏物诸篇，是集中最高之作"（《白雨斋词话》卷二）。

《思佳客》在梦窗咏物词乃至所有梦窗词中都是极为特殊的。词题曰"赋半面女髑髅"，即从半面女髑髅骨引起一段丰富的联想，因而感

赋此篇:

> 钗燕拢云睡起时,隔墙折得杏花枝。青春半面妆如画,细雨三更花又飞。　　轻爱别,旧相知,断肠青冢几斜晖。断红一任风吹起,结习空时不点衣。

面对半面枯骨,词人感受到的不是丑陋、憎恶、恐怖,而是青春的美感。他通过丰富的想象,还髑髅以少女的青春。半具枯骨,在词人眼里逐渐幻化出当年少女的丰采:玉钗轻轻拢起蓬松的秀发,睡眼惺忪,刚刚从梦中醒来。此刻,她已走出香闺,步入庭院,旋又被隔墙开放的红杏所吸引,她疾步走过去,隔着园墙折下盛开的花枝。花与人交相辉映,即使半面青春,也淡妆匀抹,轻盈如画,直至夜半三更,细雨纷飞,摧折了枝头的残花。这一切仿佛与那少女生前一般鲜活。下片,转写从幻觉中醒来时的慨叹。当年,你轻易地结束了自己的生命,与相爱的情人永别;但你是否知道,那苟活于人世的人只与你最为相知?这样肠断的永别怎不令人朝思暮念?又怎能不使人长期在你坟边流连忘返,无数次送走夕阳晚照的斜晖。虽然现实生活中的情感难得平静,但生者已修炼到《维摩诘经》中所说的"结习已尽,花不著也"的"空"的境界了。词人借此表达对杭州亡姬的无限钟情。恋物,也就是在恋人。北宋苏轼有《髑髅赞》("黄沙枯髑髅,本是桃李面。而今不忍看,当时恨不见。业风相鼓转,巧色美倩盼。无师无眼禅,看便成一片。"),南宋径山宗杲禅师又作《半面女髑髅赞》("十分春色,谁人不爱。视此三分,可以为戒。")。他们都从色空观念出发,对世人进行劝诫。吴文英却与此不同,他由髑髅而联及自己所爱之人,在感情极为激动的情势下，几乎进入了超感官知觉的后知情境，仿佛看到髑髅当年的生活片断。梦窗词的这种艺术手法已远远超过艺术的常规想象，是极为特殊的。

此外，梦窗迎送酬答、节令时序之作中，同样表现了丰盈澎湃的思想情感。如《沁园春·送翁宾旸游鄂渚》：

> 情如之何，暮途为客，忍堪送君。便江湖天远，中宵同月；关河秋近，何日清尘？玉麈生风，貂裘明雪，幕府英雄今几人？行须早，料刚肠肯殢，泪眼离颦。　　平生秀句清尊，到帐动风开自有神。听夜鸣黄鹤，楼高百尺；朝驰白马，笔扫千军。贾傅才高，岳家军在，好勒燕然石上文。松江上，念故人老矣，甘卧闲云。

宋理宗开庆元年（1259），元兵大举进犯荆、湖、川，贾似道督汉阳以援鄂，友人翁宾旸入幕随行。词人对此抱很大期望，所以词中多鼓励语："秀句清尊""帐动风开""勒燕然石"诸句颇具气势，与辛词十分接近。这类健笔在梦窗词中也所在多有，如："云起南峰未雨，云敛北峰初霁，健笔写青天。"（《水调歌头》）"几番时事重论，座中共惜斜阳下。今朝剪柳，东风送客，功名近也。"（《水龙吟》）"千人兴亡旧恨，半丘残日孤云。""问几曾夜宿，月明起看，剑水星纹。"（《木兰花慢·虎丘陪仓幕游》）"惊翰，带云去杳，任红尘一片落人间。"（《木兰花慢·重游虎丘》）这些词句都可以说明梦窗风格的多样化，而最能代表梦窗词之疏朗风格的是《唐多令》：

> 何处合成愁？离人心上秋。纵芭蕉、不语也飕飕。都道晚来天

气好,有明月、怕登楼。　　年事梦中休,花空烟水流。燕辞归、客尚淹留。垂柳不萦裙带住,漫长是、系行舟。

词写羁旅怀人之情。起笔别致新颖,是审美灵境的细腻感受。全篇自然浑成,与密丽险涩之作截然不同。所以一开始便受到张炎的推崇,他说:"此词疏快,却不质实。如是者集中尚有,惜不多耳。"周尔墉说:"词固佳,但非梦窗平生杰构。玉田心赏,特以其近自家手笔故也。"(《周批绝妙好词笺》卷四)又说:"玉田赏之,是矣,然是极研炼出之者。看似俊快,其实深美。""疏快""深美",当是这首词成功之所在。

以上便是梦窗词的主要内涵。今日重读其词,吟其韵味,品其词翰,仍然感到一种忧世拯民、奋进求成但又无法施展抱负的正直文人的深长创痛。他在黑夜里向往着晨曦,在孤寂中冀求着知音,向死亡呼唤着永生。他不是对思想观念作直陈的描述,而是对事物的本质持有自己独特的感觉。他探索人生百态与宇宙万物的变化,寻求生死之间情理之间所展示的人之本性。尽管他有难以超越的局限,但他耿耿孤怀,诚实地做了,写了,因而今天读他的词,仍令人感喟那一份毫不掩饰的真实。

超逸沉博与密丽深涩的艺术风格

吴文英有自己的词学主张与美学追求,但从未见诸文字,只是沈义父在《乐府指迷》中从侧面记录了他关于词的一段重要谈话:

代前言 梦幻的窗口

> 盖音律欲其协，不协则成长短之诗；下字欲其雅，不雅则近乎缠令之体；用字不可太露，露则直突而无深长之味；发意不可太高，高则狂怪而失柔婉之意。思此则知所以为难。

这是梦窗现存唯一的词论，中心是维护词体的纯正性。他强调从"协律""下字""用字""发意"等四个方面，使词体与"诗"及"缠令"严格区分开来。文字虽短，却几乎涵盖了词的内容、形式、艺术、风格等许多重要论题，实际上这就是他的美学追求，是带有纲领性质的词学本体论。他忠实于这一主张，并且用音律协畅、词语雅丽、发意柔婉、韵味深长这四根支柱，撑起一个广阔空间，使他那梦幻性心灵得以充分展现，梦幻性艺术思维得以自由驰骋，最后终于跨过了当时歌词创作的既定边界，逸出了传统的创作模式，并且使词之本体所应该具有的特殊韵味得以充分发挥。他的作品也由此成为符合词体要求的原本意义上的歌词。

为了忠实于自己的美学追求和文学主张，他选择了一条艰难的道路。他舍弃了别人走惯的阳关大道，却甘愿在悬崖峭壁、曲折盘旋的羊肠小径上冒险探幽，终于开辟出一派"天光云影，摇荡绿波，抚玩无致，追寻已远"（周济语）的艺术新天地，并由此形成了超逸沉博、密丽深涩的艺术风格，成为南宋词坛的一大家。尹焕说："求词于我宋，前有清真，后有梦窗，此非焕之言，四海之公言也。"（杨慎《词品》引尹惟晓《梦窗词集序》）

梦窗继承周邦彦词的传统，不仅从色泽秾丽与运疏于密方面发展了周词的"富艳精工"，而且还善于潜气内转。乍视之，梦窗词的布局谋篇颇近"不成片断","而实有灵气行乎其间。细心吟绎,觉味美方回,引人入胜,既不病其晦涩,亦不见其堆垛"(戈载《七家词选》),学周而又不完全承袭其面目。沈义父所说"梦窗深得清真之妙",正在于此。

如同南宋其他词人一样,在辛弃疾于唐宋诸大家外屹然别立一宗以后,都不可避免地要向"稼轩体"作不同程度的倾斜或相互渗透。梦窗词也不例外,除思想内容与创作题材方面有明显的反映以外,艺术上也受到"稼轩体"的影响。况周颐说:"梦窗与苏、辛二公,实殊流而同源,其见为不同,则梦窗致密其外耳。"所谓"致密其外",即言其风格与苏、辛在表现上有所不同,而在其思想本源上并无根本分别。所以况氏又说:"即致密,即沉著。非出乎致密之外,超乎致密之上,别有沉著之一境也。""重者,沉著之谓。在气格,不在字句。"(《蕙风词话》卷二)把这些话联系起来,况氏认为梦窗与苏、辛同源乃在"气格"这一根本点,而不在"字句"的明显不同。梦窗词之所以长期保有感人的艺术魅力,庶几与苏、辛"气格"上的"同源"有关。如果我们从这一点上去理解前人评梦窗的历史地位,可以发现"词家之有文英,如诗家之有李商隐"(《四库全书总目提要》)之说,并不单指梦窗继承周邦彦的传统,而且包括了对苏、辛二公的学习继承,这与李商隐从精神实质上对杜甫的继承是一样的。刘熙载所说"词品喻诸诗","梦窗,义山也"(《艺概》卷四),这段话的内涵也正在这里。

正因为梦窗在艺术风格与历史地位上有同李商隐相近之处,所以他的作品在流传过程中也免不了要遭到误解与贬损。在这方面梦窗比李商隐更为不幸。评者的任务就在于通过研究拭去历史的尘埃,还梦窗以本来面目，既不贬损，也不揄扬太过。但就整体而言，梦窗词这"眩人眼目"的"七宝楼台"尚有很多宝贵遗产有待发掘，仅就其"遗弃传统而近于现代化的地方"，便有大量工作还留在后面，呼唤着时贤与后来人去做。

吴文英能自度曲。刘毓盘《词史》列出《西子妆慢》《江南春》《梦芙蓉》《古香慢》《霜花腴》《澡兰香》《玉京谣》《探芳新》《高山流水》等曲后说："凡自制九曲，各注宫调名，惟芳谱不传耳。"除此之外，"《秋思》则采琴曲入词；《暗香疏影》，则合白石二词为一；《惜秋华》疑亦自度；《江南好》与《满庭芳》同，疑亦过腔鬲指之类，《梦行云》则大曲《六幺花十八》之摘遍耳"（王易《词曲史》）。可见，吴文英不仅精通音律，而且在词调的创制方面，与姜夔一样，也做出了自己的贡献。

"开径自行"与深远影响

梦窗之所以"缒幽抉潜，开径自行"（朱祖谋《梦窗词集跋》），跨越传统方式的既定边界而另辟梦幻型歌词之新途，原因很多，其中，传统继承、个人遭际、独特个性与词学主张以及时代影响等，均有不可忽视的制约作用。

梦幻型文学作品在古代文学中并不罕见。最早，作为概念或意象，梦幻在《卜辞》《尚书》《左传》中就已有较多记载，因多与占梦联系在一起，故带有原始巫祝与迷信色彩，是一种意指客体（即作预测、说明或解释之用），而不是独立的审美对象。开始作为审美客体、作为艺术形象纳入作品并对后世产生深远影响的梦幻，当从《庄子》和《楚辞》算起。《庄子·齐物论》中的"梦蝶"故事，原来用以论证"物化"（即物我之间的转化），申明其万物融合为一的哲理，但它却启迪了后代诗人的审美想象，影响到历代文学创作并已成为常识性典故，梦窗词中就出现二十余次。楚辞《离骚》等作品"驷虬乘鹥"的神仙世界与诡谲想象，还有《高唐赋序》中襄王梦巫山神女故事，都影响了历代梦幻作品的产生，梦窗词中也多次提及。此后，"游仙""梦游"以及李白、李贺、李商隐的某些诗歌，唐宋传奇，元明清戏曲小说中的梦幻故事，无不受以上几方面的影响并有新的发展。

就词史而言，从文人词产生那天开始，便不断有带"梦"字的作品出现。温庭筠71首词中"梦"字出现13次，韦庄54首词中"梦"字出现18次，冯延巳110首词中"梦"字出现32次，李煜45首词中"梦"字出现15次。其主要特征是把"梦"当成情感型意象，寄托恋情相思或慨叹人生如梦，还不是严格意义上的独立的审美对象，还没有成为歌词创作的重心内容。只有韦庄《女冠子》（昨夜夜半）等极少数篇章，描绘了入梦过程及感情经历，对苏轼《江城子》（十年生死两茫茫）等作品产生过明显影响。这一时期可称之为梦词的发轫期。北宋晏几道是最早的梦幻词人，在他240余首作品中，仅"梦"字就出现了60次。他把"梦"当作与现实截然不同的审美情感世界，在睡梦中雕塑着清醒的恋人，同时还开创了"梦态的抒情"手法，可称之为梦词的创变期。直到南宋末年吴文英的出现，才将梦词的创作发展到极致，并使之进入定型期。

代前言　梦幻的窗口

梦窗的梦词与小晏的梦词有许多近似之处，但又有明显不同。一、从内容上看，梦窗的梦词比之小晏更为复杂多样。小晏写的只是一个睡着的词人和四个醒着的歌女之间的恋情，而不曾旁及其他。梦窗除恋情相思、怀旧悼亡以外，还将梦幻型作品扩展到咏物兴怀、登临酬唱、抚时感事与吊古伤今等广阔空间。二、从形式上看，小晏的梦词均为小令，梦窗除用小令以外，还大量运用长调，增大了梦词的容量。三、艺术上梦窗吸纳了小晏"梦态的抒情"手法，同时又全力创构"窗口"上的画面，致力于"景列"的剪接，技法新颖并已配套成龙。四、风格不同。小晏梦词所写的爱情悲剧仍较开朗外向、清壮流利。梦窗则较为内向，意境隐约朦胧、密丽深涩。五、小晏梦词并非完全自觉，梦窗却十分自觉，他自号"梦窗"，便是公开化了的自觉的目标意识。以上五点说明，梦窗在梦幻歌词的创作上，比小晏走得更远了。他不是一般的机缘性的表层的"人生如梦"的慨叹，而是来自心灵深层的梦幻意识，来自创作过程中逐渐形成的梦幻性艺术思维。他所写的客观现实生活，经过梦幻心灵的锻冶，已非复旧观，而带有浓淡不同的梦幻色调。咏物兴怀、登临酬唱、抚时感事与吊古伤今的作品中，游动着梦幻的魔影；恋情相思、怀旧悼亡的梦境中，又沉潜有物是人非的厚重的历史内容。这些作品又都程度不同地指向一个共同的轴心，即始终环绕着灵与肉、生与死、动与静、时代与历史、变化与永恒以及自我与自我之间的冲突等加以展开。强调用"重、拙、大"三个字来品评词人的况周颐说："重者，沉着之谓；在气格，不在字句，于梦窗词庶几近之。"他甚至认为："梦窗与苏、辛二公，实殊流而同源。"

(《蕙风词话》卷二）如果从最深心灵层次上看，梦窗的梦幻型作品同样具有苏轼、辛弃疾厚重的人性品格与时代内涵，不同的只是"致密其外"而已。

梦窗经历的是不幸的一生，悲剧的一生。作为传统士子，他刻苦读书，才华出众，自视甚高。他在《满江红》中说："看高鸿、飞上碧云中，秋一声。"这应看作是他个人远大抱负的形象写照，然而他却始终未能登第，未获任何官职，爱国志向自然无从施展。不仅如此，他还始终寄人篱下，过的是清客幕僚生活。貌似受尊重，实际上遭遇白眼，有时还不得不向权贵们特别是向贾似道之流投词祝寿，这大大挫伤了他孤傲的心灵。他在《醉落魄》中说："柔怀难托，老天如水人情薄。"句中融入的正是他个人的辛酸。本为翁氏传人，却又被过继为吴氏后人，心灵上的阴影始终拂之不去。有过真正的情爱，结果却一个生离，一个死别。这一连串的屈辱与不幸，是其他词人难以体验的，而梦窗却十分敏感地把这一切体验全部纳入充满梦幻的心灵深处，积累、凝定、奔突，终于在词的创作这个方面找到了突破口。他那些带有悲剧色彩的恋情相思、怀旧悼亡之作，都程度不同地融入了美的破灭与时代没落的深长悲痛，而不能简单地视之为梦境的实录。他那些只有"梦"字而无梦境的词篇，多半是这种如梦如幻、心绪凌乱、无可言告的生存状态的反映。他的某些梦词，难以一一指实，也不必落实。

梦窗之所以跨越传统方式的既定边界，还同时代大背景即南渡后词坛的历史与现实密切相关。北宋灭亡，宋室南渡，抗金复国已成为南宋历史发展的逻辑起点。遗憾的是，南宋王朝既未高举收复被占领土、完成国家统一的旗帜,又未能维护其自身独立与疆域完整,而是在侵略者面前步步退让,最后终于退到南海之中,遭到灭顶之灾。但是,作为诗体形式之一的词则恰恰相反。南宋词自始至终响彻着反对投降、反攻复国的时代强音。"时运交移,质文代变。"(刘勰《文心雕龙·时序》)"变",是南宋词史的逻辑起点,也是南宋词史发展的归结。南宋词史发展的四个时期(词坛的重建期、词史的高峰期、词艺的深化期、宋词的结穫期),都紧紧围绕这一个"变"字展开。在北宋就已成名的词人,南渡后立即改变了原来剪红刻翠、浅斟低唱的柔靡词风,他们通过爱国豪放词的创作,完成了词坛重建期的历史使命,并为词史高峰期的到来作好准备。三十年以后,由北南归的辛弃疾登上了词坛。他以620余首的大量词篇,鞺鞳的音响,雄健的风格,完成了审美视界的转换,把词的创作推上了词史的高峰期。当时及稍后的词人,不论其审美情趣如何,都于不知不觉间向辛弃疾爱国豪放词风倾斜。姜夔的出现,标志着词艺深化期的到来,他不仅继承了周邦彦的传统,还上承儒家之"仁",诗教之"雅",并继承诗歌与音乐合一这一传统的精髓,在"词中有乐,乐中有词"方面做出了开拓性贡献。他把家国兴亡之叹与个人身世之感巧妙融入词中,达到了"野云孤飞,去留无迹"的高境界,他是继辛弃疾之后以独创性成就登上词史高峰的第二位大词人。吴文英生于辛、姜之后,要想超越这两位大词人,就其才、学、识,特别是他当时所处的位置与他的经历而言,几乎是不可能的。他生活于南宋灭亡前夕,既不能沿着辛弃疾雄豪博大的词风继续攀升,又不能沿着姜夔的幽韵冷香亦步亦趋。所以,他只能另拓新境，大量撰制梦幻型作品，在词的表现力方面充分施展其创造才能，继辛、姜之后第三个登上了南宋词史的高峰，形成辛、姜、吴三足鼎立的历史新格局。当然，吴文英还从周邦彦上溯到温庭筠，上溯到庄子的"梦蝶"、楚辞的"惊采绝艳"、宋玉高唐神女的幻变等等，使人生艺术化，生活艺术化，梦境艺术化。诗中有画、画中有诗这一传统，通过"梦幻之窗"也达到了中国诗歌史上新的高度。

作者自号"梦窗"并自觉创作梦幻型歌词，还与他所生活的那个时代的民间文化密切相关。梦窗一生未第，长期沉浮于下层，对当时民间流传的"影戏"免不了有较多接触。据现有资料，北宋即已有"影戏"的演出。孟元老《东京梦华录》（卷五）有"董十五、赵七、曹保义……影戏，丁仪、瘦吉等，弄乔影戏"的记载。耐得翁《都城纪胜》还描述"影戏"的特点："影戏乃京师人初以素纸雕镞，后用色彩装皮为之，其话本与讲史书者颇同，大抵真假相半，公忠者雕以正貌，奸邪者与之丑貌，盖亦寓褒贬于世俗之眼戏也[1]。"《西湖老人繁胜录》与《武林旧事》二书也有"影戏"及其演艺人的记载。吴自牧《梦粱录》（卷二十）在"百戏伎艺"条中除写入上引《都城纪胜》之内容外，还补充道："元汴京初以素纸雕镞，自后人巧工精，以羊皮雕形，用以彩色装饰，不致损坏。"同时还强调了内容的"真假相半"。这种"影戏"的"真假相半""羊皮雕形""彩色装饰"以及投影于窗上以愉悦观众的全部过程，对"梦幻之窗"的艺术思维自然会有所启发，从梦窗词中

---

[1] 见《东京梦华录（外四种）》，第87—88页，上海古典文学出版社1956年版。

"映梦窗,凌乱碧""明朝传梦西窗""欢事小蛮窗""湘佩寒、幽梦小窗春足"等句看,均可见出其某种痕迹。值得指出的是,词人并不胶着于"影戏"本身的描述,而是使之与诗情画意相互结合,沿着文雅的方向,沿着超逸沉博与密丽深涩的方向,提纯与升华。

吴文英的大量词篇,在当时就有巨大影响。例如周密与陈允平就是刻意学梦窗的,与之酬唱者亦甚众,万俟绍之有"赠妓寄梦窗"的《江神子》:

> 十年心事上眉端。惊梦残,琐窗寒。云絮随风,千里度关山。琴里知音无觅处,妆粉淡,钏金宽。　　瑶箱吟卷懒重看。忆前欢,泪偷弹。我已相将,飞棹过长安。为说崔徽憔悴损,须觅取,锦笺还。

此词正是从梦窗与两位爱姬的关系着眼。周密也有一首类似的《玲珑四犯·戏调梦窗》,其中有句云:"年少忍负韶华。尽占断、艳歌芳酒。看翠帘、蝶舞蜂喧,催趁禁烟时候。""凭问柳陌旧莺,人比似、垂杨谁瘦?"通过这些词句,可以加深读者对梦窗的认识与理解。

周密还有一首《玉漏迟·题吴梦窗〈霜花腴词集〉》,比较全面地涉及梦窗的人品与词品,是了解梦窗的又一重要资料。全词如下:

> 老来欢意少。锦鲸仙去,紫霞声杳。怕展金奁,依旧故人怀抱。犹想乌丝醉墨,惊俊语、香红围绕。闲自笑。与君共是、承平年少。　　雨窗短梦难凭,是几番宫商,几番吟啸?泪眼东风,回首四桥烟草。载酒倦游甚处?已换却、花间啼鸟。春恨悄。天涯暮云残照。

起拍交代这首词作于晚年,并且是梦窗去世以后(由"仙去""声杳"可知)写成的。《霜花腴》本梦窗自度曲名,收在《梦窗四稿》甲稿之中,因此曲盛传,故周密用以代梦窗词集。"金奁"本温庭筠词集名,这里也用以代指梦窗词集。词中充分表达了作者对梦窗的惋惜与忆念之情。

贬抑梦窗词的张炎,对梦窗的人品词品却也多有褒扬,《声声慢》就表达了这种情感:

> 烟堤小舫,雨屋深灯,春衫惯染京尘。舞柳歌桃,心事暗恼东邻。浑疑夜窗梦蝶,到如今、犹宿花阴。待唤起,甚江蓠摇落,化作秋声。 回首曲终人远,黯销魂、忍看朵朵芳云。润墨空题,惆怅醉魂难醒。独怜水楼赋笔,有斜阳、还怕登临。愁未了,听残莺、啼过柳阴。

这首词题作"题吴梦窗遗笔",又别本作"题梦窗自度曲《霜花腴》卷后",词中充分表达了张炎对梦窗的赞誉与向往。值得指出的是,以上三首词都有意把"梦""窗"二字纳入词句之中,这也有助于我们理解吴文英号"梦窗"的深切含义。这些词人对"梦""窗"二字的理解以及对梦窗艺术追求的称许,均跃然纸上。

尹焕、黄孝迈、楼采、李彭老

梦窗词深刻影响着当时的词坛,宗之者有尹焕、黄孝迈、楼采、李彭老等。

尹焕 字惟晓,山阴(今浙江绍兴)人。嘉定十年(1217)进士。自畿漕除右司郎官，淳祐八年（1248），累官朝奉大夫太府少卿兼尚书左司郎中兼敕令所删定官。有《梅津集》，不传，存词三首。尹焕在《梦窗词序》中推崇梦窗，但其所存三首词却都远逊梦窗所作。其《唐多令·苕溪有牧之之感》，略与梦窗《唐多令》（何处合成愁）为近：

> 苹末转清商，溪声共夕凉。缓传杯、催唤红妆。慢绾乌云新浴罢，裙拂地、水沉香。　　歌短旧情长，重来惊鬓霜。怅绿阴、青子成双。说著前欢伴不睬，飐莲子、打鸳鸯。

这首词虽然有与梦窗《唐多令》相近的疏快，但却缺少梦窗词的"深美"，几近油滑。只有《霓裳中序第一》中"青鬐粲素靥，海国仙人偏耐热，餐尽香风露屑"诸句，稍具梦窗韵味。

黄孝迈　生平事迹不详，字德文，号雪舟。有《雪舟长短句》，已佚，存词四首。其《湘春夜月》最为著名：

> 近清明，翠禽枝上消魂。可惜一片清歌，都付与黄昏。欲共柳花低诉，怕柳花轻薄，不解伤春。念楚乡旅宿，柔情别绪，谁与温存？　　空樽夜泣，青山不语。残月当门。翠玉楼前，惟是有、一波湘水，动荡湘云。天长梦短，问甚时、重见桃根？这次第，算人间没个并刀，剪断心上愁痕。

万树在《词律》中说："此调他无作者，想雪舟自度，风度婉秀，真佳词也。""婉秀"二字确乎捉住了词人的心魂。全篇紧紧围绕"楚乡旅宿"的所闻、所见、所感，反复抒写伤春恨别之情，韵远神清，如溪流注泽，涓涓轻泻，偶有起伏转折，回波荡漾，挹之愈深，味之无穷。

"可惜一片清歌，都付与黄昏"二句，感慨深沉，十分伤痛，实亦从一般伤春引出时代没落的叹惋。此时代气氛使然，非着意为之也。下片，"空樽""残月""湘云""梦短"，无不由此倍增"愁痕"。与梦窗词比照，这一点更加鲜明。麦孺博云："时事日非，无可与语，感喟遥深。"（《艺蘅馆词选》）即指此而言。在整个南宋词中，《湘春夜月》也可称是最有特色的佳篇之一。查礼评曰："情有文不能达、诗不能道者，而独于长短句中可以委宛形容之。如黄雪舟自度《湘春夜月》……"这说明黄孝迈在这首词里充分发挥词体深美闳约、窈眇宜修、能言诗之所能言、能尽言诗之所不能言的特长，并由此而取得成功。查氏还说："雪舟才思俊逸，天分高超，握笔神来，当有悟入处，非积学所到也。刘后村跋雪舟乐章，谓其清丽，叔原、方回不能加，其绵密，骎骎秦郎'和天也瘦'之作。后村可为雪舟之知音。"（查礼《词话》）这一评价并非揄扬太过。

黄雪舟另首《水龙吟》也值得一读：

闲情小院沉吟，草深柳密帘空翠。风檐夜响，残灯慵剔，寒轻怯睡。店舍无烟，关山有月，梨花满地。二十年好梦，不曾圆合，而今老、都休矣。　　谁共题诗秉烛，两厌厌、天涯别袂。柔肠一寸，七分是恨，三分是泪。芳信不来，玉箫尘染，粉衣香退。待问春，怎把千红换得，一池绿水。

由上可见，黄孝迈虽存词四首，但均在一般水平以上，其他散佚诸作也可想而知矣。

楼采　生卒年不详，鄞（今浙江宁波）人。嘉定十年（1217）进

士。存词六首,词风与梦窗为近。如《瑞鹤仙》:

冻痕销梦草。又招得春归,旧家池沼。园扉掩寒峭。倩谁将花信,遍传深窈。追游趁早。便裁却、轻衫短帽。任残梅、飞满溪桥,和月醉眠清晓。　　年小。青丝纤手,彩胜娇鬟,赋情谁表。南楼信杳。江云重,雁归少。记冲香嘶马,流红回岸,几度绿杨残照。想暗黄,依旧东风,灞陵古道。

又如《玉漏迟》:

絮花寒食路。晴丝胃日,绿阴吹雾。客帽欺风,愁满画船烟浦。彩柱秋千散后,怅尘锁、燕帘莺户。从间阻。梦云无准,鬓霜如许。　　夜永绣阁藏娇,记掩扇传歌,剪灯留语。月约星期,细把花须频数。弹指一襟幽恨,谩空趁、啼鹃声诉。深院宇,黄昏杏花微雨。

由于风格相近,这首词曾误入梦窗词集。

李彭老　生卒年不详,字商隐,号筼房。淳祐中曾为沿江制置司属官。与弟李莱老有《龟溪二隐词》,存词21首。

彭老、莱老同为宋末重要词人。周密评其词云:"筼房李彭老词笔妙一世。"又云:"张直夫尝为词序云:'靡靡不失为《国风》之正,闲雅不失为《骚》《雅》之赋,摹《玉台》不失为齐、梁之工。则情为性用,未闻为道之累。'"在其现存词中,其佳者仍工秀而有余味,如《木兰花慢·送客》:

折秦淮露柳,带明月、倚归船。看佩玉纫兰,囊诗贮锦,江满吴天。吟边。唤回梦蝶,想故山、薇长已多年。草得梅花赋了,桌歌远和离舷。　　风弦，尽入吟篇。伤倦客，对秋莲。过旧径行处，渔乡水驿，一路闻蝉。留连。漫听燕语，便江湖、夜语隔灯前。潮返浔阳暗水，雁来好寄瑶笺。

陈廷焯从上片"吟边。唤回梦蝶，想故山、薇长已多年"与后片"留连。漫听燕语，便江湖、夜语隔灯前"诸句着眼，认为"此词绝有感慨"（《白雨斋词话》卷二）。盖"薇长"句用伯夷、叔齐采薇而食，寓宋遗民思想情感，乃有是说。词中所写也当为宋遗民词社中之词友。

《四字令》最近梦窗之密丽，且无深涩之嫌：

　　兰汤晚凉，鸾钗半妆，红巾腻雪初香。擘莲房赌双。　　罗纨素珰，冰壶露床，月移花影西厢。数流萤过墙。

词之上、下片所结"擘莲房赌双"与"数流萤过墙"为关键句。上、下片前三句均为第四句蓄势，而这第四句则为前三句的总爆发。上片"兰汤""鸾钗""红巾"字面秀艳，为"赌双"作准备；下片"素珰""冰壶""露床"又极素淡，与上片形成鲜明对照，用以衬托"赌双"不成之后的失望与悲伤。"数流萤"句含思凄婉，但欲吐不露，构思新颖别致，另有韵味。

李彭老与宋末著名词人周密关系密切，是词坛挚友。周密在《浩然斋雅谈》中录彭老词六首并附多人评语。李彭老也有题为"题草窗词"的《浣溪沙》，对周密草窗词作出高度评价：

　　玉雪庭心夜色空，移花小槛斗春红。轻衫短幅醉歌重。　　彩扇旧题烟雨外，玉箫新谱燕莺中。阑干到处是春风。

全篇用形象品评草窗的人品与词品。上片用冬、春、夏季节特点品题

代前言 梦幻的窗口

周密的风流倜傥，下片以书画、音声状其词之优美丰富，韵味无穷。

宋室南渡以及宋金对峙的社会现实，向词人提出了全新的时代要求，南渡词人以其雄风豪气的时代强音，完成了过渡时期的创作使命，为词史高峰期的到来准备了条件。辛弃疾的出现，标志着词史高峰期已进入最佳状态。辛弃疾以其雄豪、博大、峻峭的大量作品，完成了南北词风的融合，实现了词史审美视界的转换，开创了豪放词与婉约词分镳并驰的历史新格局。继他而起的姜夔、吴文英等词人，完成了婉约词创作艺术的深化与提高，从这种意义上说，他们做出了几乎可以同辛弃疾相接近的历史贡献，和辛弃疾鼎足而三，共同屹立于词史的高峰之巅，既震动于当时，又光照于后世。这三位词人包括他们作品的思想内容、艺术技法、风格体式，均已达到历史的极致。宋末和宋以后所有词人，几乎无一例外地笼罩于这一词史高峰晕圈效应的光彩之下，不论他们在词的创作上有多大发展变化，均未能超出辛、姜、吴（当然包括北宋词人）等的影响范围，也始终未能走出他们的光影。

吴文英在元、明两代遭受冷落，至清却盛极一时。毛晋刻印《梦窗甲乙丙丁稿》，朱彝尊宗玉田，主清空，但其《词综》亦选梦窗词45首（汪森后另补12首）。从清中叶周济起至清末民初，研治梦窗词蔚然成风。吴梅说："近世学梦窗者几半天下。"（《乐府指迷笺释序》）戈载、杜文澜、冯煦、王鹏运、陈廷焯、朱孝臧（祖谋）、况周颐、张尔田、陈洵、吴梅、杨铁夫对梦窗词均有较多论评，而且推崇备至。

朱孝臧研治二十年，所校《梦窗词》三易刻板，是历史上最精审的版本。他在跋语中推崇说："举博丽之典，审音拈韵，习谙古谐。故其为词也，沉邃缜密，脉络井井，缒幽抉潜，开径自行，学者匪造次能陈其义趣。"近二三十年来，梦窗词开始受到较客观较公允的审视，并已逐渐还原其本来面目。

琐窗寒

无射商,俗名越调,犯中吕宫,又犯正宫① 玉兰②

绀缕堆云③,清腮润玉④,汜人初见⑤。蛮腥未洗⑥,海客一怀凄惋⑦。渺征槎⑧、去乘阆风⑨,占香上国幽心展⑩。□遗芳掩色,真姿凝澹⑪,返魂骚畹⑫。 一盼⑬。千金换⑭。又笑伴鸱夷⑮,共归吴苑⑯。离烟恨水,梦杳南天秋晚⑰。比来时、瘦肌更销,冷薰沁骨悲乡远⑱。最伤情、送客咸阳⑲,佩结西风怨⑳。

[笺注]

① 无射(yì):古代乐律名。十二律之一。阴阳各六,阳六为律,阴六为无射。商:五音之一。《礼记·月令》:"季秋之月,……其音商,律中无射。"无射商:音调名。又名林钟商,亦名商调,又作林钟商调。《宋史·律历志》:"无射商为林钟商。"《琵琶录》:"商七调,第七运林钟商调。"越调:音调名。朱熹《仪礼经传通解》:"无射清商,俗呼越调。"张炎《词源》:"无射商,俗名越调。"凌廷堪《燕乐考原》卷三《商声七调·越调》:"又按:南宋燕乐七商一均,亦如七宫,用黄钟、大吕、夹钟、仲吕、林钟、夷则、无射七律之名。越调居第七,当无射之位,故朱子《仪礼经传通解》云:'无射清商,俗呼越调。'《姜白石集·越九歌》'越调'亦自注云'无射商'也。"犯:古代音乐术语。陈旸《乐书》:"乐府诸曲,自古不用犯声,以为不顺也。唐自天后末年,剑气入浑脱,始为犯声之始。剑气宫调,浑脱角调。"张端义《贵耳

集》:"自宣政间,周美成、柳耆卿辈出,自制乐章,有曰'侧犯''尾犯''花犯''玲珑四犯'。"《词源》下:"迄于崇宁,立大晟府。命周美成诸人讨论古音,审定古调。……而美成诸人又复增慢曲、引、近,或移宫换羽为三犯、四犯之曲。"夏承焘《姜白石词编年笺校·凄凉犯·笺》:"'犯曲'如今西乐所谓'转调',如本宫调为黄钟均宫音,并无大吕、蕤宾二律在内,今忽奏大、夹、仲、蕤、夷、无、应七律,则转入大吕均宫调矣。如此由甲转乙,又由乙回甲,所以增乐调之变化。"

② 玉兰:词中所写并非"迎春"或"望春"之"玉兰",而是被称为"国香""王者香"或"四君子"之一的"兰草",简称为"兰"。《易·系辞》上:"同心之言,其臭如兰。"玉,对兰的美称。

③ 绀(gàn)缕:女人的秀发。喻兰叶。绀,天青色,深青而带红。苏舜钦《淮上喜雨联句》:"媚若映绀缕。"堆云:状发之蓬松。温庭筠《菩萨蛮》:"鬓云欲度香腮雪。"

④ 清腮:喻兰花。王世赏《探梅》:"候得南枝破玉腮。"周邦彦《一落索》:"清润玉箫闲久。"

⑤ 汜(sì)人:鲛宫神女。由发、腮而及全人。沈亚之《湘中怨解》:唐武后垂拱年中,有郑生晨发铜驼里,乘晓月渡洛桥,闻桥下哭声甚哀。郑生下马循声追索,见一美女蒙袖痛哭。问之,则诉受嫂虐待,不堪忍受,拟赴水而死。生救之并与居。号汜人,能诵《九歌》《招魂》《九辩》等楚人之书。并常以其调赋为怨句。居数岁,生游长安。是夕,女谓生曰:"我湘中鲛宫之娣也,谪而从君。今岁满,无以久留君所,欲为诀耳。"二人相持涕泣。生留之不能。后十余年,生之兄为岳州刺史。会上巳日与家徒登岳阳楼,望鄂渚,张宴乐酣。生愁而吟曰:"情无垠兮荡洋洋,怀佳期兮属三湘。"声未终,有画舻浮漾而来,中为彩楼,高百余尺,其中一人起舞,含嚬凄怨,形似汜人。须臾风涛大作,遂迷所在。周密《夷则商国香慢·赋子固凌波图》:"经年汜人重见,瘦影娉婷。"

⑥ 蛮腥：蛮，古代对南方各族的泛称。腥，指兰生水滨所特有的水气味。

⑦ 海客：来往海上寻仙访幽探险之人。此指下文之"乘槎客"。李白《梦游天姥吟留别》："海客谈瀛洲，烟涛微茫信难求。"李商隐《海客》："海客乘槎上紫氛，星娥罢织一相闻。"

⑧ 征槎（chá）：远航的木筏。张华《博物志》卷十："旧说云天河与海通。近世有人居海渚者，年年八月有浮槎去来，不失期，人有奇志，立飞阁于槎上，多赍粮，乘槎而去。十余日中，犹观星月日辰，自后茫茫忽忽，亦不觉昼夜。去十余日，奄至一处，有城郭状，屋舍甚严。遥望宫中多织妇，见一丈夫牵牛渚次饮之。牵牛人乃惊问曰：'何由至此？'此人具说来意，并问此是何处。答曰：'君还至蜀郡，访严君平则知之。'竟不上岸，因还如期。后至蜀，问君平，曰：'某年月日有客星犯牵牛宿。'计年月，正是此人到天河时也。"

⑨ 阆（làng）风：高空的天风。《汉书·扬雄传》上："闶阆阆其寥廓兮，似紫宫之峥嵘。"阆风：阆风苑之简称。古称昆仑山上有三大圣境，其第二处名阆风，亦即玄圃。屈原《离骚》："朝吾将济于白水兮，登阆风而绁马。"后以为仙人之所居。万俟咏《雪明鳷鹊夜慢》："望五云多处春深，开阆苑、别就蓬岛。"又喻为仙女之所居。周紫芝《蓦山溪》："月眉星眼，阆苑真仙侣。"

⑩ 占香上国：指兰。兰被誉为"国香"。《左传·宣公三年》："冬，郑穆公卒。初，郑文公有贱妾曰燕姞，梦天使与己兰，曰：'余为伯鯈。余，而祖也。以是为而子。'以兰有国香，人服媚之如是。"

⑪ 澹：澄明凝滞。

⑫ 返魂：返魂香。传聚窟洲神鸟山上有返魂树，伐其根心，于玉壶中熬煎成丸，闻之可除瘟疫，使人起死回生。《续博物志·三》"返魂香"："香能起夭残之死疾，下生之神药也。疾疫夭死者，将能起之，以薰牙及闻气者即活。"《续谈助·十洲记》"聚窟洲"："有大山，似人鸟形象，因名人鸟山。山多大树，似枫而材芳，花叶香数百里，此名返魂香。叩其树，自作声如群牛吼，闻之者皆心震神骇。伐其根心，于玉釜中煮，取汁更微火熟煎之，如黑

饴，乃可圆。名曰警精香，亦名返生香，或名震灵圆，或名人鸟香，或名震檀香，或名却死香。一种六名。其香气闻数百里，死尸在地，闻香馥乃活。"骚畹（wǎn）：古人以田二十亩为一畹。屈原《离骚》："余既滋兰之九畹兮，又树蕙之百亩。"

⑬ 一盼：即一顾。《汉书·孝武李夫人传》："北方有佳人，绝世而独立。一顾倾人城，再顾倾人国。"

⑭ 千金：即兰草。《太平寰宇记·岭南道·广州》："草有大千金、小千金……"千金换：意金不换，比喻贵重。李白《襄阳歌》："千金骏马换小妾，笑坐雕鞍歌《落梅》。"晏几道《生查子》："妆罢立春风，一笑千金少。"

⑮ 鸱（chī）夷：皮制的囊袋。此为鸱夷子皮的简称。春秋越国范蠡助勾践复国，知勾践为人不可以共安乐，乃乘舟离去。《史记·越王勾践世家》："范蠡浮海出齐，变姓名，自谓鸱夷子皮。"传西施在灭吴后与范蠡乘舟共游五湖，故曰"笑伴"。苏轼《水龙吟》："五湖闻道，扁舟归去，仍携西子。"

⑯ 吴苑：吴王的宫苑，后为苏州的代称，也称长洲苑。韦应物《奉送从兄宰晋陵》："依微吴苑树。"

⑰ 杳：无影无声。

⑱ 沁：渗入。

⑲ 咸阳：秦代的京城，在长安西北。李贺《金铜仙人辞汉歌》："衰兰送客咸阳道，天若有情天亦老。"

⑳ 佩：古代衣服上佩戴的饰物。屈原《离骚》："扈江离与辟芷兮，纫秋兰以为佩。"苏轼《沉香石》："欲随楚客纫兰佩。"西风：秋风。刘彻《秋风辞》："兰有秀兮菊有芳，怀佳人兮不能忘。"怨：扣前引《湘中怨解》之"怨"。

[译诗]

  堆拢的乌发，云一样飘柔翻卷；

  清秀的面颊，玉一般莹澈温软；

  你，浮出鲛宫的女神啊，

琐窗寒（绀缕堆云）

第一次露出轻盈的体段。

身上散发着南国的新腥气息，
衣上还散落着沥水的珠串。
难道从此不再漂洋过海了吗？
不然，为什么满怀心事，凄楚哀婉？

是因为驶入天河的仙槎舍你而去，
乘九万里长风，破浪扬帆；
还是因为你一片赤心——
国香的本质未得充分展现？

虽然，你已被坠入人世尘凡，
但你的姿质却不会掩埋改变。
你纯真的芳心永葆美好情感，
始终眷恋屈原讴歌的九畹兰田。

终于，笑容在你脸上轻轻一闪，
这一闪啊，千金难换！
因为你仿佛像西施一样，
与范蠡同游，重返吴国的宫苑。

怎么——眼前弥漫着隔绝的雾霭浓烟？
怎么——耳边传来的是诀别的溪水潺湲？

啊，原来那"笑伴""共归"不过是梦幻，
难过的深秋啊，已经很晚很晚。

丰润的面颊消瘦得多么可怜！
馥郁的冷香不断向骨子里浓缩收敛，
令人悲痛欲绝的是——
故乡啊，你的距离实在太远，太远！

然而，更使人悲痛的是你瘦骨嶙峋，
却站在咸阳古道欢送别人踏上征鞍。
他们还用玉兰编织成佩带挎在身上，
佩带的每一环扭结都浸满西风的悲怨！

[说明]

词题歌咏"玉兰"，实际是抒写在苏州相遇、相伴、相依的一位歌女。夏承焘在《吴梦窗系年》中说梦窗曾纳二妾，一娶于苏州，一娶于杭州，后皆因不得已而遗亡。并说："集中怀人诸作，其时夏秋，其地苏州者，殆皆忆苏州遗妾；其时春，其地杭者，则悼杭州亡妾。"依此观之，此词写秋时之玉兰，则咏苏州遗妾无疑矣。一起三句，写"初见"时之第一印象：秀发浓黑，像兰叶一样茂密翻卷，俊美的面容如兰花般莹澈温润。继之又用鲛宫神女来状其品质高洁，美貌超群，即使被打入凡尘，仍不掩其"国香"本色。下片直述其顾盼神飞、倾国倾城、一笑千金的价值。但从"离烟恨水"开始，略加顿挫，引出短暂结合与被迫诀别的人生悲剧。"比来时"二句，状别时的瘦损难禁与刺骨寒心的哀痛。结拍直抒喟叹并化用李贺诗句，扣紧词题之"兰"字，使词尾击首应，尺接寸附，通体完整，无懈可击。全篇将花与人打并为一处，咏花咏人，亦人亦花，转折自然，妙合无垠，毫无拼凑捏合之痕迹。词中含颦顾盼之间所传达出的细微情愫，只可意会，难以言传。至其腾天潜渊、神运往来、打破时空疆界的自由驰骋，更增添了梦窗词的神秘气氛与大跨度的跳跃性。这些体物言情之手法，均为梦窗之所独创。前人对此多有扞格。胡适在他的《词选》里就曾经批评说："这一大串的套语与故典，堆砌起来，中间又没有什么'诗的情绪'或'诗的意境'做个纲领；我们只见他时而说人，时而说花，一会儿说蛮腥和吴苑，一会儿又在咸阳送客了。"刘大杰在他的《中国文学发展史》里除套用胡适的批评外，还进一步引申说："吴文英的咏物词，大半都是词谜。"这些批评，实际上都是因为对这类词的立意与手法缺少具体理解而产生的隔膜。艺术作品是艺术家心灵的产物。心灵是一本奇特的画册，每个艺术家的心灵都有所不同。心灵一旦展示出来，就与别人有了差异。这种不同于一般的差异，构成了艺术的绚烂多彩，构成了社会人生的千姿百态。用惯常的标准与艺术特征去套解梦窗词，是很难贴近其原生态的。

[汇评]

咏物词贵有寓意，方合比兴之义。寄托最宜含蓄，运典尤忌呆诠，须具手挥五弦，目送飞鸿之妙，方合。……梦窗《琐窗寒》，咏玉兰而怀去姬。……大都双管齐下，手写此而目注彼，信为当行名作。此虽意别有在，然莫不抱定题目立言。用慢词咏物，起句便须擒题。过变更不可脱离题意，方不空泛，方能警切。

——蔡嵩云《柯亭词论》

尉迟杯

夹钟商，俗名双调① 赋杨公小蓬莱②

垂杨径。洞钥启③，时见流莺迎④。涓涓暗谷流红⑤，应有缃桃千顷⑥。临池笑靥⑦，春色满、铜华弄妆影⑧。记年时⑨、试酒湖阴⑩，褪花曾采新杏⑪。　　蛛窗绣网玄经⑫，才石砚开奁⑬，雨润云凝。小小蓬莱香一掬⑭，愁不到、朱娇翠靓⑮。清尊伴、人闲永日，断琴和、棋声竹露冷。笑从前、醉卧红尘⑯，不知人在仙境。

[笺注]

① 夹钟商、双调：音乐术语，以下一般不再出注。

② 杨公：杨彦瞻。朱彊村《梦窗词集小笺》（以下简称朱《笺》）引《云烟过眼录》："杨彦瞻伯嵒，号泳斋。"《绝妙好词笺》："（杨）伯嵒，字彦瞻，号泳斋。杨和王诸孙，居临安。淳祐间，除工部郎，出守衢州，钱塘薛尚功之外孙，弁阳周公谨之外舅也。有《六帖补》二十卷、《九经补韵》一卷行世。"又，周密《长亭怨慢》词序云："岁丙午丁未，先君子监州太末。时刺史杨泳斋员外、别驾牟存斋、西安令翁浩堂、郡博士洪恕斋，一时名流星聚，见为奇事。倅居据龟阜，下瞰万室，外环四山。先子作堂曰"啸咏"，撮登览要，蜿蜒入后圃。梅清竹臞，亏蔽风月。后俯官河，相望一水，则小蓬莱在焉。老柳高荷，吹凉竟日。诸公载酒论文，清弹豪吹，笔研琴尊之乐，盖无虚日也。"词中所赋，即序中所写的小蓬莱，地处会稽郡太末县，后改龙游，今

并入浙江衢县、金华县。

③ 洞扃：即缄蔽的幽壑，指小蓬莱。扃（yuè）：关闭门户的键。喻缄蔽。

④ 流莺：鸣声圆转的黄莺。李白《对酒》："流莺啼碧树。"

⑤ 涓涓：细水长流。陶潜《归去来兮辞》："木欣欣以向荣，泉涓涓而始流。"周密《长亭怨慢》："望涓涓一水，梦到隔花窗户。"流红：流水桃花。张旭《桃花溪》："桃花尽日随流水，洞在清溪何处边。"

⑥ 缃桃：千叶桃。柳永《木兰花慢》："正艳杏烧林，缃桃绣野，芳景如屏。"

⑦ 临池：面对池水。王融《三月三日曲水诗序》："引镜皆明目，临池无洗耳。"靥（yè）：脸上的酒窝。

⑧ 铜华：本指铜镜，此喻平静的水面。弄：动荡摇摆。温庭筠《菩萨蛮》："懒起画蛾眉，弄妆梳洗迟。"张先《天仙子》："云破月来花弄影。"

⑨ 年时：过往时间的约略之称。周邦彦《迎春乐》："忆年时、纵酒杯行速。看月上，归禽宿。"

⑩ 试酒：品尝新酒。

⑪ 褪花、新杏：苏轼《蝶恋花》："花褪残红青杏小，燕子飞时，绿水人家绕。"

⑫ 玄经：即扬雄草《太玄经》。《汉书·扬雄传》下："哀帝时丁、傅、董贤用事，诸附离之者或起家至二千石。时扬雄方草《太玄》，有以自守，泊如也。"李白《古风五十九首》其四十六："独有扬执戟，闭关草太玄。"

⑬ 奁：妇女梳妆的镜匣和盛化妆品的匣子。古代盛放其他器物的匣子也叫奁，词中用为砚匣。

⑭ 蓬莱：古代传说神仙所居之处。《山海经·海内北经》："蓬莱山在海中。"《史记·秦始皇本纪》："齐人徐市等上书言，海中有三神山，名曰蓬莱、方丈、瀛洲。"又用以喻风景美好有如人间仙境。柳永《玉蝴蝶》："银塘静、鱼鳞簟展，烟岫翠、龟甲屏开。殷晴雷。云中鼓吹，游遍蓬莱。"一掬：一捧。掬，弯曲手掌以取物。

⑮ 靓（jìng）：原指以脂粉妆饰，这里与"静"通。《汉书·贾谊传》："澹虖若深渊之靓。"

⑯ 红尘：佛、道两家称俗世为红尘。陆游《鹧鸪天》："插脚红尘已是颠，更求平地上青天。"

[译诗]

弯曲的小径，

垂杨在两厢掩映；

仿佛深邃的洞谷，

敞开久闭的门缝。

一抹银黄刷向树巅——

流莺宛啭，在把游人欢迎。

涓涓溪水，跳出涧谷，

红色的花瓣在水面上飘摇不定。

你铺满水面的缃桃花啊，

至少也有千顷、万顷……

池上映出春天的笑容，

像一面光洁的铜镜。

仿佛少女们在对镜理妆，

欣赏青春的倩影。

忘不了当年曾荡舟湖荫，

还有品尝佳酿的豪兴。

那时，虽已百花凋零，

但佐酒却有青鲜的银杏。

尉迟杯（垂杨径）

暗牖结满蛛网，
像是扬雄在窗下草写《太玄经》。
石砚铺开——
整个天宇似乎都在屏息倾听。
雨水滋润着砚田，
云在飘，雾在凝。
小小蓬莱仙山，
伸手便可把异香掬弄。
人世的烦忧走不到你河面的朱桥，
尘寰的庸扰远离你绿色的烟汀。
炎炎盛夏，有清冽的美酒——
激活澎湃的诗情；
漫漫长日，有抑扬的吟诵——
启动断续的琴声。
棋子的敲击，抖落了
竹叶上的露珠，撒一片清冷。
可笑我以往醉卧红尘，
却不知凡人也会进入这样的仙境！

[说明]

　　词写友人"杨公"的隐居生活。上片集中描绘"小蓬莱"世外桃源般的清幽旷远。一起三句写曲径通幽，垂杨掩映，连黄莺都在用歌声把人们欢迎。"涓涓"二句承上，续写花谢水流红，并由此联想到桃树千顷万顷。"临池"二句写湖水澄鲜，铜镜一般闪闪照人。"记年时"

三句一转，回忆过往曾在湖边树下品尝新酒时的情景。下片就"小蓬莱"的高怀雅韵作扇面铺开。换头三句用《太玄经》相关典故把"杨公"与扬雄从姓氏上联系起来，暗写"杨公"著书立说，淡泊自守。"小小蓬莱"三句，烘托有"香"无"愁"的环境氛围与优游岁月。"清尊伴"以下三句，写诗酒流连之外还有琴棋时添雅兴。结构用对比手法，对"人在仙境"的歌赞，烘托出友人对红尘凡世及污浊官场的厌弃。

渡江云三犯

中吕商，俗名小石调　　**西湖清明**[①]

羞红颦浅恨[②]，晚风未落，片绣点重茵[③]。旧堤分燕尾[④]，桂棹轻鸥[⑤]，宝勒倚残云[⑥]。千丝怨碧[⑦]，渐路入、仙坞迷津[⑧]。肠漫回[⑨]、隔花时见[⑩]，背面楚腰身[⑪]。　　逡巡[⑫]。题门惆怅[⑬]，坠履牵萦[⑭]，数幽期难准[⑮]。还始觉、留情缘眼，宽带因春[⑯]。明朝事与孤烟冷[⑰]，做满湖、风雨愁人。山黛暝[⑱]、尘波澹绿无痕。

[笺　注]

① 西湖：地名，在今浙江杭州市西。《浙江通志》："西湖周回三十里，源出武林泉。《西湖游览志》：'本名钱塘湖，以在郡西，故名。'"清明：二十四节气之一。冬至后一百六日为清明节。自唐宋起已普遍有到郊外、山边扫祭祖先坟墓的风习。《西湖老人繁胜录》"清明节"："公子王孙富室骄民踏青游赏城西。店舍经营，辐凑湖上，开张赶趁。"《梦粱录》卷二"清明节"："清明交三月，……至日，亦有车马诣赤山诸攒，并诸宫妃王子坟堂，行享祀礼。官员士庶，俱出郊省坟，以尽思时之敬。车马往来繁盛，填塞都门。宴于郊者，则就名园芳圃，奇花异木之处；宴于湖者，则彩舟画舫，款款撑驾，随处行乐。此日又有龙舟可观……"

② 颦（pín）：皱眉。

③ 茵：垫子、褥子的通称，如"绿草如茵"。李贺《苏小小墓》："草如

茵，松如盖。"

④ 燕尾：西湖中苏堤与白堤相交叉，形同燕尾。

⑤ 桂棹（zhào）：华美的船桨。《九歌·湘君》："桂棹兮兰枻。"

⑥ 宝勒：马头勒衔的美称，代指马。残云：杜甫《重题郑氏东亭》："向晚寻征路，残云傍马飞。"

⑦ 千丝怨碧：指柳树。贺知章《咏柳》："碧玉妆成一树高，万条垂下绿丝绦。"

⑧ 仙坞（wù）：同仙府、仙乡。此指美女所居之处。坞，四面高中间下凹的地方。迷津：迷路。陶潜《桃花源记》："寻向所志，遂迷，不复得路。……后遂无问津者。"孟浩然《南还舟中寄袁太祝》："桃源何处是，游子正迷津。"

⑨ 肠回：即回肠荡气，形容情绪激动。漫，空。

⑩ 隔花时见：可望而不可即。苏轼《续丽人行》："隔花临水时一见，只许腰肢背后看。"

⑪ 楚腰：细腰。《韩非子·二柄》："楚灵王好细腰，而国中多饿人。"周邦彦《解语花·元宵》："衣裳淡雅，看楚女、纤腰一把。"

⑫ 逡巡：徘徊徐行的样子。杜甫《丽人行》："后来鞍马何逡巡，当轩下马入锦茵。"

⑬ 题门：指来访不遇。《世说新语·简傲》："嵇康与吕安善，每一相思，千里命驾。安后来，值康不在，喜出户延之，不入。题门上作'凤'字而去。喜不觉，犹以为欣故作。'凤'字，凡鸟也。"

⑭ 坠履：不忘旧情。《北史·韦夐传》："孝宽以所乘马及辔勒与夐。夐以其华饰，心弗欲之。笑谓孝宽曰：'昔人不弃遗簪坠履者，恶与之同出，不与同归。'"罗隐《得宣州窦尚书书因投寄二首》："遗簪坠履应留念。"

⑮ 幽期：男女幽会；秘密的期约。曾觌《传言玉女》："幽期密约，暗想浅颦轻笑。良时莫负，玉山频倒。"

⑯ 宽带：状身体消瘦。柳永《凤栖梧》："衣带渐宽终不悔，为伊消得人憔悴。"

⑰ 孤烟：柳永《雪梅香》："渔市孤烟袅寒碧，水村残叶舞愁红。"

⑱ 黛：青黑色颜料，古代女子用以画眉。后用以代指美女。暝（míng）：昏暗。

[译诗]

红花啊，你黛眉颦皱，

即便是轻微的憾恨，

也令人感到无限烦忧。

宽心的是晚风轻吹，

不曾把花瓣吹落，

点缀重重绿野芳洲。

燕尾般分叉的旧时堤岸，

船桨划开湖水，

倒映出天上迅飞的白鸥。

骏马踏着晚霞快步如飞，

千条垂柳在抱怨等待太久，

跟前次一样，误入仙坞的路口。

且慢些回肠寸断，

隔着花丛，看见的是苗条背影，

背影久久萦系心头。

走过去了，再往回走，

本想在门上题个"凤"字,

睹物思人,更增添拂不去的忧愁。

往日的深情难以割舍,

即使有准确的佳期密约,

又怎能保证没有延误的缘由?

此刻,我满是美好感受,

初始的爱慕来自眼波的逗留,

衣带渐宽是青春的苦恋带来清瘦。

明天,这所有一切,

都将孤烟般消失,冷却,

坠入满湖烟雨的深幽。

山的眉峰在暮色中逐渐暗淡,

水的柔波澄明,碧绿……

所有一切,依然如旧。

[说明]

　　这是一首伤逝悼亡词,表达了词人对杭州亡妾的深情怀念。据夏承焘《吴梦窗系年》:"其时春,其地杭者,则悼杭州亡妾。"题曰"西湖清明",时、地均与夏说相合。上片感旧。起拍三句写杭州春色。"颦""恨"二字已暗逗伤逝与悼亡之情。"茵",暗写"墓"。李贺《苏小小墓》诗有"草如茵,松如盖"之句(苏小小墓在钱塘江西)。此与清明扫墓之习俗相关。"旧堤"三句,点西湖特色并暗指当年欢会与最后"分"襟诀别过程。"千丝"三句,写邂逅与结合于西湖之滨,与《莺啼序》(残寒正欺病酒)之"溯红渐、招入仙溪,锦儿偷寄幽素"属同一情事。"肠漫回"三句束上启下,将伤逝与慨今化作一片幻境加以展开。下片伤今。换头以"逡巡"二字状往来徘徊但却寻而不见的焦灼与失落。"题门"三句写访而不遇的"惆怅"。"幽期难准"与"还始觉、留情缘眼",将生前情事之回忆当作眼前真实之所在,更透出其情真意切,是加倍强化的写法,愈见其痴矣。"明朝"三句从幻境中跌回到现实中来。最后以西湖晚景结束全篇,平淡中寓无限伤感。

[汇评]

　　此词与《莺啼序》第二段参看。"渐路人、仙坞迷津",即"溯红渐、招入仙溪"。"题门""坠履",与"锦儿偷寄幽素"是一时事,盖相遇之始矣。"明朝"以下,天地变色,于词为奇幻,于事为不祥,宜其不终也。

——陈洵《海绡说词》

三部乐

黄钟商，俗名大石调　赋姜石帚渔隐[①]

江鸦初飞[②]，荡万里素云，际空如沐。咏情吟思，不在秦筝金屋[③]。夜潮上、明月芦花[④]，傍钓蓑梦远[⑤]，句清敲玉。翠罂汲晓[⑥]，欸乃一声秋曲[⑦]。　　越装片篷障雨[⑧]，瘦半竿渭水[⑨]，鹭汀幽宿[⑩]。那知暖袍挟锦[⑪]，低帘笼烛。鼓春波、载花万斛[⑫]。帆鬣转[⑬]、银河可掬[⑭]。风定浪息，苍茫外、天浸寒绿。

[笺注]

① 姜石帚：曾疑为姜夔，非。夏承焘《梦窗词集后笺》(以下简称夏《笺》)："前人以梦窗《惜红衣》怀石帚词，即用白石自度曲，且有苕雪从游之语，遂以石帚当白石。晚近易顺鼎、王国维始以为疑，顾未详其说。梁启超考梦窗与白石年代不相及，定石帚非白石，其说是，而征据多不可尽信(予另有详说)。今按：白石无石帚之号；白石绍熙间客苕雪，犹在梦窗生前；白石集中，与梦窗无酬赠；《随隐漫录》此条外，别出姜白石数条；皆足证石帚非即白石。又梦窗赠石帚《三姝媚》词，明著在西湖作；考梦窗杭州行迹，以《柳梢春》淳祐三年癸卯为最早；时白石已前卒矣(白石约卒嘉定十余年，详于予作《白石遗事考》)，亦二姜非一人之佐证也。"杨铁夫《吴梦窗词笺释》(以下简称杨《笺》)也以姜夔与梦窗年龄相差悬殊以及其他数证，坚信二姜实非一人(见《惜红衣》词序笺)。渔隐：杨《笺》："渔隐，盖石帚游艇名。

三部乐（江鹢初飞）

观下片换头'越装片篷障雨，瘦半竿渭水'句知之。况标题曰'赋'，固咏物体也。"周辉《清波杂志》："顷年，西湖上好事者所置船舫，随大小皆立嘉名。如泛星槎、凌风舸、雪篷、烟艇，匾额不一，夷犹闲旷，可想一时风致。"

② 鹢（yì）：即"鹢"，水鸟名。《谷梁传·僖公十六年》："六鹢退飞过宋都。"鹢，善飞，不惧风。古时画在船头以示吉利。王融《齐明王歌辞·采菱曲》："金华妆翠羽，鹢首画飞舟。"柳永《夜半乐》："片帆高举。泛画鹢、翩翩过南浦。"

③ 秦筝：古拨弦乐器。战国时即流行于秦地，故又名"秦筝"。形与琴瑟近似。最早为五弦，传秦蒙恬增为十二弦。"秦筝"亦缘此。隋唐之际，复增一弦，凡十三弦。岑参《秦筝歌送外甥萧正归京》："汝不闻秦筝声最苦，五色缠弦十三柱。"秦观《木兰花》："玉纤慵整银筝雁。"金屋：即"金屋藏娇"故事。汉陈婴曾孙女名阿娇，其母为武帝姑馆陶长公主。武帝幼时，长公主"抱置膝上，问曰：'儿欲得妇否？'胶东王曰：'欲得妇。'长主指左右长御百余人，皆云不用。末指其女问曰：'阿娇好否？'于是乃笑对曰：'好。若得阿娇作妇，当作金屋贮之也。'长主大悦，乃苦要上，遂成婚焉。"（《汉武故事》）

④ 芦花：芦苇的花。芦苇，多年生大草本，根茎横走泥中。夏秋间茎端生大型圆锥花序，色白。此指渔钓隐居之处。杜牧《赠渔父》："芦花深泽静垂纶，月夕烟朝几十春。自说孤舟寒水畔，不曾逢着独醒人。"

⑤ 蓑：指渔人所着之蓑衣，用草或棕榈叶编织而成。张志和《渔歌子》："青箬笠，绿蓑衣，斜风细雨不须归。"《唐宋诸贤绝妙词选》卷一：张志和"居江湖，自称烟波钓徒。"《新唐书·张志和传》："志和曰：'愿为浮家泛宅，往来苕霅间。'"

⑥ 罂（yīng）：小口大腹盛水器。翠罂为罂之美称。汲晓：即晓汲。柳宗元《渔翁》："渔翁夜傍西岩宿，晓汲清湘燃楚竹。"

⑦ 欸（ǎi）乃：橹桨划动的响声。柳宗元《渔翁》："欸乃一声山水绿。"

⑧ "越装"句：指古越地船上用竹篷遮雨的风习。

⑨ 渭水：用吕尚姜子牙事。《艺文类聚》引《说苑》："吕望年七十，钓于渭渚。"《战国策·秦策三》："臣闻始时吕尚之遇文王也，身为渔父而钓于渭阳之滨耳。"

⑩ 鹭：水鸟名，翼大尾短，颈与腿很长，善捕鱼，栖水滨。

⑪ 暖袍挟锦：用李白事。《新唐书·李白传》："尝乘舟与崔宗之自采石至金陵，着宫锦袍坐舟中，旁若无人。"

⑫ 斛（hú）：量器名。古以十斗为斛，后又改为五斗。

⑬ 鬣（liè）：马颈上的长毛。形容船艇之劈风斩浪。

⑭ 银河：又有天河、星河、天汉、河汉等多种称呼。掬：弯曲手掌以取物。

[译诗]

　　江上的鸥鸟
　　　　刚刚在展示
　　　　　　善飞的神技

　　万里长空
　　　　洁白的云丝
　　　　　　被涤荡得杳无形迹

　　直到无边无际的尽头
　　　　整个天宇都像是
　　　　　　一次淋浴的洗礼

　　诗意歌情
　　　　全不在
　　　　　　秦筝的音域

三部乐（江鸥初飞）

也不在
　　金屋里的
　　　　娇声媚语

入夜
　　潮水无声上涨
　　　　涌上了河堤

明月
　　映照着芦花
　　　　更显得白皙

梦境
　　紧绕着钓竿、绿蓑
　　　　已悠然远去

诗句的清丽
　　听起来
　　　　仿佛是美玉的撞击

翠绿的罂壶
　　从水中汲上来
　　　　玫瑰色的晨曦

梦幻的窗口——梦窗词选

  摇船的声音
    奏响的是
      秋天的乐曲

  越地独特的装扮
    一片竹篷
      把风雨骄阳遮蔽

  是渭河的两岸吗
    不然，河水怎么
      瘦得只剩半竿的距离

  白鹭栖宿在
    幽僻的水湾
      紧紧依偎在一起

  它们哪里知晓
    李白身着锦袍
      在舟中笑傲的神气

  竹帘低垂
    烛光迷蒙
      全都被罩在舱里

三部乐（江鸥初飞）

春水的柔波
　　鼓荡起涟漪
　　　　把两岸拍击

船上满载
　　春天的花朵
　　　　万斛之金也难寻觅

高挂的白帆
　　似骏马的鬣毛
　　　　迎风进袭

是在天上航行吗
　　连银色的流水
　　　　都似乎唾手可掬

风，停止吹拂
　　浪，不再涌起
　　　　莽莽苍苍，无涯无际

是苍天跌入湖中了吗
　　连整个天宇，仿佛
　　　　都浸透了寒秋的翠绿

95

[说明]

　　词用艇名"渔隐"二字组织全篇。上片侧重于"渔"字。起三句从游艇前端所绘之"江鹚"展开想象，极富动感、力感。此鸟虽只是"初飞"，却已将万里际空荡涤净尽，整个天宇都似乎经历了一次洗礼。接三句写姜石帚思高韵雅，襟怀不俗。"夜潮"以下六句紧扣艇名，连用杜牧《赠渔父》、张志和《渔歌子》以及柳宗元《渔翁》诗意，燃竹汲晓，欸乃声声，水摇山应，令人神远。下片侧重于"隐"字，连用姜子牙、李白相关事典，暗含石帚姓氏，并喻姜石帚既有姜子牙之卓识远见和政治才能，又兼具李白笑傲王侯与天马行空的神来之笔。"鼓春波、载花万斛"实乃状其诗作之多、之精、之美也。"帆飐转"至篇终，与起拍遥相呼应，水天一色，寥廓苍茫，味之无极。

霜叶飞

黄钟商　**重九**①

断烟离绪②。关心事,斜阳红隐霜树。半壶秋水荐黄花③,香噀西风雨④。纵玉勒⑤、轻飞迅羽⑥。凄凉谁吊荒台古⑦?记醉踏南屏⑧,彩扇咽、寒蝉倦梦⑨,不知蛮素⑩。　　聊对旧节传杯,尘笺蠹管⑪,断阕经岁慵赋⑫。小蟾斜影转东篱⑬,夜冷残蛩语⑭。早白发、缘愁万缕⑮。惊飙从卷乌纱去⑯。漫细将、茱萸看⑰,但约明年,翠微高处⑱。

[笺注]

① 重九:节令名。农历九月初九称"重九",又称"重阳"。陶潜《九日闲居·序》:"余闲居,爱重九之名。秋菊盈园,而持醪靡由。"《梦粱录》卷五:"日月梭飞,转盼重九。盖九为阳数,其日与月并应,故号曰'重阳'。是日孟嘉登龙山落帽,渊明向东篱赏菊,正是故事。今世人以菊花、茱萸,浮于酒饮之。"

② 断烟:浮烟。

③ 黄花:菊花。《礼记·月令》:"菊有黄华(花)。"李白《九日龙山饮》:"九日龙山饮,黄花笑逐臣。"荐黄花:以黄花为祭品。《礼记·礼器》:"牲不及肥大,荐不美多品。"

④ 噀(xùn):喷水。《后汉书·栾巴传》"征拜尚书"注:"《神仙传》曰:巴为尚书,正朝大会,巴独后到,又饮酒,西南噀之。"

⑤ 玉勒：同宝勒。见前《渡江云三犯》注⑥。欧阳修《蝶恋花二十二首》其九："玉勒雕鞍游冶处。"

⑥ 迅羽：形容快飞的鸟。谢朓《野鹜赋》："落摩天之迅羽，绝归飞之好音。"

⑦ 荒台：指戏马台，在江苏铜山县南，项羽所建，高八丈，广数百步。晋安帝义熙二年，刘裕北征，至彭城（今江苏徐州市），九月九日会将佐群僚于戏马台，赋诗为乐。当时著名诗人谢瞻与谢灵运均有佳作。（参见《大清一统志·徐州府二》）李白《醉后寄崔侍御二首》其二："遥羡重阳作，应过戏马台。"黄庭坚《定风波》："戏马台南追两谢，驰射。风流犹拍古人肩。"

⑧ 南屏：南屏山，在杭州市西南三里处，峰峦耸秀，环立如屏。"南屏晚钟"为西湖著名十景之一。

⑨ 寒蝉：蝉的一种，似蝉而较小，色青赤。《礼记·月令》："孟秋之月，……凉风至，白露降，寒蝉鸣。"曹植《赠白马王彪》："秋风发微凉，寒蝉鸣我侧。"《文选》李善注："蔡邕《月令章句》曰：寒蝉应阴而鸣，鸣则天凉，故谓之寒蝉也。"

⑩ 蛮素：白居易妾名。孟棨《本事诗》：白乐天有二妾："姬人樊素善歌，妓人小蛮善舞。尝为诗曰：'樱桃樊素口，杨柳小蛮腰。'"苏轼《蝶恋花》："一颗樱桃樊素口。不爱黄金，只爱人长久。"

⑪ 蠹（dù）：木中虫。《说文》："蠹，木中虫。"段注："在木中食木者也。今俗谓之蛀。"又指蠹鱼，蛀蚀书籍衣物的虫。管：笔，笔杆。《诗经·邶风·静女》："静女其娈，贻我彤管。"

⑫ 阕（què）：乐曲终了。又，一曲为一阕。

⑬ 蟾（chán）：蟾蜍。古代传说月里有蟾蜍，蟾又代指月亮。方干《中秋月》："凉霄烟霭外，三五玉蟾秋。"周邦彦《过秦楼》："水浴清蟾，叶喧凉吹。"小蟾：指九月九日半圆月。东篱：种菊之处。陶潜《饮酒二十首》其五："采菊东篱下，悠然见南山。"李清照《醉花阴》："东篱把酒黄昏后，有暗香盈袖。"

⑭ 蛩（qióng）：蟋蟀。

⑮ 白发、缘愁：李白《秋浦歌十七首》其十五："白发三千丈，缘愁似

霜叶飞（断烟离绪）

个长。"

⑯ 乌纱：后世视为官帽，但宋、元时仍可作便帽。此用孟嘉落帽事。《晋书·孟嘉传》：孟嘉"后为征西桓温参军，温甚重之。九月九日，温燕龙山，寮佐毕集。时佐吏并着戎服。有风至，吹嘉帽堕落，嘉不之觉。温使左右勿言，欲观其举止。嘉良久如厕，温令取还之。命孙盛作文嘲嘉，著嘉坐处。嘉还见，即答之，其文甚美。四坐嗟叹"。杜甫《九日蓝田崔氏庄》："羞将短发还吹帽，笑倩旁人为正冠。"陈师道《和李使君九日登戏马台》："九日风光堪落帽，中年怀抱更登台。"

⑰ 茱萸（yú）：植物名，有浓烈香味，可入药。古代重九佩茱萸囊以驱邪辟恶。《续齐谐记》："汝南桓景随费长房游学累年，长房谓曰：'九月九日，汝家中当有灾。宜急去，令家人各作绛囊，盛茱萸，以系臂，登高饮菊花酒，此祸可除。'景如言，齐家登山。夕还，见鸡犬牛羊一时暴死。长房闻之曰：'此可代也。'"王维《九月九日忆山东兄弟》："遥知兄弟登高处，遍插茱萸少一人。"杜甫《九日蓝田崔氏庄》："明年此会知谁健，醉把茱萸仔细看。"

⑱ 翠微：未及山顶的旁侧陂陀之处。又解作山气青缥色。杜牧《九日齐山登高》："江涵秋影雁初飞，与客携壶上翠微。"

[译诗]

扯断了，扯断了的是暮霭烟雾，

扯不断，扯不断的是离情别绪。

我此刻的心啊如西下的斜阳，

直向被繁霜染红的树丛隐去。

半壶秋水供养着尊敬的菊花，

喷散的清香化作眼下的西风秋雨。

纵然有骏马雕鞍可以飞奔，

甚至还有鸟儿迅飞的翅羽。

可是你那凄凉满目的荒台啊,
谁来凭吊,向你倾吐知心的话语?
忘不了那时我醉意朦胧,
踏着南屏晚钟的节拍与你登高的欢愉。
你手中的彩扇,
扇出的是低沉哽咽的旋律;
像是寒蝉在疲惫不堪的梦中,
分不清是樊素的唱腔还是小蛮的舞姿步履。

如今,又是当年登高的节气,
只能幽幽地传递着杯盏酒具。
因为诗笺上已满是尘灰,
蛀虫在笔管里生儿育女。
填好一半儿的歌词仍搁置在那里,
一年又一年,后半阕仍难以接续。
半轮弦月斜挂天边,
身影投向东篱边采下的残菊。
秋夜使人感到阵阵寒凉,
濒临末日的秋虫唱着最后的乐句。
秋霜过早地刷向双鬓,
因为内心有无尽烦忧,千丝万缕。
惊风乍起,任它吹掉头上乌纱,
飞走了,不知何处可以觅取。

霜叶飞（断烟离绪）

　　我只能仔细瞧这驱邪扶正的茱萸，
　　约定明年，在翠微高处携壶重叙。

[说明]

　　词写"重九"时对亡姬的悼念之情。一起三句述"重九"偶遇风雨，登高不能，而"心"却早已飞向远处的山巅木末。"半壶"两句，写无可奈何之时，只能插"黄花"为奠，略表心曲，但词人并未稍有心安。"纵玉勒"三句又驰骋想象：一愿作骏马奔驰；二愿作鸟儿迅飞。然而这只不过是幻想而已。事实呢，亡姬仍不免孤零零地被埋在"荒台"之中，无人凭吊。作者内心之哀痛已可想而知，更何况此时不由得忆起当年同赴南屏登高歌舞时的欢愉情景。这两者形成强烈对照，更增添无限惋惜之情。"记醉踏"至上片结尾，实即写此。换头紧扣"重九"饮菊花酒的风习，直抒其情。"尘笺蠹管"两句更为沉痛迫烈，九个字胜过千言万语。"小蟾"两句，笔锋一转，写目之所见，耳之所闻，莫不令生悲增愁。"早白发"实即对此所作的回答。"惊飙"至全词结响，将希望寄托虚无的未来。全篇字字沉痛，句句悲咽，一片真情。脉络贯通，上下映带，针线细密，纸短韵长，在以乐景衬哀情、寄希望于虚无（即化实为虚）两方面，均有自家特色。

[汇评]

　　首七字，已将"纵玉勒"以下摄起在句前。"斜阳"六字，依稀风景。"半壶"至"风雨"十二字，情随事迁。以下五句，上二句突出悲凉，下三句平放和婉，"彩扇"属"蛮素"，"倦梦"属"寒蝉"。徒闻寒蝉，不见蛮素，但仿佛其歌扇耳。今则更成倦梦，故曰"不知"。两句神理，结成一片，所谓"关心事"者如此。换头于无聊中寻出消遣，

"断阕慵赋",则仍是消遣不得。"残蛩"对上"寒蝉",又换一境。盖蛮素既去,则事事都嫌矣。收句与"聊对旧节"一样意思,现在如此,未来可知。极感怆,却极闲冷,想见觉翁胸次。

——陈洵《海绡说词》

情词兼胜。有笔力,有感慨。凄凉处,只一二语,已觉秋声四起。

——陈廷焯《云韶集》卷八

瑞鹤仙

林钟羽,俗名高平调

泪荷抛碎璧①。正漏云筛雨,斜捎窗隙。林声怨秋色。对小山不迭②,寸眉愁碧。凉欺岸帻③。暮砧催④、银屏剪尺⑤。最无聊⑥、燕去堂空⑦,旧幕暗尘罗额⑧。　　行客。西园有分⑨,断柳凄花,似曾相识⑩。西风破屐⑪。林下路,水边石。念寒蛩残梦⑫,归鸿心事⑬,那听江村夜笛⑭。看雪飞,蘋底芦梢⑮,未如鬓白。

[笺注]

① 璧:美玉。

② 小山:屏山,即花屏上的山峦。温庭筠《菩萨蛮》:"小山重叠金明灭,鬓云欲度香腮雪。"不迭:不断。

③ 岸帻(zé):帻,头巾。帻覆额上,把帻掀起露出前额称"岸帻",表示态度洒脱,不受拘束。孔融《与韦休甫书》:"不得复与足下岸帻广坐,举杯相于,以为邑邑。"

④ 暮砧(zhēn):日暮后的捣衣砧杵声。砧,捣衣石。杜甫《秋兴八首》其一:"寒衣处处催刀尺,白帝城高急暮砧。"

⑤ 银屏:镶银或银色屏风。晏殊《清平乐》:"双燕欲归时节,银屏昨夜微寒。"

⑥ 无聊:不乐。王逸《九思·逢尤》:"心烦愦兮意无聊,严载驾兮出

戏游。"注:"聊,乐也。"《汉书·广川惠王刘越传》:"愁莫愁,居无聊,心重结,意不舒。"

⑦ 燕去:喻亡姬。用唐张建封死后,其妾关盼盼守节不嫁居燕子楼事。蔡絛《西清诗话》:"徐州燕子楼直郡舍后,乃唐节度使张建封为侍儿盼盼者建,白乐天赠诗,自誓而死者也。"白居易《燕子楼序》:"徐州故张尚书有爱妓曰盼盼,善歌舞,雅多风态。予为校书郎时,游徐、泗间。张尚书宴予,酒酣,出盼盼以佐欢,欢甚。予因赠诗云:'醉娇胜不得,风嫋牡丹花。'一欢而去,……云:'尚书既没,归葬东洛。而彭城有张氏旧第,第中有小楼,名燕子。盼盼念旧爱而不嫁,居是楼十余年。……'"白居易所指张尚书,旧均误为张建封(如蔡絛、晁无咎等),非。考白居易任校书郎时为贞元二十年(804),而张建封却死于贞元十六年(800)。张建封不可能宴请白居易。故,张尚书当指建封之子张愔。建封死后,愔袭其职。苏轼《永遇乐·彭城夜宿燕子楼,梦盼盼》云:"燕子楼空,佳人何在,空锁楼中燕。"

⑧ 罗额:罗幕的横额。

⑨ 分(fèn):情分。曹植《赠白马王彪》:"恩爱苟不亏,在远分日亲。"

⑩ 相识:晏殊《浣溪沙》:"无可奈何花落去,似曾相识燕归来。"

⑪ 屐(jī):木鞋。鞋的通称亦可。

⑫ 蛩:蟋蟀。

⑬ 归鸿:南飞的大雁。

⑭ 那听:哪堪听。

⑮ 蘋(pín):水中植物。又名田字草、四字草。《吕氏春秋·本味》:"菜之美者,昆仑之蘋。"俗作萍。蘋、萍二者实有不同。蘋大而根生水中,萍小而根悬水中。萍,指水上浮萍而言。芦梢:芦苇顶梢,即芦花,见前《三部乐》注④。

[译诗]

　　残荷滴着泪水

　　　　像是垂下

瑞鹤仙（泪荷抛碎璧）

  破碎的珠串

聚拢的浓云
  被捅出漏洞
    筛下细密的雨帘

迎风飘拂的雨丝
  斜着身子叩打
    带缝的窗扇

树林的呻吟
  似乎在把
    浓重的秋色抱怨

面对消失了的层峦叠峰
  跟那画有小山的屏风
    心情怎能舒展

短小的眉头
  凝聚起来
    变成碧绿的寒山

凉风欺凌着

高耸的头巾
　　让它东翻西卷

暮色渐浓
　砧杵声响起
　　清脆悠远

催促
　银屏边的思妇
　　快把征衫裁剪

多么令人伤心
　燕子飞走了
　　留下空堂让人观瞻

旧时的帘幕
　横额上，偷偷地
　　早被尘灰积满

远方游子
　面对西园
　　怎能不燃起特殊情感

瑞鹤仙（泪荷抛碎璧）

折断的柳树
　　凋零的残花
　　　　都曾是旧时朝夕相见

西风劲吹
　　想不到竟然
　　　　把揽履的绳索吹断

树林下
　　条条小路
　　　　曲折蜿蜒

水边
　　横卧的巨石
　　　　曾任我盘桓

连破碎的梦
　　也织进了
　　　　哀叫的寒蝉

心里
　　默念着归途
　　　　像南飞的大雁

怎能忍受
　　凄厉的笛声
　　　　塞满江村的夜晚

看，那是大雪纷飞吗
　　白茫茫
　　　　上下一片

芦苇根部
　　蘋花梢头
　　　　全被白雪染遍

但却比不了
　　我两鬓银白
　　　　而自羞自惭

[说明]

　　此为追忆苏州遗妾之作。起拍以下四句，状残荷滴泪，漏云筛雨，叩打窗棂，绘色绘声，情景兼到，气氛极浓。"对小山"两句用李白《菩萨蛮》"寒山一带伤心碧"句意，亦景亦人，故以"凉欺岸帻"实之。"暮砧"以下化杜甫《秋兴八首》其一"白帝城高急暮砧"诗意，虚写过往与爱姬同栖之居室，并暗用"燕子楼"故事加以生发。换头，自指并直抒羁游客旅与追忆之情。"西园"在梦窗词中屡见，是词人与爱姬同游共赏之地。词人所见之景与"西园""似曾相识"，故于园中逗留玩赏，不忍遽去。"归鸿心事"也因此剧增。"看飞雪"三句以景结情，更加伤感沉痛。

[汇评]

　　此词最惊心动魄，是"暮砧催、银屏剪尺"一句。盖因闻砧而思裁剪之人也。堂空尘暗，则人去已久，是其最无聊处，风雨不过佐人愁耳。上文写风雨，层联而下，字字凄咽，谁知却只为此。"行客"，点出"客"即"燕"。《三姝媚》之"孤鸿"言"客"，此之"燕去"，亦言"客"。皆言在此而意在彼也。"似曾相识"，言其不归来，语含吞吐。此曲断肠，惟此声矣。"林下"二句，西园陈迹。今则惟有"寒蛩残梦，归鸿心事"耳。一"念"字有无可告诉意。"夜笛"，比"暮砧"又换一境。"暮砧"提起，"夜笛"益悲。人生如此，安得不老？结句情景双融，神完气足。

——陈洵《海绡说词》

又

晴丝牵绪乱①。对沧江斜日,花飞人远。垂杨暗吴苑②。正旗亭烟冷③,河桥风暖。兰情蕙盼④。惹相思、春根酒畔⑤。又争知⑥、吟骨萦销⑦,渐把旧衫重剪⑧。　凄断⑨。流红千浪,缺月孤楼⑩,总难留燕。歌尘凝扇⑪。待凭信,拌分钿⑫。试挑灯欲写,还依不忍,笺幅偷和泪卷。寄残云、剩雨蓬莱⑬,也应梦见。

[笺注]

① 晴丝:即游丝,指虫类吐出的极细的丝缕飘浮空中。杜安世《菩萨蛮》:"游丝欲堕还重上。""晴丝"亦即"情丝"或"情思",二者为谐音隐语。

② 吴苑:见《锁窗寒》注⑯。

③ 旗亭:酒楼。烟冷:指寒食禁烟时的特色。

④ 兰、蕙:均为香草名。代指美女。盼:看,形容女子目光流转,灵活动人。《诗经·卫风·硕人》:"美目盼兮。"宋玉《神女赋》:"目略微盼,精彩相授。"

⑤ 春根:春天的氛围。根,末尾。

⑥ 争知:怎知。

⑦ 销:消减,消瘦。

⑧ 重剪:因身体消瘦而重剪旧衣。

⑨ 凄断:凄煞。

⑩　缺月：苏轼《水调歌头》："月有阴晴圆缺。"《卜算子》："缺月挂疏桐。"

⑪　歌尘凝扇：歌扇久置不用，已被尘封。周邦彦《解连环》："燕子楼空，暗尘锁、一床弦索。"苏轼《答陈述古二首》其二："闻道使君归去后，舞衫歌扇总成尘。"

⑫　分钿（diàn）：钿，以金银介壳等物镶嵌的盒子。白居易《长恨歌》："钗留一股合一扇，钗擘黄金合分钿。"

⑬　残云、剩雨：用巫山神女故事。宋玉《高唐赋序》：楚襄王游高唐，望高台之观，其上有云气。王问其故。宋玉对曰："昔者先王尝游高唐，怠而昼寝，梦见一妇人曰：'妾巫山之女也，为高唐之客。闻君游高唐，愿荐枕席。'王因幸之。去而辞曰：'妾在巫山之阳，高丘之阻，旦为朝云，暮为行雨。朝朝暮暮，阳台之下。'"结拍"也应梦见"，亦指此。蓬莱：见前《尉迟杯》注⑭。

[译诗]

　　晴空里的游丝
　　　　牵动着别恨离愁
　　　　　　使人心烦意乱

　　面对浩瀚的江水
　　　　西去的斜阳
　　　　　　即将落山

　　落花飞舞
　　　　离去的人儿
　　　　　　已经去远

　　丝丝垂柳

梦幻的窗口——梦窗词选

　　　　遮暗了
　　　　　　吴地的宫苑

　　此刻
　　　　酒楼的烟霭
　　　　　　给人以冷感

　　送别的桥头
　　　　晚风轻拂
　　　　　　给人温暖

　　你是花般钟情
　　　　蕙草模样
　　　　　　在转眸顾盼

　　牵惹出相思之情
　　　　在春天的末梢
　　　　　　在酒筵的侧畔

　　你怎知晓
　　　　歌声迷人
　　　　　　使我体骨瘦减

又（晴丝牵绪乱）

旧日的衣衫
　　也因此
　　　　要重新裁剪

凄凉
　　暗淡
　　　　令人魄销魂断

千重万重
　　闪动的浪花
　　　　漂着红色的花瓣

半缺的月亮
　　孤零零的
　　　　挂在楼台上端

想尽所有办法
　　也难挽留
　　　　相伴的飞燕

罢舞停歌
　　任尘灰封严
　　　　昔日的歌扇

梦幻的窗口——梦窗词选

  真想掰开钿盒
    寄你一半
      作为信念

  又想挑明灯焰
    写下此时情感
      却难以成篇

  诗笺掺和着泪水
    偷偷地
      一起叠卷

  或者，把这不平静的心
    寄给破碎的白云
      还有巫山的雨帘

  只要情真意真
    自然能在
      梦里相见

[说 明]

  词写两地相思。上片追忆当年一见钟情的过程，"晴丝"，乃晴空中飘摇可见的柔丝，但此作谐音隐语，即"情丝""情思"也。起笔便直抒情思纷乱的内心活动。"对沧江"二句，交代纷乱的原因。"垂杨"句，即景叙情。"旗亭"二句，从目之所见引出过往之一段艳情："兰情蕙盼。惹相思，春根酒畔。"此三句状当年歌女眉目传情，顾盼神飞，直惹出如今这般相思之情。一结三句，写词人饱受相思之苦而体肤消瘦，旧日春衫已显肥大，需要重新裁剪方能合体。下片从对方着笔，写歌女的孤凄境遇，连飞燕似乎也不肯与她相栖相伴。"歌尘凝扇"，言歌女停歌罢舞，忠实于当年定情的誓言。继之，用《长恨歌》"钗留一股合一扇，钗擘黄金合分钿"作为"凭信"，以示坚贞，随后又用"挑灯欲写""笺幅偷和泪卷"昭示相思之情难以忍受又无法排遣。煞尾再翻进一层，把相见的热望寄托给"剩雨""残云"，以期梦中之欢会。下片四次转折，将歌女的相思之情逐次写出：留燕不能，凭信难得，投书无望，最后只能寄希望于虚无缥缈的梦境，以求一晤。其心可鉴，其情可嘉，其梦可哀。在梦窗恋情相思词中，此篇意最厚，味最浓，韵极隽永。陈洵《海绡说词》说："含思凄婉，低回无尽。"

[汇评]

（《瑞鹤仙》"晴丝牵绪乱"下半阕"待凭信，拚分钿。试挑灯欲写，还依不忍，笺幅偷和泪卷"一段）力破余地。

——朱祖谋《彊村老人评词》

吴苑是其人所在，此时觉翁不在吴也，故曰"花飞人远"。《莺啼序》曰："晴烟冉冉吴宫树。"《玉蝴蝶》曰："羡故人还买吴航。"《尾犯·赠浪翁重客吴门》曰："长亭曾送客。"《新雁过妆楼》曰："江寒夜枫怨落。"又是吴中事，是其人既去，由越入吴也。"旗亭"二句，当年邂逅，正是此时。"兰情"二句，对面反击，跌落下二句，思力沉透极矣。"旧衫"是其人所裁，"流红千浪"，复上阕之花飞。"缺月孤楼，总难留燕"，复上阕之人远，为"凄断"二字钩勒。"歌尘凝扇"，对上"兰情蕙盼"，人一处，物一处。"待凭信，拚分钿"，纵开，"还依不忍"，仍转故步。"笺幅偷和泪卷"，复"挑灯欲写"，疑往而复，欲断还连，是深得清真之妙者。"应梦见"，尚不曾梦见也。含思凄婉，低回无尽。

——陈洵《海绡说词》

《瑞鹤仙》"晴丝牵绪乱"一阕，杨铁夫定为寒食节忆姬之作。陈述叔《海绡说词》称此词"含思凄婉，低回无尽"。细味其"待凭信，拚分钿"以下数语，似作于与姬分别未久，欲写书诀绝而又不忍之时。

此词作法曲折往复，当从周邦彦一脉相承而来，惟于周词"深厚和雅""缜密典丽"而外，用字过于讲求研炼，运意流于晦涩而已。

朱彊村致力校研吴梦窗词数十年，其在吴词手批本中，仅题二则评语：一为《宴清都·连理海棠》；另一则为此词。于"试挑灯欲写，还依不忍，笺幅偷和泪卷"数语上评云："力破余地"，可见其称赏。盖此数语层次婉转委曲而不伤气，贯注直下，用笔特重。盖学吴词者，当学此等重笔手法，庶无破碎之病矣。

——朱庸之《分春馆词话》

又

赠丝鞋庄生[①]

藕心抽莹茧[②]。引翠针行处，冰花成片[③]。金门从回辇[④]。两玉凫飞上[⑤]，绣绒尘软。丝绚侍宴[⑥]。曳天香[⑦]、春风宛转。傍星辰、直上无声，缓蹑素云归晚[⑧]。　　奇践。平康得意[⑨]，醉踏香泥，润红沾线。良工诧见[⑩]。吴蚕唾[⑪]，海沉檀[⑫]。任真珠装缀[⑬]，春申客屦[⑭]，今日风流雾散。待宣供、禹步宸游[⑮]，退朝燕殿[⑯]。

[笺 注]

① 丝鞋：指御用丝鞋局。《咸淳临安志》："内诸司，御丝鞋局。"陆游《老学庵笔记》："禁中旧有丝鞋局，专挑供御丝鞋，不知其数。尝见蜀将吴璘被赐数百纳，皆经奉御者。寿皇即位，惟临朝服丝鞋，退即以罗鞋易之。"庄生：即丝鞋局供奉者。

② 藕心：多孔形压针器。

③ 冰花：本指冰结晶时所呈现的花纹。钱俶《宫中作》："西第晚宜供露茗，小池寒欲结冰花。"词中用以状丝鞋针线的美丽与工艺的精良。

④ 金门：汉代长安金马门，未央宫之宫门。因门旁有铜马，故称。汉武帝使学士待诏金马门，以备顾问。此指南宋临安宫门。辇（niǎn）：人推的车子。秦汉以后特指君、后所乘的车。

⑤ 两玉凫：指鞋。《后汉书·王乔传》：王乔为叶令，"有神术，每月朔

望,常自县诣台朝。帝怪其来数,而不见车骑,密令太史伺望之。言其临至,辄有双凫从东南飞来。于是候凫至,举罗张之,但得一只舄焉。乃诏上方诊视,则四年中所赐尚书官属履也。"

⑥ 絇(qú):古时鞋上的装饰,有孔,可穿鞋带。《仪礼·士丧礼》:"乃屦,綦结于跗,连絇。"

⑦ 天香:从天上散播的香。《法华经·法师功德品》:"如是等天香,和合所出之香,无不闻知。"此指御炉与祭祀之香。《梦粱录》卷一"元旦大朝会":"元旦侵晨,禁中景阳钟罢,主上精虔炷天香,为苍生祈百谷于上穹。"庾信《奉和同泰寺浮屠》:"天香下桂殿,仙梵入伊笙。"温庭筠《鸂鶒歌》:"天香瑞彩含絪缊。"

⑧ 蹑:踩,脚步很轻。

⑨ 平康:平康里,又称平康坊。唐代长安街坊名,在丹凤街上。为歌妓聚居之处。因地近北门,又叫北里。后遂以平康、北里用作妓院之代称。新进士游衍其中,时人谓为风流渊薮。"得意"并下二句:孟郊《登科后》:"春风得意马蹄疾,一日看尽长安花。"

⑩ 良工:手艺精纯高超。傅亮《感物赋》:"嘉美手于良工。"诧:夸耀。《史记·司马相如列传》:"子虚过诧乌有先生。"

⑪ 吴蚕:吴地所产的蚕。李白《寄东鲁二稚子》:"吴地桑叶绿,吴蚕已三眠。"唾:指吴蚕吐丝。

⑫ 海沉:实即水沉,沉香木。《植物名实图考长编》卷十八"木类":"(沉香)旧不著所出州土,今惟海南诸国及交、广、崖州有之。"楦(xuàn):楦子,做鞋用的模型。海沉楦,即楦的美称。

⑬ 真珠:即珍珠。

⑭ 春申:春申君,战国时四大君子之一。《史记·春申君列传》:"春申君客三千余人,其上客皆蹑珠履。"

⑮ 禹步:跛行。传说禹治水辛劳,肢体偏枯,行走不便,故称。《尸

又(藕心抽莹茧)

子·下》:"禹于是疏河决江,十年不窥其家,手不爪,胫不生毛,生偏枯之病,步不相过,人曰禹步。"宸游:指帝王出巡游乐。宋之问《奉和幸大荐福寺应制》:"香刹中天起,宸游满路辉。"

⑯ 燕殿:即燕寝,指内室,小寝。周制王有六寝,除正寝外,其余五寝通称燕寝。《周礼·天官·女御》:"女御,掌御叙于王之燕寝,以岁时献功事。"

[译诗]

  藕心样的针板
    抽出根根银线
      蚕茧似的莹光耀眼

  翠针被牵引着
    织遍了
      鞋底鞋面

  好像是
    冰晶结成花朵
      成行成片

  在金马门入口啊
    你轻扶着
      皇帝的玉辇

  恰似两只

梦幻的窗口——梦窗词选

　　　　玉雕的野鸭
　　　　　　飞上九天

　　细工密织
　　　　踏在路上
　　　　　　舒适柔软

　　鞋带系得
　　　　松紧得体
　　　　　　为的是金銮侍宴

　　通体浸透
　　　　天上的异香
　　　　　　温馨暗散

　　是春风吗
　　　　轻扬
　　　　　　婉转

　　紧靠着星辰
　　　　悄无声息
　　　　　　遨游银汉

又（藕心抽莹茧）

缓慢地
　　驾着白云
　　　　归来已晚

多么难得
　　奇妙的遭遇
　　　　降临到你的面前

平康里
　　春风得意
　　　　快马加鞭

醉眼蒙眬
　　踏着香泥
　　　　蝶随蜂恋

你身上
　　沾满了红花
　　　　异彩浸透了针线

连最有经验的
　　巨匠良工
　　　　也赞美你精美罕见

是因为
　　吴地的春蚕
　　　　吐出最美的丝茧

是因为
　　海底的沉香
　　　　作为你的鞋楦

还选出
　　上等珍珠
　　　　把你精心装扮

都说春申君的门客
　　曾穿着珍珠鞋履
　　　　而今早已风流云散

只有你等待着
　　伴随大禹的脚步
　　　　去治水治山

功成身退
　　依旧在皇宫里
　　　　淡泊安眠

又（藕心抽莹茧）

[说明]

　　词为赠御用丝鞋名工庄生所写。既写出丝鞋之选料精良，技艺超群，又寓有深刻讽喻之意。首三句写巨匠良工精心制做丝鞋过程。"金门"以下三句从实与虚两处着笔。实者"金门""回辇"、随后又有"侍宴""天香""春风"等无限荣耀。虚者，"两玉凫""飞上""星辰"，直到"蹑素云"而"归晚"，穿插有关名履的神话传说。君、臣两面均已兼顾。换头以"奇践"二字束上启下。"平康"三句写进士及第之春风得意。"良工"以下六句，写丝鞋之选料精良，用器不凡，与昔日春申君门客所着之"珠履"相比，实有天壤之别。"待宣供"三句将词笔远远宕开，意谓此"丝鞋"一旦跟随大禹一样的皇帝治山治水，立不朽殊勋，归来后也会十分荣耀地获得退休的处所。面对南宋王朝的耽安享乐与国势日危，其中似含有深刻的讽喻之意在。

又

丙午重九①

乱云生古峤②。记旧游惟怕，秋光不早。人生断肠草③。叹如今摇落④，暗惊怀抱。谁临晚眺。吹台高⑤、霜歌缥缈。想西风、此处留情，肯着故人衰帽⑥。　　闻道。萸香西市⑦，酒熟东邻，浣花人老⑧。金鞭骏褭⑨。追吟赋，倩年少。想重来新雁，伤心湖上，销减红深翠窈⑩。小楼寒、睡起无聊，半帘晚照。

[笺注]

① 丙午：宋理宗淳祐六年（1246）。

② 峤（jiào）：尖而高的山。

③ 断肠：形容极度伤痛。又作肠断、柔肠寸断。《搜神记》卷二十："临川东兴有人入山，得猿子，便将归。猿母自后逐至家。此人缚猿子于庭中树上，以示之。其母便搏颊向人，欲乞哀状，直是口不能言耳。此人既不能放，竟击杀之。猿母悲唤，自掷而死。此人破肠视之，寸寸断裂。"又《世说新语·黜免》："桓公入蜀，至三峡中，部伍中有得猿子者。其母缘岸哀号，行百余里不去，遂跳上船，至便即绝。破视其腹中，肠皆寸寸断。"顾况《竹枝》："巴人夜唱竹枝后，肠断晓猿声渐稀。"断肠草：又名相思草。《述异记》卷上："今秦赵间有相思草，状如石竹而节节相续。一名断肠草，又名愁妇草，亦名霜草，人呼寡妇莎，盖相思之流也。"

又(乱云生古峤)

④ 摇落:凋残、零落。宋玉《九辩》:"悲哉秋之为气也,萧瑟兮草木摇落而变衰。"李商隐《摇落》:"摇落伤年日,羁留念远心。"

⑤ 吹台:《东京记》:汴城上有列仙吹台。又赤城东有繁台,为师旷作乐之地,即吹台也。

⑥ 衰帽:见前《霜叶飞》注⑯。

⑦ 黄香:见前《霜叶飞》注⑰。

⑧ 浣花:《旧唐书·杜甫传》:"甫于成都浣花里种竹植树,结庐枕江,纵酒啸咏。"

⑨ 骠袅(yǎoniǎo):骏马名。司马相如《上林赋》:"蹋骠袅,射封豕。"李善注引张揖曰:"骠袅,马金喙赤色,一日行万里者。"杜甫《天育骠图歌》:"如今岂无骠袅与骅骝,时无王良伯乐死即休。"

⑩ 窈(yǎo):深远。

[译诗]

    飞渡的乱云

        来自远古

            笔耸的高山

    企盼着旧地重游

        但又怕旧人旧事

            在眼前重现

    美好的秋天

        已经远去

            流年偷换

短暂的人生
　　　有如相思芙蓉
　　　　　令人肝肠寸断

如今四处漂流
　　　摇落悲楚
　　　　　顿生宋玉的哀叹

暗地里令人震惊
　　　当年的希望
　　　　　全都变成梦幻

还有谁人
　　　傍晚登高
　　　　　极目远看

当年奏乐的高台
　　　风景依旧
　　　　　任人攀览

经霜的歌曲
　　　似有似无
　　　　　在耳畔盘旋

又（乱云生古峤）

西风啊，想必是
　　对我当前的去处
　　　　手下留情，十分宽限

连故人头上的破帽
　　也不忍心
　　　　让它吹落风前

消息传来
　　是真是假
　　　　难以分辨

茱萸的香气
　　在西市街面
　　　　随风飘散

菊花美酒
　　已经酿熟
　　　　可邀东邻对饮共欢

浣花溪畔
　　诗人老去
　　　　旧恨依然

梦幻的窗口——梦窗词选

雕鞍宝马
　　转瞬千里
　　　　摇动金鞭

追忆当时
　　高歌狂吟
　　　　恰值少年

谁能料想
　　按季归来
　　　　旧日的鸿雁

见此湖面
　　也免不了
　　　　神情黯然

因为这里
　　嫣红流失
　　　　翠绿消减

小楼里
　　寒风刺骨
　　　　难以安眠

又（乱云生古峤）

　　短梦醒来
　　　　只见西去的斜阳
　　　　　　有一半照上珠帘

[说明]

　　此篇咏身世之感。一起回忆旧游。"秋光"一句，情景双绾，继之以"人生""摇落"，并因希望破灭而"暗惊"。"吹台"点地，"西风""衰帽"记时，并扣紧词题。下片忆旧，"金鞭""吟赋"均少年时事。"想重来"三句，通过"新雁"感慨时事巨变。结句以景结情。

又
寿史云麓①

记年时茂苑②。正画堂凝香③，璇奎初焕④。天边岁华转。向九重春近⑤，仙桃传宴⑥。银罂翠管⑦，宝香飞⑧、蓬莱小殿⑨。荷玉皇⑩、恩重千秋，翠麓峻齐云汉⑪。　　须看。鸿飞高处⑫，地阔天宽，弋人空羡⑬。梅青水暖⑭。苕溪上⑮，几吟卷。算金门听漏⑯，玉墀班早⑰，赢得风霜满面。总不如、绿野身安⑱，镜中未晚。

[笺注]

① 史云麓：史宅之，字子仁，号云麓。两朝宰相史弥远之子。淳祐八年（1248）以签枢密院事领财计，建议括浙西围田，一路骚动，怨嗟沸腾。（参俞文豹《吹剑录外集》）夏《笺》："又载其绍定间以放翁子陆子遹献围田于史弥远，两为其纳贿于邑宰。《癸辛杂识·别集下》亦载其括田事，怨嗟满道，死于非命者甚众云云。其不孚时议若尔；与《宁波府志》所称'著《升闻录》寓规弥远，避势远嫌，退处月湖'者，如出两人；并与此词'鸿飞高处'，《水龙吟》（云麓新葺北墅园池）'独乐当时高致'之语不合。据《吹剑录外集》：宅之领财计，即在卒前之一年；梦窗酬赠各词，或在其括围田之前耶。"

② 茂苑：花木繁茂的苑囿。左思《吴都赋》："带朝夕之浚池，佩长洲之茂苑。"

③ 画堂：彩色绘饰梁柱藻井的房屋，词中多指内室。寇准《踏莎行》：

"画堂人静雨濛濛,屏山半掩余香袅。"

④ 璇奎:即魁星。奎,原为中国古代天文学中二十八宿之一,称奎宿,后称主宰文章兴衰的神。

⑤ 九重:帝王之所居。宋玉《九辩》:"岂不郁陶而思君兮,君之门以九重。"

⑥ 仙桃:相传为西王母所植。《汉武帝内传》:"又命侍女索桃,须臾以盘盛桃七枚,大如鸭子,形圆,色青,以呈王母。……母曰:'此桃三千岁一生实耳。'"又指古代宫中所植桃树。杜甫《奉和贾至舍人早朝大明宫》:"五夜漏声催晓箭,九重春色醉仙桃。"

⑦ 银罂:见前《三部乐》注⑥。管:细长而中空的盛物器。杜甫《腊日》:"口脂面药随恩泽,翠管银罂下九霄。"朱瀚注:"口脂面药,以御寒冻。"《酉阳杂俎》卷一"忠志":"腊日,赐北门学士口脂、蜡脂,盛以碧镂牙筒。""翠管银罂",即所盛之器。

⑧ 宝香:即所赐"口脂、蜡脂"。或指墨香,即御赐福寿字。《宁波府志》:"宁宗御书'碧沚'赐之。"

⑨ 蓬莱殿:即蓬莱宫。本名大明宫,唐太宗贞观八年始建,高宗扩建后改名蓬莱宫。白居易《长恨歌》:"昭阳殿里恩爱绝,蓬莱宫中日月长。"

⑩ 玉皇:即玉皇大帝。道教中地位最高、职权最大的神,名昊天金阙至尊玉皇帝,简称玉帝或玉皇大帝。词中指南宋皇恩而言。

⑪ "翠麓"句:将"史云麓"之号"云麓"二字拆开,并嵌于句中。前句"千秋"暗含"史"字。

⑫ 鸿飞:形容抱负远大。《史记·陈涉世家》:"陈涉太息曰:'嗟乎,燕雀安知鸿鹄之志哉!'"

⑬ 弋(yì)人:射鸟人。《法言·问明》:"鸿飞冥冥,弋人何篡焉。"篡,取。《后汉书·逸民传序》李贤注引宋衷曰:"鸿高飞冥冥薄天,虽有弋人,何施巧而取也?"篡,或作"慕"。张九龄《感遇》:"今我游冥冥,弋者

⑭　梅青：梅子尚未成熟。张先《千秋岁》："雨轻风色暴，梅子青时节。"水暖：苏轼《惠崇春江晚景二首》其一："竹外桃花三两枝，春江水暖鸭先知。"

⑮　苕溪：水名，在浙江北部，有东西两源：东苕溪（龙溪）出天目山南，西苕溪出天目山北；在湖州附近汇合入太湖。

⑯　金门：见前《瑞鹤仙》（藕心抽莹蚕）注④。漏：古代计时器。分漏壶与漏刻。漏壶为盛水铜壶，底穿一孔，壶中立箭，上刻度数，壶中水因漏而渐减，箭上刻度则渐次显露，据此以测知时刻。古代有宫漏、铜壶、漏刻、刻漏、壶漏、银箭、漏声等许多说法。

⑰　玉墀（chí）：以玉镶砌的台阶。指金殿。

⑱　绿野：绿野堂。唐裴度晚年退居东都洛阳，在午桥创别墅，名"绿野堂"，与白居易、刘禹锡等名家诗诵唱和。

[译诗]

　　仍是当年

　　　　葱茏繁茂

　　　　　　旧时的名园

　　此时，画堂里

　　　　有稀世异香

　　　　　　在凝聚播散

　　天上的奎星

　　　　编织出锦绣文彩

　　　　　　开始盘旋变换

又（记年时茂苑）

新的一年
  从天边远处
    向这里回旋

春天啊
  你像九重宫阙
    就在身边

有谕诏下传
  西王母亲设
    仙桃盛宴

银质的酒罍
  还有盛满佳酿的
    精美翠管

御赐的墨翰
  挟着宝香
    飞下蓬莱小殿

沐浴着玉皇圣福
  千秋万代
    恩重如山

翠绿的山麓
　　峻拔凌空
　　　　直齐云汉

看啊
　　高高云天
　　　　有奋飞的鸿雁

地面
　　如此广阔
　　　　天际无限阔宽

射鸟人
　　对此只能
　　　　白白赞叹

梅子泛青
　　春江
　　　　水暖

苕溪上
　　吟诗作赋
　　　　盈箱满卷

又(记年时茂苑)

金马门内
　　等待上朝的漏声
　　　　滴滴点点

玉墀两侧
　　肃立恭候
　　　　朝觐出班

这一切啊
　　换来的不过是
　　　　风霜满面

总不如
　　绿野堂中
　　　　吟啸心安

揽镜自视
　　青春啊
　　　　还不曾抛人去远

[说　明]

　　这是一首祝寿词。祝寿,自然要说好话,何况史云麓是两朝宰相之子。上片写的就是史家深受皇恩,满门得福,寿辰所得赏赐也极其隆重等盛况。"荷玉皇、恩重千秋,翠麓峻齐云汉"三句,表层喻皇恩浩荡,深层又暗含"史云麓"三字,是词人着力用心之处。下片写史氏前途无限远大,即使有"弋人"在那里暗算,也终究无可奈何。然而,即便如此,在词人看来,这种生活终非安身立命之长策,所以结拍止不住劝说,急流勇退吧,像唐代裴度那样在"绿野堂"里,诗酒唱和,安度晚年。有此下片,则此词已与一般寿词有境界深浅雅俗之别了。

又

癸卯岁寿方蕙岩寺簿①

辘轳春又转②。记旋草新词③,江头凭雁④。乘槎上银汉⑤。想车尘才踏,东华红软⑥。何时赐见⑦?漏声移⑧、深宫夜半⑨。问莼鲈⑩、今几西风,未觉岁华迟晚。　　一片、丹心白发⑪,露滴研朱⑫,雅陪清宴⑬。班回柳院⑭。蒲团底,小禅观⑮。望罘罳明月⑯,初圆此夕,应共婵娟茂苑⑰。愿年年、玉兔长生⑱,耸秋井干⑲。

[笺注]

① 癸卯:宋理宗淳祐三年(1243)。岁:年的别称。《尔雅·释天》:"载,岁也。夏曰岁,商曰祀,周曰年,唐虞曰载。"《周髀算经·下》:"日复星为一岁。"注:"冬至,日出在牵牛,从牵牛周牵牛,则为一岁也。"方蕙岩:方万里,字鹏飞,号蕙岩。寺簿:按《宋史·职官志三、四》,京曹之以寺称者九:太常、宗正、光禄、卫尉、太仆、大理、鸿胪、司农、太府。其中大理、太府设主簿二,余各一。词中有"雅陪清宴"句,方所任似属光禄寺。

② 辘轳(lù lu):安在井上绞起汲水斗的器具。李璟《应天长》:"柳堤芳草径,梦断辘轳金井。"转:即注①所说"从牵牛周牵牛"之意。

③ 旋草:又草,又写。旋,又。柳永《尾犯》:"秋渐老,蛩声正苦,夜将阑、灯花旋落。"

④ 江头凭雁:温庭筠《菩萨蛮》:"江上柳如烟,雁飞残月天。"

⑤ 槎：见前《琐窗寒》注⑧。

⑥ 红软：即软红，指闹市中飞扬的尘土。苏轼《次韵蒋颖叔钱穆父从驾景灵宫二首》其一："半白不羞垂领发，软红犹恋属车尘。"自注："前辈戏语，有西湖风月不如东华软红香土。"

⑦ 赐见：《魏书·太祖纪》："诸士大夫诣军门者，无少长，皆引入赐见。"

⑧ 漏声：古代计时器漏壶滴水之声。见前《瑞鹤仙》（记年时茂苑）注⑯。

⑨ 深宫夜半：用贾谊见汉文帝事。《史记·贾谊传》："贾生征见，孝文帝方受厘，坐宣室。上因感鬼神事而问鬼神之本，贾生因具道所以然之状。至夜半，文帝前席。"李商隐《贾生》："可怜夜半虚前席，不问苍生问鬼神。"

⑩ 莼鲈（chúnlú）：莼菜和鲈鱼，二者为江南秋季特产。《晋书·张翰传》："翰因见秋风起，乃思吴中菰菜、莼羹鲈鱼脍，曰：'人生贵得适志，何能羁宦数千里以要名爵乎？'遂命驾而归。"辛弃疾《水龙吟》："休说鲈鱼堪脍，尽西风、季鹰（张翰字）归未？"

⑪ 丹心：忠心，赤诚之心。文天祥《过零丁洋》："人生自古谁无死，留取丹心照汗青。"

⑫ 研朱：研有朱墨的砚。高骈《步虚词》："洞门深锁碧窗寒，滴露研朱点周易。"

⑬ 宴：宴席，宴会。又作安息解，同燕。《汉书·蔡义传》："愿赐清闲之燕。"师古注："燕，安息也。"

⑭ 班回：退朝。班，朝班，即朝廷官吏上朝时排列的位次。杜甫《秋兴八首》其五："一卧沧江惊岁晚，几回青琐点朝班。"柳院：杜甫《晚出左掖》："退朝花底散，归院柳边迷。"

⑮ 蒲团：崇奉佛教、道教的人打坐跪拜时，多用蒲草编的团形垫具，称蒲团。禅观：指禅定而言。《本事诗·事感》："章武时为成都少尹，有山僧来谒云：'禅观有年，未尝念经，今被追试，前业弃矣，愿长者宥之。'"钱起《送僧归日本》："水月通禅观，鱼龙听梵声。"

⑯ 罘罳（fúsī）：古代设在宫门外或城角的屏，上面有孔，形似网，用以守望和防御。

⑰ 婵娟：美好貌。孟郊《婵娟篇》："花婵娟，泛春泉。竹婵娟，笼晓烟。妓婵娟，不长妍。月婵娟，真可怜。"苏轼《水调歌头》："但愿人长久，千里共婵娟。"茂苑：见前《瑞鹤仙》（记年时茂苑）注②。

⑱ 玉兔：代指月亮。神话传说月中有玉兔，因用为月之代称。傅咸《拟天问》："月中何有？白兔捣药。"辛弃疾《木兰花慢》："虾蟆故堪浴水，问云何玉兔解沉浮？"

⑲ 井干：井上的木栏。与起句"辘轳"上下呼应。张衡《西京赋》："井干叠而百增。"吴景旭《历代诗话》卷十四注云："银床谓之井干，其形四角或八角，盖井上木栏也。"

[译诗]

像辘轳一样

　　转回的是

　　　　又一个春天

和常年一样

　　应当立即草写

　　　　新的春联

从江上遥望

　　春的凭证

　　　　便是回归的大雁

驾着仙槎

解缆扬帆
　　去遨游银汉

滚动的车轮
　　轻轻卷起
　　　微尘一片

是春的花朵吗
　　不然，为什么
　　　如此红艳柔软

什么时候
　　才能得到一次
　　　新的赐见

计时的漏刻
　　在声声中移位
　　　滴出新的更点

像汉文帝
　　深宫里召问贾谊
　　　直至更深夜半

又（辘轳春又转）

请问：莼菜鲈鱼
　　是否伴着西风
　　　　把你呼唤

即使归来
　　仍未发觉
　　　　年华过晚

虽然早已
　　白发满头
　　　　仍有丹心一片

用露珠
　　研成珠墨
　　　　把《周易》圈点

而朝廷的班会
　　还有清雅宴集
　　　　要由你始终陪伴

退朝之后
　　才能回到
　　　　柳边的庭院

此时方能
　　静坐蒲团
　　　　入定参禅

看朗朗夜空
　　有一轮明月
　　　　高挂城墙上面

刚刚团圆
　　便装饰着
　　　　这美好夜晚

多么企盼与友人
　　共游名苑
　　　　赏花好月圆

但愿年年岁岁
　　月中玉兔
　　　　长驻云端

高高悬挂，拂照
　　秋天的石井
　　　　还有井上的栏杆

又（辘轳春又转）

[说明]

　　此虽为祝寿之词，但却很少套话。方蕙岩所任光禄寺主簿，其职责内容不过是"雅陪清宴"而已。在词人看来，方蕙岩有贾谊一样的政治才能，却不曾像贾谊一样得到汉文帝"赐见"，谈至"深宫夜半"。所以方氏退朝归来，一面参禅悟道，一面像张翰那样思念江南的莼羹鲈脍。词之兴奋点，乃对友人方蕙岩不为所用深表惋惜。

又

饯郎纠曹之严陵①

夜寒吴馆窄。渐酒阑烛暗,犹分香泽②。轻帆展为翮③。送高鸿飞过④,长安南陌⑤。渔矶旧迹。有陈蕃、虚床挂壁⑥。掩庭扉、蛛网黏花,细草静摇春碧。　　还忆。洛阳年少⑦,风露秋棨⑧,岁华如昔。长吟堕帻⑨。暮潮送,富春客⑩。算玉堂不染⑪,梅花清梦⑫,宫漏声中夜直⑬。正逋仙、清瘦黄昏⑭,几时觅得⑮。

[笺注]

① 纠曹:凡任监察执法官职者,被称为纠曹。据《汉旧仪》,御史中丞内掌兰台,外督诸州刺史,纠察百僚。严陵:本为人名,又作地名。后汉严光字子陵,会稽余姚人。少有高名,与光武(刘秀)有旧,披羊裘钓泽中。帝聘至都,除为谏议大夫。不屈,乃耕于富春山。后人名其钓处为严陵濑焉。(参见《后汉书·严光传》)

② "渐酒阑"二句:状饮宴之盛况。《史记·淳于髡传》:"日暮酒阑,合尊促坐,男女同席,履舄交错。杯盘狼藉,堂上烛灭。主人留髡而送客。罗襦襟解,微闻芗泽。"

③ 翮(hé):羽毛。此用以形容船帆的轻快。

④ 高鸿:见前《瑞鹤仙》(记年时茂苑)注⑫。

⑤ 长安:汉唐京都,此代指南宋临安。

又(夜寒吴馆窄)

⑥ 陈蕃：陈蕃是后汉"信义足以携持民心"的名臣。蕃为乐安太守时，"郡人周璆，高洁之士。前后郡守招命莫肯至，唯蕃能致焉。字而不名，特为置一榻，去则悬之"(《后汉书·陈蕃传》)。

⑦ 洛阳年少：用贾谊故事揄扬郎纠曹。《汉书·贾谊传》："贾谊，洛阳人也，年十八，以能诵诗书属文称于郡中。……文帝召以为博士。是时谊年二十余，最为少。每诏令议下，诸老先生未能言，谊尽为之对。"潘岳《西征赋》："终童山东之英妙，贾生洛阳之才子。"高适《古歌行》："田舍老翁不出门，洛阳少年莫论事。"

⑧ 风露秋檠(qíng)：形容年华渐老。檠，灯架，代指秋灯。韩愈《短灯檠歌》："黄帘绿幕朱户闭，风露气入秋堂凉。"

⑨ 帻：包头发的巾。古代卑贱执事不冠者之所服也。长吟堕帻：形容兴之所至，忘乎所以。梅尧臣《依韵和韩子华陪王舅道损宴集》："助中声喧呼，不觉屡倾帻。"

⑩ 富春：富春江，在浙江中部，是钱塘江自桐庐至萧山闻堰段的别称。"严陵""子陵滩"即在其地。

⑪ 玉堂：翰林的别称。沈括《梦溪笔谈》卷一："唐翰林院在禁中，乃人主燕居之所。玉堂、承明、金銮殿皆在其间。"

⑫ 清梦：秦观《千秋岁》："日边清梦断，镜里朱颜改。"

⑬ 宫漏：古代宫中的计时器。见前《瑞鹤仙》(记年时茂苑)注⑯。夜直："直"通"值"，夜间当值。

⑭ 逋仙：指北宋诗人林逋，其名作《山园小梅》有"暗香浮动月黄昏"句。清瘦：周邦彦《玉烛新》："终不似，照水一枝清瘦。风娇雨秀。"

⑮ 几时觅得：姜夔《暗香》："又片片吹尽也，几时见得。"

[译诗]

　　深夜，严寒

　　　　紧紧围困着吴城

客馆愈加显得狭窄

虽然，时间在推移
　　　酒宴濒临终场
　　　华烛已暗无光彩

席面上却余兴未尽
　　　从飘逸的襟裳
　　　暗暗播散出幽氛香霭

明晨，白帆
　　　将高高挂起
　　　像鹢鸟的巨翼尽皆展开

送你，高飞的鸿雁
　　　掠过长安城南
　　　迅疾却又轻快

有陈蕃一样的名臣
　　　为恭候你的驾临
　　　连床帐都做好安排

你新居的庭院

又（夜寒吴馆窄）

门扉紧紧掩闭
　　蜘蛛网牵挽着嫣红的蕊腮

细草微风
　　摇荡着一庭新绿
　　　像涌动春波的碧海

这怎能不引起我的回忆——
　　恰似洛阳才子贾谊一般
　　　年少翩翩的治国奇才

如今，经历过风刀霜剑
　　像残灯在秋风中摇摆
　　　年华却似往时一样焕发光彩

醉饮狂歌吧
　　让巾帻冠帽都倾斜坠落
　　　毋须整理与重新插戴

傍晚，暮潮汹涌澎湃
　　催送扁舟一叶驶向富春江
　　　像严子陵一样有云水襟怀

纵然身在玉堂
　　贵为翰林学士
　　　　也不会让心灵受到戕害

更不会，污染了
　　冰清玉洁的梅花
　　　　让清新的好梦顿遭破坏

即使你在宫中深夜当值
　　也会伴随铜壶漏滴之声
　　　　飞向当年林逋养梅的所在

去寻找，暗香浮动的梅花
　　那浸入黄昏月色的清瘦的花枝
　　　　何时，觅见你永开不败

[说明]

　　此为饯别之作。一般而言，席面上的酬唱常常落入俗套，很难写出有深度、有特色的佳篇。然而，当词人将自身也打入词境之中，并借题发挥时，情况就完全不同了。吴地的客馆本来就不宽敞，在寒风包抄围袭的冬夜里，这天地就更显得狭窄与拥挤不堪了。这个"窄"字，不就是南宋东南半壁河山狭小天地的一个缩影吗？比天地狭"窄"更令人难以忍受的是人事的狭"窄"，南宋小朝廷始终对抗金复国的爱国志士进行打击排挤，人才不得重用。词写郎纠曹当年风度翩翩，有

又（夜寒吴馆窄）

贾谊一样的高才伟识，然而却未得发挥施展，如今像残冬的灯焰一般闪烁飘摇。作者自身的遭遇不是比这更惨淡吗？结拍五句用肯定的语气写林逋隐居孤山种梅养鹤保持超逸清高的佳话，真正做到了"玉堂不染，梅花清梦"。这既是写郎纠曹，也是词人自我品格的写照。全章娓娓写来，波澜迭起，情浓如酒，寄意遥深。

又

赠道女陈华山内夫人①

彩云栖翡翠②。听凤笙吹下③,飞軿天际④。晴霞剪轻袂⑤。淡春姿雪态,寒梅清泚⑥。东皇有意⑦。旋安排、阑干十二⑧。早不知、为雨为云⑨,尽日建章门闭⑩。　　堪比。红绡纤素⑪,紫燕轻盈⑫,内家标致⑬。游仙旧事⑭。星斗下,夜香里。□华峰□□⑮,纸屏横幅⑯,春色长供午睡。更醉乘、玉井秋风⑰,采花弄水⑱。

[笺注]

① 全词紧紧围绕道女内夫人和以华山为名号的特点逐层展开,既写其姿容秀美,又突出其内质高洁。道女:女道士。内夫人:唐宋时宫廷女官名。侍帝左右,记其起居。陶宗仪《辍耕录·宋朝家法》:"吾为内夫人日,每日轮流六人侍帝左右,以纸一番,从后端起笔,书帝起居,旋书旋卷,至暮,封付史馆。内夫人别居一宫。宫门金字大牌曰:'官家无故至此,罚金一镒。'"后蜀花蕊夫人《宫词之八》云:"承奉圣颜忧误失,就中长怕内夫人。"内夫人:又指内人。崔令钦《教坊记》:"妓女入宜春院,谓之'内人',亦曰'前头人',常在上前头也。"华山:山名。五岳之一,称西岳,在陕西东部。词中作道女之名用,即后《蝶恋花·题华山道女扇》中的"华山道女"。

② 彩云:五彩云。古诗词中常与妇女命运相关。李白《宫中行乐词八首》其一:"只愁歌舞散,化作彩云飞。"翡翠:美雀的通称。亦专指蓝翡翠,

又（彩云栖翡翠）

栖居于我国福建南部及广东等地，夏季可见于东北地区。翠羽甚美，可供镶嵌饰品之用。唐代贵族喜用翠鸟羽毛或翡翠图形装饰衣服或冠戴。温庭筠《南歌子》："懒拂鸳鸯枕，休缝翡翠裙。"尹鹗《拨棹子》："丹脸腻。双靥媚。冠子镂金装翡翠。"《后汉书·西南夷传·哀牢》："出……孔雀、翡翠、犀、象、猩猩。"《尔雅》疏云："鹬，一名为翠，其羽可以为饰。"杜甫《曲江二首》其一："江上小堂巢翡翠，苑边高冢卧麒麟。"

③ 凤笙：笙的美称。因笙形如凤凰，笙音如凤鸣。李白《凤笙篇》："仙人十五爱吹笙，学得崑丘彩凤鸣。"韩愈《谁氏子》："或云欲学吹凤笙，所慕灵妃媲萧史。"张先《虞美人》："凤笙何处高楼月。幽怨凭谁说。"

④ 軿（píng）：车厢前的帘子。代指车厢四周有帘幕的车，多为古代贵族妇女所乘。《后汉书·袁绍传》："士无贵贱，与之抗礼，辎軿紫毂，填接街陌。"李贤注："《说文》曰：'軿车，衣车也。'郑玄注《周礼》曰：'軿犹屏也，取其自蔽隐。'"《后汉书·舆服志上》："长公主赤罽軿车。大贵人、贵人、公主、王妃、封君油画軿车。"江淹《水上神女赋》："耸軿车于水际，停云霓于山椒。"李德裕《步虚词》："河汉女主能炼颜，云軿往往到人间。"

⑤ 袂（mèi）：衣袖。

⑥ 清泚（cǐ）：清爽，鲜明，澄澈。谢朓《始出尚书省》："邑里向疏芜，寒流自清泚。"梅尧臣《武陵行》："野艇一竿丝，朝朝狎清泚。"

⑦ 东皇：春神。杜甫《幽人》："凤帆倚翠盖，暮把东皇衣。"

⑧ 阑干十二：指碧城，仙人所居。十二，言其阑干曲折之多。南朝民歌《西洲曲》："栏干十二曲，垂手明如玉。"李商隐《碧城三首》其一："碧城十二曲阑干，犀辟尘埃玉辟寒。"《太平御览·道部·理所》："元始居紫云之阙，碧霞为城。"张先《蝶恋花》："楼上东风春不浅。十二阑干，尽日珠帘卷。"僧仲殊《诉衷情》："三千粉黛，十二阑干，一片云头。"

⑨ 为雨为云：用巫山神女事。见前《瑞鹤仙》（晴丝牵绪乱）注⑬。

⑩ 建章：即建章宫。汉代宫名。《史记·封禅书》："作建章宫，度为千

门万户。"《三辅黄图·汉宫》:"(建章宫)周回三十里","在未央宫西长安城外"。刘禹锡《寄朗州温右史曹长》:"云台功业家声在,征诏何时出建章?"

⑪ 红绡:红色丝织品,常用作手帕、头巾或用以裁制衣服。元稹《寄吴士矩端公五十韵》:"筝弦玉指调,粉汗红绡拭。"纤素:纤细的素手。《古诗十九首·迢迢牵牛星》:"纤纤擢素手,札札弄机杼。"

⑫ 紫燕轻盈:形容善舞。用赵飞燕故事。《汉书·外戚传·赵皇后》:"及壮,属阳阿主家,学歌舞,号曰飞燕。"师古注曰:"以其体轻也。"《白孔六帖·卷六一·舞》:"赵飞燕体轻能为掌上舞。"杜牧《遣怀》:"楚腰纤细掌中轻。"

⑬ 标致:容貌出众,风度翩翩。

⑭ 游仙:心游仙境。先秦方士传说海外有仙山、仙岛(如藐姑射山、三神山等),仙人可不食五谷,餐风饮露,乘云气。(见《庄子·逍遥游》)晋郭璞有《游仙诗》。杨炯《群官寻杨隐居诗序》:"游仙可致,无劳郭璞之言。"

⑮ □:缺文,杨《笺》拟补为"写"字。□□:拟补为"黛色"二字。华峰:即词题之"华山"。

⑯ 纸屏横幅:指屏风上绘有华山风景。

⑰ 玉井:指华山顶峰之玉井。《乐府诗集·横吹曲词五·捉搦歌》:"华阴山头百丈井,下有流水彻骨冷。"韩愈《古意》:"太华峰头玉井莲,开花十丈藕如船。"

⑱ 弄水:《西洲曲》:"采莲南塘秋,莲花过人头。低头弄莲子,莲子清如水。"此处用以代指"玉井莲",切陈华山之名。钱仲联《韩昌黎诗系年集释》引郭醇语云:"《华山记》云:'山顶有池,生千叶莲花,服之羽化,因曰华山。'"苏轼《和陶饮酒二十首》其九:"不如玉井莲,结根天池泥。"后用以喻坚贞高洁之女子。

[译诗]

是绚丽多姿的彩云
　　还是彩云簇拥着
　　　　色泽绚丽的翡翠

又（彩云栖翡翠）

听，状如凤鸟的玉笙
　　吹奏起迷人的乐曲
　　　　音符从仙境一串串下垂

伴随着华贵的辎车
　　飘拂着悬挂的幕帷
　　　　从天边往尘世飞坠

是晴空中的彩霞裁剪而成吗
　　不然，那飘摇翻卷的衣袖
　　　　为什么如此轻盈优美

青春的姿容
　　冰雪般的风采
　　　　清明澄澈恰似寒梅

是春神的着意安排
　　转瞬便布置停当
　　　　十二曲阑干严守岗位

早已是，难得人知
　　朝为行云还是暮为行雨
　　　　只见建章宫整日紧掩门扉

同你相似的还能有谁
　　　　是红衣素手的织女
　　　　　　还是赵飞燕舞步的轻灵娇媚

　　她们都远逊于你啊
　　　　你特有的宫廷风采
　　　　　　凡人岂能不自惭形秽

　　神游仙境已成往事
　　　　天上，群星朗照
　　　　　　夜色与烟香糅出独特氛围

　　（用生花的妙笔）
　　　　（画出）华山的峰峦
　　　　　　你的巅峰（高耸峻伟）

　　进入纸做的屏障
　　　　进入横悬的画轴
　　　　　　春色，永远陪伴你进入午睡

　　还要趁醉酒之机啊
　　　　攀登到华山巅峰的玉井
　　　　　　哪怕秋风凛冽劲吹

又（彩云栖翡翠）

　　采一枝千叶莲花
　　　　低下头，洗弄莲子
　　　　　莲子啊，澄清如水

[说　明]

　　给道女内夫人写词，是很难组织成篇的。这首词的好处，恰恰在于有一个完整的构思并突出了两大侧面。全词紧紧围绕道女内夫人的姿质和以华山为名号的特点，把全章融合成为结构严谨、首击尾应、通体完整的艺术佳制，同时还突出了两大侧面，即姿容的秀美与内质的高洁。作为道女内夫人，这是最难能可贵的。结响点题，意余言外，最见韵致。

满江红

夷则宫，俗名仙吕宫[①]　**淀山湖**[②]

云气楼台，分一派、沧浪翠蓬[③]。开小景、玉盆寒浸，巧石盘松[④]。风送流花时过岸，浪摇晴练欲飞空[⑤]。算鲛宫[⑥]、只隔一红尘[⑦]，无路通。　　神女驾[⑧]，凌晓风。明月佩[⑨]，响丁东。对两蛾犹锁[⑩]，怨绿烟中。秋色未教飞尽雁，夕阳长是坠疏钟。又一声、欸乃过前岩[⑪]，移钓篷[⑫]。

[笺注]

①　仙吕宫：杨《笺》："戈顺卿曰：《满江红》用平韵者，南吕宫；用仄韵者，仙吕宫。此应作：林钟宫，俗名南吕宫。然梦窗此词注夷则宫。陈元龙选白石词，平韵亦注仙吕宫。戈说未知何据。"

②　淀山湖：旧称薛淀湖，在上海市清浦县西与江苏省苏州市吴江区及昆山市之间。因湖东南有淀山（宋时尚在湖中），故名。

③　翠蓬：指蓬莱仙山。见前《尉迟杯》注⑭。

④　"开小景"两句：用盆景艺术的视角体察宏观湖景。玉盆：喻淀山湖。巧石：喻淀山。

⑤　晴练：谢朓《晚登三山还望京邑》："余霞散成绮，澄江静如练。"

⑥　鲛宫：指传说中的龙宫。据《苏州府志》：淀山上有浮屠，下有龙洞。"鲛宫"，指"龙洞"而言。

满江红（云气楼台）

⑦ 红尘：见前《尉迟杯》注⑯。

⑧ 神女：传说中的淀山神女。宋鲁应龙《闲窗括异志》载：淀山湖上有三姑庙。每岁湖中群蛟竞斗，水为沸腾，独不入庙中。神极灵异。寺僧藉其力以给斋粥，水陆尤感应。向年有渔舟舣（yǐ，使船靠岸）湖口，忽见一妇人附舟，云："欲到淀山寺。"及抵岸，妇人直入寺去，舟中止余一履。渔人执此履以往索渡钱。寺僧甚讶之，曰："此必三姑显灵。"因相随至殿中，果见左足无履，坐傍百钱在焉。遂授渔人而去。

⑨ 明月佩：明月，宝珠。屈原《九章·涉江》："被明月兮佩宝璐。"王逸章句："言己背被明月之珠，要佩美玉。"佩，见前《锁窗寒》注⑳。

⑩ 两蛾：双眉。《诗经·魏风·硕人》："螓首蛾眉。"屈原《离骚》："众女嫉余之蛾眉兮。"

⑪ 欸乃：见前《三部乐》注⑦。

⑫ 钓篷：垂钓渔舟。篷，见前《三部乐》注⑧。

[译诗]

云气蒸腾

　　楼台高耸

从东海三山闪出

　　这一派人间仙境

沧浪之水

　　环绕蓬莱神峰

又似纵横陈列

　　微观小景

多么像一只玉盆
　　注满寒水在微微荡动

淀山湖山石奇巧
　　尽是盘虬的古松

西风吹卷水中花瓣
　　向对岸漂送壮美秋容

波澜摇荡洁白的素绢
　　似要飞上晴空化彩虹

因为，碌碌人寰
　　与海底龙宫

只不过一线红尘
　　从中隔阻作梗

自古及今
　　无路可通

啊，淀山神女
　　登上小船前行

满江红(云气楼台)

劈波斩浪
　　迎着拂晓寒风

佩戴着珠宝
　　皎月般使晨空通明

宝珠的撞击
　　悦耳叮咚

然而你两眉紧锁
　　不见些微笑容

是怨恨绿色
　　消失在烟霭迷濛

美好的秋色并未使
　　南归的大雁飞尽绝踪

浸水的夕阳经常是
　　伴随着疏钟坠入湖中

听,传来耳畔的是
　　船桨的欸乃之声

梦幻的窗口——梦窗词选

> 这声声欸乃
> 　　传遍了山岩重重

> 缓缓地向前移动
> 　　移动着垂钓的船篷

[说明]

　　梦窗词中歌咏河山胜景之作，所在多有，此篇最有气魄。起拍两句境界阔大，气势不凡。词人把淀山湖跟传说中的海上三神山联系起来，认定眼前这壮丽湖山就是从蓬莱仙境分割出来的。"开小景"三句作进一步发抒，仿佛词人已升入天界，俯瞰这湖水湖山，偌大一个淀山湖竟然变成了小巧玲珑的玉石盆景，晶莹透明。"风送流花"两句，色彩鲜明，静中有动，对仗工稳，把淀山湖写得活灵活现，使读者有亲临其境之感。人世与仙界被一线红尘隔阻，"流花"似乎可以作为航船，驶向对岸；"晴练"跃跃腾空，似乎可以化作彩虹，使游客踏着它与天界往来，相互沟通。下片转入有关淀山"神女"的描写，绘声绘色，生动逼真，气氛极浓，构成亦虚亦实而又颇具神秘感的梦幻世界，充分发挥了词人之所长。全词境界博大，气势雄浑，想象丰富，虚实相生，极尽起伏变化之能，明显具有豪放特色，而又不失自家面目。

[汇评]

　　平调《满江红》仍有如许魄力，是何神勇。既精炼又清虚骚雅，真是绝唱。

——陈廷焯《云韶集》卷八

又

甲辰岁，盘门外寓居过重午①

结束萧仙②，啸梁鬼③、依还未灭。荒城外④、无聊闲看，野烟一抹⑤。梅子未黄愁夜雨⑥，榴花不见簪秋雪⑦。又重罗⑧、红字写香词，年时节⑨。　帘底事，凭燕说。合欢缕⑩，双条脱⑪。自香消红臂⑫，旧情都别。湘水离魂菰叶怨⑬，扬州无梦铜华缺⑭。倩卧箫⑮、吹裂晚天云⑯，看新月。

[笺注]

① 甲辰：宋理宗淳祐四年（1224）。盘门：苏州城门名。据《吴地记》载，吴门，尝名蟠门，刻木作蟠龙以镇此。又云：水陆萦回，徘徊屈曲，故谓之盘。重午：端午节。

② 萧仙：即端午时所佩之萧艾。宗懔《荆楚岁时记》：端午，结艾为人，悬门前以辟邪。艾萧同类，故用萧字。仙，即结束为人形。

③ 啸梁鬼：即所辟之邪。韩愈《原鬼》："有啸于梁，从而烛之，无见也，斯鬼乎？"

④ 荒城外：即盘门外。白居易《赋得古原草送别》："远芳侵古道，晴翠接荒城。"

⑤ 野烟：荒郊中的烟霭。张旭《桃花溪》："隐隐飞桥隔野烟。"

⑥ "梅子"句：贺铸《青玉案》："试问闲愁都几许？一川烟草，满城风

絮，梅子黄时雨。"

⑦ 榴花：即石榴花，别称安石榴、丹若、沃丹、金罂、天浆等，盛开于农历五月。韩愈《题张十一旅舍三咏·榴花》："五月榴花照眼明。"因榴花红艳似火，又于盛夏凋落，故说"不见簪秋雪"。皮日休《病中庭际海石榴花盛发感而有寄》："风匀只似调红露，日暖惟忧化赤霜。"

⑧ 罗：轻软的丝织品。杜甫《端午日赐衣》："细葛含风软，香罗叠雪轻。"

⑨ 年时：过往时间的约略之称。

⑩ 合欢缕：即合欢结，合欢带，象征男女欢爱的丝带，或结成双结以象征夫妇合好恩爱。梁武帝《秋歌》之一："绣带合欢结，锦衣连理纹。"《辽史·礼志六》："五月重五日，午时……以五彩丝为索缠臂，谓之'合欢结'。"

⑪ 条脱：古代臂饰，即腕钏，手镯，呈螺旋形，上下两头左右均可活动，以利松紧。陶弘景《真诰·运象·绿萼华诗》："赠此诗一篇，并致火澣布手巾一枚、金玉条脱各一枚。条脱似指环而大，异常精好。"李商隐《李夫人三首》其三："蛮丝系条脱，妍眼和香屑。"吴曾《能改斋漫录·辨误》："文宗问宰臣：'条脱是何物？'宰臣未对。上曰：'《真诰》言，安妃有金条脱为臂饰，即金钏也。'"周邦彦《浣溪沙》："跳脱添金双腕重。"

⑫ 香消红臂：香，香瘢，即守宫朱、守宫砂。见后《踏莎行》（润玉笼绡）注⑤。古代女孩有的自幼便在手腕上用银针刺破一处，涂上一种特地用七斤朱砂喂得通体尽赤的"守宫"（即壁虎，又名蝘蜓 yǎndiàn）血，刺破之处留下一个痣粒般大小的红瘢点，可以同贞操一起永葆晶莹鲜艳，直至婚嫁破身后才逐渐消失。张华《博物志》卷四："蜥蜴或名蝘蜓。以器养之，食以朱砂，体尽赤，所食满七斤，治捣万杵，以点女人支体，终身不灭。唯房室事则灭，故号守宫。"李贺《宫娃歌》："蜡光高悬照纱空，花房夜捣红守宫。"

⑬ "湘水"句：用端午与屈原有关事典。据《风土记》载：以菰叶裹米煮熟，投诸江中，以救屈原，今之角黍是其遗制。

⑭ 铜华缺：铜镜。此用"破镜重圆"故事。孟棨《本事诗·情感》载：

又（结束萧仙）

南朝陈将亡时，驸马徐德言预料妻子乐昌公主将被人掠去，因破一铜镜，各执一半，为后日重见凭证，并约定正月十五日卖镜于市，以相探讯。陈亡，乐昌公主为杨素所有。徐德言至京城，正月十五遇一人叫卖铜镜，与所藏半镜相合，遂题诗云："照与人俱去，照归人不归。无复嫦娥影，空留明月辉。"公主见诗，悲泣不食。杨素知之，使公主与德言重新团聚，偕归江南偕老。但此乃反其意而用之，即破镜不得重圆，故曰"缺"。又李肇《国史补》卷下载：唐代扬州旧贡江心镜，端午节日江心所铸也。宋代翰苑进撰端午帖子多用"江心镜"事典。无梦：杜牧《遣怀》："十年一觉扬州梦。"

⑮ 卧箫：横笛。

⑯ "吹裂"句：用"响遏行云"意。《列子·汤问》："薛谭学讴于秦青，未穷青之技，自谓尽之，遂辞归。秦青弗止，饯于郊衢，抚节悲歌，声振林木，响遏行云。"又李贺《李凭箜篌引》："女娲炼石补天处，石破天惊逗秋雨。"

[译诗]

拣一束萧艾
　　结扎成人形
　　　　当作驱鬼的神仙

据说，凶邪的恶鬼
　　在屋梁上啸闹
　　　　至今尚未驱散

寓居在荒城之外
　　真是穷极无聊

梦幻的窗口——梦窗词选

　　　　望中只有一抹荒烟

　梅子尚未黄熟
　　愁绪剪扯不断
　　　再加上夜雨连绵

　榴花夏时怒放
　　从来不曾发现
　　　簪饰过九秋霜霰

　又是当年的端午
　　一重重雪叠的罗衫
　　　被红色的字体写遍

　读一读便口齿留芳
　　啊，你美好的词篇
　　　不堪回首的当年

　如今，风静垂帘
　　谁也猜不透
　　　帘内发生过什么事件

　只有当年
　　偷窥的双燕

又（结束萧仙）

　　　才能把谜底揭穿

五彩丝绦
　　系于臂间，还有
　　　那双闪光的金钏

　　守宫朱的香瘢消失了
　　　旧时那一往情深
　　　化作诀别的恨憾

　　湘水中的离魂怨魄啊
　　　投给你荔叶卷米的粽子
　　　能否稍稍感到慰安

　　从此，不再有扬州旧梦
　　　是否因江心铜镜的残损
　　　今生难得重圆

　　横笛啊，请你尽兴奏起
　　　把这黄昏的浓云吹裂
　　　展现出新月一弯

[说明]

　　此为伤逝之词。情感沉痛迫烈，用笔却婉转多姿。梦窗在苏州曾有一妾，后不得已而诀别。因二人情深意笃，以后每逢重午来临，词人便不免忆起"年时"之"帘底事"，于是情不自禁地"又重罗、红字写香词"了。梦窗词中记"重午"情事之词有《踏莎行》（润玉笼绡）、《澡兰香·淮南重午》《杏花天·重午》等多首。按其所写，也均为忆旧伤逝之作，并都有"香瘢""香消"之细节。由此观之，"重午"或即词人与爱妾结合（或与结合相距不远）之日，故每当重午来临之际，便止不住在作品中特为拈出。按，"香消红臂""香瘢新褪红丝腕"（《踏莎行》）中之"香消""香瘢"，乃指少女之"守宫朱"而言。盖古代女子有自幼刺破手腕，涂以守宫血以留红瘢的习俗。此红瘢点，可以和贞操一起永葆其晶莹鲜艳，直至婚后"破身"才逐渐消失。（详见前注⑫）宋后元、明、清历代均有此风习。元于伯渊〔点绛唇·后庭花〕套曲："绣床铺绿剪绒。花房深红守宫。豆蔻蕊梢头嫩。绛纱香臂上封。"明王陵《春芜记·感叹》："伤心纵是惊啼鸟，系臂还应护守宫。"《天雨花》第十八回："玉人洗手金盆内，见守宫一点尚莹莹，便把罗巾拭过浑无见，暗暗心惊自忖心，谁知这等多灵验，今日方知假共真。"可见此风习在民间流传之深广。因端午节红丝系腕与此"香瘢"相映生辉，在词人心中留有极深印象，所以每当重午填词，便免不了要出现这一特写镜头。再者，"扬州无梦铜华缺"之句与《杏花天·重午》词中"幽欢一梦成炊黍""知绿暗、汀菰几度，竹西歌断芳尘去"诸句一并观之，词人可能经历过"十年一觉扬州梦"之类的生活，又可能在扬州与其爱妾邂逅并最后分手。"铜华缺"，即指词人与爱妾难以破镜重圆的爱情悲剧。全篇将重午民间风习与词人的情感悲

又（结束萧仙）

剧打并在一起反复描述。下片换头借"燕说"作侧面烘托。"合欢缕"非只言红丝系腕，实亦暗喻词人与爱妾之婚嫁情事。"湘水离魂"用屈原投水事典，切重午风习，但实为爱妾亡殁而发。结拍"卧箫"暗用萧史弄玉故事，并由"新月"引发嫦娥奔月之想以寄托词人哀思。情浓如酒，意曲层深，虽凄艳入骨，但声容婉转，最耐咀嚼。

解连环

夷则商，俗名商调

暮檐凉薄①。疑清风动竹，故人来邈②。渐夜久、闲引流萤③，弄微照素怀，暗呈纤白。梦远双成④，凤笙杳⑤，玉绳西落⑥。掩练帷倦入⑦，又惹旧愁，汗香阑角。　银瓶恨沉断索⑧。叹梧桐未秋⑨，露井先觉⑩。抱素影、明月空闲⑪，早尘损丹青⑫，楚山依约⑬。翠冷红衰⑭，怕惊起、西池鱼跃⑮。记湘娥⑯、绛绡暗解⑰，褪花坠萼⑱。

[笺注]

① 凉薄：微凉。

② 动竹：李益《竹窗闻风寄苗发司空曙》："开门复动竹，疑是故人来。"邈：远，渺茫。

③ 流萤：飞动的萤火虫。杜牧《秋夕》："银烛秋光冷画屏，轻罗小扇扑流萤。"因萤火为冷光，故下有"微照""纤白"之语。

④ 双成：董双成，传说为西王母的侍女。

⑤ 凤笙：笙的美称。见前《瑞鹤仙》（彩云栖翡翠）注③。《汉武帝内传》：西王母"又命侍女董双成吹云和之笙"。李德裕《步虚词》："仙女侍，董双成，桂殿夜凉吹玉笙。"

⑥ 玉绳：天乙、太乙两星之共名。在北斗第五星玉衡北面。《太平御览》卷五引《春秋元命苞》："玉衡北两星为玉绳。"秋季夜半后，玉绳自西北转，

逐渐下沉,故古人多以玉绳低垂来形容夜深或拂晓。谢朓《至京邑赠西府同僚》:"金波丽鳷鹊,玉绳低建章。"苏轼《洞仙歌》:"试问夜如何?夜已三更,金波淡、玉绳低转。"

⑦ 绤(shū):粗丝或粗葛织成的布帛。周去非《岭外代答·服用门·绤子》:"邕州左、右江溪峒,地产苎麻,洁白细薄而长,土人择其尤细长者为绤子,暑衣之,轻凉离汗者也。"绤帷:粗布制作的帷幔。

⑧ "银瓶"句:白居易《井底引银瓶》:"井底引银瓶,银瓶欲上丝绳绝。石上磨玉簪,玉簪欲成中央折。瓶沉簪折知奈何?似妾今朝与君别。"

⑨ 梧桐未秋:化用桐叶知秋。梧桐落叶最早,由其叶落即知秋至。《广群芳谱·木谱·桐》:"立秋之日,如某时立秋,至期一叶先坠,故云:'梧桐一叶落,天下尽知秋。'"

⑩ 露井:指无井栏、井盖之井。萧纲《初桃》:"飞花入露井。"周邦彦《过秦楼》:"闲依露井,笑扑流萤,惹破画罗轻扇。"

⑪ 明月:此指团扇。旧传班婕妤《怨歌行》:"裁为合欢扇,团团似明月。"徐陵《杂曲》:"歌扇当窗似秋月。"空闲:弃置不用,即秋扇见捐。班婕妤《怨歌行》:"常恐秋节至,凉风夺炎热。弃捐箧笥中,恩情中道绝。"

⑫ 尘损丹青:指扇面上的绘画因捐弃不用而被尘土掩没、蠹损。丹青,本指绘画所用颜料,后泛指绘画。《晋书·顾恺之传》:"尤善丹青,图写特妙。"

⑬ 楚山:代指美女的远山眉,即扇面上所画美女。白居易《井底引银瓶》:"宛转双蛾远山色。"依约:依稀隐约,不够分明的样子。张泌《浣溪沙》:"依约残眉理旧黄,翠环抛掷一簪长。"

⑭ 翠冷红衰:李商隐《赠荷花》:"翠减红衰愁煞人。"柳永《八声甘州》:"是处红衰翠减,苒苒物华休。"

⑮ 西池:即西湖。

⑯ 湘娥:湘女,湘夫人。屈原《九歌·湘夫人》王逸注:"尧二女娥皇、女英,随舜不反,没于湘水之渚,因为湘夫人。"张华《博物志》卷八:"尧之

二女,舜之二妃,曰湘夫人。舜崩,二妃啼,以涕挥竹,竹尽斑。"曹植《九咏》:"扬激楚兮咏湘娥。"李贺《李凭箜篌引》:"江娥啼竹素女愁。"

⑰ 绛绡暗解:即"香囊暗解"。秦观《满庭芳》:"销魂,当此际,香囊暗解,罗带轻分。"解,解佩,解下佩物(多指佩玉、香囊等)。《列仙传》:江妃二女者,不知何所人也,出游于江汉之湄,逢郑交甫,挑之。交甫悦,受佩而去数十步,空怀无佩,女亦不见。晏殊《木兰花》:"闻琴解佩神仙侣,挽断罗衣留不住。"

⑱ 萼(è):花萼。花瓣下部的一圈绿色小片。苏轼《答陈述古二首》其二:"小桃破萼未胜春,罗绮丛中第一人。"

[译诗]

薄暮,屋檐下
　　送来一阵凉爽
是清风掠过吗
　　竹丝传来轻微声响
是我思念的故人吗
　　你悄无声息来到身旁
久久地,檐下静坐
　　夜深,更长……
只见萤火虫一明一灭
　　划破夜的围墙
即使这点点微光
　　也照见我冰雪肝肠
茫茫暗夜,这冷光
　　连纤小细部也都照得通亮

解连环(暮檐凉薄)

是进入遥远的梦境了吗
　　　仙女董双成从天而降
凤笙吹奏的乐曲
　　　旋律逐渐渺茫
夜如何?玉绳低转
　　　沉向西南方向
掩好清凉的蚊帐
　　　却一直懒于上床
怕的是引发旧愁
　　　阑干角落熟悉的汗香

井底牵引银瓶
　　　银瓶坠井咚然作响
系瓶的绳索断掉了吗
　　　瓶儿无法再牵引向上
可叹还没有秋深
　　　梧桐叶却先已枯黄
敞开的井口
　　　任梧桐叶坠入它的胸膛
独自拥抱银色的光影
　　　明月团扇已派不出用场
扇面上的水墨丹青
　　　早已破败损伤

但画面的楚地山川
　　　　依然不曾走样
　　翠叶因风冷而凋损
　　　　红花早失去往日的模样
　　怕的是西池中的鱼儿跃起
　　　　对此感到惊诧忧伤
　　纵然是娥皇女英
　　　　也不免泪洒千行
　　当年江边二女
　　　　曾解赠佩饰香囊
　　到而今，只留下
　　　　花的殒落，叶的衰丧

[说　明]

　　此为忆姬之作。平起而措意实深，于"疑清风动竹，故人来邈"二句可见。"故人"，实即"玉人"，从《莺莺传》"拂墙花影动，疑是玉人来"二句化出。"渐夜久"以下三句，将自身融入夜色，仿佛"流萤"一般，提着一明一灭的小小银灯，四处寻觅失落的情爱，寻觅久久难忘的"故人"。此时此刻，全身心似乎都被这冷光"微照"清洗一过，情不自禁地要坦陈心愫，甚至连毫厘般纤小细部也都自觉自愿地裸露于此冷光"微照"之下，以补前愆。词人之心可谓诚矣！正是这一"诚"字把词人带入梦境，直至"玉绳西落"仍"倦人""绣帷"。一结"汗香阑角"四字，承上启下，通过嗅觉，唤醒当年。此为梦窗惯用手法，如《风入松》之"有当时纤手香凝"，《八声甘州》之"腻水染花腥"。换头用白居易《井底引银瓶》诗意交代悲剧的原因。继之用桐叶知秋、秋扇见捐、翠冷红衰等肃杀景物，衬托悲剧气氛与悔恨心情。结拍用"褪花坠萼"与斯人永逝打并在一起，使悲剧气氛更为浓挚。陈洵所说"人事风景，一气镕铸，觉翁长技"，即指此而言。

[汇评]

起三句与《新雁过妆楼》"风檐近、浑疑玉佩丁东"同意，盖亦思去妾而作也。暮凉，起赋。"故人"，点出。"来邈"一断，却以"夜久"承"暮凉"。"纤白"一断，却以"梦远"承"来邈"。掩帏倦人，跌进一步，复以"阑"承"檐"。笔笔断，笔笔续，须看其往复脱换处。换头六字，一篇命意所注。未秋先觉，加一倍写，钩勒浑厚。"抱素影"三句，谓旧意犹在，未忍弃捐。"翠冷"二句，谓其人已去。"绛绡暗解"，追忆相逢，"褪花坠萼"，则而今憔悴。人事风景，一气镕铸，觉翁长技。"明月"谓扇，"楚山"扇中之画，却暗藏高唐神女事，疑其人此时已由吴入楚也。

——陈洵《海绡说词》

又

留别姜石帚①

思和云结。断江楼望睫②,雁飞无极。正岸柳、衰不堪攀,忍持赠故人③,送行秋色。岁晚来时,暗香乱、石桥南北。又长亭暮雪④,点点泪痕⑤,总成相忆。　　杯前寸阴似掷⑥。几酬花唱月,连夜浮白⑦。省听风、听雨笙箫⑧,向别枕倦醒,絮飐空碧⑨。片叶愁红,趁一舸⑩、西风潮汐⑪。叹沧波、路长梦短,甚时到得。

[笺注]

① 姜石帚:见前《三部乐》注①。

② 断:尽。李好古《水调歌头》:"望断焦山空翠,杨柳绕江边。"望睫:望眼,目不交睫。睫,眼睫毛。《庄子·庚桑楚》:"向吾见若眉睫之间,吾因以得汝矣。"

③ 忍持赠:不忍持赠也。

④ 长亭:十里一长亭,五里一短亭。亭,古代设在路旁供行人休息的亭舍。庾信《哀江南赋》:"十里五里,长亭短亭。"李白《菩萨蛮》:"何处是归程,长亭连短亭。"

⑤ "点点"句:苏轼《水龙吟》:"细看来,不是杨花,点点是离人泪。"

⑥ 掷:掷弃,扔掉。周邦彦《六丑》:"正单衣试酒,怅客里、光阴虚掷。"

⑦ 浮白:将酒注满酒杯。白,大白,酒盏名。张元干《贺新郎》:"举大

白，听金缕。"

⑧ 听风、听雨：王建《霓裳词十首》其一："弟子部中留一色，听风听雨作霓裳。"

⑨ 絮飏（yáng）：柳絮飘扬，喻雪。用东晋女诗人谢道韫"柳絮因风起"诗句，比拟雪花飞舞。事见《晋书·列女传·王凝之妻谢氏》。飏，通"扬"。

⑩ 舸：大船。姜夔《念奴娇》："闹红一舸，记来时、尝与鸳鸯为侣。"

⑪ 潮汐：由于月球和太阳对地球各处引力不同而引起的水位周期性涨落现象。汐，晚潮。周邦彦《六丑》："漂流处、莫趁潮汐。恐断红、尚有相思字，何由见得。"

[译诗]

离思啊，仿佛

  愁云一般凝结

登上江楼久久远望

  直到眼角痛得快要断裂

雁群愈飞愈远

  再不见整齐的队列

此时，岸边的杨柳

  衰枯凋谢已不堪攀折

怎忍心赠给离人

  这难堪的秋色

岁暮，前来造访

  石桥南北梅花的香芬醇烈

十里长亭

  日暮时又漫天飞雪

梦幻的窗口——梦窗词选

　　它将化作点点泪痕
　　　　进入相互忆念的惊心一瞥

　　面对送别的酒杯
　　　　时光匆忙像鸟儿飞掠
　　多次面对花的愁容
　　　　离歌送走了西天落月
　　这一夜，杯酒不曾暂缺
　　　　笙箫吹风奏雨一阕连着一阕
　　别后，梦中醒来
　　　　雪花似柳絮在碧空飞舞不歇
　　凋落的叶片
　　　　涂抹出的愁思殷红似血
　　趁西风劲吹
　　　　使航船显得轻便快捷
　　趁早潮夕涨
　　　　万顷沧波正待横越
　　然而，终究路长梦短
　　　　到达终点将是什么时节

[说明]

　　词写别情，但融情入景，思远意长。起四字极重，离恨如云山千叠，送者江楼颙望，行者如旅雁南归，杳无涯迹。一往情深无过于此。首三句蓄高屋建瓴之势，以下辄纵马下坡，但所历却丘陵起伏，山石

又（思和云结）

横生，读之有移步换形、转盼多姿之妙。衰柳、暗香、石桥、长亭、暮雪，逐层点染，步步烘托，满纸离愁，通篇暮色，气氛极浓。下片逆挽，实为眼前所见。"杯前"，点别筵。"听风、听雨"三句，从送别笙箫转入别后之想象。一波三折，波澜起伏，均与开篇三句遥相呼应，相映生辉。

[汇评]

　　云起梦结，游思缥缈，空际传神。中间"来时"，逆挽。"相忆"，倒提。全章机杼，定此数处。其余设情布景，皆随手点缀，不甚着力。

——陈洵《海绡说词》

夜飞鹊

黄钟商　蔡司户席上南花①

金规印遥汉②，庭浪无纹③。清雪冷沁花薰④。天街曾醉美人畔⑤，凉枝移插乌巾⑥。西风骤惊散⑦，念梭悬愁结⑧，蒂剪离痕⑨。中郎旧恨⑩，寄横竹⑪、吹裂哀云⑫。　空剩露华烟彩⑬，人影断幽坊⑭，深闭千门。浑似飞仙入梦⑮，袜罗微步⑯，流水青蘋⑰。轻冰润口⑱，怅今朝、不共清尊。怕云槎来晚⑲，流红信杳⑳，萦断秋魂。

[笺注]

① 司户：杜佑《通典》：汉魏下有户曹掾主民，为郡佐吏。北齐始称户曹参军。唐制在府曰户曹参军，在州曰司户参军，在县曰司户。南花：南枝，即岭南梅花。大庾岭多梅花，由于岭南岭北气温相差很大，山南梅花既落，北枝始开，故有南枝、北枝之别。宋之问《度大庾岭》："魂随南翥鸟，泪尽北枝花。"

② 金规：月轮。汉：银汉，银河。印遥汉，从周邦彦词句中化出。周邦彦《倒犯·新月》："驻马望素魄，印遥碧，金枢小。"

③ 庭浪：形容月光如水，洒满庭院。无纹：平静而无浪痕。

④ "清雪"句：形容梅花高洁。苏轼《阮郎归》："雪肌冷，玉容真，香腮粉未匀。"又《十一月二十六日松风亭下梅花盛开，再用前韵》："玉雪为骨冰为魂。"

⑤ 天街：古代称都城的街市为天街。韩愈《早春呈水部张十八员外二

首》其一:"天街小雨润如酥。"周邦彦《长相思慢》:"夜色澄明,天街如水。"曾醉美人畔:《晋书·阮籍传》:"邻家少妇有美色,当垆沽酒。籍尝诣饮。醉,便卧其侧。籍既不自嫌,其夫察之,亦不疑也。"周邦彦《迎春乐》:"解春衣、贳酒城南陌。频醉卧,胡姬侧。"

⑥ 凉枝:即南枝。乌巾:便帽,隐士所戴的便帽。杜甫《南邻》:"锦里先生乌角巾。"

⑦ 西风骤惊散:周邦彦《玲珑四犯》:"又、片时一阵风雨恶,吹分散。"

⑧ 梭:梅枝。愁结:周邦彦《三部乐·梅雪》:"欲报消息,无一句、堪愈愁结。"

⑨ 蒂:果实与枝茎相连处。周邦彦《浣溪沙》:"日射欹红蜡蒂香。"

⑩ 中郎:蔡邕。《后汉书·蔡邕传》:"初平元年,拜左中郎将。"因与蔡司户同姓,取譬。

⑪ 横竹:指笛。《蔡邕传》注引张骘《文士传》曰:"邕告吴人曰:'吾昔尝经会稽高迁亭,见屋椽竹东间第十六可以为笛。'取用,果有异声。"伏滔《长笛赋序》云:"柯亭之观,以竹为椽,邕仰而眄之曰:'良竹也'。取以为笛,奇声独绝。"

⑫ 吹裂哀云:即响遏行云。见前《满江红》(结束萧仙)注⑯。以上三句暗喻《梅花落》笛曲在席间演奏。

⑬ 露华:露珠的光华、露气。李白《清平调》:"春风拂槛露华浓。"

⑭ 幽坊:指妓女所居之地。唐制,妓女所居曰"曲坊"。周邦彦《拜星月慢》:"小曲幽坊月暗。竹槛灯窗,识秋娘庭院。"

⑮ 飞仙:许飞琼,传说中古代仙女。《汉武帝内传》:王母"又命侍女许飞琼鼓震灵之簧"。入梦:孟棨《本事诗·事感》:"诗人许浑尝梦登山,有宫室凌云,人云此昆仑也。既入,见数人方饮酒,招之,至暮而罢,赋诗云:'晓入瑶台露气清,坐中唯有许飞琼。尘心未断俗缘在,十里下山空月明。'他日复梦至其处,飞琼曰:'子何故显余姓名于人间?'坐上即改为'天风吹下

⑯ 袜罗微步：曹植《洛神赋》："凌波微步，罗袜生尘。"喻相思入梦，见飞仙款款而来。

⑰ 青蘋：见前《瑞鹤仙》（泪荷抛碎璧）注⑮。

⑱ □：杨《笺》拟补"玉"字。

⑲ 云槎：见前《琐窗寒》注⑧。

⑳ 流红：用唐人红叶题诗故事。范摅《云溪友议》："卢渥舍人应举之岁，偶临御沟，见一红叶，命仆摖来。叶上乃有一绝句。……诗云：'水流何太急？深宫尽日闲。殷勤谢红叶，好去到人间。'"后卢生与一才女巧成婚缘，女方原来就是在叶上题诗宫女。

[译诗]

金色的月轮似圆形图印，

镌刻在远天银河的水滨。

月光如水，洒满庭院，

不见半点儿波纹。

似清雪过滤后的静夜，

梅花的冷香彻骨，散播幽芬。

都城闹市，曾有狂狷士子，

在美人身边半醉微醺。

梅花那冰冷的凉枝，

曾斜插头上的乌巾。

忽一阵西风骤起，

惊得花朵儿凋落离群。

枝丫空悬，花蒂斑驳，

夜飞鹊（金规印遥汉）

满是被刀剪剪出的伤痕。

中郎旧时的憾恨，借《梅花落》笛曲的哀音

吹裂满天愁云。

如今，只剩有露珠的光彩，

还有薄雾的烟氛。

曲巷幽坊，不见人影，

紧掩了万户千门。

是仙女从天而降？

还是许飞琼在梦中现身？

踏着凌波微步，

依旧是罗袜生尘。

流水摇动着青蘋，

轻冰美玉般洁白温润。

遗憾的是，今天

不能共饮此美酒一樽。

是担心云汉星天的木筏晚点？

是担心红叶上的诗句得不到回音？

又怎能不使人柔肠寸断，

愁煞这去国悲秋的诗魂！

[说 明]

　　此为咏物词，歌赞岭南早开的梅花。起二句，为梅的出现烘托环境氛围。第三句"清雪"承上，"花薰"启下。"美人""乌巾"为其盛时，"西风""愁结""离痕"为其衰时。一结，用中郎横笛《梅花落》一曲，对梅的凋殒表示惋惜，其中也杂有人世盛衰之感。换头，就夜深人静为入梦张本。"飞仙""袜罗"转写梦中之人，使花与人两相契合，不见痕迹。"轻冰"以下写人世仙界两相暌隔。结拍就"云槎来晚"寄寓怅望之失。亦花亦人，亦虚亦实，梦窗专擅此长，不独此一首也。

[汇评]

半塘五例第二条有云："若幽芬之作幽芳，绣被之作翠被，浪费楮墨，何关校雠。"今按《夜飞鹊》词："人影断幽芬，深闭千门。"钞本"芬"作"坊"，与芬芳字义有尺咫之别。此必一本有"幽芳"作"幽芬"，而"芳"又"坊"之讹，读书顾可恃乎哉？使半塘得此，必跃然以喜矣。

——陈锐《裦碧斋词话》

一寸金

中吕商　**赠笔工刘衍**

秋入中山①，臂隼牵卢纵长猎②。见骇毛飞雪，章台献颖③，朣腰束缟④，汤沐疏邑⑤。筼管刊琼牒⑥。苍梧恨、帝娥暗泣⑦。陶郎老、憔悴玄香⑧，禁苑犹催夜俱入⑨。　　自叹江湖，雕龙心尽⑩，相携蠹鱼箧⑪。念醉魂悠飏，折钗锦字⑫，黔髯掀舞⑬，流觞春帖⑭。还倚荆溪楫⑮。金刀氏、尚传旧业⑯。劳君为、脱帽篷窗⑰，寓情题水叶⑱。

[笺注]

①　中山：地名，今河北定州，产笔毫最佳。古为国名，战国时为赵所灭。《艺文类聚》载："《广志》曰：汉诸郡献兔毫，书鸿门（洛阳城门）题，惟赵国毫中用。"韩愈《毛颖传》："毛颖者，中山人也。"此词多用《毛颖传》事。

②　隼（sǔn）：猛禽，上嘴钩曲，背青黑色，尾尖白色，腹部黄色，饲养驯熟，可助打猎用。卢：良犬，此指猎犬。《毛颖传》："秦始皇时，蒙将军恬南伐楚，次中山，将大猎以惧楚。"韩愈《画记》："骑拥田犬者一人"，"骑而下倚马臂隼而立者一人"。《史记·李斯列传》："二世二年七月，具（李）斯五刑，论腰斩咸阳市。斯出狱，与其中子俱执，顾谓其中子曰：'吾欲与若复牵黄犬俱出上蔡东门逐狡兔，岂可得乎？'遂父子相哭，而夷三族。"苏轼《江城子·密州出猎》："左牵黄，右擎苍，锦帽貂裘，千骑卷平冈。"

③　章台：秦宫名。

④ 臞（qú）：同"癯"，瘦。缟（gǎo）：未经染色的绢。束缟：即捆缚兔之白毫。

⑤ 汤沐：热汤梳洗。又，古时封建地主的封邑称汤沐邑，意谓收取百姓租税很薄，仅够烧水洗澡沐浴之用。以上四句均化用《毛颖传》："遂猎，围毛氏之族，拔其豪，载颖而归，献浮于章台宫，聚其族而加束缚焉。"

⑥ 筤（láng）：幼竹，又作苍筤，青色，未黄熟意。筤管：笔管。《毛颖传》："秦始皇使恬赐之汤沐，而封诸管城，号曰管城子。"牒：古代书板。

⑦ "苍梧"句：写南方用湘妃斑竹制笔管。见前《解连环》（暮檐凉薄）注⑯。

⑧ 陶郎：指砚，砚有以陶制成者。玄香：指墨。《纂异》：薛稷封墨为玄香太守。《毛颖传》："颖与绛人陈玄、弘农陶泓及会稽褚先生友善，相推致，其出处必偕。上召颖，三人者，不待诏辄俱往，上未尝怪焉。"文中褚先生指纸，纸以楮木捣烂浸水制成。陶泓，指砚，砚烧土（陶）制成。泓，取其能容水。陈玄，指墨。玄，黑，指墨的颜色。

⑨ 禁苑：代指皇帝。

⑩ 雕龙心尽：此用以指笔老毛秃无用之时。刘勰《文心雕龙·序志》："夫文心者，言为文之用心也。""古来文章，以雕缛成体，岂取驺奭之群言雕龙也？"《毛颖传》："后因进见，上将有任使，拂拭之，因免冠谢。上见其发秃，又所摹画不能称上意，上嘻笑曰：'中书君，老而秃，不任吾用。吾尝谓君中书，君今不中书邪？'对曰：'臣所谓尽心者。'因不复召。""尽心"，即"心尽"。词用刘勰《文心雕龙》事典，有切笔工刘姓意。

⑪ 蠹：蛀食书籍衣物的小虫。箧：小箱子。

⑫ 折钗：笔力遒劲。姜夔《续书谱》："折钗股者，欲其屈折，圆而有力。"

⑬ 點髯：指鼠须笔。點：狡猾。鼠性點，用以代鼠。髯：颊上的长须。据传王羲之的名帖《兰亭序》就是用鼠须笔写的。（参见《笔髓》）

⑭ 流觞：王羲之《兰亭序》有"引以为流觞曲水，列坐其次"之句。春帖：即指《兰亭序》，因其有"岁在癸丑，暮春之初"等句。

⑮ 荆溪：在江苏省南部，上游为胥溪河，源出高淳县东北，汇集大茅山以东和苏、浙、皖边境界岭北坡诸水，经溧阳县东流，至宜兴大埔附近入太湖。前有荆溪县，后并入宜兴。词中笔工刘衍可能是此地出生。南宋开始，制笔业从安徽宣城转移到浙江吴兴（荆溪与吴兴相邻）一带，并逐渐成为制笔中心。楫：本指船桨，在此指划船。意谓制笔技艺靠刘衍得以流传。

⑯ 金刀：即刘衍的姓，繁体为"劉"，拆为金、刀。"尚传旧业"即承前"荆溪楫"而言。

⑰ 脱帽：摘去笔套。

⑱ 水叶：此指纸。见前《夜飞鹊》注⑳。

[译诗]

时值深秋

　　进入战国古城中山

臂擎苍鹰，手牵黄犬

　　展开围猎狡兔的大战

毫毛似飘散雪花

　　向章台宫献上这稀世名产

用生绢紧束颖毫的腰肢

　　再用温汤把它梳洗净干

嫩竹制成笔管

　　备好名贵的书写纸绢

陶制砚台工艺久远

　　磨剩的黑墨在把玄香播散

接受朝廷的征召

　　火速去把皇帝晋见

叹只叹，在江湖浪迹多年
　　　早失去雕龙篆刻的灵感
加以发毫脱落，身心交瘁
　　　被闲置在箱子里与蠹虫结伴
然而这仍待一逞的文心
　　　借酒醉之机魂游九天
企盼写出折钗般遒劲好字
　　　像狡黠的老鼠舞弄须髯
在"曲水流觞"的雅境
　　　写出"暮春之初"的名篇
再移地到吴兴、荆溪
　　　刘氏巧匠把制笔技艺永世承传
有劳大驾摘下笔套
　　　紧靠篷船的小小窗扇
把全部激情，尽心挥洒
　　　题写到舱外水上漂流的叶片

[说明]

　　歌咏"笔工"的词，在古典诗词中极为罕见，此篇实属首创。全词化用韩愈《毛颖传》的主要内容，结合笔工刘衍的身世与工艺水平，用赋笔叙写从入山采毫到制笔完工的全部过程，同时还以曲笔对老而无用的"颓笔"表示极大同情，字里行间流露出对人才不得重用的感慨。全词继承并发展了《毛颖传》的拟人手法，设幻为辞，暗含讥讽，寓意颇深，向豪放词风的倾斜表现得十分明显。

又

秋压更长,看见姮娥瘦如束①。正古花摇落,寒蛩满地②,参梅吹老,玉龙横竹③。霜被芙蓉宿④。红绵透、尚欺暗烛⑤。年年记、一种凄凉,绣幌金圆挂香玉⑥。　　顽老情怀,都无欢事,良宵爱幽独⑦。叹画图难仿,橘村砧思⑧,笠蓑有约,莼洲渔屋⑨。心景凭谁语?商弦重⑩、袖寒转轴⑪。疏篱下、试觅重阳,醉擘青露菊⑫。

[笺注]

① 姮(héng)娥:即嫦娥,月宫中的仙女。传说为羿妻。《淮南子·览冥训》:"譬若羿请不死之药于西王母,姮娥窃以奔月。"汉代避文帝刘恒讳,改姮娥为嫦娥。

② 蛩:蟋蟀。

③ 参梅:夜间星光照耀之梅。用赵师雄罗浮遇梅花故事。隋开皇中,赵师雄遇罗浮,天寒日暮,见林间酒肆旁舍一美人,淡妆靓色,素服出迎。与言语,极清丽,芳香袭人,与扣酒家门共饮,一绿衣童子歌其侧。师雄不觉醉卧,及觉,在大梅树下,有翠羽嗃啾其上。月落参(shēn,星名,二十八宿之一)横,惆怅而已。(参见曾慥《类说》卷二十引《异人录》)玉龙:笛名。姜夔《暗香》:"旧时月色,算几番照我,梅边吹笛。"《疏影》:"还教一片随波去,又却怨、玉龙哀曲。"

④ 芙蓉:荷花的别称,也用以比喻女子的美貌。白居易《长恨歌》:"芙

蓉帐暖度春宵。"此反用其意。李商隐《夜冷》："西亭翠被余香薄，一夜将愁向败荷。"

⑤ 红绵：也作红棉，指木棉芯枕头。木棉开红花。故称。周邦彦《蝶恋花》："泪花落枕红绵冷。"崔辅国《白纻辞》其一："红绵粉絮裹妆啼。"暗烛：李商隐《昨夜》："不辞鶗鴂妒年芳，但惜流尘暗烛房。"

⑥ 幌（huǎng）：帷幔。杜甫《月夜》："何时倚虚幌，双照泪痕干。"金圆：钩。

⑦ 幽独：姜夔《疏影》："化作此花幽独。"

⑧ 砧思：为征人捣衣并寄托离思。砧：见前《瑞鹤仙》（泪荷抛碎璧）注④。

⑨ 芘洲：见前《瑞鹤仙》（辘轳春又转）注⑩。

⑩ 商弦：商音，秋声。又作素弦。古代以五音中的商音为金音，其声凄厉，与肃杀的秋气相应，故以商喻秋。

⑪ 袖寒：杜甫《佳人》："天寒翠袖薄，日暮倚修竹。"转轴：白居易《琵琶行》："转轴拨弦三两声，未成曲调先有情。"

⑫ "疏篱"三句：用陶渊明《饮酒》其五"采菊东篱下"及古人重阳饮菊花酒故事。

[译诗]

　　秋天的白昼被压缩得越来越短，
　　秋夜的五更却变得越来越长。
　　眼见嫦娥频频下望尘寰，
　　只瘦得纤腰一把，不成模样。
　　此刻，月里的桂花正凋零摇落，
　　满地秋虫的叫声凄怨哀伤。
　　参星照耀梅树的老干横枝，

又（秋压更长）

玉龙横笛，声韵悠扬。
被褥上的荷花像覆盖一层繁霜，
红绵枕芯也深感秋夜的寒凉。
还有五更寒风挟着飞尘进袭，
残烛一明一灭在暗夜中摇晃。
年复一年，这记忆永难遗忘，
同样的一种凄凉，同一种景象：
是绣幌的银钩变成了弯弯的月亮，
还是月亮的玉钩挂起绣幌撒播幽芳？

老身顽健，
情怀早已不再年少盛旺。
几乎没有什么事由，
能让内心欢乐开敞。
即使花月良宵，
也宁愿在角落里孤独彷徨。
遗憾的是水墨丹青也难描画——
满村桔柚与砧杵的韵远情长，
青箬绿蓑相约去垂钓寒江，
还有莼菜生满的江洲和渔屋飘来的酒香。
这复杂心境谁能感悟？耳边接连不断的是秋天的音响。
仿佛翠袖冰冷的佳人，
转轴拨弦不断变换新腔。

去吧，去稀疏的东篱寻回失去的重阳，

采一枝带露的青菊进入醉乡。

[说明]

此为自伤身世之作。融情入景，满纸秋声，将宋玉摇落之叹渗透到字里行间。与北宋柳永《戚氏》相呼应，但意境幽隐含蓄，文字浓艳密丽，最能代表作者超逸沉博与密丽深涩的艺术风格。"绣幌金圆挂香玉"诸句，使人嗅到唐贤李贺诗歌的韵味。前人说"词中之有梦窗，如诗中之有长吉"（孙麟趾《词径》），此词似可见其一斑。但全篇仍给人以通灵透脱之感。

绕佛阁

黄钟商　与沈野逸东皋天街卢楼追凉小饮[①]

夜空似水[②]，横汉静立，银浪声杳[③]。瑶镜奁小[④]。素娥乍起[⑤]、楼心弄孤照[⑥]。絮云未巧。梧韵露井[⑦]，偏惜秋早。晴暗多少。怕教彻胆，蟾光见怀抱[⑧]。　　浪迹尚为客[⑨]，恨满长安千古道[⑩]。还记暗萤、穿帘衔语悄。叹步影归来[⑪]，人鬓花老。紫箫天渺[⑫]。又露饮风前[⑬]，凉堕轻帽。酒杯空、数星横晓。

[笺注]

① 沈野逸：据《洞霄诗集》，野逸名中行。东皋：王绩《野望》："东皋薄暮望，徙倚欲何依。"东皋，地名，在今山西河津市，王绩隐居于此，并自号"东皋子"。后常以"东皋"代指隐居之地。卢楼：按《梦窗词》中有《醉桃源·赠卢长笛》，疑即卢楼之主人。其词云："沙河塘上旧游嬉。卢郎年少时。一声长笛月中吹。和云和雁飞。"

② "夜空"句：温庭筠《瑶瑟怨》："冰簟银床梦不成，碧天如水夜云轻。"

③ 银浪：银河。李贺《天上谣》："天河夜转漂回星，银浦流云学水声。"苏轼《中秋月》："暮云收尽溢清寒，银汉无声转玉盘。"

④ 瑶镜：月亮。李白《古朗月行》："小时不识月，呼作白玉盘。又疑瑶台镜，飞在青云端。"

⑤ 素娥：嫦娥，李商隐《霜月》："青女素娥俱耐冷，月中霜里斗婵娟。"

⑥ 孤照：月光。张孝祥《念奴娇·过洞庭》："应念岭表经年，孤光自照，肝胆皆冰雪。"

⑦ "露井"句：见前《解连环》（暮檐凉薄）注⑩。

⑧ 蟾光：指月光。萧统《锦带书十二月启》："皎洁轻冰，对蟾光而写镜。"古人传说月中有蟾蜍，故常以蟾代月。

⑨ 浪迹：四处漫游，行踪无定。李白《窜夜郎于乌江送别琮十六璟》："浪迹未出世，空名动京师。"柳永《夜半乐》："到此因念，绣阁轻抛，浪萍难驻。"

⑩ 长安：多代指汉、唐以后历代京城。古道：李白《忆秦娥》："乐游原上清秋节，咸阳古道音尘绝。"柳永《少年游》："长安古道马迟迟。"

⑪ 步影：即步景，神马名。《洞冥记》二："东方朔游吉云之地，得神马一匹，高九尺。帝问朔：'是何兽也？'曰：'昔西王母乘灵光辇，以适东王公之舍，税此马游于芝田，乃食芝田之草。东王公怒，弃马于清津天岸。臣至王公之坛，因骑马返，绕日三匝，然入汉关，关犹未掩。臣于马上睡，不觉而至。'帝曰：'其名云何？'朔曰：'因疾，为名步景。'"

⑫ 紫箫：紫玉箫。杜牧《杜秋娘诗》："金阶露新重，闲捻紫箫吹。"原注云："《晋书》：盗开凉州张骏冢，得紫玉箫。"

⑬ 露饮：露，露顶。饮酒时，将帽子、巾纱全部除掉，以示痛饮、豪饮。杜甫《饮中八仙歌》："张旭三杯草圣传，脱帽露顶王公前。"《梦溪笔谈》卷九："石曼卿喜豪饮，……每与客痛饮，露发跣足，著械而坐，谓之'囚饮'。饮于木杪，谓之'巢饮'。"周邦彦《瑞龙吟》："知谁伴、名园露饮，东城闲步。"

[译诗]

深夜的晴空

　　秋水般浩瀚碧蓝

横亘天宇的银河

　　静静地立在天边

绕佛阁（夜空似水）

银河里流云卷动
　　却听不到水声飞溅
瑶台上明镜高悬
　　月盘儿显得娇小可怜
满身素洁的嫦娥
　　刚刚起床问声早安
随即把月光投向楼心
　　照得我更觉孤单
棉絮般的云朵
　　无法编织灵巧的图案
梧桐叶飘向井口
　　把秋的声韵偷传
这一切怎不令人感到
　　秋天啊过早地降临人间
月亮的阴晴圆缺
　　无数次轮流转换
但我仍怕被照彻肝胆
　　怕月光穿透隐秘一角的心田

长期他乡作客
　　我像断梗浮萍找不到边岸
千年万载的长安古道
　　被我的别恨离愁填得满满

忘不了一明一灭的流萤
　　暗夜里提着寻觅的灯盏
穿过竹帘，穿过街心
　　人声早已消失不见
可叹我像骑着神马奔驰
　　回到旧地只不过绕了一圈
人，满鬓繁霜
　　花，萼褪枝残
紫玉箫的旋律
　　飞上九霄渐隐渐淡
还是开怀畅饮吧
　　让我们流连这月下风前
凉气吹落巾帽
　　轻轻地使人难以发现
虽然酒杯不断斟满
　　最终还是被一饮而干
只有稀疏星辰为伴
　　横挂在欲晓的天边

[说明]

此为感时伤世之作。上片对秋夜的描绘，平处见奇。偌大的夜空，只有小小一轮月痕，这同词人浪迹为客、身影孤单形成了异质同构，于是愈加引起词人内心的孤独感。尽管月里的嫦娥已十分凄冷，但词人仍怕她发现自身的孤零无依，怕她照见胸中那一角隐秘的心田。

绕佛阁（夜空似水）

词人最终并没有把内心的隐秘保持下去。下片换头，便向嫦娥敞开了心扉，并作坦白的陈述。"浪迹尚为客，恨满长安千古道"两句是全词的主脑。词人浪迹天涯，并非只是为了个人存活，而是有着一种追求——最终也未得实现的追求。"长安"，在汉唐以后一般均用以代指京城，失去的、现有的均可用此二字取代。但此处并非单指南宋的临安，似也暗指沦于敌手之北宋都城汴京。因之，句中的"恨"字便有国破家亡之"恨"在了。面对南宋岌岌可危的现实，此"恨"不也是针对南宋小朝廷而发的吗？然而作为布衣词人，对此又无可奈何，于是只有"露饮风前""凉堕轻帽"，重蹈前贤自我放逐之路了。

又
赠郭季隐

蒨霞艳锦①，星媛夜织②，河汉鸣杼③。红翠万缕。送幽梦与、人间绣芳句。怨宫恨羽④。孤剑漫倚⑤，无限凄楚。□□□□。赋情缥缈⑥、东风飏花絮⑦。　镜里半髯雪⑧，向老春深莺晓处。长闭翠阴、幽坊杨柳户⑨。看故苑离离，城外禾黍⑩。短藜青屦⑪，笑寄隐闲追⑫，鸡社歌舞⑬。最风流、垫巾沾雨⑭。

[笺注]

① 蒨（qiàn）：同"茜"，可染成大红色的一种草。蒨霞：红霞。艳锦：华美艳丽的锦缎。

② 星媛：织女。媛，美女。

③ 河汉：银河，天河。鸣杼：织布机声响。杼，织布的梭子，亦作杼柚。《诗经·小雅·大东》："杼柚其空。"《毛传》："杼，持纬者也；柚，受经者也。"

④ 宫、羽：五音（亦称五声）中的两个音阶的名称。这里代指音乐。

⑤ 孤剑漫倚：宋玉《大言赋》："长剑耿耿倚天外。"辛弃疾《水龙吟》："倚天万里须长剑。"漫：徒，白白地。姜夔《玲珑四犯》："文章信美知何用，漫赢得、天涯羁旅。"

⑥ 缥缈：隐隐约约，若有若无。白居易《长恨歌》："山在虚无缥缈间。"

又（蒨霞艳锦）

⑦ 飑：见前《解连环》（思和云结）注⑨。

⑧ 髯：两颊上的胡须。泛指胡须。

⑨ 幽坊：见前《夜飞鹊》注⑭。

⑩ "故苑"两句：表示对故国的怀念。《诗经·王风·黍离》：凡三章，起句均作"彼黍离离"。《毛诗序》曰："《黍离》，闵宗周也。周大夫行役至于宗周，过故宗庙宫室，尽为禾黍，闵周室之颠覆，彷徨不忍去，而作是诗也。"杨《笺》据此曰："此词疑宋亡后作。"

⑪ 短藜：短杖，又称藜杖。《晋书·山涛传》："以母老，并赐藜杖一枚。"王维《口号又示裴迪》："悠然策藜杖，归向桃花源。"藜，又名灰藜，一年生草本。老茎轻而坚，宜于做拐杖。

⑫ 笑：欣羡之辞，与嘲笑之义有别。寄隐：暗寓词题郭季隐之名。"季"与"寄"，谐音隐语。

⑬ 鸡社：鸡豚社，古代祭祀土地神后乡人聚餐的交谊活动。陆游《思归示儿辈》："兴发鸡豚社，心阑翰墨场。"社：秋社。古代祭祀土地神的日子，一般在立秋后第五个戊日。《东京梦华录》卷八"秋社"："八月秋社，各以社糕、社酒相赍送。"韩偓《不见》："此身愿作君家燕，秋社归时也不归。"

⑭ 垫巾：《后汉书·郭泰传》："郭泰，字林宗。……尝于陈梁间行遇雨，巾一角垫，时人乃故折巾一角，以为'林宗巾'。"季隐与郭泰同姓，引以为比。

[译诗]

　　红霞似艳丽的锦缎

　　是织女连夜织出的画面

　　银河边的织梭声传来耳畔

　　火红，翠绿，垂下天际的帷幔

　　送来了，送来幽梦给你

　　让你吟成秀句传遍人间

怨恨的乐曲也无法把你的诗情展现
你空自拥有孤零零一把宝剑
无限凄凉,无限哀怨……
化作青烟飞去的,是你吟诗的灵感
就像东风把柳絮吹得飘飞翻卷

白雪半染你镜里的须髯
进入老年,你住处周边——
深春拂晓传来莺啼燕啭
翠绿的浓荫长期遮蔽你的庭院
幽坊的杨柳把你的门户紧掩
最怕见的是禾黍离离的故苑
最怕走的是禾黍枯死的荒田
短小的杖藜,脚步声轻缓慢
寄隐闲居,消暑追凉令人赏叹
投入社日的活动吧,歌舞蹁跹
你风度翩翩,不亚少年
但沾湿垫巾的是泪滴还是雨点

[说明]

郭季隐,生平不详,从词境中体味,似乎是一位有文韬武略却被弃置不用的爱国志士。他既能吟成"秀句",又拥有一柄"孤剑"。然而,不论他有多高的文韬武略,在南宋那文恬武嬉的时代,都一文不值,最终落得"镜里半髯雪",并被迫寄居于"翠阴""幽坊"之中,

又（蒨霞艳锦）

不能去沙场一搏。眼睁睁看着大好河山将要沦入"故苑离离，城外禾黍"的悲惨境地。尽管他可以"短藜青屦"，"寄隐闲追"，最终仍不免要"垫巾沾雨"。词人对郭季隐刻画赞颂来自由衷的关爱，同时也融入了自身的情感、抱负与亲身遭遇。杨铁夫《吴梦窗词笺释》中认为："此词疑宋亡后作。"此论颇新，但尚欠实证。

拜星月慢

林钟羽　姜石帚以盆莲数十置中庭，宴客其中①

绛雪生凉②，碧霞笼夜③，小立中庭芜地④。昨梦西湖，老扁舟身世⑤。叹游荡，暂赏、吟花酹露尊俎⑥，冷玉红香罍洗⑦。眼眩魂迷，古陶洲十里⑧。　　翠参差、淡月平芳砌。砖花滉⑨、小浪鱼鳞起⑩。雾盦浅障青罗，洗湘娥春腻⑪。荡兰烟、麝馥浓侵醉⑫。吹不散、绣屋重门闭⑬。又怕便、绿减西风⑭，泣秋檠烛外⑮。

[笺注]

①　姜石帚：见前《三部乐》注①。

②　绛（jiàng）：红色。绛雪：状花的红色。宋刘克庄《汉宫春·秘书弟家赏红梅》："莫教绛雪离披。"另，绛雪，亦炼丹家的丹药名。此处喻莲花之高洁。

③　碧霞：指晚霞，或青色之霞。多喻隐士神仙所居之地。此处用以形容数十种盆莲色泽缤纷，超尘脱俗。

④　芜地：杂草丛生的土地。

⑤　扁（piān）舟：小舟，多指隐居、避世。《史记·货殖列传》：范蠡"乘扁舟浮于江湖"。李白《宣州谢朓楼饯别校书叔云》："人生在世不称意，明朝散发弄扁舟。"

⑥　尊俎（zǔ）：亦作樽俎。古代盛酒肉的器皿，常用为宴席的代称。

⑦ 罍（léi）：古代盛酒或水的器皿，圆形或方形，小口，广肩，深腹，圆足，有盖，肩部有两环耳，腹下又有一鼻。《诗经·周南·卷耳》："我姑酌彼金罍。"李白《襄阳歌》："咸阳市中叹黄犬，何如月下倾金罍。"

⑧ "眼眩"二句：写数十"盆莲"之"盆"的名贵，众客见之，不免"眼眩魂迷"。陶洲，不详，或指莲盆产地。

⑨ 滉（huàng）：水深广貌。

⑩ "小浪"句：周邦彦《霜叶飞》："横天云浪鱼鳞小。"

⑪ 湘娥：见前《解连环》（暮檐凉薄）注⑯。

⑫ 麝（shè）馥：即麝香。麝，也称香獐。雄性的脐与生殖孔之间有麝香腺，其分泌物干燥而成香料。《晋书·石崇传》："崇尽出其婢妾数十人以示之。皆蕴兰麝，被罗縠。"

⑬ 重门闭：《汉书·陈遵传》："遵嗜酒，每大饮，宾客满堂，辄关门，取客车辖投井中，虽有急，终不得去。"

⑭ 西风：秋风。杨万里《暮热游荷池上》："细草摇头忽报侬，披襟拦得一西风。"

⑮ 秋檠：见前《瑞鹤仙》（夜寒吴馆窄）注⑧。

[译诗]

　　火红的花瓣冰清玉洁
　　　　带来丝丝凉意
　　犹如缤纷多彩的晚霞
　　　　笼罩夜的气息
　　小立中庭——
　　　　芳草杂生的园地
　　仿佛是畅游西湖
　　　　在昨天的梦里

驾一叶小舟
　　　成为身世的凭寄
虽然我四处遨游
　　　不过是萍踪浪迹
面对名花吟诗填词
　　　再品尝醇美的酒滴
冷玉般红莲的香氛
　　　要用酒曇加以濯洗
这众多莲盆
　　　真令人目眩神迷
原来它们古色古香
　　　产地陶洲长达十里

绿叶参差翠碧
　　　繁花葳蕤茂密
淡淡的月色平铺
　　　泻满植花的玉砌
砖上花影儿晃漾
　　　水浪鱼鳞般此伏彼起
是贮雾的银盎
　　　有青色的纱网遮蔽
是湘水的女神
　　　洗净了春天的香腻

拜星月慢（绛雪生凉）

是兰草的烟氛
　　使浓香四溢
是麝香的清馥
　　让人充满醉意
轻风难以吹散
　　绣屋的重门紧闭
怕的是翠减红衰
　　西风来得太急
怕的是风把秋灯袭吹
　　高烛下有人低声饮泣

[说明]

　　词咏"盆莲"，全篇自然以盆莲为主体。除摹写花容叶貌外，还联及陶制花盆的古雅精美。上片展开想象的翅翼，联及"扁舟身世"并与十里荷花的西湖相并比。花开花落的自然法则无法逃避，结拍不免要想到"绿减西风"的结局，对此赏莲人免不了要低声饮泣了。咏花亦咏人，咏花亦自咏，最是梦窗得意手法。

[汇评]

　　"昨梦"九字，脱开以取远神。以下即事感叹。"身世""游荡"四字是骨。后阕复起。三句作层层跌宕。回视"昨梦"，真如海上三神山矣。

——陈洵《海绡说词》

水龙吟

无射商　惠山酌泉①

艳阳不到青山，古阴冷翠成秋苑②。吴娃点黛，江妃拥髻③，空濛遮断。树密藏溪，草深迷市④，峭云一片。二十年旧梦，轻鸥素约，霜丝乱、朱颜变。　龙吻春霏玉溅⑤。煮银瓶、羊肠车转⑥。临泉照影，清寒沁骨，客尘都浣。鸿渐重来⑦，夜深华表⑧，露零鹤怨⑨。把闲愁换与，楼前晚色，棹沧波远⑩。

[笺注]

① 惠山：又称慧山、惠泉山，在江苏省无锡市西郊，周围约二十公里，为江南名山之一。惠山以泉水著称，有天下第二泉、龙眼泉等十多处，酌泉即其名泉之一。

② 秋苑：满是秋色的园林苑囿。

③ 江妃：传说中的女神。见前《解连环》（暮檐凉薄）注⑯。

④ 迷市：毛滂《南歌子》："绿暗藏城市，清香扑酒尊。"形容市井草木葱茏茂密。

⑤ 龙吻：惠山名九陇山，因山有九陇（峰），又名九龙山。泉出龙首，为第一山。龙吻，即泉水从龙口喷出。春霏、玉溅：形容泉水喷出的特色。

⑥ 羊肠：形容狭窄曲折的小路。此用羊肠路上颠簸的车声来形容煮茶，并暗示品茶的欲望急切。黄庭坚"茶诗"："煎成车声绕羊肠。"（《以小龙团及

半挺赠无咎并诗用前韵为戏》）

⑦ 鸿渐：唐代著名茶叶专家陆羽，字鸿渐。著《茶经》三篇，对茶原、茶法、茶具均有深入研究。（参《新唐书》本传）

⑧ 华表：设立在宫殿、城垣等建筑物前作装饰、标志用的大柱。《搜神后记》卷一："丁令威，本辽东人，学道于灵虚山。后化鹤归辽，集城门华表柱。时有少年，举弓欲射之。鹤乃飞，徘徊空中而言曰：'有鸟有鸟丁令威，去家千年今始归。城郭如故人民非，何不学仙冢累累。'遂高上冲天。"

⑨ 露零：即零露、降露；又解作一颗颗的露珠。《诗经·郑风·野有蔓草》："野有蔓草，零露漙兮。"鹤怨：孔稚珪《北山移文》："蕙帐空兮夜鹤怨，山人去兮晓猿惊。"

⑩ 棹（zhào）：船桨的一种。这里作动词用，即划船远去。

[译诗]

　　阳光无比娇艳
　　　　却似乎照不到青山
　　浓密的翠阴
　　　　冷森森地使人感到有万载千年
　　于是，这美好景观
　　　　竟变作秋氛笼罩的林园
　　是吴地的美女
　　　　把黛眉点染
　　是江上的女神
　　　　梳起高高的髻鬟
　　空濛弥漫
　　　　竟然隔断了尘凡

梦幻的窗口——梦窗词选

    茂密的树林
        藏着溪水潺潺
    疯长的野草
        把通向城市的道路遮掩
    峭壁上的飞云
        一片接着一片
    是真实还是梦幻
        那是二十年前
    就像是同鸥鸟相约
        心地纯洁、轻松、简单
    繁霜却已刷向两鬓
        头发好似乱麻一团
    少年时的容颜
        如今已全然改变

    九陇山的龙头
        泉口便是起点
    龙口里喷出霏霏春雨
        像玉石的碎珠在迸溅
    银瓶里煮着什么
        是什么声音传来耳畔
    听来似车轮滚动
        在羊肠小路上颠簸旋转

水龙吟（艳阳不到青山）

面向泉水
　　身影清晰展现
神爽透骨
　　升腾的水汽使人森寒
长期浪迹天涯
　　满身尘灰被洗得清净爽干
如果当年的陆羽有知
　　再次来此第二名泉
深夜，他也会像丁令威那样
　　立在华表上深有感叹
想到"零露"诗句的名作佳篇
　　想到《北山移文》的"猿惊""鹤怨"
啊，这莫名的闲愁
　　用什么才能把你替换
是站在楼前望远
　　还是晚霞的秀色可餐
是小船的桨声远去
　　还是诗兴苍茫，融入无际天边

[说明]

　　此为登临之作。时当夏秋之交，唯有如此，方能进入"古阴冷翠"之中，给人以身在"秋苑"之感。此种冷感，又似与南宋濒临灭亡在深层次上密切相关。"树密""草深"诸句，读之不禁令人想到杜甫《春望》中的"城春草木深"。尽管惠山很美，甚至在三茅峰上可以

207

望到太湖的空濛浩荡,特别是湖上著名的三山,犹"吴娃点黛""江妃拥髻",如梦如幻,然而词人感受最深的却是时代的巨变以及个人悲剧的一生("霜丝乱、朱颜变")。二十年前的"旧梦""素约",如今已化为泡影。对此怎能不感慨万端?上片大处着眼,作时空的形象概括。下片小处落墨,从泉口迸溅出的细小水滴起笔,这是眼之所见;次写耳之所闻,银瓶煮茶之声;再写临泉照影,洗尽客尘。"鸿渐"以下三句将唐代茶叶专家陆羽与丁令威化鹤归来的故事交织一起托出,表现物是人非的感触。对《北山移文》的化用,似暗含对隐者出而入仕的讽喻。结末三句,抒登楼之所感,使人神远。全篇大气包举,感慨深沉,明显带有向豪放词风倾斜的痕迹,却绝不失自家本色。

[汇评]

字字精练,其秀在骨。点染处不滞于物,纯是一片客感。结得镇纸。

——陈廷焯《云韶集》卷八

点染处不留滞于物。

——陈廷焯《词则·大雅集》卷三

又

用见山韵饯别①

夜分溪馆渔灯②,巷声乍寂西风定。河桥径远③,玉箫吹断④,霜丝舞影。薄絮秋云,澹蛾山色,宦情归兴⑤。怕烟江渡后,桃花又汛⑥,宫沟上、春流紧⑦。　新句欲题还省。透香煤、重牋误隐⑧。西园已负,林亭移酒,松泉荐茗。携手同归处,玉奴唤、绿窗春近⑨。想骄骢⑩、又踏西湖,二十四番花信⑪。

[笺注]

① 见山:人名,不详。

② 夜分:即夜半,夜漏正中时分。《后汉书·清河孝王传》:"每朝谒陵庙,常夜分严装衣冠待明。"《水经注·江水二》:"自非亭午夜分,不见曦月。"

③ 河桥:周邦彦《尉迟杯·离恨》:"阴阴淡月笼纱,还宿河桥深处。"

④ 玉箫:见前《绕佛阁》(夜空似水)注⑫。

⑤ "宦情"句:苏轼《送路都曹并引》:"乖崖公在蜀,有录曹参军,老病废事。公责之曰:'胡不归?'明日,参军求去,且以诗留别。其略曰:秋光都似宦情薄,山色不如归意浓。公惊谢之,曰:'吾过矣,同僚有诗人而吾不知。'因留而慰荐之。"

⑥ 桃花汛:又称桃花水。《宋史·河渠志一》:"黄河随时涨落,故举物候为水势之名。……二月三月,桃华(花)始开,冰泮雨积,川流猥集,波澜

盛长，谓之桃华（花）水。"

⑦ 宫沟：用红叶题诗故事，见前《夜飞鹊》注⑳。此意直贯下片换头。

⑧ 香煤：指墨。煤，本指制墨的煤炭，即烟熏所积之黑灰。桂馥《说文解字义证》："汉以后，松烟、桐煤既盛，故石墨遂湮废。"牋，一作"笺"。

⑨ 玉奴：女性的代称，泛指。

⑩ 骢（cōng）：即青骢，青白色的马，又名菊花青马。秦观《八六子》："念柳外青骢别后，水边红袂分时。"

⑪ "花信"句：二十四番花信风，简称花信，即应花期而来的风。程大昌《演繁露》卷一："三月花开时，风名花信风。"按，自小寒至谷雨共八气，一百二十日，每五日为一候，计二十四候；每候应一种花信。例如小寒：一候梅花，二候山茶，三候水仙；大寒：一候瑞香，二候兰花，三候山矾；立春：一候迎春，二候樱桃，三候望春；雨水：一候菜花，二候杏花，三候李花；惊蛰：一候桃花，二候棠梨，三候蔷薇。

[译诗]

客馆，夜半
　　溪上渔灯点点
街巷，人声开始消失
　　西风也显出疲软
河桥横立
　　小径通向遥远
玉箫的吹奏
　　此时也暂作收敛
沾霜的发丝
　　在灯影下闪闪
秋夜的行云

又（夜分溪馆渔灯）

　　　薄絮般似断实连
深夜的山色
　　　修眉一样浅淡
游宦的心情，恰如
　　　"归兴"早早袭上心坎
怕的是烟雨秋江
　　　你平安渡过彼岸
但是江水新涨
　　　桃花汛把新的信息急传
宫河，御沟
　　　春天的流水湍湍

本拟题写，新的诗篇
　　　却又想改窜增删
透过墨的浓香
　　　把笺上的笔误更换
西园的宴赏
　　　已错过约定时间
用松枝煎煮泉水
　　　为你奉上新的杯盏
是谁与你同归
　　　重游旧时的景观
是美女玉奴

梦幻的窗口——梦窗词选

　　在把你召唤
　　看绿色的纱窗
　　　春天又临近身边
　　想那青骢骏马
　　　已配上新的鞍鞯
　　送你再次踏上
　　　西湖的边岸
　　二十四番花信
　　　香风把你轮流陪伴

[说　明]

　　内容虽为一般饯别之作，但艺术上却有三点突破，故成佳篇。一、即席和词难度本来很大，何况还要用席中诗友（见山）所用词韵，难度自然又增大几分。二、一般饯别诗词免不了要黯然伤神，离恨满纸，更何况又处在令人添愁的秋夜。然而此词却与以前饯别之作不同：所去之处为西湖春色，所见之人为"玉奴"佳人，所关注的则为二十四番花信，别愁离恨自然淡化了。三、梦窗词之密丽深涩为人所共识，而此篇却疏朗有致，特别是下片更为突出，似与张炎盛赞之《唐多令》（何处合成愁）为近。

又

赋张斗墅家古松五粒①

有人独立空山②,翠鬣未觉霜颜老③。新香秀粒,浓光绿浸④,千年春小。布影参旗⑤,障空云盖,沉沉秋晓。驷苍虬万里⑥,笙吹凤女⑦,骖飞乘、天风袅⑧。　　般巧⑨。霜斤不到⑩。汉游仙、相从最早⑪。皴鳞细雨⑫,层阴藏月,朱弦古调⑬。问讯东桥⑭,故人南岭⑮,倚天长啸⑯。待凌霄谢了⑰,山深岁晚,素心才表。

[笺注]

① 张斗墅:疑为张斗野(张蕴别号)之错讹。朱《笺》:"《南宋群贤小集》:邛州张蕴字仁溥,有《斗野支稿》。按尤袤诗注:斗野亭在江都邵伯镇梵行院之侧。仁溥,邛人,或取以为号。徐光溥《自号录》作斗埜。'墅'字疑兼涉'野''埜'而讹。"古松五粒:即幼小的华山松。华山松每穗有五片针叶,称"五鬣(liè)松",因"鬣""粒"二音相近,故又称"五粒松"。李贺有《五粒小松歌》。

② "有人"句:屈原《九歌·山鬼》中有"若有人兮山之阿""表独立兮山之上"等句。

③ 翠鬣:形容松针形状。李贺《五粒小松歌》:"细束龙髯铰刀剪。"姜夔《洞仙歌》:"自种古松根,待看黄龙,乱飞上、苍髯五鬣。"

④ 新香、绿浸:均来自李贺《五粒小松歌》:"新香几粒洪崖饭""绿波

浸叶满浓光"。

⑤ 参（shēn）旗：星宫名，又名天旗、天弓，属毕宿，共九星。《晋书·天文志》："参旗九星在参西，一曰天旗，一曰天弓。"

⑥ 驷：古代一车套四马，故乘一车驾四马或驾四马之车为"驷"。"驷"也是星名，亦作天驷、天龙，是苍龙七宿的第四星。《国语·周语中》："驷见而陨霜。"苍虬（qiú）：即苍龙。虬，古代传说中的一种龙。屈原《离骚》："驷玉虬以乘鹥兮，溘埃风余上征。"

⑦ 笙吹凤女：化用萧史弄玉故事。据《神仙传》载：萧史善吹箫，能致孔雀、白鹤。秦穆公女好之。公妻焉，建凤凰台以居之。后夫妻各骑一凤仙去。

⑧ 骖飞乘：即"骖乘"，古代乘车在左右陪乘的人。《汉书·文帝纪》："乃令宋昌骖乘。"颜师古注："乘车之法，尊者居左，御者居中，又有一人处车之右，以备倾侧。是以戎事则称车右，其余则曰骖乘。"袅（niǎo）：摇曳的样子，在此形容"天风"吹拂状。屈原《九歌·湘夫人》："袅袅兮秋风，洞庭波兮木叶下。"

⑨ 般巧：指鲁般之巧。鲁般：公孙氏，名般，春秋时鲁国人。"般"与"班"同音，故俗为鲁班。古代建筑工匠之祖师，曾创造攻城的云梯与磨粉的硙（wèi，石磨），相传发明木作工具。

⑩ 斤：斧头。《孟子·梁惠王上》："斧斤以时入山林。"霜斤：指秋风的摧残，绿叶枯黄。

⑪ 汉游仙：暗用"赤松"两字。《史记·留侯世家》："愿弃人间事，欲从赤松子游耳。"

⑫ 皴（cūn）：皮肤受冻而皲裂；又形容皮上有褶皱，故曰"皴鳞"。李贺《五粒小松歌》："蛇子蛇孙鳞蜿蜿。"细雨：杜甫《古柏行》："苍皮溜雨四十围，黛色参天二千尺。"

⑬ 朱弦：染成红色的琴瑟之弦，又称朱丝。鲍照《白头吟》："直如朱丝绳，清如玉壶冰。"李善注："朱丝，朱弦也。"这里代指古弦乐器所弹奏的

又（有人独立空山）

《风入松》等曲。白居易《夜宴惜别》："筝怨朱弦从此断，烛啼红泪为谁流？"

⑭　东桥：代指竹。杜甫《重过何氏五首》："问讯东桥竹，将军有报书。"

⑮　南岭：代指梅。南岭，又名东峤、梅岭，在今广西大余与广东南雄交界处，又称大庾岭，五岭之一，其上多植梅。秦岭称北岭，大庾称南岭。词写松，但兼及松、竹、梅岁寒三友。

⑯　长啸：撮口发出长而清越的声音。古人常用长啸之声来发泄胸中抑郁不平之气。《晋书·阮籍传》："籍尝于苏门山遇孙登，与商略终古及栖神导气之术，登皆不应，籍因长啸而退。至半岭，闻有声若鸾凤之音，响乎岩谷，乃登之啸也。"岳飞《满江红》："抬望眼、仰天长啸，壮怀激烈。"

⑰　凌霄：即凌霄花，紫葳科落叶木质藤本植物。凌霄之得名，是因其能攀援直上数十丈，似有凌云之志，但无木可攀，便只能长三尺之高。白居易《有木诗八首》其七"有木名凌霄"中说："偶依一棵树，遂抽百尺条。托根附树身，开花寄树梢"，"一旦树摧倒，独立暂飘摇。疾风从东起，吹折不终朝。朝为拂云花，暮为委地樵"。

[译诗]

　　是谁巍然挺立
　　　　在那空旷的高山
　　翠绿的髯须飘拂
　　　　看不出经霜的面容进入老年
　　清新的香气弥漫
　　　　籽粒成熟饱满
　　浓翠的辉光是绿的浸染
　　　　百载千年不过短短一个春天
　　你的阴影拉得很长很长
　　　　成为悬挂参星大纛的旗杆

215

树冠仿佛是蔽空的大伞
　　　沉沉秋夜很难发现早霞的璀璨
是谁驱赶着苍龙
　　　驷马高车盘旋树端
又像是凤笙吹奏
　　　仙女从树梢袅袅临凡
御者骖乘驾车飞奔
　　　卷起的天风也渐淡渐远

都说鲁班的技艺精湛
　　　他的斧头也砍不出你健美身段
汉代的名仙赤松
　　　邀你同游云汉
皱皱如同蛇子蛇孙的细鳞
　　　苍劲沐雨的胸围难以估算
层层树阴成为月的家园
　　　为你弹奏的是古调朱弦
你问候的是东桥翠竹，还有
　　　早开的红梅寄身在岭南
你倚天长啸，尽情感叹
　　　抒发积年累月的忧思愤怨
尽管凌霄花趋炎附势爬得很高
　　　总有一天枯萎凋谢跌落地面

又（有人独立空山）

  而你，即使山深岁晚
   也傲对冰雪严寒，把素心呈现

[说明]

  此为咏物词。歌咏五粒古松，李贺已有作在先，词人却别开化境，着重刻画古松健拔特异的清高形象。首二句从"古"字起笔。次三句绘"五粒松"的特征。再三句写其壮健凌空，遮天蔽日。一结三句再从有关神话传说与听觉感受等方面来烘托其气势不凡。下片着重抒写古松的清奇品德，并联系岁寒三友强化其"岁寒然后知松柏之后凋"的本性。结拍再与趋炎附势、青云直上的凌霄花对比，使此古松神形兼备，几欲破壁腾飞。虽咏物，却具有强劲的现实针对性。咏物实亦咏人，咏词人自身的品格与价值。咏物至此，方为当行。

[汇评]

  吴梦窗有《水龙吟》，赋张斗墅家古松五粒词。向不知"五粒"为何，后阅段柯古《酉阳杂俎》及周公瑾《癸辛杂志》，乃知"五粒"即"五鬣"。《名山记》云：松有两鬣、三鬣、五鬣。高丽所产松，亦每穗五鬣。粒、鬣声近，故称者异。李贺有《五粒古松歌》，岑参诗"五粒松花酒"，陆龟蒙诗"霜外空闻五粒风"，徐凝诗"五粒松深溪水清"，林宽诗"庭高五粒松"，皆可证也。

             ——张德瀛《词征》卷五

又

寿嗣荣王①

望中璇海波新②，泛槎又匝银河转③。金风细袅，龙枝声奏④，钧箫秋远⑤。南极飞仙⑥，夜来催驾⑦，祥光重见⑧。紫霄承露掌⑨，瑶池荫密⑩，蟠桃秀、蠡莲绽⑪。　　新栋晴翚凌汉⑫。半凉生、兰檠书卷⑬。绣裳五色⑭，昆台十二⑮，香深帘卷。花萼楼高处⑯，连清晓、千秋传宴⑰。赐长生玉字⑱，鸾回凤舞⑲，下蓬莱殿⑳。

［笺注］

① 嗣荣王：名赵与芮，父赵希瓐，追封荣王，宋理宗赵昀之同母弟，度宗赵禥之本生父，家于绍兴府山阴县。(参见《宋史》之《理宗纪》《度宗纪》)

② 璇(xuán)海：星海，即"璇玑玉衡"的简称，俗名北斗七星，因七星中的第二颗称天璇。

③ 泛槎：见前《琐窗寒》注⑧。

④ 龙枝：笛。

⑤ 钧箫：天上音乐的简称。元绛《集英殿秋燕教坊致语·小儿致语》："寿斝九行，欢声动而六鳌抃；钧箫八阕，和气洽而丹凤翔。"辛弃疾《贺新郎·用韵题赵晋臣敷文积翠岩、余欲令筑陂于其前》："对东风、洞庭张乐，满空箫勺。"

⑥ 南极飞仙：指南极寿星。《汉书·天文志》："有大星曰南极老人"，

为天空第二亮星。

⑦ "夜来"句:《宋史·度宗纪》:"(度宗)生于绍兴府荣邸。初,……嗣荣王夫人钱氏梦日光照东室。是夕,齐国夫人黄氏亦梦神人采衣拥一龙纳怀中,已而有娠。及生,室有赤光。"

⑧ 重见:指原有祥瑞之光,今日祝寿,又有新的祥瑞。

⑨ 承露掌:班固《西都赋》:"抗仙掌以承露,擢双立之金茎。"汉武帝迷信道家方士的话,为追求长生不老,在建章宫西建造仙人承露盘。

⑩ 瑶池:古代传说中昆仑山上的池名,西王母所居之地。《史记·大宛列传》:"昆仑其高二千五百余里,日月所相避隐为光明也。其上有醴泉、瑶池。"《穆天子传》卷三:"乙丑,天子觞西王母于瑶池之上。"

⑪ 蟠桃:古代神话中的仙桃。《艺文类聚》引《海内十洲记》:"东海有山名度索山,有大桃树,屈盘三千里,曰蟠桃。"《汉武帝内传》记述了西王母赠蟠桃于帝的故事,其梗概是:"七月七日,西王母降,以仙桃四颗与帝。帝食辄收其核,王母问帝。帝曰:'欲种之。'母曰:'此桃三千年一生实,中夏地薄,种之不生。'帝乃止。"螽(zhōng):螽斯,昆虫名,古代用以比喻子孙众多。《诗经·周南·螽斯》诗序曰:"《螽斯》,后妃子孙众多也。"螽莲,当为莲子众多之莲。

⑫ 新栋:新建的栋宇、楼阁。翚(huī):鼓翼疾飞。《尔雅·释鸟》:"鹰隼丑(类),其飞也翚。"郭璞注:"鼓翅翚翚然疾。"

⑬ 兰檠:用兰膏所燃的灯,亦作兰釭。檠,见前《瑞鹤仙》(夜寒吴馆窄)注⑧。

⑭ 绣裳:绣有花纹的裙子。《诗经·豳风·九罭》:"我觏之子,衮衣绣裳。"杜牧《郡斋独酌》:"平生五色线,愿补舜衣裳。"

⑮ 昆台十二:即汉代明堂的走道。《史记·孝武本纪》:"明堂图中有一殿,四面无壁,以茅盖,通水,圜宫垣为复道,上有楼,从西南入,名曰昆仑,天子从之入,以拜祠上帝焉。"司马贞《索隐》:"玉带明堂图中为复道,

有楼从西南入，名其道曰昆仑。言其似昆仑山之五城十二楼，故名之也。"

⑯ 花萼楼：唐代皇家著名建筑。《旧唐书·让皇帝宪传》："玄宗于兴庆宫西南置楼，西面题曰'花萼相辉之楼'。"又《睿宗诸子列传》载，唐玄宗兄弟五人曾居于兴庆坊："亦号'五王宅'。及先天之后，兴庆是龙潜旧邸，因以为宫。"嗣荣王因与理宗为兄弟，情况与玄宗兄弟相近，故以"花萼楼高"为比。张说《踏歌词》："花萼楼前雨露新，长安城里太平人。"刘禹锡《杨柳枝词九首》其五："花萼楼前初种时，美人楼上斗腰支。"

⑰ 千秋：古人生日或寿辰的敬辞。《战国策·齐策二》："犀首跪行，为仪千秋之祝。"与"花萼"句合参，"千秋"亦即唐玄宗生辰之"千秋节"。刘悚《隋唐嘉话》："十七年，丞相源乾曜、张说以八月初五今上生之日，请为千秋节。"《旧唐书·玄宗纪上》："八月癸亥，上以降诞日，宴百僚于花萼楼下。百僚表请以每年八月五日为千秋节。王公已下献镜及承露囊，天下诸州咸令宴乐，休暇三日，仍编为令，从之。"张祜《千秋乐》："八月平时花萼楼，万方同乐奏千秋。倾城人看长竿出，一伎初成赵解愁。"

⑱ 玉字：指珍贵而绮丽的文字。《吴越春秋·越王无余外传》："登宛委山，发金简之书。案金简玉字，得通水之理。"沈约《桐柏山金庭馆碑》："金简玉字之书，玄霜绛雪之宝。"

⑲ 鸾回：鸾，传说中凤凰一类的鸟。《山海经·西山经》："有鸟焉，其状如翟（古时指长尾野鸡）而五采文，名曰鸾鸟，见则天下安宁。"韩愈《石鼓歌》："鸾翱凤翥众仙下，珊瑚碧树交枝柯。"

⑳ 蓬莱殿：即蓬莱宫。《唐会要》"大明宫"："龙朔二年……乃修旧大明宫，改名蓬莱宫，北据高原，南望爽垲。"龙朔后，天子常居此。杜甫《秋兴八首》其五："蓬莱宫阙对南山，承露金茎霄汉间。"

[译诗]

　　　　七星北斗作轴线
　　　　　　星海里转出了新的波澜

又（望中璇海波新）

八月的星槎挂起风帆
　　　围着银河绕着弯弯
秋风无声地吹拂
　　　玉笛奏出新的乐段
"钧箫"吹出天上的音符
　　　在秋风中荡出很远很远
寿星老，是南极飞仙
　　　趁更深夜静降临人间
当年祥瑞的辉光
　　　今天又再次出现
承露仙掌举向紫霄云外
　　　西王母的瑶池灵光灿灿
蟠桃丰硕肥大
　　　蘲莲，结实，子孙绵延

府第楼观新建
　　　晴空中直插云汉
夜半凉风习习
　　　兰灯下翻开经书诗卷
待补的绣裳有五色丝线
　　　十二昆台直通内廷禁苑
异香深浓扩散
　　　绣帘高高挂卷

花萼楼虽然高远
　　但从入夜直到旭日出山
为了祝贺千秋华诞
　　宫廷里宣诏赐宴
再颁赐玉字金筒
　　"长生"二字闪光耀眼
鸾在飞翔，凤在欢舞
　　成群结队飞下蓬莱宫殿

[说明]

　　祝寿之词原本难以出手，为皇室祝寿又多了一重困难。梦窗晚年寄居嗣荣王与芮府邸，相处甚得，不能说没有友情，但这种友谊本身是不平等的。平时的奉承，祝寿时的溢美，皆难以避免。问题的要害是这一歌颂对象，关涉到太子的拥立与忠奸之间的斗争。当权奸贾似道推荐并拥戴嗣荣王与芮之子忠王孟启（即度宗）为太子时，被认为是公心为国的吴潜却表示反对，其结果以吴潜的失宠被贬而告终。贾似道因忠王孟启（度宗）被立为太子而受重用遂逐渐把持朝政，加速了南宋小朝廷灭亡的步伐。夏承焘在《吴梦窗系年》附录之《梦窗晚年与贾似道绝交辨》中说："盖度宗之立，反对者潜，建议者似道，由此潜去而似道进。当梦窗年年献寿与芮之时，正吴潜一再远贬之日；若谓梦窗以不忍背潜而绝似道，将何以解于出潜幕而入荣邸耶。"叶嘉莹据此认为"从有关史料看来，则梦窗显然并不是一个重视节义的贞士"，"可是另一方面，从梦窗的作品来看，其所表现的对高远之境界的向往追求、对世事之无常的感慨凭吊、对旧情往事的怀念低徊，则又显然可见梦窗用情之深、寄意之远,也决不是一个鄙下的唯知干禄逢迎的俗子"(《拆碎七宝楼台》)。后面这段叶氏评,主要指梦窗其他各类作品而言。其寿词,特别是寿嗣荣王夫妻之四首词,实际上已谀辞满纸,虽然尚未达到庸俗不堪直至不忍卒读的境地,在梦窗词中的确是缺乏真情实感的下下之作。

又

寿尹梅津①

望春楼外沧波②，旧年照眼青铜镜③。炼成宝月，飞来天上④，银河流影。绀玉钩帘处，横犀麈⑤、天香分鼎⑥。记殷云殿锁⑦，裁花剪露⑧，曲江畔⑨、春风劲⑩。　　槐省⑪。红尘昼静。午朝回、吟生晚兴。春霖绣笔，莺边清晓，金狨旋整⑫。阆苑仙芝貌⑬，生绡对⑭、绿窗深景。弄琼英数点⑮，宫梅信早⑯，占年光永。

[笺注]

① 尹梅津：尹焕，字惟晓，号梅津，山阴（今浙江绍兴）人。嘉定十年（1217）进士。自畿漕除右司郎官，淳祐八年（1248），官朝奉大夫太府少卿兼尚书左司郎中兼敕令所删定官。与梦窗交游甚密，对梦窗评价亦高。他在《梦窗词集序》中说："求词于吾宋，前有清真，后有梦窗。此非焕之言，四海之公言也。"

② 望春楼：唐代宫楼名。《旧唐书·郭子仪传》："乾元元年（758）七月，破贼河上，擒伪将安守忠以献，遂朝京师，敕百僚班迎于长乐驿，帝御望春楼待之。"词用此点临安及与此相近之楼观，或即"望湖楼"等名楼。（参见吴自牧《梦粱录》卷十二"西湖"条）"沧波"，楼外之所见，又与"津"字呼应切题。

③ 铜镜：喻湖水。

又（望春楼外沧波）

④　宝月：指"铜镜"飞天。李白《古朗月行》："又疑瑶台镜，飞在青云端。"

⑤　犀麈（zhǔ）：拂尘。麈，麈尾的省称。麈似鹿而大，其尾辟尘。

⑥　天香：天上的香气。见前《瑞鹤仙》（藕心抽莹茧）注⑦。宋之问《题杭州天竺寺》："桂子月中落，天香云外飘。"也指帝王宫殿上的香气。皮日休《送令狐补阙归朝》："朝衣正在天香里，谏草应焚禁漏中。"分鼎：用盐梅调羹故事。《尚书·说命下》："若作和羹，尔惟盐梅。"殷高宗命傅说作宰相之辞。盐味咸，梅味酸，为调味所需，比喻傅说是国家最需要的宰相人选。后用以赞美作宰相的人。沈佺期《和户部岑尚书参迹枢揆》："盐梅和鼎食，家声众所归。"此言"分鼎"，即未被用作宰相之意。

⑦　殷云殿锁：殷高宗用傅说的事已成往事，故用"殿锁"二字。

⑧　裁花剪露：形容尹焕文彩焕发。杨万里评姜夔诗歌有"裁云缝月之妙思，敲金戛玉之奇声"。

⑨　曲江：曲江池，唐代长安东南著名游览景点。原为天然池沼，汉武帝造宜春园于此，以池水曲折，故名曲江。周六里余。隋初迁筑长安城，池被包入外城东南角。唐开元中重加疏凿，池面七里。其西南为芙蓉园，筑紫云楼等殿宇楼阁亭榭于池岸。中和（二月初一）、上巳（三月初三），上自帝王下至庶民，车马纷纷，最为繁盛。上巳日，唐玄宗赐宴臣僚；每科新进士宴集同年，均在其地。据《唐国史补》《唐摭言》载，唐新科进士放榜后，皇帝赐宴游赏于曲江池旁的杏园，时人称为"曲江宴"或"杏园春宴"，后遂被用为专指进士及第。唐刘沧《及第后宴曲江》："及第新春选胜游，杏园初宴曲江头。"温庭筠《春日将欲东归，寄新及第苗绅先辈》："知有杏园无计入，马前惆怅满枝红。"

⑩　春风劲：指登第。唐代诗人孟郊少时隐居嵩山，两试进士不第。其《落第》诗云："弃置复弃置，情如刀剑伤。"《再下第》又云："一夕九起嗟，短梦不到家。两度长安陌，空将泪见花。"因此，当他四十六岁应举中试，欣

喜之情不能自已，乃作《登科后》："昔日龌龊不足夸，今朝放荡思无涯。春风得意马蹄疾，一日看尽长安花。"

⑪ 槐省：尚书省的代称。赵璘《因话录》：唐尚书省南门有古槐，垂荫甚广。尹梅津曾任尚书左司郎中等职。槐省，又是槐省棘署的简称。周时，外朝植三槐九棘，公卿大夫分坐其下。左九棘为孤卿大夫之位；右九棘为公侯伯子男之位；面三槐为三公之位。

⑫ 金狨：金丝猴，金线猿。似猿，尾长，毛作金色。产川、陕、甘山区，毛皮极珍贵。《宋史·舆服志二》："乾道元年，乃诏三衙乘马，赐狨坐。"乾道九年，重修仪制。权侍郎、太中大夫以上及学士、待制，经恩赐，许乘狨坐。刘之翰《水调歌头》："神仙宅，留玉节，驻金狨。"

⑬ 阆苑：传说中神仙住处。常用指宫苑。欧阳修《临江仙二首》其二："闻说阆山通阆苑，楼高不见君家。"苏轼《次韵赵德麟雪中惜梅且饷柑酒三首》其二："阆苑千葩映玉宸，人间只有此花新。"仙芝：即灵芝草。古代传说此草特为灵异。

⑭ 生绡（xiāo）：生丝织成的薄绸。此指用生绡所作的画。

⑮ 琼英：似玉的美石。多用以比喻客观事物。此比梅花，暗切尹梅津之"梅"。

⑯ 宫梅：宫苑中所植梅花。明指梅津之"梅"。信：花信风中之"信"。梅花在二十四番花信风中属最早的一信："小寒一候"，故曰"早"。

[译诗]

望春楼外

　　漭漭澄波

　　　　浪静潮平

　　跟往年一样

又（望春楼外沧波）

进入眼帘
　　似一面青铜宝镜

是谁把它变成月亮
　　送到九天，连银河
　　　　都流注着它的波影

青碧色的玉钩
　　挂起帷帘，那里
　　　　横摆着犀麈一柄

天上吹送奇香
　　你称心如意
　　　　在宝鼎中用梅盐调羹

传说殷高宗
　　为了兴国重用傅说
　　　　但往时宫殿早已尘封

你妙手栽花剪露
　　遍游曲江之畔
　　　　沐浴着温柔劲吹的春风

古槐绿荫

飞尘静止
　　白昼显得分外幽静

午朝刚刚回来
　　傍晚临近
　　　　忽又大发诗兴

春风催雨
　　锦心绣口，笔底
　　　　清爽的朝霞辉映

耳边，燕舌莺声
　　座下，御赐金猊
　　　　阆苑仙葩繁盛

生丝薄绢的画面
　　衬托着绿色窗棂
　　　　一派深幽美景

窗外，微微摇动
　　玉雕的花蕾
　　　　一点两点小小精灵

啊，原来是宫梅

又(望春楼外沧波)

提前报告喜讯
一年好景由你全部统领

[说 明]

　　尹焕,号梅津,梦窗词友,对梦窗词评价甚高,认为宋词"前有清真,后有梦窗",并说这是"四海之公言"。尹焕也曾有《梅津集》,今已不传。《全宋词》录存其词三首,清丽疏快,淡而有味。梦窗这首词为祝寿而写,少不了要言及尹焕为官的清正,但大半篇幅却是用来赞美尹的吟情诗兴,如上片的"裁花剪露",下片的"春霖绣笔"。结拍点"梅",与尹焕号梅津相拍合。同前首相比,虽同为寿词,但本篇却平实近人,不再有谀辞浮笔令人生厌了。原因在于是否平等心交,是否有友朋间实感真情。

又

送万信州①

几番时事重论，座中共惜斜阳下②。今朝剪柳③，东风送客，功名近也。约住飞花④，暂听留燕，更攀情话。问千牙过阙⑤，一封入奏⑥，忠孝事、都应写。　闻道兰台清暇⑦。载鸱夷⑧、烟江一舸。贞元旧曲⑨，如今谁听，惟公和寡⑩。儿骑空迎⑪，舜瞳回盼⑫，玉阶前借⑬。便急回暖律⑭，天边海上，正春寒夜。

[笺注]

① 万信州：姓名、事迹不详。信州：治所在今江西上饶。唐乾元元年（758）分衢、饶、建、抚等州地置，辖境相当于今江西贵溪以东、怀玉山以南地区。元至正二十年（1360）升信州为路。

② "斜阳"句：晏殊《浣溪沙》："夕阳西下几时回。"宋祁《玉楼春》："为君持酒劝斜阳，且向花间留晚照。"

③ 剪柳：贺知章《咏柳》："不知细叶谁裁出，二月春风似剪刀。"

④ 约住：李煜《蝶恋花》："数点雨声风约住。朦胧淡月云来去。"约，犹掠也，拦也，束也，拢也。

⑤ 问：向也。千牙：柳永《望海潮》："千骑拥高牙。"牙，牙旗。张衡《东京赋》："戈矛若林，牙旗缤纷。"薛综注："牙旗者，将军之旗。……竿上以象牙饰之，故云牙旗。"封演《封氏闻见记》卷五："《诗》曰：'祈父予王之爪牙。'祈父，司马，掌武备，象猛兽以爪牙为卫。故军前大旗谓之'牙旗'。

又（几番时事重论）

出师则有建牙祃牙之事，军中听号令必至牙旗之下。……或云：公门外刻木为牙，立于门侧，以象兽牙。军将之行，置牙竿首，悬旗于上。"

⑥ 一封人奏：韩愈《左迁至蓝关示侄孙湘》："一封朝奏九重天，夕贬潮州路八千。"

⑦ 兰台：御史台。汉代宫内藏图书之处，以御史中丞掌之，后世因称御史台为兰台。又，东汉时班固为兰台令史，受诏撰史，故后世又称史官为兰台。

⑧ 鸱夷：见前《琐窗寒》注⑮。

⑨ 贞元：唐德宗年号（785—805），共二十一年。公元805年唐顺宗李诵即位，改元永贞，进行变法革新。旧曲：刘禹锡《听旧宫中乐人穆氏唱歌》："休唱贞元供奉曲，当时朝士已无多。"《杨柳枝词九首》其一："请君莫奏前朝曲，听唱新翻杨柳枝。"

⑩ 和寡：即曲高和寡。宋玉《对楚王问》："客有歌于郢中者，其始曰《下里》《巴人》，国中属而和者数千人；其为《阳阿》《薤露》，国中属而和者数百人；其为《阳春》《白雪》，国中属而和者不过数十人；引商刻羽，杂以流徵，国中属而和者不过数人而已。是其曲弥高其和弥寡。"

⑪ 儿骑空迎：用汉郭伋有关事典。《后汉书·郭伋传》："（十一年）调伋为并州牧。……伋前在并州，素结恩德，及后人界，所到县邑，老幼相携，逢迎道路。……始至行部，到西河美稷，有童儿数百，各骑竹马，于道次迎拜。伋问：'儿曹何自远来？'对曰：'闻使君到，喜，故来奉迎。'伋辞谢之。"

⑫ 舜瞳：喻皇帝心明眼亮，短期内将万信州调回临安。瞳，重瞳，即眼睛有两个眸子。《史记·项羽本纪》："吾闻之周生曰，舜目盖重瞳子，又闻项羽亦重瞳子。"

⑬ 玉阶：指宫廷的台阶。李白《与韩荆州书》："而君侯何惜阶前盈尺之地，不使白扬眉吐气，激昂青云耶？"

⑭ 暖律：温暖气候。王禹偁《商州九月十八日大雪，雪后见菊》："争偷暖律输桃李，独亚寒枝负雪霜。"

[译诗]

记不清，多少次
　　　我们反复谈论
　　　　　时事的重要话题

在座诸位
　　共同惋惜
　　　　斜阳向西落去

今天一早，折取柳枝
　　　在东风中送你
　　　　　为的是功名进取

春花啊，请不要飞落
　　　暂且听燕语呢喃
　　　　　说出我们的离情别绪

也许千乘铁骑
　　在你身后紧紧跟随
　　　　手中高举牙旗

也许一封朝奏
　　忠于国家孝敬长辈

又(几番时事重论)

这一类大事都写得仔细

据说,御史台
　　工作不太繁忙
　　　　颇有清闲时机

不妨载着范蠡
　　在烟雾渺茫的江上
　　　　驾扁舟一叶远游遁迹

贞元时代的旧曲
　　如今有谁爱听
　　　　和者只你一人而已

为此,孩子们
　　　骑着竹马列队欢迎
　　　　　白白地对你产生期冀

也许重瞳的虞舜
　　偶然回眸,把晋升的
　　　　台阶暂时借用给你

真不如快些向温暖的

渡口返航，因为海上天边
到处都笼罩在春寒料峭的夜里

[说 明]

　　这首送别词充满了忧患意识，与一般的抒写别情迥然有别。首先是国家面临灭亡的忧患。开篇两句即明确交代词人与万信州等对"时事"的忧虑很深。"座中共惜斜阳下"，也并非简单的日暮黄昏，而是南宋王朝已临近末日的预感，并由此引起"座中共惜"的愤惋之情。其次是对宦海浮沉的忧虑。南宋末期，权臣当道，贤者屡遭打击。"贞元旧曲，如今谁听，惟公和寡"，不仅写出了当时传统价值的沦丧，也道出了万信州的耿介忠直，前途吉凶未卜，故以婉言相劝：一是像范蠡那样功成身退，泛舟五湖。二是尽早抽身，"急回暖律"，因为"天边海上"全都笼罩在春寒料峭的夜色之中，看不到任何光明。在梦窗送别词中，此篇内容充实，针对性强，感情沉痛迫烈，秉笔直抒，淋漓痛快，感人至深。

又

过秋壑湖上旧居寄赠①

外湖北岭云多②,小园暗碧莺啼处。朝回胜赏,墨池香润③,吟船系雨。霓节千妃④,锦帆一箭,携将春去。算归期未卜⑤,青烟散后,春城咏、飞花句⑥。　黄鹤楼头月午⑦。奏玉龙、江梅解舞⑧。薰风紫禁⑨,严更清梦⑩,思怀几许。秋水生时⑪,赋情还在,南屏别墅⑫。看章台走马⑬,长堤种取,柔丝千树⑭。

[笺注]

① 秋壑:贾似道之号。据周密《齐东野语》,宋理宗于景定三年(1262),曾以集芳园及缗钱百万赐贾似道,贾大兴土木,营造后乐园。其堂榭之名甚多,中有"度宗御书"之"秋壑""遂初容堂"。贾似道(1213—1275),字师宪,台州人,理宗贾贵妃之弟。淳祐九年(1249)为京湖安抚制置大使,次年移镇两淮。开庆元年(1259)以右丞相领兵救鄂州(今湖北武昌),私向蒙军忽必烈求和,答允称臣纳币,兵退后诈称大胜。此后多年专权。度宗(1265—1274)时权势更盛,封太师,平章军国大事。朝廷大政,均在西湖葛岭贾似道私宅中决定。襄阳被元军围攻数年,贾隐匿军报,不以全力支援。恭帝德祐元年(1275)元军沿江东下,他被迫出兵,在鲁港(今安徽芜湖西南)大败。不久,被革职放逐,至福建漳州木绵庵,为监送人郑虎臣所杀。湖上旧居:对此有不同解释。朱彊村《小笺》据《齐东野语》认为"湖

上旧居",指造"后乐园","又以为未足,则于第之左数百步,瞰湖作别墅,通谓之'水竹院落'焉"。据此,则朱氏将此词定为景定三年(1262)作。夏承焘认为"朱笺失误"。其《后笺》中说:"此淳祐九年(1249),秋壑出为京湖制置大使时作,'黄鹤楼头'句可证。'携将春去'句,谓秋壑三月赴鄂也,与史传合。据《齐东野语》,秋壑造后乐园,在景定三年(1262),盖在此后十三年。集中赠秋壑各词,皆淳祐间作,此与《金盏子·赋秋壑西湖小筑》,皆非谓'后乐园'。"夏氏在《吴梦窗系年》中,又引"赋情还在,南屏别墅"等句为证,认为知墅"在西湖南山之南屏,则与在北山葛岭之后乐园显然无涉"。

② 外湖:指西湖之外湖。北岭:葛岭。毛本原作"小湖",王半塘《四印斋所刻词》改为"外湖",谓秋壑居葛岭,故云"外湖北岭"。夏氏《后笺》认为此改"亦非"。"若指葛岭,亦当云'里湖';应仍作'小湖'。"杨铁夫《笺释》按曰:"两'小'字复。岂贾未得赐园时,园地尚不广乎?庾信有《小园赋》。'外',疑'南'误。"

③ 墨池:东汉张芝学书甚勤,"凡家之衣帛,必书而后练之;临池学书,池水尽墨。"(见晋卫恒《四体书势》)相传王羲之亦有墨池故迹,在临川(今江西)城东。(见曾巩《墨池记》)

④ 霓节:即霓旌,古时皇帝出行时的一种仪仗。《汉书·司马相如传上》:"拖霓旌,靡云旗。"颜师古注引张揖曰:"析羽毛,染以五彩,缀以缕为旌,有似虹霓之气也。"杜甫《哀江头》:"忆昔霓旌下南苑,苑中万物生颜色。"吴融《即席十韵》:"银河正清浅,霓节过来无。"千妃:千对。《尔雅·释诂》:妃,合也,匹也,对也。妃,又通"配"。

⑤ 归期未卜:古人有占卜行人归期的风习。辛弃疾《祝英台近·晚春》:"试把花卜归期,才簪又重数。"郭钰《送远曲》:"归期未定须寄书,误人莫误灯花卜。"

⑥ 青烟、春城、飞花:用唐韩翃诗意。韩翃《寒食》:"春城无处不飞花,寒食东风御柳斜。日暮汉宫传蜡烛,轻烟散入五侯家。"五侯:指汉代五

又（外湖北岭云多）

侯。东汉桓帝时封单超新丰侯，徐璜武原侯，具瑗东武阳侯，左悺上蔡侯，唐衡汝阳侯。因他们谋诛外戚梁冀有功，五人同日封侯。此用以比贾似道。

⑦ 黄鹤楼：在今湖北武汉市长江大桥武昌桥头，因黄鹤矶而得名。相传黄鹤楼始建于三国吴黄武二年（223），后屡毁屡建。传说费祎登仙，每乘黄鹤于此息驾，故号为黄鹤楼。崔颢《黄鹤楼》："昔人已乘黄鹤去，此地空余黄鹤楼。"月午：月在天心。

⑧ 玉龙：笛。江梅：李白《与史郎中钦听黄鹤楼上吹笛》："黄鹤楼中吹玉笛，江城五月落《梅花》。"

⑨ 薰风：即《南风歌》中之"南风"。传虞舜弹五弦琴唱曰："南风之薰兮，可以解吾民之愠兮。"（《孔子家语·辩乐篇》）白居易《太平乐词二首》其二："湛露浮尧酒，薰风起舜歌。"曹唐《三年冬大礼五首》其五："太和琴暖发南薰。"紫禁：古代皇宫的通称。以天象之紫微星为喻。王维《敕赐百官樱桃》："芙蓉阙下会千官，紫禁朱樱出上阑。"

⑩ 严更：警夜行的更鼓。班固《西都赋》："周以钩陈之位，卫以严更之署。"李善引薛综注曰："严更，督竹夜鼓也。"周密《武林旧事·大礼》："行宫至暮则严更警惕，鼓角轰振。"清梦：见前《瑞鹤仙》（夜寒吴馆窄）注⑫。

⑪ 秋水：《庄子·秋水》："秋水时至，百川灌河。"

⑫ 南屏：见前《霜叶飞》注⑧。

⑬ 章台：汉代长安章台下街名。《汉书·张敞传》："时罢朝会，过走马章台街。"周邦彦《瑞龙吟》："章台路。还见褪粉梅梢，试花桃树。"古代用为妓院的代称。冯延巳《蝶恋花》："玉勒雕鞍游冶处，楼高不见章台路。"

⑭ 柔丝：游丝也。蜘蛛等虫类所吐的丝，因其飘荡于空中，故称游丝。卢照邻《长安古意》："百丈游丝争绕树。"

[译诗]

外湖，北岭

吸引很多白云

小园，深翠
　　　黄莺啼在浓荫
早朝归来
　　　令人悦目赏心
墨池，余香温润
　　　游船，牵着雨丝长吟
虹霓般的旌旗
　　　千丈千双随从紧跟
锦制船帆快似金箭
　　　载走了西湖之春
春天啊，你何日再来
　　　是等到青烟散尽
你怎忍得春城处处
　　　都花落缤纷

黄鹤楼头
　　　月在天心
玉笛高奏
　　　江梅解语妙舞传神
南风之薰
　　　来自宫城紫禁
在更鼓声中入睡
　　　多少情思揉进梦魂

又（外湖北岭云多）

  直到百川注满秋水
    仍情满赋笔诗心
  南屏晚钟
    绕着别墅传送梵音
  料想章台宫
    走马逡巡
  在长堤上植树
    千树繁花柔丝绕身

[说明]

  梦窗赠贾似道词计有四首之多，此为其一。夏承焘《吴梦窗系年》认为，此词所言之"别墅"，"在西湖南山之南屏，则与在北山葛岭之后乐园显然无涉"。此论驳斥朱彊村《小笺》认为所咏乃景定三年以后在葛岭赐第所建之后乐园及其附近之水竹院落之说，甚为有力。"赋情还在，南屏别墅"，即为明证。时，贾似道方任京湖安抚制置大使，约淳祐六年（1246）九月至十年（1250）三月之间，贾似道尚未入朝，其祸国罪行尚未昭彰。梦窗与贾似道的交往似只是一般曳裾侯门不甘寂寞的文人习气的反映。叶嘉莹在《拆碎七宝楼台》中说："当两宋之际，在权贵之附庸风雅好与词人为往来的风习下，尤其像贾似道这样，每年寿词动辄逾数千的人物，梦窗集中偶然留有赠给他的几首小词，实在是不足深怪的事，而且如果以梦窗和其他与贾似道往来的词人相较，则梦窗既未曾如廖莹中、翁孟寅辈之以词干禄希宠，而且梦窗之寿词也仍自有其高华闲雅之品格在，而不像周密《齐东野语》所载的当时获首选之作如陈惟善之《合宝鼎》、陆景思之《甘州》、郭应酉之《声声慢》诸作之一味逢迎呓语。夏氏《系年》曾评梦窗云：'交游……皆一时显贵……而竟潦倒终身……今读其投献贵人诸词，亦但有酬酢而罕干求。'又云：'梦窗以词章曳裾侯门，本当时江湖游士风气，固不必消为无行，亦不能以独行责之。'所评颇为公允。"此论甚当，录之以供参考。

又

癸卯元夕①

淡云笼月微黄②,柳丝浅色东风紧③。夜寒旧事,春期新恨④,眉山碧远⑤。尘陌飘香⑥,绣帘垂户⑦,趁时妆面⑧。钿车催去急⑨,珠囊袖冷,愁如海⑩、情一线。　犹记初来吴苑⑪。未清霜、飞惊双鬓⑫。嬉游是处⑬,风光无际,舞葱歌蒨⑭。陈迹征衫⑮,老容华镜⑯,欢惊都尽⑰。向残灯梦短,梅花晓角⑱,为谁吟怨。

[笺注]

① 癸卯:宋理宗淳祐三年(1243)。

② "淡云"句:杜牧《泊秦淮》:"烟笼寒水月笼沙。"李煜《菩萨蛮》:"花明月暗笼轻雾。"《蝶恋花》:"朦胧淡月云来去。"晏殊《采桑子》:"淡月胧明。好梦频惊。"

③ 柳丝:白居易《杨柳枝词》:"一树春风千万枝,嫩如金色软于丝。"东风紧:曹唐《小游仙诗》:"红云塞路东风紧,吹破芙蓉碧玉冠。"

④ 春期新恨:裴夷直《杨柳枝词》:"隋家不合栽杨柳,长遣行人春恨多。"

⑤ 眉山碧远:即远山眉。《西京杂记》卷二:"(卓)文君姣好,眉色如望远山。"温庭筠《遐方怨》:"宿妆眉浅粉山横。"侯寘《凤凰台上忆吹箫》:"妖娆似,晓镜乍开,绿沁眉山。"

⑥ 尘陌:布满尘埃的街道。刘禹锡《元和十年自朗州承召至京戏赠看花

诸君子》:"紫陌红尘拂面来。"柳永《引驾行》:"红尘紫陌,斜阳暮草长安道。"

⑦ 绣帘:用各色丝线刺绣成各种花色图案的门帘。温庭筠《更漏子》:"红蜡背,绣帘垂。梦长君不知。"柳永《西江月》:"凤额绣帘高卷,兽环朱户频摇。"

⑧ 趁时妆面:即妆扮入时。白居易《时世妆》:"时世妆,时世妆,出自城中传四方。"苏轼《跋王进叔所藏画·赵昌四季·芍药》:"扬州近日红千叶,自是风流时世妆。"

⑨ 钿车:用金银装饰的车。古代贵族妇女乘用。杜牧《街西长句》:"银秋骠裹嘶宛马,绣鞯璁珑走钿车。"史达祖《绮罗香》:"最妨它、佳约风流,钿车不到杜陵路。"

⑩ 愁如海:秦观《千秋岁》:"飞红万点愁如海。"

⑪ 吴苑:见前《琐窗寒》注⑯。

⑫ "未清霜"两句:将"两鬓清霜"(梦窗《祝英台近》有"自怜两鬓清霜"句)拆开重新拼成,通过"未"与"飞"二字,增强了白发突生的骤然性与惊奇感。王维《秋夜独坐》:"独坐悲双鬓。"

⑬ 嬉游:嬉戏游乐与交游往来。《史记·司马相如列传》:"若此辈者,数千百处,嬉游往来。"祢衡《鹦鹉赋》:"故其嬉游高峻,栖跱幽深,飞不妄集,翔必择林。"李善注:"嬉,乐也。"是处:犹到处、处处,亦可作任处、在处,意同。柳永《八声甘州》:"是处红衰翠减,苒苒物华休。"

⑭ 舞葱歌蒨:葱蒨:葱郁繁美。词人将其拆开并用拼字法插入歌舞二字,派生新义。谢朓《和伏武昌登孙权故城》:"文物共葳蕤,声明且葱蒨。"柳永《倾杯乐》:"耸皇居丽,佳气瑞烟葱蒨。"

⑮ 陈迹:过去的事迹,旧迹。王羲之《兰亭集序》:"向之所欣,俯仰之间,已为陈迹。"征衫:意同客袍。跋涉远游、积满旅尘的客子的衣衫。

⑯ 容华:容貌,容颜。曹植《杂诗》:"容华若桃李。"

⑰ 欢悰(cóng):欢乐愉快的心情。

又（淡云笼月微黄）

⑱ 梅花：本古代笛曲《梅花落》的简称。后唐代角曲也有称《梅花落》者。此指后者。《乐府诗集》第二十四卷《横吹曲辞·梅花落·解题》："《梅花落》，本笛中曲也。按唐大角曲亦有《大单于》《小单于》《大梅花》《小梅花》等曲，今其声犹有存者。""晓角"，即指此而言。角，古代乐器，本出西北游牧民族，其后多用于军中。《晋书·乐志下》："胡角者，本以应胡笳之声，后渐用之横吹，有双角，即胡乐也。"岑参《轮台歌奉送封大夫出师西征》："轮台城头夜吹角，轮台城北旄头落。"李贺《雁门太守行》："角声满天秋色里，塞上燕脂凝夜紫。"李白《襄阳歌》："千金骏马换小妾，笑坐雕鞍歌《落梅》。"词牌有《霜天晓角》，最早亦为咏梅词调，如林逋所作。

[译诗]

淡云笼罩

  月色微感昏黄

柳丝绿浅

  东风却暗里增强

寒夜中的往事哟

  到春天新恨又袭入心房

山如修眉碧色淡远

  紫陌红尘飘散微香

绣帘垂挂门窗

  化妆紧随时尚

香车宝马由金银装镶

  车轮被催得飞快如狂

襟袖在寒风中飘拂

  冷却了装有珠宝的香囊

梦幻的窗口——梦窗词选

　　愁，似无边的海洋
　　　　情，如挣不断的金线一样绵长

　　至今还清楚地记得
　　　　刚到吴地的模样
　　如今却令人惊诧
　　　　两鬓突地飞上清霜
　　当时嬉游之处
　　　　都是迷人的美好风光
　　舞姿，婆婆袅娜
　　　　歌喉，婉转高亢
　　征衫还留有当时的痕迹
　　　　容颜老去，镜里毫无掩藏
　　当年的欢乐心情
　　　　如今已淡远，消亡
　　只能面对残灯
　　　　在短暂的梦中把往事遗忘
　　吹奏《梅花落》的角声已经响起——
　　　　为谁把深深的愁怨吟唱

[说 明]

　　全篇紧扣"元夕"二字，将"旧事"从历史隧道中引出。通过情感的注入与气氛的渲染，酿造今昔之强烈对比，及对斯人永逝的深沉怀念，情见乎辞。起拍二句，借"月""柳""东风"，暗逗"元夕"节

又（淡云笼月微黄）

令特点，继之再用"尘陌""绣户""时妆""钿车""珠囊"等，烘托"元夕""嬉游"的热闹场景与今时独向"残灯"的"老容"。今与昔，形成巨大反差。"愁如海，情一线"俱在不言之中矣。全章精粹，绝无窭窣雕琢之痕。信笔写来，如泣如诉，如怨如慕，荡动空灵，简约深美。梦窗词中之佳构也。

又

寿梅津①

杜陵折柳狂吟②,砚波尚湿红衣露③。仙桃宴早④,江梅春近⑤,还催客句。宫漏传鸡⑥,禁门嘶骑⑦,宦情熟处。正黄编夜展⑧,天香字暖⑨,春葱剪⑩、红蜜炬⑪。　宫帽鸾枝醉舞⑫。思飘飏、臞仙风举⑬。星罗万卷,云驱千阵,飞毫海雨⑭。长寿杯深,探春腔稳,江湖同赋。又看看⑮、便系金狨莺晓⑯,傍西湖路。

[笺注]

① 梅津:即尹梅津,见前《水龙吟》(望春楼外沧波)注①。

② 杜陵:古地名,在长安城东南,秦时为杜县地,汉宣帝筑陵于此,故称杜陵。杜陵东南有少陵,是汉宣帝许后葬地。杜甫远祖杜预是京兆杜陵人,杜甫后常称"杜陵"或"杜少陵"。杜甫《自京赴奉先县咏怀五百字》:"杜陵有布衣,老大意转拙。"折柳:古代有折柳送别的风习,"柳"与"留"谐,表示挽留惜别之意。《三辅黄图》:"霸桥,在长安东,跨水作桥。汉人送客至此桥,折柳赠别。"隋无名氏《送别》:"柳条折尽花飞尽,借问行人归不归?"唐柳氏《杨柳枝》:"杨柳枝,芳菲节,可恨年年赠离别。"

③ 砚波:墨水。红衣:即红妆、红袖,指女子。露:指泪。此句从上句告别狂吟来。姜夔《江梅引》:"湿红恨墨浅封题。"

④ 仙桃宴:见前《瑞鹤仙》(记年时茂苑)注⑥。

又(杜陵折柳狂吟)

⑤ 江梅春近:杜审言《和晋陵陆丞早春游望》:"云霞出海曙,梅柳渡江春。"

⑥ 宫漏:见前《瑞鹤仙》(记年时茂苑)注⑯。传鸡:即鸡人报晓。《周礼·春官·鸡人》:"夜呼旦以叫百官。"古代宫中,于天将晓时,有头戴红巾的卫士,于朱雀门外高声喊叫,好像鸡叫,以警百官,故名鸡人。王维《和贾至舍人早朝大明宫之作》:"绛帻鸡人送晓筹,尚衣方进翠云裘。"

⑦ 禁门:皇宫的宫门。因禁止通行,朝臣至禁门外必须下马。

⑧ 黄编:即黄卷,古人用辛味、苦味之物染纸以防蠹,纸色黄,故称卷轴书籍为"黄卷"。

⑨ 天香:见前《瑞鹤仙》(藕心抽莹茧)注⑦。

⑩ 春葱:比喻女子洁白纤细的手指。白居易《筝》:"双眸剪秋水,十指剥春葱。"

⑪ 蜜炬:以蜜蜡为烛。李贺《河阳歌》:"蜜炬千枝烂。"周邦彦《荔枝香近》:"共剪西窗蜜炬。"

⑫ 宫帽鸾枝:即幞头上插有宫花。"宫花"与"生花"相对而言。王巩《闻见近录》:"季春上池,赐生花,而自上至从臣皆簪花而归。绍圣二年,上元幸集禧观,始出宫花赐从驾臣僚,各数十枝,时人荣之。""生花",指鲜花。"宫花",指以罗、绢、通草等为原料制成的假花。鸾(通"栾")枝,即其中之一种。《宋史·舆服志五》"簪戴":"幞头簪花,谓之簪戴。中兴,郊祀、明堂礼毕回銮,臣僚及扈从并簪花,恭谢日亦如之。大罗花以红、黄、银红三色,栾枝以杂色罗,大绢花以红、银红二色。罗花以赐百官,栾枝,卿监以上有之。"醉舞:黄庭坚《水调歌头》:"醉舞下山去,明月逐人归。"

⑬ 臞(qú)仙:指司马相如。臞,身体消瘦,也作癯。《说文》:"臞,少肉也。"《汉书·司马相如传下》:"相如以为列仙之儒,居山泽间,形容甚臞,此非帝王之仙意也。乃遂奏《大人赋》。"苏轼《余与李廌方叔相知久矣,领贡举事,而李不得第,愧甚,作诗送之》:"归家但草凌云赋,我相夫子非臞

仙。"又可解作梅花,切"梅津"之梅。陆游《射的山观梅》其二:"凌厉冰霜节愈坚,人间乃有此臞仙。"风举:风神高远挺秀。周邦彦《苏幕遮》:"水面清圆,一一风荷举。"

⑭ 千阵、飞毫:杜甫《醉歌行》:"词源倒流三峡水,笔阵独扫千人军。"海雨:陆游《跋东坡七夕词后》:"惟东坡此篇,居然是星汉上语,歌之曲终,觉天风海雨逼人。"

⑮ 看看:转眼之间。

⑯ 金狨:见前《水龙吟》(望春楼外沧波)注⑫。

[译诗]

仿佛在杜陵折柳送别友人

　　尽情地高歌狂吟

砚石的墨波荡漾

　　还有红袖衣上露滴的滋润

西王母提早设就蟠桃仙宴

　　因为江上梅花开放的时节临近

为了催促客中的诗句翻新

　　鸡人报晓,漏声将尽

宫门前骏马嘶鸣

　　是你走熟了的重要路津

夜半,把黄绢的卷轴展诵

　　天香氤氲,连文字都感到了温馨

有春葱般的纤纤玉手,为你

　　剪去烛花,灯下看得更真

又（杜陵折柳狂吟）

头戴宫帽，斜插鸾枝

  在醉意中舞态昂奋

文彩飞扬，思如泉涌

  司马相如一般高举入云

万卷诗书如星辰罗列

  驱动行云如千营万阵

笔毫挥洒，海雨袭人

  为祝祷长寿酒杯斟得深深

探新春腔膛匀称

  江湖诗友唱和，对句工稳

不须多少时日，转眼间

  又可以高楼系马柳荫

乘御赐金猊穿过柳浪晓莺

  在西湖边岸策马逡巡

[说 明]

  同前首《水龙吟》（望春楼外沧波）一样，虽是祝寿之作，但因梦窗与尹焕是至交好友，词界知音，感情深笃，因此，作为寿词，除个别词句扣此主旨并谐其"梅津"二字以外，其余大都为赞颂其为官清正廉明与为文的潇洒风流。字里行间洋溢着至交与知音的真实情感，与寿王侯将相之作判然有别。

玉烛新

夹钟商

花穿帘隙透①。向梦里消春,酒中延昼。嫩篁细掐②,相思字、堕粉轻黏练袖③。章台别后④。展绣络、红蔫香旧⑤。□□□、应数归舟⑥,愁凝画阑眉柳⑦。　　移灯夜语西窗⑧,逗晓帐迷香⑨,问何时又。素纨乍试⑩,还忆是、绣懒思酸时候⑪。兰清蕙秀⑫。总未比、蛾眉螓首⑬。谁诉与、惟有金笼⑭,春簧细奏⑮。

[笺注]

① 帘隙:帷帘的空隙。《苕溪渔隐丛话·前集》卷五十九:"汪彦章舟行汴中,见岸傍画舫有映帘而观者,止见其额。有词云:'小舟帘隙,佳人半露梅妆额。'"

② 嫩篁:细竹。篁,泛指竹林。掐:这里指刻诗句于竹。

③ 练:见前《解连环》(暮檐凉薄)注⑦。

④ 章台:用唐许尧佐《柳氏传》故事。唐韩翃有姬柳氏,以艳丽称。韩获选上第归家省亲,柳居长安,安史乱起,柳出家为尼。后韩为平卢节度使侯希逸书记,使人寄柳诗曰:"章台柳,章台柳,昔日青青今在否?纵使长条似旧垂,亦应攀折他人手。"柳为蕃将沙吒利所劫,侯希逸部将许俊以计夺还归韩。此用以喻词人同爱姬之骤别。

⑤ 蔫:花草枯萎,颜色不鲜。

⑥ 归舟：谢朓《之宣城郡出新林浦向板桥》："天际识归舟，云中辨江树。"柳永《八声甘州》："想佳人、妆楼颙望，误几回、天际识归舟。"

⑦ 画阑：绘有彩色的栏杆。史达祖《双双燕》："愁损翠黛双蛾，日日画阑独凭。"

⑧ "移灯"句：李商隐《夜雨寄北》："何当共剪西窗烛，却话巴山夜雨时。"周邦彦《琐窗寒》："故人剪烛西窗语。"

⑨ 逗：临，至，趁。周邦彦《凤来朝·佳人》："逗晓看娇面。小窗深、弄明未遍。"

⑩ 素纨（wán）：洁白细致的薄绸，代指扇。旧传班婕妤《怨歌行》："新裂齐纨素，皎洁如霜雪。"素纨，即纨素。

⑪ 绣懒思酸：苦夏时的心态。亦可解作女性妊娠反应。

⑫ 兰清蕙秀："兰"和"蕙"均为香草，见前《琐窗寒》注②。此用以喻女子的美丽聪慧，意同兰质蕙心。另，杨《笺》"蕙秀"的"秀"字，空缺；注："杜校补'秀'字，是也。"

⑬ 蛾眉蟫（qín）首：蟫，虫名，似蝉而小，额宽广而方正。蛾眉，蚕蛾之眉（即触角），细长而曲。《诗经·卫风·硕人》："蟫首蛾眉。巧笑倩兮，美目盼兮。"

⑭ 金笼：金质的华贵鸟笼。敦煌曲子词《鹊踏枝》："比拟好心来送喜。谁知锁我在金笼里。"

⑮ 春簧：即春的莺簧，指黄莺悦耳的鸣声。庾信《道士步虚词》："夏簧三舌响，春钟九乳鸣。"

[译诗]

落花穿透

　　竹帘的缝隙

是因为长期在梦里吗

春天不知不觉已别我远去
是因为长期沉缅在醉乡中吗
　　　白昼才消失得如此缓慢迟疑
幼嫩的竹林
　　　用指甲刻得均匀仔细
镌上"相思"二字啊
　　　伴随竹上坠落的粉粒
轻轻地黏挂
　　　黏挂在布衣的袖里
自从你我
　　　经历了一场死别生离
这以后啊
　　　我多次解开彩丝系裹的布衣——
红花已褪色枯萎
　　　遗香却清氛四溢……
料定反复地登楼遥望
　　　细数哪一艘是归来的舟楫
紧倚画栏忍受失望的袭击
　　　离愁在眉峰之间不断凝聚

曾记：推移灯盏
　　　在西窗之下夜语
趁拂晓的旭光

玉烛新(花穿帘隙透)

　　　　帷帐里的香气使人入迷
这一切啊
　　　　何时才能重新经历
曾记：素白的纨扇
　　　　第一次轻轻摇起
手中的针线停止了
　　　　通体透发出慵懒的意绪
神情虽然疲惫
　　　　对酸食却无限欣喜
都说兰花最为清雅
　　　　蕙草是绝顶的秀丽
但这一切都无法
　　　　同你的"蝤首蛾眉"相比拟
哦，如今有谁
　　　　把这一切告诉给你
是那只金笼吗
　　　　华贵的樊笼悬挂在壁
那笼里的黄莺儿
　　　　细细奏出婉转的离情别绪

[说明]

　　在忆去姬诸作中，词人最善于通过梦境来表达对去姬的深情怀念。本篇借助梦境的朦胧隐约，透露出较多的生活细节。如"嫩篁细掐""绣懒思酸""晓帐迷香"等，均为其他忆姬诸篇之所未见。至其"堕粉轻黏练袖""红鸯香旧"等,其笔触已深入到潜意识层面,均为其他词人笔底所无而为梦窗之所独专,是其极细微处。全词从"向梦里"三字进入幻境,至"谁诉与"三字始从梦里脱出。通篇亦实亦虚,虚实相生,时空交错,今昔杂糅,跳跃性极强,反映出词人情感波澜的强烈起伏。

解语花

林钟羽　梅花

门横皱碧①，路入苍烟，春近江南岸②。暮寒如剪③。临溪影、一一半斜清浅④。飞霙弄晚⑤。荡千里、暗香平远。端正看⑥、琼树三枝，总似兰昌见⑦。　酥莹云容夜暖⑧。伴兰翘清瘦，箫凤柔婉⑨。冷云荒翠，幽栖久、无语暗申春怨。东风半面⑩。料准拟、何郎词卷⑪。欢未阑、烟雨青黄⑫，宜昼阴庭馆。

[笺注]

① 皱碧：冯延巳《谒金门》："风乍起，吹皱一池春水。"

② "春近"句：王安石《泊船瓜州》："春风又绿江南岸。"

③ 如剪：贺知章《咏柳》："不知细叶谁裁出，二月春风似剪刀。"

④ "清浅"句：林逋《山园小梅》："疏影横斜水清浅，暗香浮动月黄昏。"

⑤ 飞霙（yīng）：飞雪。霙，雪花。《艺文类聚》卷二引《韩诗外传》："凡草木花多五出，雪花独六出。雪花曰霙。"唐玄宗《喜雪》："风行未备礼，云密遽飘霙。"

⑥ 端正：容貌美好、整齐。欧阳修《洞仙歌令二首》其二："情知须病，奈自家先肯。天甚教伊恁端正。"

⑦ 三枝、兰昌：用唐薛昭遇仙女故事。《太平广记》卷六九《张云容》载：唐宪宗元和（806—820）末年，平陆尉薛昭因义释罪犯被贬东海。有田

山叟者,妻与薛友善,因拦道饯别,并执意送薛往东海。后山叟率逃遁并赠药一粒。昭辞行,过兰昌宫潜于古殿西间。及夜有三美女宴饮,长曰云容,张氏;次曰凤台,萧氏;三曰兰翘,刘氏:均当年杨贵妃的侍儿。兰昌宫,在唐福昌县西十七里,属河南府河南郡。(参见《新唐书·地理志二》)此用三仙女喻"琼树三枝"。

⑧ "酥莹"以下三句分写三位仙女。

⑨ 箫凤:即凤台。本萧氏,此改"箫凤",联及"凤箫"。

⑩ 半面:《南史·元帝徐妃传》:"妃以(梁元)帝眇一目,每知帝将至,必为半面妆以俟,帝见则大怒而出。"李商隐《南朝》:"休夸此地分天下,只得徐妃半面妆。"

⑪ 何郎:何逊,梁代著名诗人,写有《咏早梅》一诗。姜夔《暗香》:"何逊而今渐老,都忘却、春风词笔。"

⑫ 烟雨青黄:指梅雨季节。贺铸《青玉案》:"一川烟草,满城风絮,梅子黄时雨。"

[译诗]

吹皱一池春水
　　碧绿碧绿横陈在门前
曲径通向深幽
　　消失在苍翠的烟霭之间
噢,春天悄无声息地走近
　　来到大江之南的边岸
薄暮时的寒风
　　有如频频绞动的刀剪
临溪照影,一枝枝
　　多半斜向清浅的水湾

解语花(门横皱碧)

小雪在空中飞舞
　　搅扰着新春的傍晚
涤荡尽千里尘霾
　　暗香平播到很远很远
多么端正美好
　　让人看了还看
这三株玉树琼枝
　　在兰昌宫里似曾相见

酥油般莹洁的云容——
　　即使深夜也使人感到温暖
伴着窈窕纤细的兰翘——
　　清瘦瘦的惹人爱怜
箫声迷人的凤台——
　　显出了娇娜柔婉
在冷云笼罩的荒野中
　　你们幽栖独处多少时间
虽然始终缄默无语
　　心底里仍传达出春天的愁怨
即使东风刚刚吹拂
　　你也仅仅花开半面
也同样可以充实——
　　何逊赋梅的诗卷

欢情未尽，转眼之间
　　青叶黄梅便融入细雨云烟
这一切又恰恰契合着
　　白昼阴云中的庭台楼馆

[说　明]

　　题是"梅花"，但与一般咏梅词判然有别。词人在众多梅树之中，独独拈出"三枝"带有传奇色彩的"名门"加以描绘，在梅的共相中，只突出其与众不同的特异风采。用墨不多，却生气远出，神形毕肖，风韵独绝。结构最为奇警。词人将贺铸名句"一川烟草，满城风絮，梅子黄时雨"同"三枝"（杨贵妃当年的侍儿云容、凤台、兰翘）打并在一起，使之融入梅黄烟雨之中，消泯了当年高华妩媚的风姿。咏花实亦咏人，由此可以生发出许多联想。杨铁夫视之为"冶游之作"，亦可引人深思。

[汇　评]

　　清俊有神味，与梅溪一阕并驱中原。炼字炼骨。俊绝秀绝。

　　　　　　　　　　——陈廷焯《云韶集》卷八

又

立春风雨中饯处静[①]

檐花旧滴[②],帐烛新啼[③],香润残冬被。淡烟疏绮[④]。凌波步[⑤],暗阻傍墙挑荠[⑥]。梅痕似洗[⑦]。空点点、年华别泪。花鬓愁[⑧]、钗股笼寒[⑨],彩燕沾云腻[⑩]。　　还斗辛盘葱翠[⑪]。念青丝牵恨[⑫],曾试纤指[⑬]。雁回潮尾[⑭]。征帆去、似与东风相避。泥云万里[⑮]。应剪断、红情绿意[⑯]。年少时、偏爱轻怜[⑰],和酒香宜睡。

[笺注]

① 处静:翁元龙号处静,吴文英之弟。周密《浩然斋雅谈》下:"翁元龙时可,号处静,与吴君特为亲伯仲。作词各有所长,世多知君特,而知时可者甚少。"刘毓盘《辑处静词跋》引此《解语花》结句:"泥云万里。应剪断、红情绿意。年少时、偏爱轻怜,和酒香宜睡。"认为其"缠绵恺悌,如兄之戒其弟者",定元龙为梦窗之弟。夏承焘《吴梦窗系年》同意此说并引《绝妙好词》四:"列梦窗于元龙之前,与李彭老、李莱老同例,亦刘说之一证。"

② 檐花:杜甫《醉时歌》:"清夜沉沉动春酌,灯前细雨檐花落。"

③ 帐烛:蒋捷《虞美人·听雨》:"少年听雨歌楼上,红烛昏罗帐。"新啼:杜牧《赠别二首》其二:"蜡烛有心还惜别,替人垂泪到天明。"

④ 疏绮:即绮疏,窗户上雕饰的花纹,也指镂花窗格。《后汉书·梁冀传》:"柱壁雕镂,加以铜漆;窗牖皆有绮疏青琐,图以云气仙灵。"陆机《赠

尚书郎顾彦先二首》其二："玄云拖诸阁，振风薄绮疏。"李善注："李尤《东观铭》曰：'房闼内布，绮疏外陈，是谓东观，书籍林渊。'"

⑤ 凌波：形容女子步履轻盈。曹植《洛神赋》："陵波微步，罗袜生尘。"

⑥ 挑荠：周密《武林旧事》卷二"挑菜"载：二月二日"宫中排办挑菜御宴。先是，内苑预备朱绿花斛，下以罗帛作小卷，书品目于上，系以红丝，上植生菜、荠花诸品。俟宴酬乐作，自中殿以次，各以金篦挑之。"

⑦ 梅痕：梅花妆。传南朝宋武帝女寿阳公主卧含章殿下，忽有梅花落于额上，成五出花，拂之不去。宫女争相效仿，名梅花妆。（参《太平御览》卷三十"时序部"引《杂五行书》）似洗：由雨中之梅兼喻送别之人。

⑧ 花鬓：写当时立春日民间头戴"花胜"（"人胜"）的习俗。宗懔《荆楚岁时记》："正月七日为人日。……剪彩为人，或镂金簿（箔）为人，以贴屏风，亦戴之头鬓。又造花胜以相遗。"此"花胜"男女均可戴。有时亦戴小幡，合称幡胜。周密《武林旧事·立春》："是日，赐百官春幡胜，宰执亲王以金，余以金裹银及罗帛为之，系文思院造进。各垂于幞头之左入谢。"

⑨ 钗股：钗的分枝，即钗脚。一钗分二股。白居易《长恨歌》："钗留一股合一扇，钗擘黄金合分钿。"韩偓《惆怅》："被头不暖空沾泪，钗股欲分犹半疑。"

⑩ 彩燕：即彩胜。立春时将丝绸剪成鸡、燕、花、柳等形状，并在鸡、燕上插以羽毛，称春燕、春鸡、春花、春柳，插在发髻上或系于花枝上，表示迎春，并相互赠送，称彩胜、幡胜、花胜。（参《岁时广记》卷八）《事物纪原·岁时风俗部·彩胜》："《初学记》曰：'人日剪彩为胜，起于晋代贾充夫人所作，取黄母戴胜之义也。'"苏颋《奉和圣制人日清晖阁宴群臣遇雪应制》："轻飞传彩胜，天上奉薰歌。"李远《立春日》："钗斜穿彩燕，罗薄剪春虫。"

⑪ 辛盘：即五辛盘。迎春习俗之一。盘，韩鄂《岁华纪丽》卷一："盘号五辛，筋称万寿。"《本草纲目·菜部》："五辛菜，乃元旦、立春，以葱蒜、

又（檐花旧滴）

韭、蓼、蒿、芥辛嫩之菜，杂和食之，取迎新之意，谓之五辛盘。"

⑫ 青丝：即春盘，《武林旧事·立春》："后苑办造春盘供进，及分赐贵邸宰臣巨珰，翠缕红丝，金鸡玉燕，备极精巧，每盘值万钱。"赵长卿《探春令》："喜新春新岁。菜传纤手青丝细，和气入、东风里。"青丝，即韭也。

⑬ 纤指：杜甫《立春》："盘出高门行白玉，菜传纤手送青丝。"

⑭ 潮尾：潮水退减，进入尾声。

⑮ 泥云：意指天地。李绅《忆夜直金銮殿承旨》："明日独归花路远，可怜人世隔云泥。"

⑯ 红情绿意：原指梅。姜夔用《暗香》《疏影》两自度曲咏梅，后张炎等改此二曲咏荷，词调也改为《红情》《绿意》。（参见张炎《红情·词序》）赵彦昭《奉和圣制立春日侍宴内殿出剪彩花应制》："花随红意发，叶就绿情新。"

⑰ 轻怜：长者对少者的爱与关切。《战国策·赵策》："丈夫亦爱怜其少子乎？"

[译诗]

　　屋檐，雨滴像飘落的花瓣，
　　　　被烛光照亮，晶莹闪耀；
　　帐内，红烛似垂泪佳人，
　　　　被离情迷缠，不断燃烧。
　　残冬的余威仍在肆虐，
　　　　但春的温馨已让室内的严寒遁消。
　　你，拨开淡烟，穿过疏花，
　　　　踏着凌波微步悄然来到。
　　手捧春盘，为何被隔阻墙角？
　　　　植好的荠花，为何不能自家亲挑？

你额间的梅妆已向何处?
　　　是偶然抹去,还是被雨水冲掉?
留下的泪痕点点斑斑,
　　　难以克制的是岁月消逝的烦恼。
戴在鬓上的花胜充满愁情,
　　　插在发间的玉钗被寒雾笼罩。
头上那款欲飞的紫燕啊,
　　　双翅下垂,再难翱翔九霄。

像往常的"立春"一样,
　　　"五辛盘"拼得很好。
红的艳红,绿的碧绿,
　　　葱翠鲜嫩,色妍香飘。
怎忍心看那细柔的青丝——
　　　它牵引出的离恨,万缕千条;
怎忍心看你殷勤地布菜——
　　　纤纤玉指不再有往日的灵巧。
追逐晚潮,传来的是——
　　　雁群嗷嗷鸣叫;
结伴东风,驶去的是——
　　　征帆在戏浪弄潮。
躲避"立春"的到来吗?
　　　不然,为什么过早地收缆起锚?

又（檐花旧滴）

上有漠漠云天，下有窈窈山坳，

　　这一切，理应切断离情别恨的萦绕——

　　趁青春年少，正撩人喜爱，

　　趁酒香弥漫，快投入梦的怀抱！

[说明]

　　此篇为饯别之作，但却绕过主题，用侧翼包抄、背面敷粉之法，着重于女主人公的刻画，并时刻不忘"立春"之天候特色与季节风习之烘托，与一般饯别词迥然不同。首三句点"雨中"，"檐花"之"旧滴"，与"帐烛"之"新啼"内外映衬，再加之以"香润残冬被"，一年轻貌美之女子已隐然可见矣。接三句，从室内延至室外，"凌波步"，"暗阻傍墙挑荠"，使此女子活动于"立春"日之广阔天地之间。再三句承起拍，烘托"雨中"并暗扣"滴""啼"。一结三句以"花鬟""钗股""彩燕"浓化"立春"之习尚并美化此女子之形象。"别"字开始入题。过拍三句回应上片，以"辛盘""青丝"再作点染。词人暗用谐音隐语，"辛"与"心""丝"与"思"产生潜在的联想，引入情爱之深挚。至"征帆去""泥云万里"对"别"字再作生发。只觉得别情满纸，凄异感人，词中之人已呼之欲出。结句宕开一笔，用"和酒香"等句，缓缓收住，情真意切，别绪依依，味之无极。饯别处静兄弟，却用大量笔墨刻画一女子形象，目的何为？简言之，用恋情衬托亲情是也。杨铁夫在《吴梦窗词笺释》中解曰："铁夫初读此词，见所用'帐''被''凌波''挑荠''花鬟''钗股''纤指'等儿女字，疑与送弟无关，但不得其说。追得赵氏万里《校辑宋金元名人词》读之，见曹择可《松山词·齐天乐》，题曰《和翁时可悼故姬》，又寻处静词

《齐天乐》，题云《游胡园书感》，中有'梅谢兰销，舞沉歌断'句，即悼故姬原唱也。因此，知梦窗此词即和处静词兼送其行者。又疑处静行期与姬死时相距不远，故云尔。本此以观则见此词句句皆有真意，否则真是七宝楼台拆下之零件耳。刘氏'缠绵恺悌'语，尚未得其真情也。"此论亦可参看。

[汇评]

"旧滴"，逆入。"新啼"，平出，复以"残冬"钩转。三句极伸缩之妙。"淡烟"二句脱开，写春人如画。"梅痕"二句复"旧滴""新啼"。歇拍，复写春人续"凌波""挑荠"。"辛盘葱翠"，节物依然。"青丝牵恨"，旧情犹在。"还斗"，平入。"曾试"，逆出。"帆去"，复由雁回转落。"泥云万里"，重将风雨一提，然后跌落。"剪断红情绿意"，"轻怜""宜睡"，复拗转作收。笔力之大，无坚不破。

——陈洵《海绡说词》

庆春宫

无射商　**越中钱得闲园**①

春屋围花②,秋池沿草,旧家锦藕川原。莲尾分津,桃边迷路,片红不到人间③。乱筜苍暗,料惜把、行题共删④。小晴帘卷,独占西墙,一镜清寒。　　风光未老吟潘⑤。嘶骑征尘,只付凭阑。鸣瑟传杯⑥,辟邪翻烬⑦,系船香斗春宽⑧。晚林青外,乱鸦著、夕阳几山。粉消莫染,犹是秦宫,绿扰云鬟⑨。

[笺注]

① 钱得闲：不详。联系后《柳梢青·题钱得闲四时图画》一词观之,当是梦窗同时人。

② "春屋"以下三句：联系"钱得闲",用有关吴越王钱镠事典。《新五代史·钱镠世家》："加镠检校太师,改镠乡里曰广义乡勋贵里,镠素所居营曰衣锦营。""昭宗诏镠图形凌烟阁,升衣锦营为衣锦城,石鉴山曰衣锦山,大官山曰功臣山。镠游衣锦城,宴故老,山林皆覆以锦,号其幼所尝戏大木曰'衣锦将军'。"又据释文莹《湘山野录》："开平元年(907),梁太祖即位,封钱武肃镠为吴越王,时有讽钱拒其命者,钱笑曰：'吾岂失为一孙仲谋邪?'拜受之。改其乡临安县为临安衣锦军。是年省茔垄,延故老,旌钺鼓吹,振耀山谷。自昔游钓之所,尽蒙以锦绣。……为牛酒,大陈乡饮,别张蜀锦为广幄,以饮乡人。凡男女八十已上,金樽；百岁已上,玉樽。时黄发饮玉者尚不减十

余人。镠起执爵于席,自唱《还乡歌》以娱宾曰:'三节还乡兮挂锦衣,吴越一王驷马归。临安道上列旌旗,碧天明明兮爱日辉。父老远近来相随,家山乡眷兮会时稀,斗牛光起兮天无欺。'"苏轼在《锦溪》诗中所说:"五百年间异人出,尽将锦绣裹山川。"即指此。

③ 以上三句参看前《渡江云三犯》注⑧。

④ 参看前《玉烛新》注②。惜:恐。行题:指题诗。

⑤ 吟潘:潘岳,晋著名诗人。《晋书·潘岳传》:"岳美姿仪,辞藻绝丽,尤善为哀诔之文。"此用其名篇《闲居赋》意:"既仕宦不达,乃作闲居赋。"扣"得闲"。

⑥ 张溥在《汉魏六朝百三家集题辞·潘黄门集》中说:"闲居一赋,板舆轻轩,浮杯高歌,天伦乐事,足起爱慕。"此意境可作"凭阑""传杯"之参照。

⑦ 辟邪:香名。段成式《酉阳杂俎·木篇》:"安息香树,出波斯国,波斯呼为辟邪。树长三丈,皮色黄黑,叶有四角,经寒不凋。二月开花,黄色,花心微碧,不结实。刻其树皮,其胶如饴,名安息香。六七月坚凝,乃取之烧,通神明,辟众恶。"

⑧ 香斗:形如熨斗的水潭。范成大《骖鸾录》:"渡潇水,即至愚溪。……路傍有钴鉧潭。钴鉧,熨斗也,潭状似之。"柳宗元有《钴鉧潭记》《钴鉧潭西小丘记》。

⑨ 秦宫:杜牧《阿房宫赋》:"朝歌夜弦,为秦宫人。"又,越中有秦望山,"在会稽东南四十里"(《舆地纪胜》卷四)。周密《一萼红》:"最怜他、秦鬟妆镜,好江山、何事此时游。"绿扰云鬟:《阿房宫赋》:"绿云扰扰,梳晓鬟也。"

[译诗]

春天充溢着茅屋,一间两间
　　环绕的鲜花织一周粉阵红垣
秋天的池水澄澈清鲜
　　绿草沿着池边向前伸展

庆春宫（春屋围花）

园主的先人，曾经
　　用锦绣覆盖了所有的旷野川原
荷塘尾部，分割成两条渡口
　　桃树把小径吞噬、遮掩
这里的一片残花
　　也难以飞到人间
杂乱的竹丛
　　变得凄苍幽暗
想必主人，忍心地
　　把竹上的题诗全都删遍
只要天空稍一放晴
　　虚垂的竹帘便高高挂卷
你，独自霸占西墙——
　　像一面闪光银镜使人顿感清寒

风光如此悠闲淡远
　　是来自写《闲居赋》的潘安
还有嘶鸣奔驰的骏马
　　扬一路征尘使你感到厌倦
在这里，所有一切
　　全部交付给频频凭倚的高栏
在琴瑟的鸣奏中
　　尽情地传杯递盏

辟邪香反复点燃
　　直到最后一缕烟丝飘散
扁舟系在香斗似的湖面
　　春天是多么漫长而又缤纷烂漫
傍晚，青青的树林
　　乱鸦驮着夕阳落向哪一座春山
粉红的花梢
　　不能把你浸染
因为，你仿佛当年秦王登过的峰巅
　　永恒的绿意堆成插入云端的螺鬟

[说明]

　　一起三句，从广阔时空中寻找并安排"钱得闲园"之位置。"旧家"句，突出钱氏家族辉煌的历史，使越地钱镠当年"山林皆覆以锦"的壮举与今时之清静"得闲"联系起来，不免使人有今昔盛衰之感。词题中之"越中""钱"氏，也均得以落实。接三句写园林之气势非凡。"片红不到人间"一句使此林园与熙攘之尘寰隔开来，并为以下所写之清闲预作伏笔。"乱篁"三句点诗情雅韵，写"清"。结拍"小晴帘卷"三句，烘托其"闲"，并与"清寒"交织在一起，"清闲"已难解难分矣。过片承前，从潘安之《闲情赋》来阐释"得闲"之历史文化内涵。"鸣瑟"句表面写得热闹，但其作用却是以动喻静，以忙衬闲。词中不得无此一笔，否则过于板滞矣。"晚林"以下六句，将读者的视线引入更为广阔的历史时空，并与开篇上呼下应。历史之沧桑巨变，实亦暗含其中矣。

又

残叶翻浓，余香栖苦，障风怨动秋声。云影摇寒，波尘消腻，翠房人去深扃①。昼成凄黯②。雁飞过、垂杨转青。阑干横暮，酥印痕香，玉腕难凭。　　菱花乍失娉婷③。别岸围红，千艳倾城④。重洗清杯，同追深夜，豆花寒落愁灯⑤。近欢成梦，断云隔、巫山几层⑥。偷相怜处，熏尽金篝⑦，消瘦云英⑧。

[笺注]

① 扃（jiōng）：关门，上闩。

② 黯（àn）：没有光亮。

③ 菱花：即菱花镜。古代以铜为镜，映日则发光影如菱花，故称。《埤雅·释草》："群说，镜谓之菱华，以其面平，光影所成如此。"庾信《镜赋》："照日则壁上菱生。"《善斋吉金录》有唐菱花镜拓本，形圆，花纹作兽形。旁有五言诗一首，起句云："照日菱花出。"娉婷：形容女子姿态优美。

④ 见前《琐窗寒》注⑬。

⑤ 豆花：灯花。一灯如豆。《齐民要术》："豆花憎见日，见日则黄烂而根焦也。"故以豆花喻灯花。陆游《灯下小酌》："灯花落碎红。"周邦彦《青玉案》："良夜灯光簇如豆。"

⑥ 巫山：代指男女幽会。见前《瑞鹤仙》（晴丝牵绪乱）注⑬。

⑦ 篝（gōu）：熏笼。

⑧ 云英：营妓名。《唐才子传·罗隐》："隐初贫来赴举，过钟陵，见营妓云英有才思。后一纪，下第过之，英曰：'罗秀才尚未脱白。'隐赠诗云：'钟陵醉别十余春，重见云英掌上身。我未成名英未嫁，可能俱是不如人。'"

[译诗]

残叶被西风吹卷

  秋色更加浓艳

余香自由地散飞

  停下来便觉得苦涩难言

你挡住秋风抒发愁怨

  更加撩起秋声一片

倒映云彩的秋水摇荡出秋寒

  波上的尘埃腻脂尽皆消减

翠叶中的美人去向哪里

  她被关入谁家的庭院

晴朗的蓝天

  不知为什么变得苍灰暗淡

雁群匆忙掠过

  垂杨反而青黑苍健

阑干横向薄暮西天

  细腻的肌肤留下印痕斑斑

如今，余香仍在扩散

  来自谁的玉腕，难以找出答案

又（残叶翻浓）

　　照一照菱花铜镜
　　　　突然失去了俊美的华年
　　然而，隔江的彼岸
　　　　却仍是粉阵环绕身前
　　千百个美女
　　　　倾国倾城的容颜
　　把杯盏洗了又洗
　　　　在凉夜追醉寻欢
　　如豆的灯花在寒风中坠落
　　　　带着难以释解的深沉愁怨
　　即使近如眼前的欢乐
　　　　到头来不也是一场梦幻
　　被片断的峡云隔阻
　　　　消失在巫山第几个峰巅
　　即使如此——
　　　　暗地里仍在相爱相怜
　　虽然熏笼里的炭火已经燃尽
　　　　消瘦的云英却仍是长夜无眠

[说明]

　　虽为一般伤秋伤别之作，但写法最为精细。起三句有声有色，动作与心态均包孕其中，于是开篇便秋声满纸。接三句人去楼空，摇荡在云影寒风之中，更令人感到肃杀而寒气逼人。一结三句，用人去留香，表现出词人细微的感受，移情作用与通感之说均体现得十分充分。

但从深层次剖析，又与性爱之潜意识密切相关。过片"菱花乍失娉婷"一句，将上片轻轻翻过，对"别岸"的热闹景象作生动刻画，与上片之肃杀成强烈对比。所谓"近欢"，实即以前所有之欢乐，如今已成梦境，被"巫山"垂直隔断。但结拍却仍含情脉脉，暗里"相怜"，情思绵绵。在伤秋伤别诸作中，此篇别饶韵致，别具创获。

塞垣春

丙午岁旦①

漏瑟侵琼管②。润鼓借③、烘炉暖。藏钩怯冷④,画鸡临晓⑤,邻语莺啭⑥。殢绿窗⑦、细咒浮梅盏⑧。换蜜炬⑨、花心短。梦惊回、林鸦起,曲屏春事天远。　　迎路柳丝裙⑩,看争拜东风,盈灞桥岸⑪。髻落宝钗寒,恨花胜迟燕⑫。渐街帘影转⑬。还似新年,过邮亭⑭、一相见。南陌又灯火,绣囊尘香浅。

[笺注]

① 丙午:宋理宗淳祐六年(1246)。岁旦:元旦,一年的第一天。

② 漏瑟:即漏声。见前《瑞鹤仙》(记年时茂苑)注⑯。瑟,状流水声,"瑟汨"的省略。谢朓《将游湘水寻句溪》:"瑟汨泻长淀,潺湲赴两岐。"琼管:玉琯。《汉书·律历志》孟康注引《尚书·大传》:"西王母来献白玉琯。汉章帝时,零陵文学奚景于泠道舜祠下得白玉琯。古以玉做,不但竹也。"古人用十二月律的律管来测节气,方法是:用十二根玉制的律管,内端各塞以葭莩(芦梗里的薄翳)灰,置密室中,节气到临,灰就飞散。(参《后汉书·律历志》)杜甫《小至》:"刺绣五纹添弱线,吹葭六琯动飞灰。"词借"漏瑟"之声来催动"琼管"飞灰,迎接新岁到来。温庭筠《织锦词》:"丁东细漏侵琼瑟。"

③ 润鼓:鼓受潮气的浸湿。李贺《雁门太守行》:"霜重鼓寒声不起。"

烘炉：烤火暖炉。但此处指红灯。周邦彦《解语花·元宵》："风销焰蜡，露浥烘炉，花市光相射。"烘炉，毛本与《词萃》均作"红莲"，意谓"润鼓"借助"烘炉"一般的红灯，烘干潮湿之气而使鼓声大振。

④ 藏钩：古代的一种游戏。周处《风土记》："义阳腊日饮祭之后，叟妪儿童为藏钩之戏。分为二曹（队），以校胜负。……钩藏在数手中，曹人当射（猜）知所在。"李商隐《无题》："隔座送钩春酒暖，分曹覆射蜡灯红。"

⑤ 画鸡：《艺苑雌黄》："古人以正旦画鸡于门。"又，古人以正月初一为鸡日。《事物纪原·正朔历数部·人日》："东方朔占书曰：'岁，正月一日占鸡。'"

⑥ 啭（zhuàn）：鸟鸣婉转。庾信《春赋》："新年鸟声千种啭。"

⑦ 殢（tì）：困扰，纠缠不清。柳永《玉蝴蝶》："要索新词，殢人含笑立尊前。"绿窗：代指女子，即绿窗人。韦庄《菩萨蛮》："劝我早归家，绿窗人似花。"

⑧ 细咒：悄声央求。咒，此作祝告解。《晋书·刘伶传》："（刘伶）尝渴甚，求酒于其妻。妻捐酒毁器涕泣谏曰：'君酒太过，非摄生之道，必宜断之。'伶曰：'善。吾不能自禁，惟当祝鬼神自誓耳。便可具酒肉。'妻从之。伶跪祝曰：'天生刘伶，以酒为名。一饮一斛，五斗解酲。妇儿之言，慎不可听。'乃引酒御肉，隗然复醉。"梅盏：刻有梅花图案的酒杯。

⑨ 蜜炬：即蜡烛。

⑩ 裙：喻垂柳。戴叔伦《江干》："杨柳牵愁思，和春上翠裙。"

⑪ 灞（bà）桥：在陕西长安市东，横跨灞水所建。古人常于此桥边折柳赠别，故又名"销魂桥"。韦庄《上行杯》："芳草灞陵春岸。柳烟深、满楼弦管，一曲离声肠寸断。"

⑫ 花胜：见前《解语花》（檐花旧滴）注⑧⑩。

⑬ 渐：正，恰。

⑭　邮亭：古时官方供传递文书、公物者休息或换马的房舍。《墨子·杂守》："筑邮亭者圜之，高三丈以上。"

[译　诗]

漏滴之声像瑟琴轻弹，

这声音扇起玉管的葭灰飞散。

潮润的鼓声咚咚响起，

是因为被满街灯火烘干。

闺中玩的是藏钩游戏，

却又怕冷风往袖筒里灌。

门上画好的雄鸡，

唱来了新春新的一天。

听，左邻右舍在相互拜年，

那声音就像黄莺在春天里鸣啭。

还吸引绿窗中的少女，细心地

用梅花杯盏祈祝心音如愿。

蜜制的蜡烛在频频更换，

报喜的灯花使灯芯变得越来越短。

栖息在树林里的鸟鹊也提早出巢，

曲曲屏风把春天描绘得充盈而旷远。

是谁在路上最先迎来岁旦？

柳丝悬垂的长裙，舞摆在风前。

它们争着抢着，

借春风之力一马当先。

这迎拜东风的绿色，

涨满灞桥的两岸。

发髻蓬松散落，

宝钗深感春寒。

遗憾的是回归的燕子，

却落后于花胜中的同伴。

此刻，满街垂帘挂起，

灯火烛花在四周旋转。

仍然像过往的新年，

在邮亭那里再见上一面。

城南的阡陌又灯火辉煌一片，

绣囊上的尘土春色盎然，香却很浅很淡。

[说 明]

  这是一幅江南百姓送走除夕迎接元旦的地方风俗画。俗话说，一夜连双岁，五更分二年。实际上，这一夜很少有人睡觉。子夜时分，迎新春新岁。因是子夜，故应从漏滴声中得悉元旦的到来，开篇从耳之所闻起笔，原因也正在这里。守岁时，人们在玩"藏钩"的游戏，直至东方破晓，方始出门拜年。"邻语莺啭"，形容极为准确。少女们此时却留在家里，祈愿心想事成。下片作外景拍摄。先摄柳丝在东风中摇曳，充满动感。次拍游人特别是少女们头上的花胜，再拍满街帘影。然后，暗拍到情人相约在邮亭的镜头以及在灯火中交换"绣囊"

的特写。信笔写来，层次不苟，元旦的气氛经逐层渲染而越来越愉悦，使人有身临其境之感，读来亲切。

[汇评]

吴梦窗《塞垣春》云："换蜜炬、花心短。"蜜炬，烛也。见《周礼》。今作密炬，非。

——李调元《雨村词话》卷二

题是元旦。自起句至"花心短"，却全写除夕。至"梦回""春远"，乃点出"春"字。下阕写春事如许，回忆"曲屏"，向所谓"远"者，今乃历历在目矣。章法入神，勿徒赏其研炼。"柳丝裙"，言柳丝如春人之裙也。"争拜东风盈灞桥岸"，是柳丝，是春人，写得绚烂。"髻落"二句，言元旦则簪花胜矣。而燕子迟来，故钗落成恨。用事入化。

——陈洵《海绡说词》

宴清都

夹钟羽，俗名中吕调　**饯嗣荣王仲亨还京**①

翠羽飞梁苑②。连催发，暮樯留话江燕③。尘阶堕珥④，瑶扉乍钥⑤，彩绳双胃⑥。新烟暗叶成阴，效翠妩⑦、西陵送远⑧。又趁得、蕊露天香⑨，春留建章花晚⑩。　　归来笑折仙桃⑪，琼楼宴萼⑫，金漏催箭⑬。兰亭秀语⑭，乌丝润墨⑮，汉宫传玩。红欹醉玉天上⑯，倩凤尾⑰、时题画扇⑱。问几时、重驾巫云⑲，蓬莱路浅⑳。

[笺注]

①　仲亨：嗣荣王赵与芮之字。见前《水龙吟》（望中璇海波新）注①。还：由绍兴往临安。

②　翠羽：翠鸟的羽毛。曹植《洛神赋》："或采明珠，或拾翠羽。"《晋书·舆服志》："远游冠"："皇太子及王者后、帝之兄弟、帝之子封郡王者服之。""太子则以翠羽为緌，缀以白珠，其余但青丝而已。"又指以翠羽为饰的车盖，称翠盖、翠葆、翠华等，多为天子仪仗所用。梁苑：亦称梁园，即兔园，汉梁孝王刘武所造，故址在今河南商丘东。梁孝王好宾客，当时司马相如、枚乘等辞赋家均曾延居园中，因而著名。后多用以代指当代官僚贵族的园林。李商隐《寄令狐郎中》："休问梁园旧宾客，茂陵秋雨病相如。"苏轼《清平乐》："红旆到时黄叶乱。霜入梁王故苑。"

③　樯（qiáng）燕：杜甫《发潭州》："岸花飞送客，樯燕语留人。"樯，

船上挂帆的桅杆。

④ 珥（ěr）：用珠子或玉石做的耳环。堕珥：意同著簪、遗簪，喻不忘旧物。《韩诗外传·九》："孔子出游少源之野，有妇人中泽而哭，其音甚哀。孔子使弟子问焉，曰：'夫人何哭之哀？'妇人曰：'乡者刈蓍薪，亡吾蓍簪，吾是以哀也。'弟子曰：'刈蓍薪而亡蓍簪，有何悲焉？'妇人曰：'非伤亡簪也，盖不忘故也。'"《南史·虞玩之传》："高帝咨嗟，因赐以新屐。玩之不受。帝问其故。答曰：'今日之赐，恩华俱重，但蓍簪蔽席，复不可遗，所以不敢当。'"

⑤ 瑶扉：门户的美称。瑶，琼瑶，美玉。《诗经·卫风·木瓜》："投我以木桃，报之以琼瑶。"扉，门扉。钥，关闭门户的键。见前《尉迟杯》注③。

⑥ 彩绳：指秋千的绳索，代指秋千。《事物纪原·岁时风俗部·秋千》："《古今艺术图》曰：北方戎、狄爱习轻趫之能，每至寒食为之。后中国女子学之，乃以彩绳悬树立架，谓之秋千，或曰本山戎之戏也。自齐桓公北伐山戎，此戏始传中国。"罥（juàn）：挂结。杜甫《茅屋为秋风所破歌》："茅飞渡江洒江郊，高者挂罥长林梢，下者飘转沉塘坳。"

⑦ 翠妩：翠眉。《汉书·张敞传》："又为妇画眉，……上问之，对曰：'臣闻闺房之内，夫妇之私，有过于画眉者。'"

⑧ 西陵：湖名，在绍兴至杭州途中的萧山西部。又名白马湖、西城湖。古有石姥祠，故又名石姥湖。

⑨ 天香：见前《瑞鹤仙》（藕心抽莹茧）注⑦。《梦粱录》卷三"宰执亲王南班百官入内上寿赐宴"："前辈有诗云：'宴罢随班下谢恩，依然骑马出宫门。归来要佽需云盏，留得天香袖上存。'"

⑩ 建章：汉宫名，见前《瑞鹤仙》（彩云栖翡翠）注⑩，后泛指一般宫阙。贾至《早朝大明宫呈两省僚友》："千条弱柳垂青琐，百啭流莺绕建章。"

⑪ 仙桃：见前《瑞鹤仙》（记年时茂苑）注⑥。

⑫ 琼楼：即琼楼玉宇，本指月中华丽的宫阙，后也用以形容仙境或人间富丽堂皇的建筑。萼：见前《解连环》（暮檐凉薄）注⑱。

⑬ 金漏：见前《瑞鹤仙》（记年时茂苑）注⑯。李白《乌栖曲》："银箭金壶漏水多，起看秋月坠江波。"

⑭ 兰亭秀语：指兰亭雅聚所写的作品。兰亭，亭名。浙江绍兴西南有一地名兰渚，又名兰上里，上有亭名兰亭。晋永和九年（353）三月三日，王羲之与谢安、孙统、孙绰、王彬之、魏滂、郗昙、王蕴、释支遁、子献之等四十一人，在此修禊赋诗。王羲之写《兰亭集序》为记。其诗、文及所写墨迹，为世所传诵。《晋书·王羲之传》："尝与同志宴集于会稽山阴之兰亭，羲之自为之序以申其志。"

⑮ 乌丝：乌丝栏。古代绢纸类卷册，上有织成或画成的黑格线，称乌丝栏。栏，也作阑。《唐国史补·下》："又宋亳间有织成界道素绢，谓之乌丝栏、朱丝栏，又有茧纸。"陆游《东窗遣兴》："欲写乌丝还嬾去，诗名老去判悠悠。"

⑯ 攲（qī）：倾斜，偏斜。醉玉：醉酒如玉山倾倒。李白《襄阳歌》："清风朗月不用一钱买，玉山自倒非人推。"

⑰ 凤尾：凤尾诺。古时诸侯笺奏皆批一"诺"字，因往往将字尾拖得很长，像凤尾一样，故名。《南史·齐江夏王锋传》："五岁，高帝使学凤尾诺，一学即工。"

⑱ 题扇：将诗作题于画扇之上。

⑲ 巫云：见前《瑞鹤仙》（晴丝牵绪乱）注⑬。

⑳ 蓬莱：见前《尉迟杯》注⑭。路浅：《太平广记》卷六十引《神仙传·麻姑》："麻姑自说云：'接侍以来，已见东海三为桑田。向到蓬莱，水又浅于往昔者会时略半也。岂将还为陵陆乎？'方平笑曰：'圣人皆言海中复扬尘也。'"又，会稽有蓬莱阁。《会稽续志》："蓬莱阁在设厅之后卧龙之下，……按阁乃吴越钱镠所建。……淳熙元年（1174）其八世孙端礼重修。……汪纲复修。纲自记岁月于柱云：'蓬莱阁，登临之胜甲于天下。'"

宴清都(翠羽飞梁苑)

[译诗]

冠盖上的翠羽尽情舒展,

迅疾地起飞,直奔梁园。

不断地催促渡船扬帆起航,

暮色中,桅杆的江燕别语呢喃。

微布尘灰的石阶上,

遗落着珠宝、钗环。

美玉装饰了门扉,

新上的铜锁金光闪闪。

彩色的秋千绳索,

齐整地双双挂悬。

刚刚升起的烟霭,

绿荫下,柳叶儿睁开了笑眼。

黛眉皱蹙并非是效颦,

恋恋不舍直送到西陵湖边。

恰好赶上甘露与天香飞降,

春天热恋着建章宫,百花分外烂漫。

顺利还京,笑逐容颜;

折取仙桃,美好甘甜。

欢聚在华美的宫殿,

花萼楼前摆开喜筵。

直到金壶漏滴将尽,露出银箭,

兰亭雅集的秀句还在传看。
乌丝栏上的墨迹未干,
整个宫中把新腔传遍。
红袖少女扶着醉酒的诗仙,
像玉山倾倒,似骑鲸升天。
烦请那凤尾银钩的笔墨,
题写在有画面的宫扇。
低声问:什么时候,
驾着彩云飞向巫山?
都说蓬莱仙境离人世很远,
其实道路不长,海水很浅。

[说 明]

　　词人与嗣荣王赵与芮相交甚密,并在其幕下多年,私谊甚笃。"还京",虽是从绍兴荣王府回到临安荣王府,但此行是为祝度宗生日而入朝的,在词人看来自然是一件大事。上片写"还京"之过程。起三句写仪仗在前、车船在后的盛大气势。接三句写旧宫上锁,一片寂寞。再三句写一路之上,连花柳都频舒媚眼表示热情迎送。可以想见,沿路村墟该有多少乡亲父老观此盛景。结拍承此,用"蕊露天香,春留建章花晚",烘托宫中对嗣荣王的期待。下片换头用"归来笑折仙桃"承上启下,预写宫中欢宴与吟诗度曲直至通宵达旦之热闹场面。"琼楼宴萼",少不了要有"乌丝润墨""兰亭秀语"等。本篇是即席之作,也就是当时文人词客的种种应酬情态,梦窗亦即其中之亲历者,故而写得活灵活现。梦窗此类颂赞作品,多不能免俗。

又

连理海棠[1]

绣幄鸳鸯柱[2]。红情密,腻云低护秦树[3]。芳根兼倚,花梢钿合[4],锦屏人妒[5]。东风睡足交枝[6],正梦枕[7]、瑶钗燕股。障滟蜡[8]、满照欢丛,嫠蟾冷落羞度[9]。　　人间万感幽单,华清惯浴[10],春盎风露。连鬓并暖,同心共结[11],向承恩处[12]。凭谁为歌长恨[13],暗殿锁、秋灯夜语[14]。叙旧期、不负春盟,红朝翠暮。

[笺注]

① 连理海棠:双本相连的海棠。连理,即两棵树的干或枝连生在一起,如一棵树一样。白居易《长恨歌》:"在天愿作比翼鸟,在地愿为连理枝。"

② 绣幄(wò):彩绣的大帐,富贵人家用以护花,免受风雨摧残。鸳鸯柱:相对而立的连理枝干。"鸳鸯"承"连理"而言。

③ 红情:指海棠花。腻云:用女人头发蓬松浓密来形容海棠花的繁茂葳蕤。秦树:指海棠。据《阅耕录》:秦中(今陕西中部)有双株海棠,高数十丈,悠然在众花之上。

④ 钿合:状花梢像黄金珠宝嵌成的盒子相合在一起。白居易《长恨歌》:"唯将旧物表深情,钿合金钗寄将去。"

⑤ 锦屏人:独处深闺的女子。锦屏,纹样织得十分华丽的屏风,多指闺中妇女床前的围屏。温庭筠《蕃女怨》:"玉连环,金簇箭,年年征战。画楼离

恨锦屏空，杏花红。"

⑥ 睡足：用杨玉环故事。据《冷斋夜话》引《杨妃外传》："上皇登沉香亭，召太真妃子（杨贵妃），妃子时卯醉未醒。命力士从侍儿扶掖而至。妃子醉颜残妆，鬓乱钗横，不能再拜。上皇笑曰：'岂是妃子醉？真海棠睡未足耳。'"苏轼《寓居定惠院之东，杂花满山，有海棠一株，土人不知贵也》："林深雾暗晓光迟，日暖风轻春睡足。"交枝：枝叶相交接。《焦仲卿妻》："东西植松柏，左右种梧桐。枝枝相覆盖，叶叶相交通。"

⑦ 梦枕：用沈既济《枕中记》故事，点梦境的短暂。瑶钗燕股：指燕形的钗，其分股如燕尾。李贺《湖中曲》："燕钗玉股照青渠，越王娇郎小字书。"王琦注："燕钗，钗上作燕子形。玉股，钗脚以玉为之者。"

⑧ 滟（yàn）蜡：蜡烛燃亮，光彩四溢。滟，滟滟，波光荡漾。满照：灯下赏花景象。苏轼《海棠》："东风袅袅泛崇光，香雾空蒙月转廊。只恐夜深花睡去，故烧高烛照红妆。"

⑨ 嫠（lí）蟾：指月亮。嫠，寡妇。蟾，月亮的代称。因旧传嫦娥奔月，孤身独处，故称。

⑩ 华清惯浴：用杨贵妃故事。白居易《长恨歌》："春寒赐浴华清池，温泉水滑洗凝脂。"

⑪ 同心：同心结。用丝绦之类打成的八宝结，古代妇女的一种服饰，又可作爱情的象征。《隋书·宣华夫人陈氏传》："太子遣使者赍金合子，帖纸于际，亲署封字以赐夫人。夫人见之惶惧，以为鸩毒，不敢发。使者促之，于是乃发，见合中有同心结数枚。"牛峤《杨柳枝》："不愤钱塘苏小小，引郎松下结同心。"

⑫ 承恩：白居易《长恨歌》："侍儿扶起娇无力，始是新承恩泽时。"

⑬ 歌长恨：即《长恨歌》。其结句："天长地久有时尽，此恨绵绵无绝期。"

⑭ 殿锁、夜语：《长恨歌》："七月七日长生殿，夜半无人私语时。在天

愿作比翼鸟,在地愿为连理枝。"

[译诗]

  彩绣的护花帷帐,高大宽广,
  围护着连理枝干,成对成双。
  怒放的红花,情浓意密,
  浓腻的绿色垂下,守卫着秦地的海棠。
  花根并扰地靠在一起,
  花梢像钿盒贴紧着两个面庞。
  锦屏中的少女啊,
  对此,妒嫉之情怎能不袭上心房?
  东风吹拂,交叉的花枝,
  似醉酒的妃子,睡得甜香。
  是进入短暂的"枕中"梦境吗?
  燕形的金钗玉饰,闪闪发光。
  为燃烧的高烛遮风,
  使花朵精光四溢,倩影更富想象。
  天上的月亮受到冷落,
  羞愧、孤独,又无处躲藏。

  世间的感受有万千柔肠,
  形只影单最令人心伤。
  你沐浴在华清池里,
  享受着名泉温汤。

春天这般美好,

风露如此吉祥!

连鬓发都扭结在一起了,

同心结啊,绾在两人的心上。

"侍儿扶起",已成平常;

"新承恩泽",娇宠的模样。

为什么有人为你歌唱?

是《长恨歌》在万古传扬。

深锁重门的长生殿,十分幽暗,

但秋灯中的私语却仍在回响。

叙一叙旧事,为了不负春天的誓言,

不负清晨的红花和傍晚的绿色苍茫。

[说 明]

  此为咏物词,向来为评家所称颂。所谓"连理海棠",是指其根株相连而言,前人借此生发为爱情的象征。在海棠与爱情相关的掌故与趣闻中,以李隆基与杨玉环的情事最为著名。据《冷斋夜话》引《杨妃外传》载,一次,唐明皇李隆基登沉香亭召杨贵妃,杨妃酒醉未醒,高力士命人扶之而至。玄宗笑曰:"岂是妃子醉耶?海棠睡未足耳。"词本此发展为李杨情事的全面穿插。起三句写连理海棠优越的成双成对的特点,暗喻李杨爱情关系。"红情"状花,"腻云"写叶,"秦树"点其产地,暗合李杨情事。接三句从"芳根"一直写到"花梢",绘其连理成双。"钿合"二字想象奇警。意谓下面花根交错相

又（绣幄鸳鸯柱）

倚，一清二楚，但上面的两枝花梢纠结在一起，花团锦簇，却难以分清谁是哪枝根株上的花了，状如"钿盒"一样，严丝合缝地扣紧在一处。《长恨歌》中有"但令心似金钿坚，天上人间会相见"之句，所以由物及人，内涵极为丰富。闺中人对此十分羡妒，从侧面再作烘托。"东风"二句写花的睡态，"障艳蜡"二句写惜花人秉烛赏花，月中嫦娥不免因此自惭。换头，将花与李杨情事交织。"华清惯浴""连鬟"诸句，写其恩爱缠绵。"凭谁为歌长恨"，空际转身，陡作曲折，从欢乐峰巅跌入悲惨深渊，其中涵括白居易《长恨歌》所写杨妃死于马嵬的悲剧结局。"暗殿""秋灯""连理""旧期""春盟"，均暗用或化用《长恨歌》诗句。

全词虽然将咏花咏李杨爱情交织一起，但却侧重于写海棠一方。李杨有"在地愿为连理枝"的誓言，毕竟未能实现。而"连理海棠"却与此相反，它们没有什么密誓，却年年"芳根兼倚，花梢钿合"，"睡足交枝"。"人间万感幽单"，讲的就是人不如花，更难成连理。词中有词人自身的悔恨与感叹，也包括对负心人的谴责。联及南宋生存空间的日益缩小，亡国的威胁逐渐迫近，其中不免含有以李杨悲剧为鉴借之深意在。

［汇评］

只运化一篇《长恨歌》，乃放出如许异采。见事多，识理透故也。得力尤在换头一句。"人间万感"，天上嫠蟾，横风忽断，夹叙夹议，将全篇精神振起。"华清"以下五句，对上"幽单"，有好色不与民同意，天宝之不为靖康者幸耳，故曰"凭谁为歌长恨"。

——陈洵《海绡说词》

擩染大笔何淋漓。

——朱祖谋《彊村老人评词》评"障滟蜡、
满照欢丛,蓑蟾冷落羞度"一段

梦窗《宴清都·连理海棠》一词,通篇奇思壮丽,意境层次变换,而"内气潜转"。"障滟蜡"一韵,以嫦娥之孤寂,衬托海棠连理,语丽而笔重。况蕙风谓"梦窗词中间隽句艳字,莫不有沉挚之思,灏瀚之气,挟之以流转",意或指此耶?

——朱庸斋《分春馆词话》

又

寿荣王夫人①

万壑蓬莱路②。非烟霁③,五云城阙深处④。璇源媲凤⑤,瑶池种玉⑥,炼颜金姥⑦。长虹梦入仙怀⑧,便洗日⑨、铜华翠渚。向瑞世、独占长春,蟠桃正饱风露⑩。　殷勤汉殿传卮⑪,隔江云起,暗飞青羽⑫。南山寿石⑬,东周宝鼎⑭,千秋巩固。何时地拂龙衣⑮,待迎入、玉京阆圃⑯。看□□、剩拥湖船,三千彩御⑰。

[笺注]

① 荣王夫人：见前《水龙吟》（望中璇海波新）注①。

② 蓬莱路：见前《尉迟杯》注⑭。

③ 霁：雨雪止,烟雾散,天气晴朗曰霁。

④ 五云：五色云,即庆云。同景云、卿云。《汉书·礼乐志》："甘露降,庆云集。"白居易《长恨歌》："楼阁玲珑五云起。"引申为天子所在。王建《赠郭将军》："承恩新拜上将军,当直巡更近五云。"

⑤ 璇源：见前《水龙吟》（望中璇海波新）注②。媲（pì）：配偶。《说文》："媲,妃也。"《诗经·大雅·皇矣》："天之厥配。"毛传："配,媲也。"朱熹《诗集传》："配,贤妃也。"凤：凤凰。传说中一种象征祥瑞的鸟,为鸟中之王,雄曰凤,雌曰凰。

⑥ 瑶池：传说西王母所居之处。见前《水龙吟》（望中璇海波新）注

⑩　种玉：《太平广记》卷四引《神仙拾遗·阳翁伯》："阳翁伯者，卢龙人也，事亲以孝，葬父母于无终山。山高八十里，其上无水。翁伯庐于墓侧，昼夜号恸，神明感之，出泉于其墓侧，因引水就官道，以济行人。尝有饮马者，以白玉一升与之，令翁伯种之，当生美玉。果生白璧，长二尺者数双。……北平徐氏有女，翁伯欲求婚，徐氏谓媒者曰：'得白璧一双可矣。'翁伯以白璧五双。遂婿徐氏。数年，云龙下迎，夫妇俱升天。"

⑦　炼颜：指经过修炼而永葆青春容颜。《黄庭经》："却灭百邪玉炼颜。"李德裕《步虚词》："河汉女，玉炼颜，云軿往往在人间。"厉鹗《国香慢·素兰》："仙人炼颜如洗，尚带铅霜。"金姥：西王母。西方属金，故称金姥。《太平广记》卷五十六《西王母》："西王母者，九灵太妙龟山金母也。一号太虚九光龟台金母元君，乃西华之至妙，洞阴之极尊。"

⑧　"长虹"句：妊娠与出生之吉兆。《宋书·符瑞志上》："帝挚少昊氏母曰女节，见星如虹，下流华渚，既而梦接意感，生少昊。登帝位，有凤凰之瑞。"

⑨　"洗日"句：《宋史·度宗纪》："度宗……，太祖十一世孙。父嗣荣王与芮，理宗母弟也。嘉熙四年（1240）四月九日生于绍兴府荣邸。初，荣文恭王夫人全氏梦神言：'帝命汝孙，然非汝家所有。'嗣荣王夫人钱氏梦日光照东室。是夕，齐国夫人黄氏亦梦神人彩衣拥一龙纳怀中，已而有娠。及生，室有赤光。"

⑩　蟠桃：见前《水龙吟》（望中璇海波新）注⑪。

⑪　卮（zhī）：圆形的酒器。《玉篇》："卮，酒浆器也，受四升。"《史记·项羽本纪》："项伯即入见沛公，沛公奉卮酒为寿。"

⑫　青羽：青鸟，西王母使者。

⑬　"南山"句：即"寿比南山"。《南史·齐豫章王嶷传》："古来言，愿陛下寿比南山，或称万岁，此殆近貌言。"

⑭　东周宝鼎：周代传国宝鼎，即夏禹所铸九鼎。夏禹王收九牧之金，铸为九鼎，作为王位传袭之宝器。自夏传殷，传周，至秦遂以鼎为王位、帝业之

又（万壑蓬莱路）

称。《说文》："昔禹收九牧之金，铸鼎荆山之下，入山林川泽，魑魅魍魉，莫能逢之，以协承天休。"东周，喻南宋。

⑮ 龙衣：即龙火衣，皇帝的衣服，因绣有山龙藻火图案，故称。也称龙衮。王建《元日早朝》："圣人龙火衣，寝殿开璇扃。"

⑯ 玉京：指帝都。《艺文类聚·人部·隐逸下》："关西升妙，洛右飞英，凤吹金阙，箫歌玉京。"阆圃：通"阆苑"，即指宫苑，见前《水龙吟》（望春楼外沧波）注⑬。

⑰ 彩御：着彩衣的嫔妃宫女。御：嫔妃。《周礼·天官·内宰》："以妇职之法教九御。"又，指挽船士。《资治通鉴·隋纪四》："（大业元年）八月，壬寅，上行幸江都。……共用挽船士八万余人，其挽漾彩以上者九千余人，谓之殿脚，皆以锦彩为袍。"《开河记》载：炀帝大船沿江淮而下，至吴越间强征十五六民女充牵挽工作。"每船用彩缆十条，每条用殿脚女十人，嫩羊十口。令殿脚女与羊相间而行，牵之。"

[译诗]

万壑千山，千山万径，
　　　所有道路都通向蓬莱仙境
并非烟雾消散，日朗天清
　　　城阙深处自有五色祥云腾升
北斗七星，旋转的中心
　　　自然匹配有神龙玉凤
在瑶池里种玉，像西王母那样修炼
　　　美好的面容自然永远年轻
有过长虹坠入怀中的好梦
　　　沐浴太阳的碧池像闪光的铜镜

如此盛世，你独占所有春天
　　连蟠桃都饱受着甘露清风

宫殿里尽是一片递盏传杯
　　热闹的气氛四处蒸腾
隔江对岸，祥云骤起
　　青鸟正暗地里快速飞行
南山的寿石高耸，还有
　　象征千秋万代的东周宝鼎
什么时候龙衣能抚慰大地
　　等待你回到阆圃玉京
看啊，人们簇拥满湖船帆
　　三千彩衣宫女，牵着缆绳

[说明]

　　荣王夫人，即理宗之同母弟、度宗之生父嗣荣王赵与芮之夫人。此为荣王夫人寿词，故多用帝王与太子之典故套语，以表祝颂与吉祥之意。起三句状王府宏伟深广，气象非凡。次三句写夫人金枝玉叶，青春永驻。再三句写长虹入怀，天子出生。一结三句写躬逢盛世，佳瑞连年。下片换头写寿筵之喜庆气氛。接三句祝寿并祝基业巩固，万代千秋。以下六句祝愿其入京及描写入京时的盛况。梦窗寿荣王夫妇词共四首。对这四首词的评价，刘毓崧在《重刊吴梦窗词稿序》中说："荣王为理宗之母弟，度宗之本生父，梦窗词中有寿荣王及寿荣王夫人之作，虽未注明年月，然必在景定元年六月以后。盖理宗命度宗为皇

又（万壑蓬莱路）

子，系宝祐元年正月之事，立度宗为皇太子，系景定元年六月之事，宝祐元年干支系癸丑，后于辛亥二年。景定元年干支系庚申，后于辛亥九年。今按梦窗乙稿内《烛影摇红》一阕，题为'寿嗣荣王'，丙稿内《水龙吟》一阕，题亦为'寿嗣荣王'；甲稿内《宴清都》一阕，题为'寿荣王夫人'，《齐天乐》一阕，题亦为'寿荣王夫人'，所用词藻皆系皇太子故实，不但未命度宗为皇子之时万不敢用，即已命为皇子之后，未立皇太子之前，亦万不宜用。然则此四阕之作断不在景定元年五月以前，足证度宗册立之时，梦窗固得躬逢其盛矣。据寿词所言时令节候，荣王生辰当在八月初旬，荣王夫人生辰亦当在秋月。《水龙吟》词言'璇海波新'，《齐天乐》词言'少海波新'，必在甫经册立之际，则此两词当即作于庚申秋间，若《烛影摇红》《宴清都》两阕之作，至早亦在辛酉秋间，是时梦窗尚无恙也。"夏承焘《吴梦窗系年》附《梦窗晚年与贾似道绝交辨》云："盖度宗之立，反对者（吴）潜，建议者似道，由此潜去而似道进。当梦窗年年献寿与芮之时，正吴潜一再远贬之日；若谓梦窗以不忍背潜而绝似道，将何以解于出潜幕而入荣邸耶。"叶嘉莹在引此论述之后说："从上面所引的一些词作及有关的史料来看，则梦窗显然并不是一个重视节义的贞士，乃是不可讳言的事实；可是另一方面，从梦窗的作品来看，其所表现的对高远之境界的向往追求、对世事之无常的感慨凭吊、对旧事往情的怀念低徊，则又显然可见梦窗用情之深、寄意之远，也决不是一个鄙下的唯知干禄逢迎的俗子。像这种两相矛盾的性格之表现，在诗人中乃是一个颇可注意的事例。"（见其《拆碎七宝楼台》）正如恩格斯批评歌德时所说的那样："歌德有时非常伟大，有时极为渺小；有时是叛逆的、爱嘲笑的、鄙视世界的天才，有时则是谨小慎微、事事知足、胸襟狭隘的庸人。"（《诗歌和散文中的德国社会主义》）梦窗在时事的感受与情感深度的挖掘方面，有超出凡近的杰出表现，但在贵族王公大人的权势面前却又表现出其渺小与凡庸。这两方的综合便是梦窗词的真实存在。当词人在不得已的情势下对荣王寿辰进行讴歌的时候，他的词笔便失去了创造的辉光，而跌入陈词滥调的尘埃之中，模糊了他"开径自行"的独特面目。

又

寿秋壑①

翠匝西门柳②。荆州昔③,未来时正春瘦。如今剩舞,西风旧色,胜东风秀。黄粱露湿秋江④,转万里、云樯蔽昼⑤。正虎落⑥、马静晨嘶,连营夜沉刁斗⑦。 含章换几桐阴⑧,千官遂幄⑨,韶凤还奏⑩。席前夜久,天低宴密,御香盈袖⑪。星槎信约长在⑫,醉兴渺、银河赋就。对小弦⑬、月挂南楼⑭,凉浮桂酒⑮。

[笺注]

① 秋壑:见前《水龙吟》(外湖北岭云多)注①。

② 西门柳:官柳。《晋书·陶侃传》:"侃性纤密好问,颇类赵广汉。尝课诸营种柳,都尉夏施盗官柳植之于己门。侃后见,驻车问曰:'此是武昌西门前柳,何因盗来此种?'施惶怖谢罪。"此用以点贾似道兼知江陵府。据《宋史》本传,贾似道淳祐六年(1246)九月以京湖制置使兼知江陵府。

③ 荆州:汉武帝时所置十三刺史部之一。辖境当今湖北、湖南两省及河南、贵州、广东、广西之一部,晋以后辖境缩小,唐约有今湖北松滋至石首间长江流域,北部兼有今荆门、当阳等县。上元元年(760),升为江陵府。荆州是古代长江中游政治军事重镇,其重要性仅次于扬州。

④ 黄粱:粟的一种,即黄小米。杜甫《赠卫八处士》:"夜雨剪春韭,新炊间黄粱。"词中泛指秋熟农作物。

⑤　云樯：遮云蔽日的船帆。樯，帆柱，即桅杆。词中指军中战船。《宋书·谢灵运传》引《撰征赋》："灵樯千艘，雷辐万乘，羽骑盈途，飞旌蔽日。"

⑥　虎落：竹篾所做的藩篱。《汉书·晁错传》："要害之处，通川之道，调立城邑，毋下千家，为中周虎落。"姜夔《翠楼吟》："月冷龙沙，尘清虎落，今年汉酺初赐。"

⑦　刁斗：古代行军中使用的铜炊具，容量一斗，夜间敲击，代替更柝。《史记·李将军列传》："广行无部伍行阵，就善水草屯，舍止，人人自便，不击刁斗以自卫。"李颀《古从军行》："行人刁斗风沙暗，公主琵琶幽怨多。"

⑧　含章：汉宫殿名。据《水经注·渭水》："未央殿东有宣室、玉堂、麒麟、含章……诸殿。"张衡《西京赋》："麒麟朱鸟，龙兴含章。"

⑨　千官：形容官员众多。王维《敕赐百官樱桃》："芙蓉阙下会千官。"幄（wò）：形同房屋的大幕帐。《释名·释床帐》："幄，屋也。以帛衣板施之，形如屋也。"

⑩　韶凤：古虞舜时的音乐。《说文》："韶，虞舜乐也。《书》曰：'箫韶九成，凤皇来仪。'"《论语·述而》："子在齐闻韶，三月不知肉味。"

⑪　御香：御炉香。见前《瑞鹤仙》（藕心抽莹茧）注⑦。《梦粱录》卷三"宰执亲王南班百官入内上寿赐宴"："宴罢，群臣下殿，谢恩退。前辈有诗云：'……归来要侈需云盏，留得天香袖上存。'"

⑫　星槎：见前《琐窗寒》注⑧。

⑬　小弦：上弦月。农历每月初八、九为上弦月。贾似道生于八月初八。

⑭　南楼：在武昌黄鹤山上。《晋书·庾亮传》："亮在武昌，诸佐吏殷浩之徒，乘秋夜往共登南楼。俄而不觉亮至，诸人将起避之。亮徐曰：'诸君少住，老子于此处兴复不浅。'便据胡床与浩等谈咏竟坐。"

⑮　桂酒：桂花酒。

又（翠匝西门柳）

[译诗]

  绿叶，翠碧深深

    环绕着的是西门柳的浓荫

  往昔的荆州

    春日瘦削，因为你不曾驾临

  如今，在西风中尽情欢舞

    秀色远胜东风吹拂的新春

  熟透的黄粱，露珠晶莹

    映入秋日澄澈的江心

  战舰列队。军行千里

    桅杆像蔽日遮天的浮云

  幽静的营寨，战马面向晨曦嘶鸣

    沉沉黑夜，营寨的"刁斗"声响深沉

  含章殿前多次变换着树荫

    广帐里千万官员聆听"韶"的清音

  深夜，酒筵一巡紧接着一巡

    天空啊，低首躬身似被吸引

  御炉里的香氛弥漫

    衣袖轻拂，散发出撩人的温馨

  泛游星空的仙槎如约靠岸

    乘酒兴把驶入银河的诗篇写就长吟

  面对高挂南楼的一钩新月

让它掬一瓢清凉的桂酒供我们酣饮

[说 明]

　　这首词作于淳祐九年(1249)贾似道任京湖制置使时期。时,元军灭金之后,正积聚力量准备南侵。荆湖扼长江之咽喉,南北水路交通之要冲,兵家必争之重镇。贾似道晚年误国,罪不容诛,但此时尚未在朝中弄权,故词人对其京湖制置使之任抱有很大希望。词中流露出的那种欢快情调即由此产生。题为"寿"词,但通篇无一祝寿事典,与前寿荣王夫人之作有明显不同。首先,是用地域性事典,突出荆湖之历史特色与文化氛围。如陶侃与"西门柳"、庾亮与"南楼"的故事,既切地域又切贾似道当时的身份;从结构看,陶侃、庾亮典故一前一后,一始一终,上下呼应,钩锁绵密,使全章紧凑精粹,通体完整,无懈可击。其次,表面上不像寿荣王及荣王夫人那样多用帝王和太子的典故与谀辞,但字里行间却充溢着对贾似道的褒赞:"如今剩舞,西风旧色,胜东风秀",这是从秋季胜过春季来颂赞贾似道(贾生于八月初八);从"黄粱露湿"到"夜沉刁斗",这是从秋毫无犯到敌军怯战不敢进犯来歌颂贾似道。换头以下六句,从另一角度对此进行补充。最后,通过细节刻画,暗扣寿辰。如"对小弦、月挂南楼,凉浮桂酒",既点出初八之上弦新月,又通过想象,使这一钩新月变成酒杯,满斟桂花美酒。在这首词里,几乎看不到一点盛衰兴亡的悲慨与国事日非的忧患影子,反而借助诗意的想象,出现了某些高远的境界。这正是词人复杂内心情感与客观形势下不得不作某些应酬之作的矛盾心态的反映。

又

送马林屋赴南宫,分韵得"动"字①

柳色春阴重。东风力,快将云雁高送。书檠细雨②,吟窗乱雪,井寒笔冻。家林秀桔霜老,笑分得、蟾边桂种③。应茂苑④、斗转苍龙⑤,唯潮献奇吴凤⑥。　玉眉暗隐年华⑦,凌云气压⑧,千载云梦⑨。名笺淡墨,恩袍翠草,紫骝青鞚⑩。飞香杏园新句⑪,眩醉眼、春游乍纵⑫。弄喜音、鹊绕庭花⑬,红帘影动。

[笺注]

　　① 马林屋:人名。据杨《笺》引《洞天福地记》:"第九,林屋洞,周回四百里,名佐神幽墟之天,在苏州洞庭湖中。"马氏用以为名。南宫:此指试礼部,即由各州考选士子送礼部应试。

　　② 檠:灯架,此指灯。见前《瑞鹤仙》(夜寒吴馆窄)注⑧。

　　③ 蟾边桂种:即"蟾宫折桂"。古称科举登第为登蟾宫。李中《送黄秀才》:"蟾宫须展志,渔艇莫牵心。"蟾:指月,古人认为月中有蟾蜍,故称"蟾宫"。桂:古人认为月中有桂树。《酉阳杂俎》卷一:"旧言月中有桂,有蟾蜍。"折桂:《晋书·郤诜传》:"武帝于东堂会送,问诜曰:'卿自以为何如?'诜对曰:'臣举贤良对策,为天下第一,犹桂林之一枝,昆山之片玉。'"后因以"折桂"喻科举及第。温庭筠《春日将欲东归,寄新及第苗绅先辈》:"犹喜故人先折桂,自怜羁客尚飘蓬。"

④ 茂苑：见前《瑞鹤仙》（记年时茂苑）注②。

⑤ 苍龙：星名，即青龙，也作仓龙。据《史记·天官书》：所谓"苍龙"，即东方七座星宿：角、亢、氐、房、心、尾、箕的总称。《国语·周语》："夫辰角见而雨毕。"三国吴韦昭注："辰角，大辰苍龙之角。角，星名也。"苏轼《夜泛西湖五绝》其三："苍龙已没牛斗横，东方芒角升长庚。"此用以代指登龙门，即进士登第。《太平广记》卷四六六引《三秦记》"龙门"："龙门山在河东界，禹凿山断门。阔一里余，黄河自中流下，两岸不通车马，每暮春之际，有黄鲤鱼逆流而上，得者便化为龙。"

⑥ 唯潮：即夷潮，状元及第的象征。据《中吴纪闻》：夷亭旧无潮汐，李乐庵尝见一道人云："潮到夷亭出状元。""唯"与"夷"在吴地通用。吴凤：清冯桂芬《释鹑》说"以鹑火为凤"。鹑火，星名。南方有井、鬼、柳、星、张、翼、轸七宿。首部者称鹑首，中部者（柳、星、张）称鹑火，末位者称鹑尾。李商隐《韩冬郎即席为诗相送……》其一："雏凤清于老凤声。"

⑦ 玉眉：白眉，即马良。《三国志·蜀志·马良传》："马良字季常，襄阳宜城人也。兄弟五人，并有才名，乡里为之谚曰：'马氏五常，白眉最良。'良眉中有白毛，故以称之。"

⑧ 凌云：高耸入云。此用以比气势豪壮或笔力矫健。《史记·司马相如列传》："飘飘有凌云之气，似游天地之间意。"杜甫《戏为六绝句》："庾信文章老更成，凌云健笔意纵横。"

⑨ 云梦：云梦泽，古泽名，在湖北安陆县境西至荆门一带。孟浩然《过洞庭湖赠张丞相》："气蒸云梦泽，波撼岳阳城。"

⑩ 紫骝（liú）：紫色带赤而鬣尾黑色的马。陈叔宝《紫骝马》："蹀躞紫骝马，照耀白银鞍。"青鞚：青丝鞚，马勒。萧绎《紫骝马》："宛转青丝鞚，照耀珊瑚鞭。"

⑪ 飞香杏园：见前《水龙吟》（望春楼外沧波）注⑨。

⑫ "春游"句：见前《水龙吟》（望春楼外沧波）注⑩。

⑬ 弄喜音、鹊绕：即灵鹊报喜、喜鹊登枝等传统文化意识。《开元天宝遗事·灵鹊报喜》："时人之家，闻鹊声皆为喜兆，故谓'灵鹊报喜'。"宋之问《发端州初入西江》："破颜看鹊喜，拭泪听猿啼。"《敦煌曲子词集》之《鹊踏枝》云："叵耐灵鹊多谩语，送喜何曾有凭据？"

[译诗]

春日的树荫在弥漫扩充

柳色显得更加浓重

东风啊，请助我一臂之力

将隐于云层的大雁高飞远送

照射书页的灯光映透雨的帷帘

雪片儿敲打窗棂伴着你的吟诵

井水如此寒凉

笔毫早已冻结成冰

家中的林园苍郁秀茂

经霜的桔树，显得老态龙钟

令人高兴的是科举及第

喜折桂树，来自蟾宫

原本是长洲繁茂的苑囿

今天，斗柄指向苍龙

欢快的潮水涌向奇异的夷亭

它奉献出的是，吴地的雏凤

白玉般的毫毛隐于眉峰
早就在暗示锦绣前程
凌云健笔，气势纵横
震撼了云梦泽的历史时空

在驰名的诗笺上尽情挥洒
恩赐的锦袍与青草辉映，无尚尊荣
胯下是紫骝骏马，勒紧青丝缰绳
绝不能让马儿的速度失控

飞香走红，装点着春的丰姿
新句佳篇，杏林宴上广泛传诵
酒酣兴尽，醉眼惺忪
这样的春游免不了有些放纵

喜鹊的叫声穿透帘栊
它绕着庭院里的梅花，上下飞动
红色的帘影微微掀起
帘影后面是，谁的笑容

[说 明]

此为送友人赴礼部应试之作。一起三句虽点时令特点，但已将

又（柳色春阴重）

"送"字拈出，并用"云雁"二字暗扣鹏程万里，东风得力。接三句逆挽，述十载寒窗之苦。再三句预言"蟾宫折桂"。结三句点染乡土氛围，"茂苑""唯潮""吴凤"，将吴地的历史特点与文化积淀尽皆烘托出来。换头紧扣词题，就马氏姓字作历时性的联想与发挥。"名笺"以下六句写及第后春风得意、纵马畅游的神情气韵。结拍以喜鹊登枝、绕庭报喜收束，使全词洋溢着欢快情调。此情调在梦窗词中殊为罕见。

又

万里关河眼①。愁凝处②、渺渺残照红敛③。天低远树④,潮分断港⑤,路迥淮甸⑥。吟鞭又指孤店。对玉露⑦、金风送晚。恨自古、才子佳人,此景此情多感。　　吴王故苑⑧。别来良朋雅集,空叹蓬转⑨。挥毫记烛⑩,飞觞赶月⑪,梦消香断。区区去程何限。倩片纸、丁宁过雁。寄相思、寒雨灯窗⑫,芙蓉旧院⑬。

[笺注]

① 关河:山河。关,山关,关塞。柳永《八声甘州》:"渐霜风凄紧,关河冷落,残照当楼。"

② 愁凝:即凝愁,忧愁凝结不开。柳永《八声甘州》:"争知我、倚栏干处,正恁凝愁。"

③ "残照"句:周邦彦《齐天乐》:"但愁斜照敛。"

④ 天低:孟浩然《宿建德江》:"野旷天低树,江清月近人。"

⑤ 断港:被潮切断的港湾。《吴郡诸山录》:"登上方教院,在山之巅即楞伽塔也,望太湖弥漫,石湖仅如断港。"

⑥ 迥:远。淮甸:淮水流域。鲍照《上浔阳还都道中作》:"登舻眺淮甸,掩泣望荆流。"高适《酬裴员外以诗代书》:"拥旄出淮甸,入幕征楚材。"

⑦ "玉露"句:秦观《鹊桥仙》:"金风玉露一相逢,便胜却人间无数。"

⑧ 吴王故苑:即吴苑,见前《琐窗寒》注⑯。

又(万里关河眼)

⑨ 蓬转:随风飘转的蓬草。潘岳《西征赋》:"陋吾人之拘挛,飘萍浮而蓬转。"杜甫《赠李白》:"秋来相顾尚飘蓬。"

⑩ 挥毫:挥笔写字。杜甫《饮中八仙歌》:"张旭三杯草圣传,脱帽露顶王公前,挥毫落纸如云烟。"记烛:刻烛记成诗快慢多寡。《南史·王泰传》:"每预朝宴,刻烛赋诗,文不加点,帝深赏叹。"

⑪ 飞觞:即羽觞,古代饮酒用的耳杯,作雀鸟状,有头、尾、两翼。一说插鸟羽于觞,促人速饮。李白《春夜宴从弟桃花园序》:"开琼筵以坐花,飞羽觞而醉月。"

⑫ 寒雨灯窗:用李商隐《夜雨寄北》诗意:"何当共剪西窗烛,却话巴山夜雨时。"

⑬ 芙蓉院:荷花盛开的庭院,以花喻人。《南史·庾杲之传》:"安陆侯萧缅与俭书曰:'盛府元僚,实难其选。庾景行泛渌水,依芙蓉,何其丽也。'时人以入俭府为莲花池,故缅书美之。"庾杲之,字景行,为王俭之卫将军长史。

[译诗]

  向万里之外的关河遥望
  望啊,直到望穿双眼
  凝神远望,反倒引起离愁
  离愁啊,在心中聚结翻卷
  残阳的余辉渐隐渐淡
  红艳的晚霞也快速收敛
  旷野的天空似在向下低垂
  远处的树丛却依稀可见
  晚潮悄无声息地上涨
  港湾不知何时被潮水切断

道路如此漫长，走啊
走了一天仍然是淮水冲积的荒原
伴我吟诵的马鞭高高扬起
指向远处孤零零的客栈
面对吹洒玉露的秋风
秋风啊，你送来了旅途中的夜晚
可叹，自古以来的才子佳人
直面此情此景，免不了多愁善感

那吴王夫差，当年
留下来的旧时宫苑
分别以后，好友良朋
如果仍在此地晤面
免不了要空发感叹——
人生像风中的蓬草四处游转
忘不了当年挥笔题诗
借蜡烛的燃烧来衡量快慢
用追赶月亮的速度
怜惜地传杯递盏
然而，如今好梦消失
香氛已烟消云散
噢，这区区旅途算得了什么
旅途又怎能把我们拘限

又（万里关河眼）

　　快写下这片纸短笺

　　嘱托给高高飞过的大雁

　　把相思寄到灯光穿透冷雨的窗前

　　窗口啊，面向当年荷花盛开的庭院

[说　明]

　　这是一首羁旅行役词。起拍三句通过对乡关的凝神遥望，烘托出内心深处的离愁。接三句写旅途之所见。"对玉露"以下写寻觅客栈与心中之所感。下片前六句写当年良朋好友在吴地的"雅集"。"挥毫""飞觞"两句，刻画当年醉酒赋诗的豪情逸兴。"区区"一句稍作顿挫。从"倩片纸"到结拍托旅雁传书，聊表相思之情。全词将羁旅行役与恋情相思打并在一起，铺叙委婉，言近旨远，颇得柳永、周邦彦之神髓。

齐天乐

黄钟宫，俗名正宫　与冯深居登禹陵①

三千年事残鸦外②，无言倦凭秋树。逝水移川③，高陵变谷，那识当年神禹。幽云怪雨④。翠萍湿空梁⑤，夜深飞去。雁起青天，数行书似旧藏处⑥。　寂寥西窗久坐，故人悭会遇，同剪灯语⑦。积藓残碑⑧，零圭断璧⑨，重拂人间尘土。霜红罢舞。漫山色青青，雾朝烟暮。岸锁春船，画旗喧赛鼓⑩。

[笺注]

① 冯深居：冯去非，号深居。《宋史·冯去非传》："冯去非，字可迁，南康都昌人。……淳祐元年（1241）进士。尝干办淮东转运司。……宝祐四年（1256）召为宗学谕。"禹陵：夏禹之陵，在浙江绍兴东南会稽山。《越绝书》："及其王也，巡狩大越。""因病亡，死葬会稽，苇椁桐棺，穿圹七尺。""坛高三尺，土阶三等，延袤一亩。"又《大明一统志·绍兴府志》："夏禹王陵在会稽山禹庙侧。……宋乾德中，尝复会稽县五户，奉禹陵，禁樵采。"

② 三千年：指夏禹当年至作此词时间的约数。夏禹之世，约当纪元前2205—2197年。从夏禹之世至梦窗在世，已三千三四百年之久。

③ "逝水"二句：言人世沧桑，变动巨大。

④ "幽云"句：言风雨之不同寻常。《楚辞·天问》："萍号起雨。"王逸注："萍翳，雨师名也。"

⑤ "翠萍"句：写绍兴禹庙有关神话传说。据《大明一统志·绍兴府志》：禹庙，梁时修，忽夜风雨飘一梅梁至，乃大梅山所产也。又据《四明图经》："鄞县大梅山顶有梅木，伐为会稽禹庙之梁。张僧繇画龙于其上，夜或风雨，飞入鉴湖与龙斗。后人见梁上有水淋漓，始骇异之，以铁索锁于柱。"又据嘉庆戊辰重镌采鞠轩藏版之陆游序本南宋嘉泰《会稽志》卷六"禹穴"条："禹庙在县东南一十二里。""梁时修庙，唯欠一梁，俄风雨大至，湖中得一木，取以为梁，即梅梁也。夜或大雷雨，梁辄失去。比复归，水草被其上。人以为神，縻以大铁绳，然犹时一失之。""水草被其上"即"翠萍湿空梁"之意。萍，飞入镜湖之梁所沾带之萍藻。

⑥ 旧藏处：禹治水后藏书处。《大明一统志·绍兴府志》："石匮山在府城东南一十五里，山形如匮。相传禹治水毕，藏书于此。"又据《大清一统志·绍兴府志》："宛委山在会稽县东南十五里，会稽山东三里。上有石匮，壁立干云，升者累梯而上。《十道志》：'石匮山，一名宛委，一名玉笋，亦名天柱，昔禹得金简玉字于此。'《遁甲开山图》云：'禹治水，至会稽，宿衡岭。宛委之神奏玉匮书十二卷，禹开之，得赤珪如日，碧珪如月。'"

⑦ "西窗"以下三句：用李商隐《夜雨寄北》诗意。见前《宴清都》（万里关河眼）注⑫。又周邦彦《琐窗寒》："洒空阶、夜阑未休，故人剪烛西窗语。"

⑧ 残碑：即禹陵之窆石。《大明一统志·绍兴府志》："窆石，在禹陵。旧经云：禹葬会稽山，取此石为窆，上有古隶，不可读，今以亭覆之。"《金石萃编》："禹葬于会稽，取石为窆，石本无字，……石崇五尺，……状如秤锤。"窆（biǎn）石：古代用以引棺下墓穴的石头。王十朋《会稽三赋·风俗赋》："雷鼓铜漏，梅梁窆石。"薜，苔藓，指窆石为苔藓所覆盖。

⑨ 零圭断璧：禹庙发现的古文物。据《大明一统志·绍兴府志》："宋绍兴间，庙前一夕忽光焰闪烁，即其处剧之，得古珪璧佩环藏于庙。"圭，即古"珪"字，古代侯王朝会祭祀之所用。零、断，形容其零碎、断裂。

⑩ 春船、画旗、赛鼓：指春季祭祀夏禹的民间活动。《绍兴府志·祠祀志》："（宋太祖）乾德四年（966），诏吴越立禹庙于会稽，置守陵五户，长史春秋奉祀。（高宗）绍兴元年（1131），诏祀禹于越州。"周邦彦《齐天乐》："卧听江头，画船喧韵鼓。"

[译诗]

夏禹的业绩已翻过三千余年，

眼前，只剩有寒鸦数点。

为瞻仰夏禹遗迹不顾攀登的疲倦，

到头来却只是倚着秋树缄默无言。

当年疏凿的江水几经迁移，

如今面目全非早变成另一条河川。

当年累起的高山历经风雨剥蚀，

如今荡然无存早化作万丈深堑。

在漫长的三千余年里，

少不了幽云出谷，怪雨挥鞭。

看，禹庙里竟然有湿漉漉的萍藻，

还悬垂在那根梅梁之间。人们说——

那梅梁趁夜深人静飞入湖底，

跟凶龙进行过一场鏖战！

雁群飞起，阵阵惊喧——

把一行行大字写上蓝天。

那一行行夺人眼目的文字，

莫非是，当年大禹藏在山中的宝贵书篇？

齐天乐（三千年事残鸦外）

映着西窗，我们相向而坐，

久久地，让寂寞紧锁着时间。

你是我阔别多年的知心好友，

难得有这次意外的会面。

把灯花剪去，再剪去，

讲一讲别后的苦辣酸甜。

还有，禹庙里那形如秤锤的窆石，

和那积年累月的满身苔藓。

讲一讲那破土而出的残损圭片，

还有，那断壁所经历的裂隙伤斑。

即使人世间的尘土把它们的伤口封严，

我们也要竭尽全力把它们拂拭光鲜。

尽管短期内繁霜把层林染遍，

红叶毕竟有终止跳舞的一天。

唯有青翠的山峦万古长存，

朝雾会放晴，暮烟会消散。

那时两岸，将停摆着一排排祭祀大禹的画船，

彩旗招展，喧闹的鼓声迎来又一个春天。

[说明]

　　这是一首登临之作，深沉地歌咏古圣先贤中的著名人物夏禹。夏禹"忧民救水"，功在当时，造福后代，永远为华夏子孙崇敬怀念。但这样的圣君，即使创造出不可磨灭的历史功勋，在他死后，也仍然会出现"逝水移川，高陵变谷"这种沧海桑田般的巨大变化。假如夏禹

再生，也会为此变化感到震惊。上片首五句写的就是这一复杂感受。词人生活的南宋末期，内外交困，险象环生，不仅大禹死而有知会极度郁闷，甚至禹庙里那根梅梁也会在"幽云怪雨"中腾空而起，飞入镜湖与凶龙进行生死搏击。词人目睹梅梁身上沾带的湖中萍藻犹自滴水未干，怎能不感慨万千！夏禹藏在石匮山中的十二卷宝书，后世谁也不曾读到。作者却幻想那宝书也不甘心久埋地下，无所作为，于是通过雁行，把书中的文字写上青天，让世人瞻仰，并从中获得治理国家、救亡图存的启示。下片抒发与冯深居久别重逢的复杂感受，并凝结登临之所见，融入历史沧桑巨变与个人离合之悲。结拍以"岸锁春船，画旗喧赛鼓"这一想象中有声有色的热闹场面，收束全篇，带有明显乐观色彩。丰富的联想与跳跃性结构成为这首词显著的艺术特点。词人善于把传说和典故化为鲜活的形象，重现于现实生活中间。与此相适应，层次变幻也呈现出跌宕起伏和大起大落的气韵，并按意识的流动过程把写景、叙事与内心感慨交织在一起，现在、过去、未来也由此而相互渗透。

[汇评]

凭吊中纯是一片感叹，我知先生胸中应有多少忧时眼泪。结点禹陵。

——陈廷焯《云韶集》卷八

凭吊苍茫，感慨无限。

——陈廷焯《词则·大雅集》卷三

又

白酒自酌有感

芙蓉心上三更露①,茸香漱泉玉井②。自洗银舟③,徐开素酌,月落空杯无影。庭阴未暝。度一曲新蝉,韵秋堪听④。瘦骨浸冰,怕惊纹簟夜深冷⑤。　　当时湖上载酒,翠云开处共⑥,雪面波镜。万感琼浆⑦,千茎鬓雪,烟锁蓝桥花径⑧。留连暮景。但偷觅孤欢,强宽秋兴⑨。醉倚修篁⑩,晚风吹半醒。

[笺注]

① 芙蓉:荷花的别名,即莲花,也作夫容。《尔雅·释草》:"荷,芙渠。"注:"别名芙蓉。"疏:"今江东人呼荷华为芙蓉。"

② 茸:草初生时柔细的样子。谢灵运《于南山往北山经湖中瞻眺》:"初篁苞绿箨,新蒲含紫茸。"玉井:见前《瑞鹤仙》(彩云栖翡翠)注⑰。

③ 银舟:银酒杯。舟,盛酒的器具,其形如钵。

④ 韵秋:蝉的哀鸣透出秋意。

⑤ 簟(diàn):竹席。纹簟:也作簟纹,竹席的花纹。欧阳修《临江仙二首》其一:"凉波不动簟纹平。"苏轼《南堂五首》其五:"簟纹如水帐如烟。"周邦彦《浣溪沙》:"簟纹如水浸芙蓉。"

⑥ 翠云:多指美女的秀发,此指翠绿的荷叶。

⑦ 琼浆:玉浆,比喻美酒。宋玉《招魂》:"华酌既陈,有琼浆些。"杜

甫《寄韩谏议注》:"星宫之君醉琼浆,羽人稀少不在旁。"

⑧ 蓝桥:蓝桥驿,用裴航遇云英故事。唐裴铏《传奇·裴航》:裴航赴试归,路遇云翘夫人樊氏,有国色。航虽感亲切,但无计会面,因赂其侍妾裊烟,求达诗一章。曰:"同为胡越犹怀想,况遇天仙隔锦屏。倘若玉京朝会去,愿随鸾鹤入青云。"久而无答。航无计,因在道求名醖珍果而献之。夫人乃使裊烟召航相识。但操比冰霜,不可干冒。夫人后使裊烟答一诗,曰:"一饮琼浆百感生,玄霜捣尽见云英。蓝桥便是神仙窟,何必崎岖上玉清。"航览之,空愧佩而已。然亦不能洞达诗之旨趣。后不复见。航遍求访之,灭迹匿形,竟无踪兆。遂饰妆归辇下。经蓝桥驿侧近,因渴甚,遂下道求浆而饮。有老妪于茅屋缉麻苎。航揖之,求浆。妪呼:"云英,擎一瓯浆来,郎君要饮。"航讶之,忆樊夫人诗有"云英"之句。见其艳丽惊人,姿容擢世,乃向妪求娶之。妪答曰:"得玉杵臼,吾当与之也。"航乃至京国,遍访玉杵臼,后偶从卞老处用二百缗得之。但已货仆货马,只得步行至蓝桥,又捣药百日,乃得与云英完婚,遂俱得成仙。

⑨ 秋兴:因秋而兴起的感慨。潘岳《秋兴赋序》:"于是染翰操纸,慨然而赋。于时秋也,故以秋兴命篇。"

⑩ 修篁:修竹。杜甫《佳人》:"天寒翠袖薄,日暮倚修竹。"

[译诗]

你,来自荷花的花心

是花心三更时露珠的积孕

你,来自华山之巅的玉井

井中的泉水洗漱出你的清氛

我独自清洗银质的酒杯

慢慢地开樽把你啜饮

月亮已向西低低落去

又(芙蓉心上三更露)

酒杯中不再有月影的照临

窗外,还未见晨曦

庭院里一片阴森

只有一曲蝉唱——

悦耳动听啊,你这秋天的声韵

我骨瘦如柴又仿佛浸入冰层

连簟席都怕这寒冷夜深

当年,在湖上载酒逡巡

在绿叶闪开的地方共斟细饮

雪白的湖面波平如镜

面对美酒怎能不感慨深深

头上早已是千茎白发

两鬓又刷上了缕缕雪痕

烟霭把蓝桥重重封锁

与云英相会的花径,难以重寻

我只能偷偷地在暮景中流连

形单影只,寻找短时的开心

表面上有时强作欢颜

秋日特有的感兴令人感慨沉吟

酒酣时分,独倚高高的竹林

晚风轻拂,醉意大半被风吹尽

[说明]

怀才不遇的词人不仅经历了人事的坎坷，也遭遇过爱情失意的创痛。在南宋灭亡前夕，词人内心愈加感到孤独。"自酌"，正是孤独情怀的最寻常写照，也是百无聊赖中排遣孤独最简便的选择，何况正有难寻的"白酒"。"白酒"，古时美酒的泛称。梁武帝《子夜四时歌·夏歌》："玉盘著朱李，金杯盛白酒。"李白《南陵别儿童入京》："白酒初熟山中归，黄鸡啄黍秋正肥。"此词对"白酒"的形容更进一步：先将白酒比作三更时分荷花花心积聚的露珠，晶莹澄澈，白里透红；继之又将白酒比作西岳华山玉井中经过洗漱的泉水，清香淡远，凛冽绵长。由此，词人要亲自濯洗银杯，慢慢地品尝。从"月落空杯"的遐想，转入孤独处境的描画。一结"瘦骨浸冰"二句，既写出词人的枯槁，也写出了时代的阴冷。"冰""冷"二字并非体肤之感，而是内心深处的怆痛。下片换头，倒叙"当时"，与今日成强烈对比。从"万感琼浆"起，再转笔写今。"暮景"，字面是秋，实写词人饱经忧患，进入迟暮之心境。以下强作欢颜，"偷觅孤欢"，但并不因此而志意消沉。结拍化用杜甫《佳人》"天寒翠袖薄，日暮倚修竹"诗意，抒发坚持操守的孤高品格。"醒"字，更画外传神。词以"白酒"开篇，紧扣"自酌"二字逐次抒写孤栖处境与孤独情怀，言近旨远，寂处有音，似浅而实深。此正是梦窗不着力而实为用力最深之佳构，故不宜寻常视之。

又

齐云楼[①]

凌朝一片阳台影[②],飞来太空不去。栋宇参横[③],帘钩斗曲,西北高楼几许[④]?天声似语[⑤]。便阊阖轻排[⑥],虹河平溯[⑦]。问几阴晴,霸吴平地漫今古[⑧]。　　西山横黛瞰碧[⑨],眼明应不到,烟际沉鹭[⑩]。卧笛长吟[⑪],层霾乍裂[⑫],寒月溟濛千里[⑬]。凭虚醉舞[⑭]。梦凝白阑干,化为飞雾。净洗青红[⑮],骤飞沧海雨。

[笺注]

①　齐云楼:在江苏苏州市。明王鏊《姑苏志》:"齐云楼在郡治后子城上,相传即古月华楼也。"据《吴地记》:楼为唐曹恭王所造。白公诗亦云改号齐云楼(白居易有《齐云楼晚望偶题十韵》),盖取自"西北有高楼,上与浮云齐"之意,据此则知楼名自乐天始也。

②　阳台:宋玉《高唐赋序》:"旦为朝云,暮为行雨。朝朝暮暮,阳台之下。"

③　参(shēn):星宿名,二十八宿之一。参,为其中并列之三颗星,名三星。北方冬季可用为时辰的标志。古乐府《善哉行》:"月没参横,北斗阑干。"

④　"西北"句:《古诗十九首》:"西北有高楼,上与浮云齐。"

⑤　天声:天上自然的音响,如雷霆声。扬雄《甘泉赋》:"登长平兮雷鼓磕,天声起兮勇士厉。"语:指天语,即上天的垂训。李白《明堂赋》:"听天语之察察,拟帝居之将将。"

⑥ 阊阖（chānghé）：传说中的天门。屈原《离骚》："吾令帝阍开关兮，倚阊阖而望予。"排：排闼（tà），推门。《汉书·樊哙传》："哙乃排闼直入，大臣随之。"王安石《书湖阴先生壁》："一水护田将绿绕，两山排闼送青来。"

⑦ 虹：桥的代称。班固《西都赋》："因瓌材而究奇，抗应龙之虹梁。"庾信《忝在司水看治渭桥》："跨虹连绝岸，浮鼋续断航。"溯：逆流而上。王粲《七哀诗》其二："方舟溯大江，日暮愁我心。"

⑧ 吴：指以苏州为中心的古吴地。漫：任。

⑨ 黛：即黛色，黛岑，青黝色的山峦与树色。

⑩ 鹭：水鸟名，翼大尾短，嘴与颈很长，有白鹭、苍鹭等。杜甫《绝句四首》其三："两个黄鹂鸣翠柳，一行白鹭上青天。"王安石《桂枝香》："彩舟云淡，星河鹭起，画图难足。"

⑪ 卧笛：卧吹笛。《太平广记》引《传记》："汉中王瑀为太卿，早起朝，闻永兴里人吹笛，问是太常乐人否。曰：'然。'已后因阅乐而唤之，问曰：'何得某日卧吹笛耶？'"

⑫ 层霾乍裂：霾（mái），大气混浊呈微黄或浅蓝色。《说文》："霾，风雨土也。"《诗经·邶风·终风》："终风且霾，惠然肯来。"乍裂，用响遏行云故事，见前《满江红》（结束萧仙）注⑯。

⑬ 溟（míng）濛：即模糊迷濛的样子，亦作溟蒙、冥蒙。沈约《八咏》："上瞻既隐轸，下睇亦溟濛。"

⑭ 凭虚：即凭虚御风，凌空飞行。虚，指太虚。凭，本作"冯"。苏轼《前赤壁赋》："浩浩乎如冯虚御风，而不知其所止。"冯虚，即依托于虚无。张衡《西京赋》之"凭虚公子"，即虚托假设之人名。

⑮ 青红：指建筑物之油漆彩饰。苏轼《水调歌头·黄州快哉亭》："知君为我，新作窗户湿青红。"姜夔《喜迁莺慢》："窗户新成，青红犹润，双燕为君胥宇。"

又(凌朝一片阳台影)

[译诗]

清晨,你庞大的构筑直插霄汉

投下阳台的阴影一片连着一片。

既然你轻易地飞向太空,

为什么不再回到人间?

你的栋梁屋顶,

像参星一样把天宇横贯。

你的银钩帷帘,

像北斗一样曲曲弯弯。

古诗说:"西北有高楼",

与你相比,那高度实在可怜!

上天离我们很近,很近,

听它讲话就像溪水潺潺。

即使是上帝的天门,

也可轻易地开开关关。

即使银河用彩虹搭成的长桥,

走在上面,真的如履平川。

我问你飞逝的时间,

你经历几次阴晴的转换?

称霸一时的吴国名都,

经历过几次今古的剧变?

横向一抹的秀眉,是城西的山峦,

往下俯瞰，是一片碧蓝。
即使有明察秋毫的双眼，
有时也会视而不见。
你能看到吗，哪里是烟霭的边缘？
你能看到吗，白鹭落向哪一角河滩？
是谁把卧笛吹得高亢、悠长？
连厚重的阴云都突然裂成两半！
月亮在寒冷的薄雾中露出笑脸，
但千里迷蒙，覆盖得很远很远。
驾驭这空濛之气凌空飞行吧，
在醉意朦胧之中舞姿蹁跹。
噢，这是真实还是梦幻？
为此，我凝神注视这洁白的阑干。
突然，眼前一切又化成飞雾，
洗涤着青红的油饰与所有装点。
突然，狂风吹来骤密的雨帘，
是谁把沧海之水提起，向这里浇灌？

[说 明]

  在现存梦窗词中，这是一首思飞墨舞、腾天潜渊、浩气磅礴的词篇，具有强烈的豪放特色。上片咏楼。开篇气势不凡。首二句紧扣词题"齐云楼"三字，暗写楼名出处。《古诗十九首》之五第一、二两句云："西北有高楼，上与浮云齐。""齐云"，即本此。"栋宇参横，帘钩斗曲"，把凌空直上的气势写足。"天声似语"以下句，从虚、实两个方面，在更大的历史时空中加以补充生发。"霸吴"一句，并非咏古，有明显针砭之意在。下片写登楼之所见，结拍以骤雨飞空、青红顿失作结，似象征时事重大变化。这首词最突出的特点，便是巨大的跳跃性与强烈的神秘感以及这二者之间相互交融。"天声似语"，"卧笛长吟"，在画面变幻跳跃的同时，传来难以想象的画外音，是天声还是人语？是笛声的吹奏还是"层霾乍裂"、石破天惊？难以分辨，从而渗透出浓重的神秘色调。杨铁夫针对"梦凝白阑干，化为飞雾"等句说："用一'梦'字幻出一片化境。'梦'承'醉'来，'醉'由题目上暗藏之'宴'字来。"又说结拍"转出'雨'字一境，大有将上文所布'寒月溟濛''飞雾''凝白'诸境一扫而空之象。梦窗常用此法，不止另出一境已也。"（《梦窗词选笺释》）全词画面重叠交叉，相互映衬，使人眼花缭乱，很难分清哪里是梦境，哪里是仙境，哪里是齐云楼了。读者对齐云楼未必有什么具体体认，却能感到齐云楼的神龙夭矫，奇采盘空，气象非凡，不类人世，仿佛一切都在虚无缥缈之中。这一艺术效果，虽然从词人的情绪感染而来，但也同词中所塑造的神秘莫测的梦境、幻境密切相关。

[汇评]

状难状之景，极烟云变幻之奇。

——陈廷焯《词则·放歌集》卷二

又

新烟初试花如梦①,疑收楚峰残雨②。茂苑人归③,秦楼燕宿④,同惜天涯为旅⑤。游情最苦。早柔绿迷津⑥,乱莎荒圃⑦。数树梨花,晚风吹堕半汀鹭。　　流红江上去远,翠尊曾共醉⑧,云外别墅。淡月秋千⑨,幽香巷陌⑩,愁结伤春深处。听歌看舞。驻不得当时,柳蛮樱素⑪。睡起恹恹⑫,洞箫谁院宇⑬?

[笺注]

① 新烟:即新火,寒食后新举之火。古代清明日赐百官新火。苏轼《望江南·超然台作》:"寒食后,酒醒却咨嗟。休对故人思故国,且将新火试新茶,诗酒趁年华。"

② 楚峰:即巫峰、巫山。残雨:即巫山云雨。见前《瑞鹤仙》(晴丝牵绪乱)注⑬。

③ 茂苑:见前《瑞鹤仙》(记年时茂苑)注②。

④ 秦楼:即凤台,凤女台,传秦穆公为其女所建,在今陕西宝鸡县东。《水经注》云:"又有凤台凤女祠。秦穆公时,有萧史者,善吹箫,能致白鹄、孔雀,穆公女弄玉好之,公为作凤台以居之。积数十年,一旦随凤去。……今台倾祠毁,不复然矣。"李白《忆秦娥》:"箫声咽。秦娥梦断秦楼月。"

⑤ 惜:即惺惺相惜。

⑥ 迷津:见前《渡江云三犯》注⑧。

⑦ 莎（suō）：此指长满莎草的荒芜小径。

⑧ 翠尊：绿杯。翠，深绿色。尊，古代酒具。亦作"樽"。周邦彦《浪淘沙》："翠尊未竭。凭断云、留取西楼残月。"姜夔《暗香》："翠尊易泣，红萼无言耿相忆。"

⑨ 秋千：见前《宴清都》（翠羽飞梁苑）注⑥。

⑩ 巷陌：街道。姜夔《鹧鸪天》："巷陌风光纵赏时，笼纱未出马先嘶。"

⑪ 柳蛮樱素：见前《霜叶飞》注⑩。

⑫ 恹恹（yānyān）：悒郁懒怠的样子。韩偓《春尽日》："把酒送春惆怅在，年年三月病恹恹。"

⑬ 洞箫：管乐器名。古代称单管无底的排箫为洞箫，后改称竹制单管直吹者为洞箫，或简称为箫。传本出于羌人，汉时称羌笛。原有四音孔，传至中原时增一孔，后又改为六孔，正面五孔，背面一孔，上端开一个吹孔，音色清幽动人，可合奏或独奏。《汉书·元帝纪》："元帝多材艺，善史书，鼓琴瑟，吹洞箫。"注："如淳曰：'箫之无底者。'"苏轼《前赤壁赋》："客有吹洞箫者，倚歌而和之。"

[译诗]

寒食后的新火，试着点燃

烂漫的春花，仿佛进入梦幻

似乎是巫山的雨云在往回收敛

楚地山峰滴落的是残存的雨点

滞留在吴地繁茂林园的人儿已经归来

在秦楼梁上借宿的是旧时的紫燕

有同样的遭际，我们同病相怜

在天涯海角备尝游子的苦辣辛酸

苦啊，最苦是游子的情怀凄惨孤独

梦幻的窗口——梦窗词选

最先发现柔嫩的绿茵迷失了行船的口岸

杂乱的莎草布满荒芜的花圃

只有几株梨树，花朵儿开得缤纷烂漫

晚风轻拂，吹啊，吹啊

吹落的白鹭把沙汀占去了大半

水上漂走的红花一瓣接着一瓣

江水催送着花瓣已流得很远

翠绿的酒杯曾经把我们陪伴

醉意爬上了双脸

别墅仿佛在云山之外

淡淡的月色把秋千送到面前

大街小巷到处飘散幽香

伤春的深愁在聚结扩展

无法挽留当年听歌看舞的美好时间

无法挽留小蛮和樊素不再离散

如今，睡意去后浑身乏力

心情仍然悒郁厌倦

只听得洞箫缓缓奏起

洞箫啊，你来自谁家的庭院

[说明]

    此为爱情失意之作。其特色是通过梦境来构思全篇。起笔点节令，重点拈出"梦"字，并使之贯穿始终，牵动全局。先是楚王巫山神女

又（新烟初试花如梦）

之类的好梦，然而好梦未圆就已云收雨散。接三句写归来寻梦，但所见者唯燕宿秦楼，斯人已远走他乡。"同惜天涯为旅"，是恨憾，是同情，是怜惜。"游情最苦"，再翻进一层。以下"柔绿""乱莎""梨花""晚风""汀鹭"，既是"苦"之内容的形象化，又是梦中之所见。一结"吹堕"与过片"流红"相衔接，并暗示"去姬""去远"。"翠尊"二句逆挽，倒叙当年共醉情态，实为梦中之梦。"别墅"即当年共同生活之所在，上片之"秦楼"是也。"淡月"三句平出，复又回至眼前，即景生情。"听歌看舞"三句，抒悔恨不已与无可奈何之情怀。结拍以"睡起"听箫作结。"睡起"二字与起拍之"梦"字，上下呼应，说明全词所写不外梦中情事而已。亦虚亦实，实处皆虚，周济《介存斋论词杂著》所谓"其佳者，天光云影，摇荡绿波，抚玩无致，追寻已远"，"意思甚感慨，而寄情闲散，使人不易测其中之所有"，即此之谓欤？

又

毗陵陪两别驾宴丁园①

竹深不放斜阳度,横披淡墨林沼。断莽平烟②,残莎剩水,宜得秋深才好。荒亭旋扫③。正著酒寒轻,弄花春小。障锦西风④,半围歌袖半吟草。　　独游清兴易懒,景饶人未胜,乐事长少。柳下交车⑤,尊前岸帻⑥,同抚云根一笑⑦。秋香未老⑧。渐风雨西城,暗欹客帽。背月移舟,乱鸦溪树晓。

[笺注]

① 《全宋词》无此词题,据《彊村丛书》增补。毗陵:地名。《汉书·地理志》"会稽郡":"县二十六:……毗陵。"注:"季札所居。"师古曰:"旧延陵,汉改之。"《宋史·地理志四》"两浙路":"常州,望,毗陵郡。"《元丰九域志》卷五"两浙路":"常州毗陵郡,军事望治晋陵、武进二县。"别驾:官名。汉置别驾从事史,为州刺史之佐吏。宋置通判,即别驾之职。丁园:不详。

② 莽:草木深邃之处。

③ 旋:立即,急忙。苏轼《浣溪沙》:"旋抹红妆看使君。三三五五棘篱门。"

④ 障锦:即锦步障,锦制的步障。古代显贵出行所设屏蔽风寒尘土的行幕。《世说新语·汰侈》:"君夫作紫丝布步障碧绫里四十里,石崇作锦步障五十里以敌之。"

又（竹深不放斜阳度）

⑤ 柳下交车：《晋书·嵇康传》："（康）性绝巧而好锻。宅中有一柳树甚茂，乃激水寰之。每夏月，居其下以锻。……初，康居贫，尝与向秀共锻于大树之下，以自赡给。颍川钟会，贵公子也，精练有才辩，故往造焉。康不为之礼，而锻不辍。"

⑥ 岸帻：见前《瑞鹤仙》（泪荷抛碎璧）注③。

⑦ 云根：此指园中的山石。杜牧《将出关宿层峰驿却寄李谏议》："孤驿在重阳，云根掩柴扉。"李咸用《石版歌》："云根劈裂雷斧痕，龙泉切璞青皮皱。"

⑧ 秋香：桂香。李贺《金铜仙人辞汉歌》："画栏桂树悬秋香，三十六宫土花碧。"

[译诗]

竹林茂密阴森
　　从不放过
　　　　斜阳的照临
竹叶横竖披纷
　　林中的池沼暗淡
　　　　像浓黑的墨色荡动深沉
切断林莽的
　　是平地升起的烟霭
　　　　在弥漫，一片氤氲
凋残的莎草剩水
　　巧遇这样的深秋
　　　　令人无比欢欣
把荒弃的山亭打扫
　　因为酒的温润

　　　　　只感到轻寒宜人
摇动的花枝
　　　　仿佛仍在开放
　　　　　　使人误以为早春临近
锦幛屏蔽着西风
　　　　半遮着歌舞的衣袖
　　　　　　半遮着诗稿的墨痕

独自在园中游赏
　　　　清兴虽然很浓
　　　　　　仍容易感到疲困
美景赏心悦目
　　　　但欢乐的时刻
　　　　　　却难找难寻
在柳荫之下
　　　　我们车盖相互交接
　　　　　　面对酒尊高耸起头巾
我们共同抚摸
　　　　这巨大山石
　　　　　　传出笑声阵阵
秋天啊
　　　　你长开的桂花
　　　　　　使人感到余香未尽

又（竹深不放斜阳度）

　　然而秋风凄紧
　　　吹送秋雨洒向西域
　　　　落满征尘的客帽斜落衰鬓
　　肩担落月轻荡小舟
　　　乱鸦在溪畔飞鸣
　　　　一抹红霞牵引出又一个清晨

[说明]

　　词写园林景色。因时值"秋深"，自然会呈现衰落色调，然而在欢宴中的词人看来，园中的一切依旧十分美好，即使是"断莽平烟，残莎剩水"，也因充分体现出深秋的特征而恰到好处。"宜得""才好"，便是这种审美情趣的心灵直白。正因为如此，那闲置多时的"荒亭"被打扫干净，酒的温馨，使寒流顿减，再缀点儿"花"枝。这"花"枝虽"小"，却可以使人感到沐浴在春光之中，其乐融融。不仅如此，主人还设法把"荒亭"用锦障围了起来，这不单单是为了屏蔽西风，重要的是在劲风的深秋，夺回一块小小飞地，让人们在这里轻歌曼舞，吟诗裁句。这被围起的"荒亭"里，已成为秋天里的春天。"春"字，是照彻全词的亮点。下片换头，点词题之"陪""宴"二字。"独游"，显然是词人惯常的习性，词中也有反映。为了强调同游共乐，一方面借独游"乐事长少"来加以衬托，一方面以倾盖相逢、开怀畅饮、谈笑风生来紧扣题旨。"秋香"三句，点时节如流，为结拍通宵达旦的宴游张本。全篇首尾联贯，跌宕生姿而又一气呵成，纯任自然妙会而不以润色取美，读之如出岫清风，使人神爽。筵边酬唱之作，能有真体会、真感情，自然也能写出一般水平以上之佳篇。

又

会江湖诸友泛湖①

曲尘犹沁伤心水②,歌蝉暗惊春换③。露藻清啼④,烟萝淡碧⑤,先结湖山秋怨。波帘翠卷⑥。叹霞薄轻绡⑦,汜人重见⑧。傍柳追凉⑨,暂疏怀袖负纨扇⑩。　　南花轻斗素靥⑪,画船应不载,坡静诗卷⑫。泛酒芳箸⑬,题名蠹壁⑭,重集湘鸿江燕。平芜未剪⑮。怕一夕西风,镜心红变⑯。望极愁生,暮天菱唱远⑰。

[笺注]

① 泛湖：即西湖泛舟。

② 曲尘：酒曲发酵后表面所生的菌丝,颜色微黄似尘土,后便称淡黄色为曲尘。用以形容衣服之颜色。《礼记·月令》："季春之月,……天子乃荐鞠衣于先帝。"元稹《离思诗五首》其三："红罗著压逐时新,杏子花纱嫩曲尘。"温庭筠《新添声杨柳枝》："一尺深红蒙曲尘。"牛峤《杨柳枝》："袅翠笼烟拂暖波,舞裙新染曲尘罗。"词中用以形容柳丝的颜色。伤心水：指春水。陆游《沈园》其一："伤心桥下春波绿,曾是惊鸿照影来。"

③ 歌蝉：鸣蝉。换：指季节变化。苏轼《洞仙歌》："但屈指、西风几时来,又不道流年,暗中偷换。"

④ 露藻：洒满露珠的萍藻。清啼：李贺《苏小小墓》："幽兰露,如啼眼。"

⑤ 烟萝：草木茂密,烟聚萝残。萝,指女萝,地衣类蔓草。萝蘼

又(曲尘犹沁伤心水)

(mò),多年生蔓草,其茎缠络他物。李煜《破阵子》:"凤阁龙楼连霄汉,玉树琼枝作烟萝。几曾识干戈?"

⑥ 波帘:指船上的帷帘。毛滂《秦楼月》:"绿阴垂幕帘波叠。"

⑦ 轻绡:轻而薄软的丝织品。

⑧ 汜人:见前《琐窗寒》注⑤。

⑨ 追凉:乘凉。杜甫《羌村三首》其二:"忆昔好追凉,故绕池边树。"

⑩ 暂疏、纨扇:即"秋扇见捐"意。班婕妤初为汉成帝所宠爱,后成帝专宠赵飞燕姊妹,婕妤自求供养皇太后于长信宫,因赋"纨扇诗"以自伤。人或以为是颜延年作,均不确。实乃"后人伤之,为'婕妤怨'及拟其诗",见前《解连环》(暮檐凉薄)注⑪。

⑪ 南花:即南枝,岭南梅花,见前《夜飞鹊》注①。靥(yè):脸上的酒窝。

⑫ 坡静:指苏轼与林逋。苏轼号东坡先生,林逋谥号和靖先生。"静"与"靖"通。二人均有许多歌咏西湖的名篇。

⑬ 筒(tóng):断竹而成竹管曰筒。《说文》:"筒,断竹也。"潘岳《笙赋》:"捻纤翾以震幽簧,越上筒而通下管。"芳筒:在词中用为饮酒器具。

⑭ 题名:写上姓名作为标记。《新唐书·选举志上》:"举人既及第,缀行通名,诣主司第谢。……又有曲江会,题名席。"张籍《送元八》:"明日城西送君去,旧游重到独题名。"后指于游览处题名并发展成为一种文体。《文体明辨·题名》:"按题名者,纪识登览寻访之岁月与其同游之人也,其叙事欲简而赡,其秉笔欲健而严。"词中指后者。

⑮ 平芜:杂草丛生的平原旷野。顾敻《河传》:"露花鲜,杏枝繁,莺啭。野芜平似剪。"欧阳修《踏莎行二首》其一:"平芜尽处是春山,行人更在春山外。"

⑯ 镜心:湖心。

⑰ 菱唱:即菱歌,采菱时所唱歌曲。梁萧纲《棹歌行》:"妾家住湘川,

331

菱歌本自便。"卢照邻《七夕泛舟》："日晚菱歌唱，风烟满夕阳。"柳永《望海潮》："羌管弄晴，菱歌泛夜，嘻嘻钓叟莲娃。"

[译诗]

淡黄的柳枝
　　还浸润在水里
　　　　荡动起满湖碧蓝
歌唱不休的蝉儿
　　吃惊地发现
　　　　春天被暗中偷换
萍藻上满是露珠
　　泪水般清澈匀圆
　　　　烟霭中的女萝碧色暗淡
这一切，集结起来
　　发抒着湖水青山
　　　　秋天带来的愁怨
翠绿的垂帘
　　在湖面折叠翻卷
　　　　露出她轻盈的体段
是晚霞染过肌肤吗
　　水底鲛宫的仙女啊
　　　　我们终于再次晤面
绕着柳树，沐浴着清风
　　从此，闲置了你

又（曲尘犹沁伤心水）

　　　手中的纨扇

多么像南枝的梅花
　　　跟你那浅浅的酒窝
　　　　　无意间争奇斗艳
画舫里，不必满载
　　　东坡的诗集，与
　　　　　林和靖的词卷
诗思伴着酒香
　　　在杯盏中芳馨四溢
　　　　　题名的美文布满了粉壁残垣
重新聚结——
　　　是湘水边回归的飞鸿
　　　　　还有桅杆上话别的紫燕
野草铺满平原
　　　从不曾有人修剪
　　　　　最怕的是西风吹向湖面
只须一个夜晚
　　　波平如镜的西湖啊
　　　　　花色全部凋零衰变
向远处尽情遥望
　　　薄暮的天空撩人愁思
　　　　　菱歌啊，渐淡渐远

梦幻的窗口——梦窗词选

[说明]

　　词写与友人泛舟西湖的感受。本来已是秋季，但却先从春天着笔，是逆挽，也有深层暗示。起拍还兼用借代手法，"曲尘"代指柳丝，"伤心水"代指春波，词情幽深婉曲，拐了好几个弯儿。之所以如此，是因为词人春天曾畅游此湖。然而，岁月不居，时节如流，春天转瞬即逝，人生几何？西湖之春几何？但这物换星移却是由蝉的惊叫与哀鸣烘托出来，文字省净简洁。"露藻"三句承此，绘湖山秋色，是远镜头。"波帘"三句，转用近镜头摄取湖上荷花，绘出湖中亮点，同时用"汜人重见"提神，状荷花出污泥而不染的高尚品性。联想卷首《琐窗寒》"汜人初见"句，此处似有怀念"去姬"之深意。"傍柳"二句用"秋扇见捐"故实，为荷的命运担忧，但却以淡语出之。换头三句转写同舟"诸友"诗思敏捷，吟咏之间不再用苏轼、林逋颂西湖旧句。"湘鸿江燕"，扣"江湖诸友"之经历、所咏之内容，同时还暗示游湖之后又将各奔他乡。不仅此也，"一夕秋风，镜心红变"，严冬随之而来了。所以结拍用"望极愁生"，菱歌越去越远，将全词收煞。一般游湖，兴致极浓，即使满腹愁情，也能有所冲淡。此篇却不然，一开始，"伤心""暗惊""清啼""秋怨"便笼罩全篇，结拍再以"愁生"相呼应。可见此非一般悲秋之作，词中似暗含时代巨变、家国岌岌可危之牢愁。

[汇评]

　　此夏日泛湖作也。"春换"，逆入。"秋怨"，倒提。"平芜未剪"，钩勒。"一夕西风"，空际转身，极离合脱换之妙。

——陈洵《海绡说词》

又

烟波桃叶西陵路①,十年断魂潮尾②。古柳重攀,轻鸥聚别,陈迹危亭独倚③。凉飔乍起④。渺烟碛飞帆⑤,暮山横翠⑥。但有江花⑦,共临秋镜照憔悴。　　华堂烛暗送客⑧,眼波回盼处⑨,芳艳流水。素骨凝冰⑩,柔葱蘸雪⑪,犹忆分瓜深意⑫。清尊未洗。梦不湿行云,漫沾残泪。可惜秋宵,乱蛩疏雨里。

[笺注]

① 桃叶:王献之《桃叶歌》:"桃叶复桃叶,渡江不用楫。但渡无所苦,我自迎接汝。"《乐府诗集》卷四十五引《古今乐录》曰:"《桃叶歌》者,晋王子敬(献之字)之所作也。桃叶,子敬妾名,缘于笃爱,所以歌之。"烟波、西陵:白居易《答微之西陵驿见寄》:"烟波尽处一点白,应是西陵古驿台。"西陵:即杭州西泠桥,又名西林桥。在西湖孤山下,为后湖与里湖分界。相传南齐名妓苏小小喜游此地,死后葬于此。(参周密《武林旧事》卷五)古乐府《苏小小歌》:"何处结同心?西陵松柏下。"李贺《苏小小墓》:"西陵下,风吹雨。"

② 断魂:神往魂销,形容心情极度哀伤。宋之问《江亭晚望》:"望水知柔性,看山欲断魂。"潮尾:潮水减退,进入尾声。

③ 危亭:高亭。秦观《八六子》:"倚危亭,恨如芳草,萋萋刬尽还生。"

④ 飔(sī):凉风。《广雅》:"飔,……风也。"

⑤ 碛（qì）：水中沙堆。

⑥ 横翠：李白《下终南山过斛斯山人宿置酒》："却顾所来径，苍苍横翠微。"

⑦ 江花：萧纲《采莲曲》："桂楫兰桡浮碧水，江花玉面两相似。"杜甫《哀江头》："人生有情泪沾臆，江草江花岂终极。"

⑧ 烛暗送客：《史记·滑稽列传》："堂上烛灭，主人留髡而送客。"

⑨ "眼波"二句：韩琮《春愁》："水盼兰情别来久。"

⑩ 素骨：《庄子·逍遥游》："藐姑射之山，有神人居焉，肌肤若冰雪。"苏轼《洞仙歌》："冰肌玉骨。"

⑪ 柔葱：指女子手指。《焦仲卿妻》："指如削葱根。"

⑫ 分瓜：指女子十六妙龄。"瓜"字，六朝俗体可分为"二八"，借指女子二八年华。孙绰《情人碧玉歌》："碧玉破瓜时，相为情颠倒。"这里又指当年分送瓜果时鲜。段成式《戏高侍御》："犹怜最小分瓜日，奈许迎春得藕时。"

[译诗]

烟波漫漫
　　当年，送别桃叶时
　　　　走在西陵的路边
十年过去了
　　神往魂销
　　　　钱江的潮水已经退完
古老的柳枝重新攀折
　　似轻迅鸥鸟聚在一起
　　　　很快又面临告别的场面
那诀别的地方

又（烟波桃叶西陵路）

　　早已成为陈迹
　　　　我倚偎着亭台独自遥看
凉风乍起
　　渺茫的烟霭
　　　　遮蔽了沙丘边的孤帆
只有暮色
　　笼罩着横亘的
　　　　苍翠青山
江上的芦花
　　倒映在秋日的湖面
　　　　照出这憔悴的容颜

华美的厅堂
　　烛光暗淡
　　　　客人被送出很远
令人魂惊魄颤的
　　是你的回眸
　　　　那秋波一转
这温馨
　　这美艳
　　　　似流水潺潺
玉骨冰肌，还有
　　柔荑般的纤指

梦幻的窗口——梦窗词选

　　　　像刚刚蘸过雪片
　　忘不了分瓜时节
　　　　你的深情厚意
　　　　　竟忽略了濯洗杯盏
　　真想做个好梦
　　　　但梦却不曾湿润行云
　　　　　反惹出泪水斑斑
　　可惜的是
　　　　在这深秋的夜晚
　　　　　只有杂乱的蟋蟀声伴着稀疏的雨点

[说　明]

　　词写一段美好而又令人伤痛的回忆。上片，从眼前之所见引出当年送别的场面。虽然那已是十年前的旧事，但当时情景却清晰地记在心间。"轻鸥聚别"句，用以形容相聚的神速与分别的突然。可以想见两人的结合为时短暂，如今只有孤独一人倚偎着高亭遥看当年送别的陈迹了。以上可视之为第一层，是悼昔。从"凉飔乍起"至上片结尾为第二层，是伤今。词人将伤别忆旧与暮色秋光融合在一起，缘情入景，景中含情，憔悴的词人与摇动的芦花一起倒映湖面，别饶远韵。下片，换头至"清尊未洗"是第三层，回忆当年的艳遇。词人在他人的"华堂"之内遇见了这位女子，继之便从"眼波""芳艳""素骨""柔葱"诸多方面对之加以形容，同时，又从"回盼""深意"透露出此女对词人心有独钟。从"梦不湿行云"至结拍为第四层，是伤今。词人本想入梦后会与当年一样有一个幸遇，但结果却大失所望，

又（烟波桃叶西陵路）

"不湿行云"即指此而言。梦中醒来，难再入睡，整个夜晚只有秋虫的哀鸣与稀疏的雨点进入耳畔。词中所写，当是杭州亡妾。其他词中也多有涉及，如"十载西湖，傍柳系马"（《莺啼序》），"十年心事夜船灯"（《定风波》），"十年一梦凄凉。似西湖燕去，吴馆巢荒"（《夜合花》）。这些词句所述均指同一情事。全词将悲今悼昔两种情感交叉叠合贯穿上下片之中，形成强烈对比。全词淡淡写来，如抽茧剥笋，回环往复，一唱三叹，情浓而意笃。

[汇评]

起平而结响颇遒。"凉飔乍起"是领句，亦是提肘书法。"但有"二句沉着。换头是追叙。

——谭献《谭评词辨》

伤今感昔，凭眺流连，此种词真入白石之室矣。一片感喟，情深语至。

——陈廷焯《云韶集》卷八

此与《莺啼序》盖同一年作。彼云"十载"，此云"十年"也。"西陵"，邂逅之地，提起。"断魂潮尾"，跌落。中间"送客"一事，留作换头点睛，三句相为起伏，最是局势精奇处。谭复堂乃谓平起，不知此中曲折也。"古柳重攀"，今日。"轻鸥聚别"，当时。平入逆出。"陈迹危亭独倚"，歇步。"凉飔乍起"，转身。"渺烟际飞帆，暮山横翠"，空际出力。"但有江花，共临秋镜照憔悴"，收合倚亭。送客者，送妾也。柳浑侍儿名琴客，故以"客"称妾。《新雁过妆楼》之"宜城当时放客"，《风入松》之"旧曾送客"，《尾犯》之"长亭曾送客"，皆此"客"字。"眼波回盼"，是将去时之客。"素骨凝冰，柔葱蘸雪",是未去时之客。"犹忆分瓜深意",别后始觉不祥,极幽抑怨断之致,岂其人于此时已有去志乎?"清尊未洗",此愁酒不能消。"凉飔"句是领下,此句是煞上。"行云"句着一"湿"字,藏行雨在内。言朝来相思,至暮无梦也。梦窗运典隐僻,如诗家之玉谿。"乱蛩疏雨",所谓"漫沾残泪"。

——陈洵《海绡说词》

又

寿荣王夫人

玉皇重赐瑶池宴①，琼筵第二十四②。万象澄秋③，群裾曳玉④，清澈冰壶人世⑤。鳌峰对起⑥，许分得钧天⑦，凤丝龙吹⑧。翠羽飞来⑨，舞鸾曾赋曼桃字⑩。　鹤胎曾梦电绕⑪，桂根看骤长⑫，玉干金蕊⑬。少海波新⑭，芳茅露滴⑮，凉入堂阶彩戏⑯。香霖乍洗。拥莲媛三千⑰，羽裳凤佩⑱。圣姥朝元⑲，炼颜银汉水⑳。

[笺注]

①　玉皇：即玉皇大帝，本为道教所尊，称玉皇、玉帝。李白《赠别舍人弟台卿之江南》："入洞过天地，登真朝玉皇。"瑶池宴：见前《水龙吟》（望中璇海波新）注⑩。

②　琼筵：丰盛的筵席，山珍海味并陈的盛大宴会。谢朓《始出尚书省》："既通金闺籍，复酌琼筵醴。"第：次第，逐次。二十四：二十四司，对古代中央六部四司之统称。其制始于隋，统辖于尚书省，唐因之，各司名称不尽相同。宋高承《事物纪原·三省纲辖·二十四司》："隋有天下，尚书有六曹二十四郎，即今都省列曹是也。其制自隋始也。"又，隋炀帝时宫中六局每局各设四司的统称，分掌宫中诸事。《北史·后妃传序上》："时又增置女官，准尚书省，以六局管二十四司。"

③　万象：指宇宙间的所有事物与现象。孙绰《游天台山赋》："浑万象以

冥观，兀同体于自然。"

④ 群裾曳玉：裾（jū），衣服的大襟，引申为衣服的前后部分。曳玉，衣服华丽，与曳裾王门意近。《汉书·邹阳传》："饰固陋之心，则何王之门不可曳长裾乎？"李白《行路难三首》其二："弹剑作歌奏苦声，曳裾王门不称情。"

⑤ 冰壶：喻心地纯洁。王昌龄《芙蓉楼送辛渐》："一片冰心在玉壶。"

⑥ 鳌（áo）：海里的大鳖。鳌峰：本神仙所居之处，后用以比翰苑的清贵。《东轩笔录》卷十一载：宋景文公（宋祁）守益州，以翰林学士承旨，作诗曰："粉署重来忆旧游，蟠桃开尽海山秋。宁知不是神仙骨，上到鳌峰更上头。"

⑦ 许：这般，如许。钧天：天之中央，上帝所居之宫。此指"钧天广乐"。《史记·赵世家》："赵简子疾，……居二日半，简子寤，语大夫曰：'我之帝所甚乐，与百神游于钧天，广乐九奏万舞，不类三代之乐，其声动人心。'"张衡《西京赋》："昔者大帝说秦缪公而觐之，飨以钧天广乐。"辛弃疾《千年调》："钧天广乐，燕我瑶之席。"

⑧ 凤丝龙吹：丝，弦乐器。吹，管乐器。凤丝，古琴名凤凰，赵飞燕琴也（参梁元帝《纂要》），故曰"凤丝"。龙吹，即"玉龙"，笛名。

⑨ 翠羽：见前《宴清都》（翠羽飞梁苑）注②。

⑩ 舞鸾：形容笔势生动神妙，如鸾凤的飞舞。曼桃：此指仙桃，喻祝寿。

⑪ 鹤胎：犹言仙人投胎。鸾、鹤，古代传说中为仙人所乘之鸟。江淹《从冠军建平王登庐山香炉峰》："此山具鸾鹤，往来尽仙灵。"电绕：见前《宴清都》（万壑蓬莱路）注⑨，喻投胎之日"日光照东室"。"室有赤光"，即吉祥征兆。

⑫ 桂根：桂子兰孙，根基雄厚。唐代设"桂坊"，为太子属官，掌管东宫图书并领崇贤馆。

⑬ 玉干金蕊：即金枝玉叶意。

⑭ 少海：指皇太子。古代把天子比作大海，把太子比作少海。《海录碎事·帝王部·储嗣门》："天子比大海，太子比少海。"常衮《代宗让皇太子

又（玉皇重赐瑶池宴）

表》："取法于地，视少海之朝宗。"

⑮ 芳茅：指太子。茅，茅土。古代帝王社祭时以五色土筑坛，东方青，南方赤，西方白，北方黑，中央黄。《独断》下："天子大社，以五色土为坛。皇子封为王者，受天子之社土，所以封之方色。东方受青，南方受赤，他如其方色，苴以白茅，授之，各以其所封方之色归国以立社，故谓之受茅土。"后世据此指封侯立国。杜甫《投赠哥舒开府翰二十韵》："茅土加名数，山河誓始终。"罗隐《钱塘府亭》："九牧土田周制在，两藩茅社汉仪同。"

⑯ 彩戏：即老莱子娱亲。老莱子，春秋时楚人。因避世乱，隐耕于蒙山之下。楚王闻其贤，亲至其门，欲召为辅，不受，退居江南。相传其为人至孝，年七十，常穿五色彩衣，学作儿童戏，以娱其亲。（参《初学记·人部·孝》）

⑰ 莲媛三千：即"彩御三千"，见前《宴清都》（万壑蓬莱路）注⑰。

⑱ 羽裳风佩：指荷花。姜夔《念奴娇》："三十六陂人未到，水佩风裳无数。"

⑲ 元：即玄，此指朝圣。

⑳ 炼颜：见前《宴清都》（万壑蓬莱路）注⑦。

[译诗]

  玉皇大帝
    再次颁赐
      瑶池盛宴
  宫中二十四司
    次第摆开
      丰盛的席面
  世间万象
    推出澄明的金秋

　　　　　百官穿戴的是华美衣衫
整个人世
　　　冰壶般明澈
　　　　　凸起了无数鳌山峰峦
似乎分得了
　　　上界的钧天广乐
　　　　　吹奏的是龙丝凤管
翠葆霓旌来得飞快
　　　祝寿的大字一笔笔
　　　　　凤舞龙飞一般

仙子投胎
　　　自有吉祥的梦兆
　　　　　还伴有雷惊电闪
桂子兰孙
　　　根深叶茂
　　　　　金蕊玉干
"少海"里新波翻卷
　　　受赐的"茅土"
　　　　　饱和了雨露的甘甜
凉风习习中
　　　老莱子娱亲
　　　　　身着彩衣戏在堂前

又（玉皇重赐瑶池宴）

芳香的雨水净洗长空

荷花穿的是水佩风裳

簇拥着莲女三千

圣母入朝

连银汉都倾尽河水

为了修饰你美好容颜

[说明]

此为向荣王夫人投赠之祝寿词，属应酬之作。上片，起拍二句述赐宴之规模盛大。"万象"四句，写时值金秋，百官曳裾王门。"许分得钧天"至结拍，写喜乐高奏，气氛热烈，恰值此时又送来了祝寿的蟠桃。下片倒叙立度宗为皇太子事。换头至"玉干金蕊"叙吉祥的梦兆。"少海波新"至"堂阶彩戏"，写度宗为母祝寿，渲染社稷有人、儿贤子孝气氛。"香霖乍洗"至"羽裳风佩"，写荣王夫人水路往返绍兴与杭州之间。结拍二句表达词人对荣王夫人"永远年轻"的祝颂。本篇可与前《宴清都·寿荣王夫人》一词参读。

又

赠姜石帚

余香才润鸾绡汗①,秋风夜来先起。雾锁林深,蓝浮野阔,一笛渔蓑鸥外。红尘万里。就中决银河,冷涵空翠。岸觜沙平②,水杨阴下晚初舣③。　桃溪人住最久④,浪吟谁得到,兰蕙疏绮⑤。砚色寒云,签声乱叶⑥,蕲竹纱纹如水⑦。笙歌醉里。步明月丁东,静传环佩⑧。更展芳塘,种花招燕子。

[笺注]

① 余香:残留的香气。《西京杂记》卷一:"中设……绿熊席,席毛长二尺余……其中杂熏诸香,一坐此席,余香百日不歇。"李商隐《过伊仆射旧宅》:"幽泪欲干残菊露,余香犹入败荷风。"陆游《老学庵笔记》卷四载耶律弘基诗:"昨日得卿《黄菊赋》,碎剪金英填作句。袖中犹觉有余香,冷落西风吹不去。"鸾绡:织有鸾凤优美图形的生绡,这里指手帕、汗巾。

② 觜:同"嘴"。晁补之《摸鱼儿》:"东皋嘉雨新痕涨,沙觜鹭来鸥聚。"

③ 舣(yǐ):移舟靠岸。

④ 桃溪:泛指桃花盛开的小溪或指《桃花源记》中的桃源。在此亦为杭州水名。夏《笺》:"《万历杭州志》:'栖霞岭有水一道,名桃溪。'《西湖志》:'今入湖山神庙内。'案,此虽用美成句,然梦窗交石帚在西湖,见《三姝媚》词。桃溪,当非虚词也。"周邦彦《玉楼春》:"桃溪不作从容住。秋藕绝来无

又（余香才润鸾绡汗）

续处。"

⑤ 疏绮：即绮疏，窗户上雕饰的花纹，也指镂花的窗格，引申为清贵的书房。陆机《赠尚书郎顾彦先二首》其二："玄云拖朱阁，振风薄绮疏。"李善注："李尤《东观铭》曰：'房闼内布，绮疏外陈，是谓东观，书籍林渊。'"

⑥ 签：牙签。古人读书（或读经）时翻书所用。叶：册页，贝叶。这里指贝叶经，即佛经，因印度人用贝多罗叶书写经文，故称。苏轼《和文与可洋川园池三十首·书轩》："雨昏石砚寒云色，风动牙签乱叶声。"周邦彦《绕佛阁》："清漏将短。厌闻夜久，签声动书幔。"

⑦ 蕲（qí）竹：湖北蕲州出产的竹，可织簟（凉席）、制笛与手杖。苏轼《四时词四首》其三："新愁旧恨眉生绿，粉汗余香在蕲竹。"纹如水：见前《齐天乐》（芙蓉心上三更露）注⑤。

⑧ 环佩：古代妇女佩带的装饰物，多为金、银、珠、玉，故云"丁东""静传"。杜甫《咏怀古迹五首》其三："环佩空归夜月魂。"姜夔《满江红》："向夜深、风定悄无人，闻佩环。"

[译诗]

　　残菊的余香浸润着
　　　　绣有鸾凤的手帕
　　　　　　汗气立即消散
　　秋风趁着夜晚
　　　　悄无声息地
　　　　　　降临人间
　　浓雾封锁，林木幽深
　　　　蓝色的烟霭浮动
　　　　　　旷野更加阔展
　　听一声长笛

渔船载着绿色蓑衣
　　　　比鸥鸟飞出更远
红尘凡世
　　万里遥遥
　　　　无际无边
只有银河处于中心
　　在天上冲决奔泻
　　　　寒气笼罩翠碧空间
一角长堤，沙滩平阔
　　在水滨，绿杨浓荫的傍晚
　　　　有客船徐徐停舟靠岸

美好的桃溪
　　吸引着游人
　　　　暂住，便是很长时间
在这里放浪形骸
　　诗兴澎湃便狂吟高歌
　　　　他人，怎能有这种灵感
有植蕙滋兰的雅室
　　有雕镂花格的窗扇
　　　　有堆满书籍的橱架桌案
砚里凝聚寒凉的云影
　　册页被书签翻转

又（余香才润鸾绡汗）

   呼应着窗外落叶，响成一片
 蕲州的凉席
   竹纹似水上柔波
   伴着笙歌醉里酣眠
 或者，月下漫步
   听环佩丁东，静静地
   从荷塘传送到耳畔
 再将芳草池塘扩展
   种植无尽的花草树木
   引来燕语呢喃

[说明]

  词写渔隐生活。上片写其广阔生活天地。起拍从残花秋风着笔，高爽淡远的气氛笼罩全篇。下面"林深""野阔""鸥外"为隐者继续扩大生活空间。在"雾锁""蓝浮"的万里红尘之中，"一笛"高奏，悦耳悠扬，极富诗情；还有绿色的渔蓑，飞鸣的白鸥，更增添了无穷画意。"蓑"与"鸥"成为这"红尘万里"中闪光的亮点。然而，阔大的境界并非到此为止，"就中决银河"把隐者的活动引入更加广阔无垠的宇宙之中，极尽其想象之能事。有此一句，全篇立即被提升到人生、历史、宇宙、哲思这一层面上来。但大处着眼，必须在小处落墨。最后以傍晚停舟靠岸结束上片。如果说上片集中写户外的放舟垂钓，那么下片写的则是耕读吟咏的闲适情趣。换头三句写写其所居之处不亚于世外桃源，吟咏所得也非平常所能体验到的放达与雅意。"砚色"四句，从书写、阅读、礼乐、休憩四个方面状其生活之不俗。"步明月"

以下至结拍,写月下漫步与继续扩展耕读生活的畅想。全词通过渔钓耕读两个方面,描绘出隐士的全部生活内容,烘托出其高情雅意,与"红尘万里"中的官场,与只顾耽乐而不思恢复的上层统治集团形成鲜明对照。从一个侧面反映出南宋小朝廷不能信用人才的严重后果。本篇可与前《三部乐·赋姜石帚渔隐》《解连环·留别姜石帚》等词参读。

丹凤吟

无射商　赋陈宗之芸居楼①

丽景长安人海②，避影繁华，结庐深寂③。灯窗雪户，光映夜寒东壁④。心雕鬓改，镂冰刻水，缥简离离⑤，风签索索⑥。怕遣花虫蠹粉⑦，自采秋芸熏架⑧，香泛纤碧。　　更上新梯窈窕⑨，暮山淡著城外色。旧雨江湖远⑩，问桐阴门巷⑪，燕曾相识⑫。吟壶天小⑬，不觉翠蓬云隔⑭。桂斧月宫三万手⑮，计元和通籍⑯。软红满路⑰，谁聘幽素客⑱。

[笺注]

①　陈宗之：南宋末年的书商。朱《笺》："按《瀛奎律髓》赵师秀《赠卖书陈秀才》诗注云：'陈起，字宗之，睦亲坊卖书开肆。'又刘后村《赠陈起》诗云：'陈侯生长繁华地，却似芸香自沐薰。'注：'此所谓卖书陈彦才，亦曰陈道人。'则宗之即书棚陈道人也。又按：《江湖》前、后诸集，皆陈起所编宋季高逸之士诗篇，刻以传世。词中所云'旧雨江湖远'，盖指此。"夏《笺》释陈宗之及芸居楼云："案《瀛奎律髓》（四十二）载赵师秀《赠卖书陈秀才》诗，方回注云：'陈起字宗之，睦亲坊卖书开肆；予丁未至行在所，至辛亥凡五年，犹识其人云云。'是陈起淳祐十一年（1251）辛亥，尚无恙。词或淳祐间客杭州作。宗之有《芸居乙稿》，在《江湖集》中。芸居楼在睦亲坊。《梦粱录》（七）禁城九厢巷陌条：'睦亲坊俗名宗学巷，在御街西首。'明沈朝宣《仁和县志》'睦亲坊'下，注云：'今立弼教坊，宋时有宗学。'故词云：'光

映夜寒东壁。'许棐《梅屋稿·赠陈宗之》云:'买书人散桐阴晚。'又,叶绍翁《靖逸小集》赠宗之云:'官河深水绿悠悠,门外梧桐数叶秋。'《前贤小集拾遗》赠宗之云:'桐阴覆月色,静夜独往还。'又黄佑甫赠宗之云:'昨日相思处,桐花烂漫无。'杜子野赠宗之云:'对门欲见桐阴合。'皆吴词'桐阴门巷'之证也。"

② "丽景"句:杜甫《丽人行》:"三月三日天气新,长安水边多丽人。"人海:指人群众多,一望如海。司空图《与李生论诗书》:"鲸鲵人海涸,魑魅棘林幽。"苏轼《病中闻子由得告不赴商州三首》其一:"惟有王城最堪隐,万人如海一身藏。"

③ 结庐:构筑房屋。陶潜《饮酒二十首》其五:"结庐在人境,而无车马喧。"

④ 东壁:指藏书之处。《晋书·天文志》:"东壁二星,主文章,天下图书之秘府也。"张说《恩制赐食于丽正殿书院宴赋得林字》:"东壁图书府,西园翰墨林。"参见注①。

⑤ 缥:淡青色的丝帛。古人常用淡青色或浅黄色丝帛(缃)为书衣。简:简册。缥简:指书籍。离离:本状纷繁,此指历历分明的样子。《尚书大传·略说》:"《书》之论事,昭昭若日月之明,离离若参辰之错行。"

⑥ 风签:见前《齐天乐》(余香才润鸾绡汗)注⑥。索索:拟声词,形容书页的翻动声。江总《贞女峡赋》:"山苍苍以坠叶,树索索而摇枝。"

⑦ 花虫蠹粉:蠹虫蛀蚀书籍。李贺《秋来》:"谁看青简一编书,不遣花虫粉空蠹。"

⑧ 芸:香草,闻香数百步,可以驱虫,或置书帙中去蠹,称"芸帙""芸编",由此书斋书房又可称"芸窗""芸斋",甚至可称秘书省为"芸台""芸阁""芸署""芸扃""芸省"。下句的"纤碧",亦指芸香草。

⑨ 窈窕(yǎotiǎo):形容楼高深邃,楼外风景高远。陶潜《归去来辞》:"既窈窕以寻壑,亦崎岖而经丘。"

⑩　江湖：既指江湖闲逸生活，又指南宋江湖派诗人的友情，"旧雨"即指此而言。旧雨：比喻旧友、老朋友。杜甫《秋述》："秋，杜子卧病长安旅次，多雨生鱼，青苔及榻，常时车马之客，旧雨来，今雨不来。"意谓：旧时宾客，下雨也来；而现今的新宾客，却遇雨就不来了。后因以"旧雨"比喻故友，"今雨"喻新交。范成大《丙午新正书怀十首》其四："人情旧雨非今雨，老境增年是减年。"

⑪　桐阴门巷：即指芸居楼。注①所引诸诗人赠陈宗之之诗作，均有"桐阴"入句，足见陈氏芸居楼前植桐甚多且十分繁茂，已成特色。

⑫　燕曾相识：用晏殊《浣溪沙》词意："无可奈何花落去，似曾相识燕归来。"

⑬　壶天：道家所寄托的神仙世界。古仙人施存自号"壶天"，人称"壶公"。《云笈七签·二十八》："施存，鲁人，……常悬一壶，如五升器大，变化为天地，中有日月，如世间，夜宿其内，自号'壶天'。"张乔《题古观》："洞水流花早，壶天闭雪春。"

⑭　翠蓬：见前《满江红》（云气楼台）注③。

⑮　桂斧：《酉阳杂俎·天咫》："旧言月中有桂，有蟾蜍，故异书言月桂高五百丈，下有一人常斫之，树创随合。人姓吴名刚，西河人，学仙有过，谪令伐树。"又"太和（477—499）中，郑仁本表弟，不记姓名，尝与一王秀才游嵩山。……将暮，不知所之。徙倚间，忽觉丛中鼾睡声，披榛窥之，见一人布衣甚洁白，枕一襆物，方眠熟。即呼之，曰：'某偶入此径，迷路，君知向官道否？'其人举首略视，不应，复寝。又再三呼之，乃起坐，顾曰：'来此！'二人因就之，且问其所自。其人笑曰：'君知月乃七宝合成乎？月势如丸，其影，日烁其凸处也。常有八万二千户修之，予即一数。'因开襆，有斤凿数事，玉屑饭两裹，授与二人，曰：'分食此，虽不足长生，可一生无疾耳。'乃起，与二人指一支径：'但由此，自合官道矣。'言已不见。"后据此发展成为"玉斧修月"故事。

梦幻的窗口——梦窗词选

⑯ 元和:唐宪宗李纯年号(806—820)。通籍:把某人姓名、年龄、身份记在竹牒上,悬挂于宫门外,以便进出时查对。《汉书·元帝纪》:"令从官给事宫司马中者,得为大父母父母兄弟通籍。"后又以"通籍"谓登进士科。

⑰ 软红:闹市中飞扬的尘土。见前《瑞鹤仙》(辘轳春又转)注⑥。

⑱ 幽素客:指白衣未仕的士子。

[译诗]

美丽的京城
　　人流如海般
　　　　成千上万
避开闹市的繁华
　　为寻求幽静
　　　　结庐在小巷深端
灯火明窗,积雪映户
　　微弱的光穿透寒夜
　　　　照亮了东壁的书案
用全部心血刻画
　　两鬓早已斑白
　　　　雕出了如冰似雪的书卷
淡青的素帛装成册页
　　整齐的书页被频频翻看
　　　　听索索之声内心安恬
最可怕的是
　　蛀蚀书籍的蠹虫

丹凤吟（丽景长安人海）

   把册页嗑得粉末斑斑
你亲手采摘秋日的芸香
   用来熏透所有的书架
   让书籍散发幽香，不受蛀虫侵犯

再登上新楼的阶梯
   把美好的风光
    尽情饱览
暮色中的山峦浅淡
   带着城外的秀色
    送入眼帘
旧时的友朋
   身在江湖
    相距很远
如今，到此叩问
   桐树浓荫掩映的门巷
    还有似曾相识的紫燕
壶天世界原本很小
   吟咏之间不知不觉
    又被翠绿的蓬山隔断
月宫中折桂能手众多
   三万读书人一举登科
    卷宗对此记载周全

车马喧阗，红尘满路

还有谁肯到此间探问

光顾这自甘寂寞的门帘

[说明]

　　这是写给书商陈宗之的一首词，在唐宋词中极为罕见。全词除"心雕鬓改"等少数词句与刻书出版有关联外，其余几乎全都在颂赞陈宗之自甘寂寞的高尚品质。起拍三句写陈宗之身在闹市长安，却卜居十分清静的去处。"灯窗雪户"，写其昼夜苦读，鉴别版本。"心雕鬓改"四句，写其精心雕版、仔细出书带来的乐趣。"怕遣花虫"三句，写其亲手采摘芸香，仔细熏过所有书架，防治蠹虫，使图书保存得完整美好。对书的用心可谓良苦。上片是从芸居楼本身的性质进行多方描绘。下片，再从自然与社会两方面加以展开。过片写登楼览景及陈宗之心胸雅兴。"旧雨"三句将芸居楼同江湖派诗友联系在一起。"吟壶天小"二句，转写隔断了联系。"桂斧"二句，笔锋一转，形容中第入仕者众多，反衬陈宗之的自甘寂寞。结拍再以冠盖满京华，对陈之门庭很少问津总束全篇。词写陈氏，但也是词人的自我写照。篇中句句有人，笔笔含情，人品高尚之中又寓有时代的辛酸。对社会的针砭已相当显露，为梦窗词少见。

扫花游

夹钟商　**西湖寒食**①

冷空淡碧，带翳柳轻云②，护花深雾。艳晨易午。正笙箫竞渡③，绮罗争路。骤卷风埃④，半掩长蛾翠妩⑤。散红缕⑥。渐红湿杏泥⑦，愁燕无语⑧。　　乘盖争避处⑨。就解佩旗亭⑩，故人相遇。恨春太妒。溅行裙更惜，凤钩尘污⑪。酹入梅根⑫，万点啼痕暗树。峭寒暮。更萧萧，陇头人去⑬。

[笺注]

① 寒食：古代节日名。约在清明节前一日或二日，因该日有禁火之俗，只吃冷食。俗传因晋文公哀悼介之推而起。据《荆楚岁时记》："去冬节一百五日，即有疾风甚雨，谓之寒食，禁火三日。"《后汉书·周举传》："太原一郡，旧俗以介子推焚骸，有龙忌之禁，至其亡月，咸言神灵不乐举火，由是士民每冬中辄一月寒食。"据《琴操》载："晋文公与介子绥（即之推）俱亡，子绥割股以啖文公，文公复国，子绥独无所得。子绥作龙蛇之歌而隐。文公求之，不肯出，乃燔左右木。子绥抱木死。文公哀之，令人五月五日不得举火。"又，《左传·僖公二十四年》有"介之推不言禄"的记载。《说郛》《类说》五引作介子推，从重耳出亡凡十九年，重耳返国为君，之推不言禄，禄亦不及，乃与母隐于绵山。其后文公求之，不出；复焚山以逼之，之推竟抱木而死。

② 翳：本为羽毛制成的车盖，为古代天子乘舆上所用，俗称羽葆幢。

《说文》："翳，华盖也。"此用为遮蔽意。

③ 笙箫竞渡：写西湖寒食至清明时的热闹繁盛景象。笙箫：指音乐弹奏之声溢满湖上。吴自牧《梦粱录》卷二"清明"："清明交三月，节前两日谓之'寒食'，京师人从冬至后数起至一百五日，便是此日。……寒食第三日，即清明节。……官员士庶，俱出郊省坟，以尽思时之敬。车马往来繁盛，填塞都门。……宴于湖者，则彩舟画舫，款款撑驾，随处行乐。此日又有龙舟可观，都人不论贫富，倾城而出，笙歌鼎沸，鼓吹喧天，虽东京金明池未必如此之佳。"竞渡：指西湖的划船比赛。田汝成《西湖游览志余》卷三："西湖竞渡，自二月八日为始，而端午尤盛。"

④ "骤卷"句：指狂风忽至，骤雨突降。

⑤ 长蛾翠妩：指美女。蛾，蛾眉。妩，妩媚。

⑥ 红缕：指雨。"红"字疑有误。朱校《梦窗词集》："'红'字与下句'红湿'复，疑误。"杨《笺》："上'红'字疑是'纤'字之坏字，'纤'与'渐'义贯。"

⑦ 红湿杏泥：指杏花雨，点时令特点。"杏花雨"，即清明节前后杏花开时所下的雨。《岁时广记·杏花雨》："《提要录》：'杏花开时正值清明前后，必有雨也，谓之杏花雨。'古诗（南宋僧志南《绝句》）云：沾衣欲湿杏花雨，吹面不寒杨柳风。"

⑧ "愁燕"句：周邦彦《少年游》："朝云漠漠散轻丝。楼阁淡春姿。柳泣花啼，九街泥重，门外燕飞迟。"

⑨ 乘盖：驾车。乘，驾。《易·乾·彖》："时乘六龙以御天。"盖，车篷，指车。《周礼·考工记·轮人》："轮人（制造车轮的木匠）为盖。"

⑩ 解佩：解下佩带物（多指佩玉、香囊等）相赠，以示情爱。见前《解连环》（暮檐凉薄）注⑰。曹植《洛神赋》："愿诚素之先达兮，解玉佩以要之。"牛希济《临江仙》："空劳纤手，解佩赠情人。"扬无咎《水龙吟》："似汉皋佩解，桃源人去。"旗亭：酒楼。李贺《开愁歌》："旗亭下马解秋衣，请贳宜阳一壶酒。"

扫花游（冷空淡碧）

⑪ 凤钩：手臂。古人称卷起衣袖，露出手臂为"钩袒"。"钩"，也指手。汉有"钩弋夫人"。《汉书·孝武钩弋赵婕妤传》："钩弋夫人"为汉武帝妃，姓赵。传说生时两手握拳，武帝称她为"拳夫人"。封婕妤，所居称"钩弋宫"，其人称"钩弋夫人"。生昭帝，称"钩弋子"。又古代"藏钩之戏"也与此有关。《酉阳杂俎·贬误》："旧言藏钩起于钩弋，盖依辛氏《三秦记》，云汉武钩弋夫人手拳，时人效之，目为藏钩也。……《风土记》曰：藏钩之戏，分二曹以校胜负。"

⑫ 酹（lèi）：洒酒于地以表祭奠。

⑬ 萧萧：拟声词，一般用以状风、雨、落叶包括马嘶声，有时也形容人的冷落凄清。杜牧《怀吴中冯秀才》："长洲苑外草萧萧，却算游程岁月遥。"陇头人去：指离愁别恨。《乐府诗集·梁鼓角横吹曲·陇头歌辞》："陇头流水，流离山下。念吾一身，飘然旷野。"陇头人：也指陇头音信。南朝宋陆凯与范晔友善，自江南寄梅花一支与长安范晔，兼赠诗曰："折梅逢驿使，寄与陇头人。江南无所有，聊赠一枝春。"（参《太平御览》引《荆州记》）

[译诗]

  寒冷的天空
    微微显出碧绿
  低垂的柳丝
    轻轻地被薄衣掩蔽
  护卫着花枝的
    是深处的雾气
  艳丽的晨光
    滑向正午非常容易
  耳边是笙箫竞奏
    画舫渡船你拥我挤

大路上争前抢后
　　穿的是华美罗绮
尘埃飞扬
　　狂风骤起
突然遮去了
　　游女们一半儿美丽
天上细雨纷飞
　　湿润的红花坠入春泥
此时，连归来的紫燕
　　也愁得无言无语

车马争抢着
　　把避雨之地寻觅
迅疾地进入酒楼
　　解下佩饰暂作休息
旧时的老友
　　在此幸运相遇
可恨的是
　　春天过于妒嫉
溅湿游人的行裙
　　实在令人惋惜
连纤纤玉手
　　也满是尘土污迹

这春雨似美酒洒入树根
　　　对梅花的凋谢表示奠祭
那让树枝暗淡的
　　　是沾惹的万点泪滴
料峭的寒风
　　　趁薄暮来临暗中偷袭
听一声萧萧班马的嘶鸣
　　　出征人携带梅花向陇头远去

[说 明]

　　此写西湖寒食清明时的一段经历，构思极为别致。一般作品的清明、寒食，主要写其游湖盛况。而本篇在逗起"笙箫竞渡，绮罗争路"盛大场面之时，偏偏用更多篇幅写狂风骤起、尘土飞扬、细雨纷飞、花瓣萎落的景象。下片则侧重写游人争相避雨的狼狈窘况："行裙"溅上污泥，"凤钩"满是尘土，唯一值得宽解的是在酒楼里的"故人相遇"，但词中对此未有生发而是点到便止。词中更多的是写春雨。"溅"湿、"尘污""酹入""啼痕"，将春雨与游人之间的不和谐关系写得活灵活现。结拍紧扣"梅根"二句，将诗情向远处之"陇头"荡去，境界顿时开阔，意远情深，味之无极。

[汇 评]

　　不过写春阴变雨耳。"骤卷风埃"，从轻云深雾一变。"红湿杏泥"，从冷空淡碧一变。却用"笙箫"二句横空一断，从游人眼中看出，带起下阕。"艳晨易午""恨春太妒"，是通篇眼目。天气既变，人情亦乖，奈此良辰美景何？极浓厚深挚。

　　　　　　　　　　　　——陈洵《海绡说词》

又
春雪

水云共色，渐断岸飞花，雨声初峭①。步帷素袅。想玉人误惜②，章台春老③。岫敛愁蛾④，半洗铅华未晓⑤。舣轻棹⑥。似山阴夜晴⑦，乘兴初到。　　心事春缥缈。记遍地梨花⑧，弄月斜照。旧时斗草⑨。恨凌波路锁⑩，小庭深窈。冻涩琼箫，渐入东风郢调⑪。暖回早。醉西园、乱红休扫。

[笺注]

① 峭：俊俏，俏丽。柳永《传花枝》："解刷扮，能唟嗽，表里都峭。"

② 玉人：泛指美女。此暗用刘向《列仙传》中弄玉之名，与下片所用"琼箫"上下呼应。杜牧《寄扬州韩绰判官》："二十四桥明月夜，玉人何处教吹箫。"

③ 章台：即章台柳，指唐代诗人韩翃与家姬柳氏离合的故事。韩与柳氏因安史之乱而离散。柳氏出家为尼，韩为平卢节度使书记。韩寄诗给柳氏，诗曰："章台柳，章台柳，昔日青青今在否？纵使长条似旧垂，亦应攀折他人手。"后柳氏被蕃将沙吒利劫夺，韩翃用计救回，重新团圆。唐许尧佐据此写成传奇小说《柳氏传》。参见孟棨《本事诗·情感一》。春老：指柳絮飞起，用谢道韫"未若柳絮因风起"典，喻雪。

④ 岫（xiù）敛愁蛾：指远山被雪覆盖，失去往日的峰峦。岫，山。蛾，

又(水云共色)

眉,蛾眉的简称。葛洪《西京杂记》卷二:"(卓)文君姣好,眉色如望远山,脸际常若芙蓉,肌肤柔滑如脂。"词中为"远山眉"之反用。

⑤ 铅华:化妆用的白色铅粉。曹植《洛神赋》:"芳泽无加,铅华弗御。"此处用拟人手法比况山色。

⑥ 舣(yǐ):移舟靠岸。左思《蜀都赋》:"试水客,舣轻舟。"梁简文帝《从顿暂还城》:"征舻舣汤堑,归骑息金隍。"

⑦ "山阴夜晴"二句:用子猷访戴故事。《艺文类聚》卷二引晋裴启《语林》:"王子猷(王徽之字)居山阴,大雪夜,眠觉,开室酌酒,四望皎然,因起彷徨,咏左思《招隐诗》。忽忆戴安道。时戴在剡溪,即便夜乘轻船就戴。经宿方至。既造门,不前便返。人问其故。王曰:'吾本乘兴而行,兴尽而返,何必见戴?'"

⑧ 梨花:暗用岑参《白雪歌送武判官归京》:"忽如一夜春风来,千树万树梨花开。"

⑨ 斗草:也叫"斗百草",古代以花草相赛的一种民俗游戏。《中吴纪闻》:"吴王与西施尝作斗百草之戏。"白居易《观儿戏》:"弄尘复斗草,尽日乐嬉嬉。"司空图《灯花》:"明朝斗草多应喜,剪得灯花自扫眉。"晏殊《破阵子》:"疑怪昨宵春梦好,元是今朝斗草赢。"

⑩ 凌波:反用洛浦凌波故事。曹植《洛神赋序》:"黄初三年(222),余朝京师,还济洛川。古人有言,斯水之神,名曰宓妃。感宋玉对楚王神女之事,遂作斯赋。"赋文有:"翩若惊鸿,婉若游龙";"体迅飞鸟,飘忽若神。陵波微步,罗袜生尘。"后多用以形容女子美妙轻盈的体态。词中却用此典说明雪后女子,既不能"飘忽若神",又不能"罗袜生尘"了。

⑪ 郢调:切"阳春白雪"之"雪"字,出宋玉《对楚王问》,见前《水龙吟》(几番时事重论)注⑩。

[译诗]

湖水,浓云

上下融成一片
　　　湖岸逐渐消失
　　　　　落花在空中飞旋
　　　雨声开始改变
　　　　　声音这般轻细柔婉
　　　悄悄地步入帷幕
　　　　　使颜色都变得素淡
　　　可是美人误以为春天去远
　　　　　章台的柳絮才漫天飞卷
　　　连山峦都因此生愁添怨
　　　　　眉峰紧紧收敛
　　　还不曾晨起理妆
　　　　　脸上的胭脂已被洗去大半
　　　好像是当年的王子猷
　　　　　雪后访友，夜半登船
　　　乘兴来到剡溪，却并不上岸
　　　　　仅仅停舟片刻便原道返还

　　　此时的心境
　　　　　春天一般缥缈虚幻
　　　忘不了这铺满一地的
　　　　　千树万树梨花的残瓣
　　　吸引着西斜月光的闪耀

又（水云共色）

　　　　照射着往日斗草的溪畔
遗憾的是凌波仙子
　　　　归路被大雪阻断
小小的庭院
　　　　也因此曲折深幽难见
是因为冷冻严寒吗
　　　　连箫声也变得苦涩凄黯
但仍传出新的信息
　　　　奏出了白雪阳春的乐段
天气很快便要转暖
　　　　任我醉卧在西园
不要清扫这满地积雪
　　　　雪后的落花会更加清艳

［说明］

　　这首词歌咏"春雪"。词中关于"雪"的事典很多，诸如"章台柳""咏絮才""子猷访戴""阳春白雪"以及岑参《白雪歌》等，但用法却灵活多变，隐而难宣，须逐层解析才能使词义敞显。开篇三句从目之所见与耳之所闻烘托大雪纷飞气象。从"步帷"两句开始逐次加以形容：先是借"柳絮"入境，次从雪漫青山加以生发，再从王子猷雪晴之夜乘舟访戴，将雪引向更加广阔的天地。下片，边写"春雪"边忆与"雪"相关的往事。通过换头"缥缈"二字，将所忆之事融入梦幻境界：一是在雪如"遍地梨花"之时，曾在月下共同赏雪。二是想到往年斗草溪边之乐趣，尽管当下通往溪边的道路已被大雪阻塞，连小小庭院也因雪的掩埋而"深窈"难寻。三是吹奏"阳春白雪"的雅调并迎来春的信息。为此，词人甘愿醉宿西园，待积雪融化后再欣赏落花的清艳。词以咏雪为主，虽杂有恋情的回忆，但只作陪衬。结拍对雪后春天必然更加美丽充满信心。

[汇 评]

"水云共色"，正面空处起步。"章台春老"，侧面实处转步。"山阴夜晴"，对面宽处歇步。"遍地梨花"，复侧面空处回步。以下步步转，步步歇，往复盘旋，一步一境。换头五字，贯彻上下，通体浑融矣。

——陈洵《海绡说词》

又

赠芸隐①

草生梦碧②,正燕子帘帏,影迟春午③。倦茶荐乳④。看风签乱叶⑤,老沙昏雨。古简蟫篇⑥,种得云根疗蠹⑦。最清楚。带明月自锄⑧,花外幽圃。　醒眼看醉舞⑨。到应事无心,与闲同趣。小山有语⑩。恨逋仙占却⑪,暗香吟赋。暖通书床⑫,带草春摇翠露⑬。未归去。正长安、软红如雾。

[笺注]

① 芸隐:据朱《笺》引《南宋群贤小集》:"施枢,字知言,有《芸隐横舟》《倦游》二稿。按:集中有《木兰花慢·施芸隐留别用其韵以饯》词。"夏《笺》:"施枢《芸隐横舟稿》自序,为浙漕幕属在丙申(1236)冬,盖理宗端平三年。此词结云:'未归去,正长安软红如雾。'或丙申丁酉间在杭作。"

② "草生"句:用谢灵运"池塘生春草"故事。钟嵘《诗品》引《谢氏家录》:"康乐(谢灵运袭封康乐公)每对惠连(灵运族弟),辄得佳语。后在永嘉西堂,思诗竟日不就。寤寐间忽见惠连,即成'池塘生春草'。故尝云'此语有神助,非我语也'。"

③ "影迟"以上二句,状春季日长燕飞,其乐融融。《诗经·豳风·七月》:"春日迟迟,采蘩祁祁。"杜甫《绝句二首》其一:"迟日江山丽,春风花草香。泥融飞燕子,沙暖睡鸳鸯。"史达祖《双双燕·咏燕》:"过春社了,度

帘幕中间，去年尘冷。"午：日到中天。刘禹锡《昼居池上亭独吟》："日午树阴正，独吟池上亭。"周邦彦《满庭芳》："午阴嘉树清圆。"

④ 乳：又称花乳，煎茶漂浮的泡沫，后为茶的别名。崔珏《美人尝茶行》："银瓶贮泉水一掬，松雨声来乳花熟。"范仲淹《和章岷从事斗茶歌》："研膏焙乳有雅制，方中圭兮圆中蟾。"苏轼《寄周安孺茶》："永日遇闲宾，乳泉发新馥。"又苏轼《和蒋夔寄茶》："临风饱食甘寝罢，一瓯花乳浮轻圆。"

⑤ 签：见前《齐天乐》（余香才润鸾绡汗）注⑥。

⑥ 蟫（tán）：衣物或书堆中的蠹虫，也叫蠹鱼。《尔雅·释虫》："蟫，白鱼。"注："衣、书中虫，一名蛃鱼。"

⑦ 云根：见前《齐天乐》（竹深不放斜阳度）注⑦。"云"通"芸"，切"芸隐"。

⑧ 自锄：陶渊明《归园田居五首》其三："晨兴理荒秽，带月荷锄归。"

⑨ "醒眼"句：屈原《渔父》："举世皆浊我独清，众人皆醉我独醒。"

⑩ 小山：即淮南小山，著有《招隐士》，故曰"有语"，切"芸隐"之"隐"。

⑪ "恨逋仙"二句：指林逋及其名作《山园小梅》。暗香：即该诗名句："疏影横斜水清浅，暗香浮动月黄昏。"

⑫ 书床：藏书的架子。白居易《东南行一百韵寄通州……》："书床鸣蟋蟀，琴匣网蜘蛛。"

⑬ 带草：书带草，即沿阶草，叶坚韧。传郑玄门下取以束书，故又称康成书带（玄字康成）。（参《后汉书·郡国志·东莱郡》注引《三齐记》）李群玉《经费拾遗所居呈封员外》："空余书带草，日日上阶长。"苏轼《和文同与可洋川园池三十首·书轩》："庭下已生书带草，使君疑是郑康成。"

[译诗]

"池塘生春草"

　　名句来自梦里

　　燕子在帘幕之间

又（草生梦碧）

　　　自在地飞来飞去
日影缓缓移动
　　　已是春天正午时机
连茶都懒于呷饮
　　　任乳花翻滚在壶里
微风轻拂
　　　树叶飒飒，声声碎细
旧时的沙滩
　　　黄昏后的雨滴
古老的书卷
　　　免不了有蠹虫繁殖
亲手种植芸香吧
　　　为了蠹虫无法生息
天气多么晴朗
　　　伴着月色自锄豆畦
看叶茂花繁
　　　园圃里香气四溢

睁着冷眼静观
　　　醉汉们舞态放浪无忌
能做到吗
　　　万事都不放在心里
只要有"闲"字相伴

生活便分外淡雅有趣

淮南小山广为流传着

　　　《招隐士》中的清澈话语

遗憾的是林逋仙翁

　　　早就占有了诗坛首席

他那句"暗香浮动"

　　　本是千古传诵的名句

然而使人感到温馨的

　　　是你那满架满橱的书籍

环绕庭阶的"书带草"啊

　　　摇动着露珠映出春天的美丽

用不着再去京城了

　　　那里满街尘雾纷纷扬起

[说明]

　　赠友人之作。全篇不离被赠者的名字与生活情趣。上片写"芸"，内含"隐"字，表面上写种植芸香熏书驱虫，却与芸隐（即施枢）所向往的隐士生活联系起来。"带明月自锄"，明显来自陶渊明"带月荷锄归"。下片过拍用屈原"众人皆醉我独醒"句意领起，并将淮南小山之《招隐士》与林逋《山园小梅》"暗香浮动"串接起来，用以形容芸隐之高才雅思，吟咏性情，非同凡响。结拍以京都之官场奔走，车骑往来，为名为禄，尘土飞扬，与"芸隐"向往之隐逸生活形成鲜明对照。

又

送春古江村[①]

水园沁碧,骤夜雨飘红,竟空林岛。艳春过了。有尘香坠钿[②],尚遗芳草。步绕新阴,渐觉交枝径小[③]。醉深窈。爱绿叶翠圆,胜看花好。　　芳架雪未扫。怪翠被佳人,困迷春晓。柳丝系棹。问阊门自古[④],送春多少。倦蝶慵飞,故扑簪花破帽。酹残照。掩重城、暮钟不到。

[笺注]

① 古江村:即苏州西园。朱《笺》:"冯桂芬《苏州府志》:西园在阊门西,洛人赵思别业也。张孝祥大书其扁曰:'古江村',中有'足娱堂'。"

② 钿:本指妇女首饰,此用以形容落花。周邦彦《六丑》:"钗钿堕处遗香泽。"

③ 交枝:枝叶交叉繁密,故云"径小"。

④ 阊门:苏州城西门。

[译诗]

　　溢满春水的林园
　　　　显得更加翠绿
　　突然一夜春雨
　　　　红花飘落水里

山林竟然显出空旷
　　　水中光秃了岛屿
艳丽的春天
　　　就这样匆匆离去
尘土带着花瓣
　　　恰似嵌金首饰坠入大地
或者遗落在
　　　青青的芳草碧畦
绕着弯儿漫步
　　　树荫下满是清新的气息
还有，头上绿叶交枝
　　　地面小径被绿草占挤
酣醉在幽深之处
　　　爱这绿叶圆里透碧
它胜似鲜花
　　　似乎更加美丽

花木重重叠叠
　　　落花似尚未扫尽的雪迹
美人紧拥着翠绿衾被
　　　至今尚未梳洗
被春梦困扰留恋
　　　难以欣赏拂晓的晨曦

又（水园沁碧）

　　柳丝在水面上轻拂
　　　　牵系着行舟不准它别离
　　阊门啊，自古及今
　　　　你忠实地守卫在这里
　　送走的春天
　　　　春天，是难以数计
　　慵懒的粉蝶
　　　　连飞翔也怕费力
　　就近扑向破帽
　　　　以为帽上簪戴的花枝会有香气
　　让我们举起酒杯
　　　　向落日余晖表示奠祭
　　一重又一重的城门紧紧掩闭
　　　　暮色里的钟声也难传入耳际

[说明]

　　送春，是古诗词中常见的题材，一般均在夏历三月末，此后便进入初夏了。春天，跟人的青春一样美好、短暂，因而特别值得留恋。这首词自然也透发出这种思想情感。不同的是，词人对初夏的来临同样表现出一种欢愉与美的观照，伤春之情反而因此淡化许多，这从词的架构安排上也可体味出来。例如，上片前五句写春归，"艳春过了"，点题并承上启下。上，指开篇三句交代"春归"的原因："骤夜雨飘红，竟空林岛。"下，指"芳草"之中尚有"尘香坠钿"。"步绕新阴"以下五句，实际是对初夏的赞颂，"爱绿叶翠圆，胜看花好"就是这种情感的直接发抒。下片集中写"送春"二字。过片以下三句,借"佳人"不知春归而"困迷春晓"来加以反衬。"柳丝系棹"三句,借拟人手法,将"春"诗化。"送春多少"一句,感慨深沉,用笔极重。"倦蝶"两句将笔墨再次宕开,借蝴蝶扑向"簪花破帽"暗写对春天的留恋。结拍"酹残照",点"送"字;"暮钟不到",暗用贾岛"未到晓钟犹是春"句意。贾岛《三月晦日赠刘评事》云:"三月正当三十日,风光别我苦吟身。共君今夜不须睡,未到晓钟犹是春。"吴词中所写的"暮钟",实际是暮春的最后一声暮钟,与贾诗之"晓钟"有所不同。不过,这"暮钟"正是贾诗"晓钟"前缩式的延伸。试想,这"暮钟"都因"重城"紧掩,难以传达到词人耳际,那么,初夏的第一声"晓钟"不同样可以隔在城外,难以送到词人身边吗?由上可见,词人对初夏景色的喜爱,正是为了衬托内心深处对春天的迷恋,是一种加倍手法。在唐宋词中,这是他人笔底所无而为词人之所独创,因而别饶韵味。

[汇评]

亦风流亦豪放亦阔达。好句如读唐诗。

——陈廷焯《云韶集》卷八

又

赋瑶圃万象皆春堂①

暖波印日,倒秀影秦山②,晓鬟梳洗③。步帷艳绮。正梁园未雪④,海棠犹睡⑤。藕绿盛红,怕委天香到地⑥。画船系。舞西湖暗黄⑦,虹卧新霁⑧。　　天梦春枕被⑨。和风筑东风,宴歌曲水⑩。海宫对起⑪。灿骊光乍湿⑫,杏梁云气⑬。夜色瑶台⑭,禁蜡初传翡翠⑮。唤春醉。问人间、几番桃李?

[笺注]

① 瑶圃:嗣荣王与芮的园林。朱《笺》:"按,荣邸瑶圃在绍兴。见《癸辛杂识》。"

② 秦山:即秦望山,在绍兴东南四十里。夏《笺》:"《水经注》:'秦望山在越州城正南,如群峰之杰,秦始皇登此以望南海。'此云'秦山',简称也。白石《汉宫春·蓬莱阁》词,亦云'秦山对楼自绿'。此词咏荣邸瑶圃,过变云:'天梦春枕被。'必景定元年(1260)六月度宗立为皇太子以后作。"

③ "晓鬟"句:形容秦山如美女倒映入镜湖,梳洗理妆。周密《一萼红·登蓬莱阁有感》:"最怜他、秦鬟妆镜,好江山、何事此时游。"

④ 梁园:见前《宴清都》(翠羽飞梁苑)注②。

⑤ 海棠犹睡:见前《宴清都》(绣幄鸳鸯柱)注⑥。

⑥ 天香:见前《瑞鹤仙》(藕丝抽莹茧)注⑦。

⑦　暗黄：指柳色。

⑧　虹卧：指桥与复道。杜牧《阿房宫赋》："长桥卧波，未云何龙？复道行空，不霁何虹？"

⑨　天梦：见前《宴清都》（万壑蓬莱路）注⑧⑨。

⑩　曲水：见前《一寸金》（秋入中山）注⑭。

⑪　海宫：即前《水龙吟》（望中璇海波新）中之"新栋晴翚凌汉"，参该词注⑫。

⑫　骊光：骊珠之光。骊珠：骊龙颔下的宝珠。《庄子·列御寇》："夫千金之珠，必在九重之渊，而骊龙颔下，子能得珠者，必遭其睡也。"后用此比喻最珍贵的人或物。苏轼《九月十五日，迩英讲〈论语〉……》："苍颜白发便生光，袖有骊珠三十四。"

⑬　杏梁云气：参见前《齐天乐》（三千年事残鸦外）注⑤。

⑭　瑶台：古代神话中仙人所居之处。《拾遗记》卷十"昆仑山"："傍有瑶台十二，各广千步，皆五色玉为台基。"李白《清平调》："若非群玉山头见，会向瑶台月下逢。"

⑮　禁蜡：即禁烟。见前《扫花游》（冷空淡碧）注①。

[译　诗]

　　湖面上荡动着波纹
　　　　印出了暖日一轮
　　秦望山的秀影
　　　　也倒映在湖心
　　仿佛晨起理妆
　　　　梳洗着鬓鬟
　　漫步走过花的帷帐
　　　　色彩艳丽照人

又（暖波印日）

恰一似当年的梁园
　　　还不曾落雪缤纷
海棠涨红两腮
　　　仍在醉乡中逡巡
绿色只是铺垫
　　　红花才是重心
怕的是一旦飘落
　　　地上满是天上的香氛
画船紧系湖边
　　　暗黄的柳丝舞动西湖的绿荫
刚刚雨过天晴
　　　彩虹在空中横亘

是天上的好梦
　　　枕着锦被翠衾
紫箫引来"和凤"
　　　在东风中筑巢安寝
看，曲水流觞
　　　听，歌声阵阵
这光彩似骊龙的宝珠
　　　刚刚开始透出亮丽温润
禹庙里那棵梅梁
　　　仍然云气氤氲

377

梦幻的窗口——梦窗词选

　　神界的瑶台
　　　　夜色沉沉
　　寒食过后，翡翠鸟儿
　　　　刚刚衔来新火照临
　　唤回春天
　　　　一起进入醉乡的大门
　　我问人间
　　　　有几番桃李更新

[说明]

　　全篇写景，歌咏嗣荣王之"万象皆春堂"。词以"春"字为线，将全篇串接成有机整体，既写了瑶圃之春，也描绘出人间万象。开篇三句，大处着眼，写春水，春山，春容，并通过"秦山"（即绍兴之秦望山）点出瑶圃所在之地域性特点。"步帷"以下五句，以"梁园"暗喻"瑶圃"，渲染春的气氛弥漫。"画船"三句，通过湖光画船以及虹桥的描绘引出下片。下片在梦幻般的氛围里，把词境引向绍兴历史文化的千年万象。"宴歌曲水"，写王羲之"兰亭雅集"的故事。"杏梁云气"，写禹庙关于梅梁的传说。"瑶台"，点题面之"瑶圃"，上下呼应。"禁蜡"，用韩翃《寒食》诗意，点"春"字，并暗指"轻烟散入五侯家"。此词虽写王侯家园之隆盛，但用笔纯净委婉，清丽可读。

应天长

夷则商　吴门元夕①

丽花斗靥②,清麝溅尘③,春声遍满芳陌④。竞路障空云幕⑤,冰壶浸霞色⑥。芙蓉镜⑦,词赋客。竞绣笔、醉嫌天窄⑧。素娥下⑨,小驻轻镳⑩,眼乱红碧⑪。　　前事顿非昔。故苑年光,浑与世相隔。向暮巷空人绝⑫,残灯耿尘壁⑬。凌波恨,帘户寂。听怨写、堕梅哀笛⑭。伫立久,雨暗河桥,谯漏疏滴⑮。

[笺注]

　　① 吴门:古代江苏吴县一带之别称。吴县为春秋时之吴都,故称,与"吴中"同。张继《阊门即事》:"试上吴门窥郡郭,清明几处有新烟。"词写苏州。元夕:元宵节。吴自牧《梦粱录》卷一"元宵":"正月十五日元夕节,乃上元天官赐福之辰。"

　　② 靥:脸上酒窝。

　　③ 清麝(shè):指月。古有"麝月"之说,为月的美称。徐陵《玉台新咏序》:"金星将婺女争华,麝月与嫦娥竞爽。""麝"与下之"尘"字,又结合成为"麝尘",即极细的麝香粉。温庭筠《达摩支曲》:"捣麝成尘香不灭,拗莲作寸丝难绝。"周邦彦《解语花·元宵》:"箫鼓喧,人影参差,满路飘香麝。"

　　④ 芳陌:飘溢着香气的街道。街路的美称。

　　⑤ 障空云幕:指街道两旁的灯火争奇竞艳、遮空蔽月。《武林旧事·元

夕》描绘当时元夕的热闹景象:"翠帘绡幕,绛烛纱笼,遍呈队舞,密拥歌姬,脆管清吭,新声交奏,戏具粉婴,鬻歌售艺者,纷然而集。"

⑥ 冰壶:指清澈透明的夜空。辛弃疾《水调歌头》:"好卷垂虹千丈,只放冰壶一色,云海路应迷。"浸霞色:整个夜空皆被灯火映红,有如漫天云霞。冰壶,又指当时著名的白玉灯。《武林旧事·元夕》:"其后福州所进,则纯用白玉,晃耀夺目,如清冰玉壶,爽彻心目。"

⑦ 芙蓉镜:形状如同芙蓉花的镜子。《酉阳杂俎续集·支诺皋中》:"相国李公固言,元和六年,下第游蜀,遇一老妪,言:'郎君明年芙蓉镜下及第,后二纪拜相,当镇蜀土,某此时不复见郎君出将之荣也。'明年,果然状头及第,诗赋题有'人镜芙蓉'之目。后二十年,李公登庸。"

⑧ 醉嫌天窄:杜甫《送李校书二十六韵》:"每愁悔吝作,如觉天地窄。"

⑨ 素娥:本指月宫仙女嫦娥,因月色洁白,故称。此为月的代称。谢庄《月赋》:"引玄兔于帝台,集素娥于后庭。"李商隐《霜月》:"青女素娥俱耐冷,月中霜里斗婵娟。"周邦彦《解语花·元宵》:"纤云散,耿耿素娥欲下。"

⑩ 镳(biāo):马口所衔之铁露于唇外者,代指马。骆宾王《上兖州崔长史启》:"腾镳历块,骋骥骏于咸阳。"周邦彦《忆旧游》:"道径底花阴,时认鸣镳。"

⑪ 眼乱红碧:即看朱成碧,指人心乱目眩,不辨五色。王僧孺《夜愁》:"谁知心眼乱,看朱忽成碧。"武则天《如意娘》:"看朱成碧思纷纷,憔悴支离为忆君。"

⑫ 向暮:临暮,意同向晚。

⑬ 残灯耿壁:白居易《上阳白发人》:"耿耿残灯背壁影,萧萧暗雨打窗声。"耿耿,光明的样子。

⑭ 堕梅哀笛:即笛曲《梅花落》。见前《水龙吟》(淡云笼月微黄)注⑱。

⑮ 谯:谯门、谯楼。城门上用以守望的高楼,俗称鼓楼。秦观《满庭芳》:"画角声断谯门。"漏:古代计时器。见前《瑞鹤仙》(记年时茂苑)注⑯。

应天长（丽花斗靥）

[译诗]

美丽的花朵
　　酒窝似的争奇斗妍
清爽的麝香
　　微尘似的四处飞溅
春天的声响
　　在芳菲的街路上传遍
花团锦簇，游人云集
　　灯火流光，蔽月遮天

清澈如冰的夜空
　　被霞光浸染得缤纷灿烂
宝镜里映出芙蓉粉面
　　纸砚前写就词赋连篇
醉意蒙眬，伸展生花妙笔
　　广阔天宇，也嫌它小得可怜
月亮照在当头
　　马儿啊短时停站
目不暇接，看朱成碧
　　可怜模糊了双眼

放下对往事的眷恋吧
　　眼下绝然不是从前
不要回忆当年的故苑

时光像隔了个世界一般
  暮色茫茫走过
　　街巷空空，人影不见
  如豆的残灯闪闪
　　断壁被尘土封严
  凌波仙子一去无返
　　燕去楼空，门静帘卷
  是谁在倾诉心中哀怨
　　笛声里的落梅扣人心弦
  啊，不知伫立了多少时间
　　跨河的石桥都已被雨水遮暗
  听，是谁楼传来的更漏
　　还是零零落落的雨滴飘来耳畔

[说明]

　　词写苏州元宵佳节。上下片形成鲜明对比，充分反映出昔盛今衰的时代落寞之感。起拍三句，从视觉、嗅觉、听觉三个方面烘托出早年苏州元宵节的美好热闹场面。"竟路"两句再从地面与天空两方面加以补充。"芙蓉镜"四句，从吟诗作赋、歌咏情怀方面，暗写文人词客不安于"半壁河山"的现实。"醉嫌天窄"，含义颇深，是全篇要害处，不可轻易放过。一结用"素娥"点月，回到灯火辉煌的世界。下片换头，以"前事顿非昔"将全篇提起，再用"故苑年光，浑与世相隔"两句，作突发性跌落，力重千钧。昔盛今衰，恍同隔世。"向暮"以下，分别从"巷空人绝""帘户"凄寂、"堕梅哀笛"几方面对此作形象性生发。结拍,雨中久久伫立的词人早已消失在一片阴暗之中,耳边只剩下难以分辨的雨声与谯门上漏滴之声。"巷空人绝"与上片"春声遍满芳陌","残灯耿尘壁"与上片"冰壶浸霞色","凌波恨,帘户寂"与上片"芙蓉镜,词赋客","堕梅哀笛"与上片"竞绣笔","伫立久"与上片"小驻轻镳",均形成极大反差。杨铁夫在《吴梦窗事迹考》中认为,吴文英卒年在德祐二年(1276)元军攻陷临安之后,并举《瑞龙吟·赋蓬莱阁》《绕佛阁·赠郭季隐》《三姝媚·过都城旧居有感》《古香慢·赋沧浪看桂》四首为例,认为梦窗曾"亲见元兵入临安"。杨氏不曾列举此篇。这首词的今昔对比,恰好说明南宋灭亡前后的两种不同情境。特别是结拍"雨暗河桥,谯漏疏滴"两句,其中仿佛还杂有南宋灭亡而引起的深悲剧痛之泪滴。

[汇评]

上阕全写盛时节物,极力为换头三句追逼。至"巷空人绝,残灯尘壁",则几不知为元夕矣。此与《六丑·吴门元夕风雨》立意自异。此见盛极必衰,彼则今昔之感。

——陈洵《海绡说词》

风流子

黄钟商　芍药

金谷已空尘①。熏风转②、国色返春魂③。半敲雪醉霜,舞低鸾翅④,绛笼蜜炬⑤,绿映龙盆⑥。窈窕绣窗人睡起⑦,临砌脉无言⑧。慵整堕鬟⑨,怨时迟暮⑩,可怜憔悴⑪,啼雨黄昏。　　轻桡移花市⑫,秋娘渡⑬、飞浪溅湿行裙。二十四桥南北⑭,罗荐香分⑮。念碎劈芳心,萦思千缕,赠将幽素⑯,偷剪重云⑰。终待凤池归去⑱,催咏红翻⑲。

[笺注]

① 金谷:金谷园。晋石崇在洛阳所建。《晋书·石崇传》:"崇有别馆在河阳之金谷,一名梓泽。"园在河南洛阳西北,中有清凉台,即崇姬绿珠坠楼自尽处。石崇《金谷诗序》云:"有别庐在河南县界金谷涧中。……有清泉茂林,众果竹柏、药草之属,……其为娱目欢心之物备矣。"(《世说新语·品藻》)

② 熏风:也作薰风,指夏季的南风。《吕氏春秋·有始》:"东南曰薰风。"注:"薰风,或作景风。巽气所生,一曰清明风。"白居易《太平乐词二首》其二:"湛露浮尧酒,薰风起舜歌。"相传虞舜弹五弦琴唱《南风歌》:"南风之薰兮。可以解吾民之愠兮。南风之时兮。可以阜吾民之财兮。"(见《孔子家语·辨乐篇》)

③ 国色:牡丹花的美称。《松窗杂录》:开元中有程修巳者,以善画进。会内殿赏花。上问修巳曰:"今京邑传唱牡丹诗谁为首出?"对曰:"中书舍

人李正封诗曰：'天香夜染衣，国色朝酣酒。'"从此，"国色天香"即为牡丹花的美称。返春魂：指芍药。相传芍药于牡丹凋谢后开放，故被误认为是牡丹花精魂转世。王禹偁《芍药诗三首》其一："牡丹落尽正凄凉，红药开时醉一场。羽客暗传尸解术，仙家重爇返魂香。""返魂香"即"返春魂"。

④ 鸾：传为凤凰一类的神鸟。见前《水龙吟》（望中璇海波新）注⑲。

⑤ 绛（jiàng）笼：红纱制成的灯罩。蜜炬：用蜜蜡制成的红烛。此用以形容芍药花的颜色如一盏大红灯笼。

⑥ 龙盆：饰有龙形图案的花盆，状盘旋飞动的芍药花。韩愈《芍药》："浩态狂香昔未逢，红灯烁烁绿盘龙。""绛笼""绿映"二句，即化用韩诗。

⑦ 窈窕：美好幽静。《诗·周南·关雎》："窈窕淑女，君子好逑。"柳宗元《戏题阶前芍药》："欹红醉浓露，窈窕留余春。孤赏白日暮，暄风动摇频。"

⑧ 脉（mò）：脉脉含情，相视无语。《古诗十九首》："盈盈一水间，脉脉不得语。"辛弃疾《摸鱼儿》："千金纵买相如赋，脉脉此情谁诉？"

⑨ 慵（yōng）：困倦，懒散。慵来妆：用赵合德故事。《飞燕外传》："合德新沐，膏九回沉水香，为卷发，号新髻；为薄眉，称远山黛；施小朱，号慵来妆。"

⑩ 迟暮：比喻衰老、晚年。屈原《离骚》："惟草木之零落兮，恐美人之迟暮。"周邦彦《琐窗寒》："迟暮。嬉游处。正店舍无烟，禁城百五。"

⑪ 憔悴：周邦彦《还京乐》："怎得青鸾翼，飞归教见憔悴。"

⑫ 桡（ráo）：船桨。屈原《九歌·湘君》："荪桡兮兰旌。"注："桡，船小楫也。"《汉书·元后传》注："辑与楫同，濯与櫂同，皆所以行船也。……辑为櫂之短者也。今吴越之人呼为桡，音饶。"轻桡，指轻便小船。

⑬ 秋娘渡：用秋娘命名的渡口。杜牧《杜秋娘诗序》："杜秋，金陵女也。年十五，为李锜妾。后锜叛灭，籍之入宫，有宠于景陵（唐宪宗李纯墓名）。穆宗即位，命秋为皇子傅姆，皇子壮，封漳王。郑注用事，诬丞相欲去

异己者，指王为根，王被罪废削，秋因赐归故乡。"周邦彦《瑞龙吟》："唯有旧家秋娘，声价如故。"蒋捷《一剪梅·舟过吴江》："秋娘渡与泰娘桥。风又飘飘，雨又萧萧。"

⑭　二十四桥：古代扬州著名景点。杜牧《寄扬州韩绰判官》："二十四桥明月夜，玉人何处教吹箫。"姜夔《扬州慢》："二十四桥仍在，波心荡，冷月无声。"又《侧犯·咏芍药》："红桥二十四，总是行云处。"但其具体地址，说法不一。一说隋置，并以城门坊市为名。沈括《梦溪笔谈·补笔谈卷三·杂志》略记此二十四桥桥名，但不全。一说因古有二十四美人吹箫于此，故名。又清李斗《扬州画舫录》以为二十四桥即吴家砖桥，一名红药桥，在熙春楼后。俞平伯《唐宋词选释》据前人资料，酌定二十四桥为：浊河桥、茶园桥、大明桥、九曲桥、下马桥、作坊桥、洗马桥、南桥（存）、阿师桥、周家桥、小市桥、广济桥、新桥、开明桥、顾家桥、通泗桥（存）、太平桥（存）、利国桥、万岁桥（存）、青园桥、驿桥、参佐桥、东水门桥、山光桥（存）。又云："所谓'廿四桥'，'红药桥'，又即缘杜牧之诗、姜白石词得名，是较后的情形，不宜转用注解姜词。"

⑮　罗荐：用轻软有稀孔的丝织品制成垫褥。周邦彦《玲珑四犯》："夜深偷展香罗荐，暗窗前醉眠葱蒨。"香分：秦观《满庭芳》："销魂，当此际，香囊暗解，罗带轻分。"

⑯　"赠将"句：《诗经·郑风·溱洧》："维士与女，伊其相谑，赠之以芍药。"幽素：深藏于心底的真实情感。素，通"愫"。

⑰　重云：重台芍药。重台，即复瓣。

⑱　凤池：凤凰池，本禁苑中池沼，魏晋以后多将中书省设于禁苑，掌管机要，因以凤凰池指中书省或机要官职。范云《古意赠王中书》："摄官青琐闼，遥望凤凰池。"

⑲　"红翻"句：形容芍药花像红云般翻卷美好。谢朓《直中书省》："红药当阶翻。"王禹偁《芍药花开忆牡丹》："翻阶红药满朱栏。"

风流子(金谷已空尘)

[译诗]

　　石崇的金谷园林
　　　　早已空旷，满目灰尘
　　夏季的南风吹拂
　　　　唤醒了牡丹追随春天的游魂
　　你，半斜半倚地盛开怒放
　　　　像极了醉卧的雪与霜的风神
　　有如鸾凤的舞姿
　　　　翅翼低翔，自由升沉
　　有如红艳艳的灯笼
　　　　光彩闪烁，灼灼迷人
　　浓浓的绿色
　　　　映透盘龙飞动的玉盆
　　绣窗里的窈窕淑女
　　　　睡醒之后缓缓起身
　　脉脉含情，无言无语
　　　　却被护花的石砌吸引
　　散落的鬟鬓
　　　　懒于动手整顿
　　青春很快地老去
　　　　心底难免产生怨恨
　　花朵儿也显出憔悴
　　　　怎不令人深感怜悯

连小雨都在幽幽地哭泣
　　　直到黄昏的降临
小小船儿载着你
　　　到花市去展现丰韵
划过秋娘的渡口
　　　飞迸的浪花溅湿了行裙
有扬州二十四桥沟通
　　　南北两地成为近邻
这丝织的柔柔的香罗垫
　　　临别时两下平分
可惜那一刀下去
　　　劈碎了美丽的花心
情思，魂牵梦萦
　　　扯不断的是万缕千针
《诗》云"赠之以芍药"
　　　情愫的表达，含蓄纯真
再把花瓣偷偷剪下
　　　像一束层层叠叠的红云
最后的期待
　　　是进入"凤凰池"的宫门
激发诗人写出最美妙的诗句
　　　歌咏你红云一般，翻卷传神

风流子（金谷已空尘）

[说明]

  这是一首咏物词，因词中歌咏的芍药被赋予了人的灵性，所以写花实亦在写人。上片一起三句，用美姬绿珠在金谷坠楼的事典，并通过"返春魂"三字使之再生。此芍药已不仅有牡丹的传统基因，同时还注入了绿珠的月貌花容。"半皱雪"以下四句，再从姿质、舞姿、红花、绿叶几方面逐层渲染。"窈窕绣窗"以下，通过绣窗中的闺人作侧面映衬。"可怜憔悴，啼雨黄昏"之中，似乎可以看到闺人的泪痕。人与花已开始融为一体。下片，换头三句，写芍药去花市展出。"二十四桥"两句，暗点这是扬州名著天下的芍药，同时又融入人世的别离之苦。从苏州附近之"秋娘渡"看，不仅有上下呼应之妙，同时还似埋下歌咏词人爱姬的伏笔。"罗荐香分"，即词人与爱姬的生离死别。"念碎劈芳心"四句，以《诗经》"赠之以芍药"为中心，写爱之永存。结拍，诗人使芍药的有限生命转化为艺术的无限与永恒。这首词与其歌咏的芍药，也由此具有了永不褪色的艺术生命。

又
前题（芍药）

温柔酣紫曲①，扬州路②、梦绕翠盘龙③。似日长傍枕，堕妆偏髻④，露浓如酒⑤，微醉敧红⑥。自别楚娇天正远⑦，倾国见吴宫⑧。银烛夜阑⑨，暗闻香泽⑩，翠阴秋寂，重返春风⑪。　　芳期嗟轻误，花君去，肠断姜若为容⑫。惆怅舞衣叠损，露绮千重。料绣窗曲理⑬，红牙拍碎⑭，禁阶敲遍，白玉盂空⑮。犹记弄花相谑⑯，十二阑东⑰。

[笺注]

① 温柔：温柔乡，比喻美色迷人，后专用以指迷恋女色。《飞燕外传》："是夜进合德，帝大悦，以辅属体，无所不靡，谓为温柔乡。谓嫕曰：'吾老是乡矣，不能效武皇帝求白云乡也。'"紫曲：紫微郎的别称。《新唐书·百官志二》："天宝元年曰右相，至大历五年，紫微侍郎乃复为中书侍郎。"白居易《紫薇花》："独坐黄昏谁是伴？紫薇花对紫微郎。"紫曲，即指白诗。王禹偁《芍药诗·序》云："白少傅为主客郎中知制诰，有《草词毕咏芍药》诗，词彩甚为该备。"并在其第一首尾联中说："曾忝掖垣真旧物，多情应认紫微郎。"在三十余种芍药中，即有被称之为"紫袍金带""紫蝶献金"等名贵花种。

② 扬州路：当时盛产芍药之地，仅宋王观所作《扬州芍药谱》，便列其品种达三十四种之多。晁补之《望海潮》："人间花老，天涯春去，扬州别是风光。红药万株，佳名千种，天然浩态狂香。"姜夔《扬州慢》："念桥边红药，

年年知为谁生。"

③ 翠盘龙：见前《风流子》（金谷已空尘）注⑥。

④ 堕妆偏髻：即堕马髻。东汉梁冀妻孙寿所创发型，发髻斜侧在脑后，后演变为倭堕髻。《后汉书·梁统传》："寿色美，而善为妖态，作愁眉、啼妆、堕马髻。"江总《梅花落》："天姬坠马髻，未插江南珰。"

⑤ 露浓：李白《清平调》："云想衣裳花想容，春风拂槛露华浓。"

⑥ 微醉敧红：柳宗元《戏题阶前芍药》："敧红醉浓露，窈窕留余春。"

⑦ 楚娇：楚国美女。《韩非子·二柄》："楚灵王好细腰，而国中多饿人。"杜牧《遣怀》："落魄江南载酒行，楚腰纤细掌中轻。"天正远：李商隐《有感》："一自高唐赋成后，楚天云雨尽堪疑。"柳永《雨霖铃》："念去去、千里烟波，暮霭沉沉楚天阔。"

⑧ 倾国：见前《琐窗寒》注⑬。白居易《长恨歌》："汉皇重色思倾国，御宇多年求不得。"吴宫：指越国献吴王之美女西施。

⑨ 银烛夜阑：杜甫《羌村三首》其一："夜阑更秉烛，相对如梦寐。"苏轼《海棠》："只恐夜深花睡去，故烧高烛照红妆。"

⑩ 香泽：泽，油膏之类。周邦彦《六丑》："钗钿堕处遗香泽。"

⑪ 重返春风：见前《风流子》（金谷已空尘）注③。

⑫ 肠断：见前《瑞鹤仙》（乱云生古峤）注③。若为容：杜荀鹤《春宫怨》："早被婵娟误，欲妆临镜慵。承恩不在貌，教妾若为容。"

⑬ 绣窗：雕刻或绘饰精美的窗户。李商隐《瑶池》："瑶池阿母绮窗开，黄竹歌声动地哀。"曲理：即理曲，练习歌曲。

⑭ 红牙：即调节乐曲节拍的拍板。红，指板的颜色；牙，指板的形状。《研北杂志》卷下载，赵子固每醉歌乐府，"自执红牙以节曲"。《文献通考》卷百三十九"乐考"："拍板长阔如手，重大者九板，小者六板，以韦编之。胡部以为乐节，盖以代抃也。……宋朝教所用六板，长寸，上锐薄而下圆厚，以檀若桑木为之。"晏殊《诉衷情》："幕天席地斗豪奢，歌妓捧红牙。"司马光

《和王少卿……赴王尹赏菊之会》:"红牙板急弦声咽,白玉舟横酒量宽。"俞文豹《吹剑续录》:"柳郎中词,只好十七八女孩儿,执红牙拍板,歌'杨柳岸、晓风残月'。"

⑮ 白玉盂:用王敦击唾壶故事。《晋书·王敦传》:"每酒后辄咏魏武帝乐府歌曰:'老骥伏枥,志在千里。烈士暮年,壮心不已。'以如意打唾壶为节,壶边尽缺。"

⑯ 弄花相谑:即"伊其相谑",见前《风流子》(金谷已空尘)注⑯。

⑰ 十二阑:见前《瑞鹤仙》(彩云栖翡翠)注⑧。

[译诗]
温柔乡里尽兴温存
　　紫袍金带睡意深沉
萦绕着扬州的美梦
　　翠叶似盘龙回环屈伸
红日迟迟,升上高空
　　你似乎仍在斜倚绣枕
堕马妆似的髻鬟
　　偏垂倾坠也懒于梳抿
浓浓的露珠凝聚
　　美酒一般甘洌氤氲
微微地带有醉意
　　斜倚红衾闭目养神
自从楚地与美人分手
　　天遥地远难通音问
如今,你倾国倾城

又（温柔酣紫曲）

　　相见在吴国的宫门
银烛彻夜闪耀
　　直到翌日清晨
是什么气味暗中播散
　　到处弥漫诱人的香氛
翠绿已传出秋的信息
　　撒出了静寂的浓荫
此刻，偷偷返回的
　　是随春远去的芳魂

错过了争奇斗艳的花季
　　空叹延误了美景良辰
赏花的君子离去令人肠断
　　如今，为谁把面容妆扮一新
惆怅满怀，舞裙闲置
　　几经折叠而出现皱纹
露水浸湿花苞
　　似千重艳丽的绮云
料想，刻饰精美的窗内
　　练就的歌曲已进入弦琴
按节的红牙拍板
　　尽情敲击而破碎断损
连禁城里的白石阑干

梦幻的窗口——梦窗词选

　　　几乎全部能拍打出神韵
　　如意叩击的白玉唾壶
　　　留下的只是空谷余音
　　忘不了用芍药相互赠送
　　　戏谑之情更深入内心
　　忘不了十二阑干
　　　阑干东南留下的印痕

[说明]

　　同样是写芍药的词篇，但意境并不重复。前首写花与写人并重，而后者则把芍药全部作拟人化处理，并通过梦幻与花魂拓展艺术感受的时空。起拍三句，明显点出梦中之所见。"似日长"四句，用美女日高傍枕来烘托花的醉态。"自别楚娇"两句，状花之美艳有如西施。"银烛"以下四句，用秉烛赏花来烘托其名贵。在散播异香之中透出春的气息。下片以花拟人，因芍药晚开，错过大好春光，赏爱者早已离去，空有美好姿容。"惆怅舞衣"两句，通过无心起舞写知者难逢。"料绣窗"以下，用"红牙拍碎""白玉盂空"来抒写世无知音的憾恨。结拍两句，词笔陡转，用"弄花相戏"的貌似快乐场面收束全篇。

过秦楼

黄钟商　**芙蓉**①

藻国凄迷②，曲尘澄映③，怨入粉烟蓝雾。香笼麝水，腻涨红波④，一镜万妆争妒。湘女归魂⑤，佩环玉冷无声⑥，凝情谁愬⑦？又江空月堕，凌波尘起，彩鸾愁舞⑧。　　还暗忆、钿合兰桡⑨，丝牵琼腕，见的更怜心苦⑩。玲珑翠屋⑪，轻薄冰绡⑫，稳称锦云留住⑬。生怕哀蝉⑭，暗惊秋被红衰⑮，啼珠零露⑯。能西风老尽⑰，羞趁东风嫁与⑱。

[笺注]

① 芙蓉：荷花的别名，也作夫容，即莲花。《尔雅·释草》："荷，芙蕖。"注："别名芙蓉。"疏："今江东人呼荷华为芙蓉。"

② 藻国：即藻水、藻池，犹生满萍藻的水乡泽国。

③ 曲尘：见前《齐天乐》（曲尘犹沁伤心水）注②。

④ 腻涨：杜牧《阿房宫赋》："渭流涨腻，弃脂水也。烟斜雾横，焚椒兰也。"

⑤ 湘女：即湘娥。见前《解连环》（暮檐凉薄）注⑯。

⑥ 佩环：妇女佩戴之装饰。杜甫《咏怀古迹五首》其三："环佩空归夜月魂。"姜夔《满江红》："向夜深、风定悄无人，闻佩环。"

⑦ 愬（sù）：同"诉"，诉说。《诗·邶风·柏舟》："薄言往愬，逢彼之怒。"

⑧ 彩鸾：见前《水龙吟》（望中璇海波新）注⑲。

⑨ 钿：见前《瑞鹤仙》（晴丝牵绪乱）注⑫。

⑩ 的:同"菂"(dì),莲实。怜心,即"莲心",谐音隐语。

⑪ 翠屋:指荷叶。萧绎《采莲赋》:"绿房兮翠盖,素实兮黄螺。"又《法宝联璧序》:"宁俟容成翠屋之游。"

⑫ 冰绡:细洁雪白的生丝织品。

⑬ 稳称:稳贴合体。杜甫《丽人行》:"珠压腰衱稳称身。"锦云:烂锦祥云,彩云。《水经注·河水》:"承渊山又有埔城,金台玉楼,相似如一。……紫翠丹房,锦云烛日。"留住:毛滂《南歌子》:"更深不锁醉乡门。先遣歌声留住、欲归云。"

⑭ 哀蝉:晋王嘉《拾遗记》卷五:"汉武帝思怀往者李夫人,不可复得。时始穿昆灵之池,泛翔禽之舟。帝自造歌曲,使女伶歌之。时日已西倾,凉风激水,女伶歌声甚遒,因赋《落叶哀蝉》之曲曰:'罗袂兮无声,玉墀兮尘生。'"

⑮ "秋被"句:李商隐《夜冷》:"西亭翠被余香薄,一夜将愁向败荷。"

⑯ 零露:露珠自天而降。《诗经·郑风·野有蔓草》:"野有蔓草,零露洊兮。"疏:"草之所以能延蔓者,由天有陨落之露。"陆机《苦寒行》:"渴饮坚冰浆,饥待零露餐。"

⑰ 能:原注:去声。张相《诗词曲语辞汇释》卷三引此下二句释云:"言宁可老死西风,羞趁东风如桃杏之嫁与也。"

⑱ 东风嫁与:李贺《南园十三首》其一:"可怜日暮嫣香落,嫁与春风不用媒。"张先《一丛花令》:"沉恨细思,不如桃杏,犹解嫁东风。"

[译诗]

生满萍藻的水乡

　　令人感到凄楚迷茫

漂浮酒曲般的黄色

　　如今清澈见底闪动波光

伤秋的愁怨融入粉色的烟霭

过秦楼（藻国凄迷）

　　　织进了蓝色的雾的罗网
诱人的气息在上空笼罩
　　　水里似乎溶解了麝香
仿佛是被泼弃的胭脂粉水
　　　掀起一道道红色细浪
面对这样的一面宝镜
　　　妒忌你的是千万红妆
你是湘水的神女吗
　　　归来的魂魄在东飘西荡
佩环玉饰似乎完全冷却
　　　不然，为什么听不到声响
你凝神屏息地站在那里
　　　心中的情愫准备向谁言讲
江面上空广阔无边
　　　正准备拥抱坠落的月亮
凌波微步却在款款行进
　　　卷起的尘土在暗中飞扬
连彩色斑斓的鸾鸟
　　　也因忧愁而难以挥舞美丽的翅膀

对此，怎能不暗中忆旧
　　　把过往的丰姿细想
那时节，你的莲蓬是镶嵌珠贝的宝盒

　　　　莲柄，轻舟般地在水面滑翔
莲的情丝萦绕在
　　　　玉雕似的莲藕之上
手剥莲蓬，手捧莲心
　　　　颗颗印证着情爱的痛苦忧伤
你的居室玲珑剔透
　　　　翠绿的荷叶遮蔽着阴凉
你的穿着轻薄透露
　　　　冰茧般的生丝为你缝制衣裳
时尚的款式匀称合体
　　　　七彩锦云托出你的曲线流淌
这美好的一切使人担惊受怕
　　　　怕的是寒蝉面对西风的哀唱
流年在暗中偷偷转换
　　　　翠被的绿意消失，红色衰亡
那晶莹的泪滴啊
　　　　像露珠从天而降
宁肯伴着西风老去
　　　　伴着秋季庄严退场
羞做追逐东风的桃李
　　　　但愿凭借着婚嫁依傍，留下一分辉煌

[说 明]

词意是伤芙蓉之凋谢，但实亦自伤。在歌赞芙蓉出污泥而不染的同时,也注入了词人孤高自洁的品性。一起之句,写水乡泽国之秋景。"怨"字承上启下。"香笼"三句写荷花盛开一时,为百花之所妒。"湘女"三句用杜甫《咏怀古迹五首》"环佩空归夜月魂"诗意,将人与花交织在一起,与姜夔《暗香》近似,同样暗含家国兴亡与今昔盛衰之感。下片,忆昔繁盛之时。"生怕哀蝉"三句,惊翠被红衰,美人迟暮。结拍以自许清高不肯与桃杏为伍,收束全篇,给人以无穷回味。全词色彩丰富变换,感觉错综叠合。以上片而言,仅刷色之词便有"粉""蓝""红""彩"诸字;作为藻饰形容者,又有"藻国""曲尘""麝水""腻涨""万妆""玉冷""尘起"等。全词虽以视觉感受为主,但同时还有其他感觉的相互配合,如嗅觉之"香笼麝水",触觉之"玉冷",听觉之"无声""哀蝉",再加之以"谐音隐语"的恰当运用("见的更怜心苦")。这样多彩多姿的世界,是人对大千世界所有感觉的同频共振,是人与大自然交融并和谐的艺术呈现。

[汇评]

因妒故怨,怨字倒提。"凝情谁诉",怨妒都有。下阕人情物理,双管齐下。"哀蝉"三句,见盛衰不常,随时变易,而道则终古不变也。"能西风老尽,羞趁东风嫁与",是在守道君子。此不肯攀援藩邸,而老于韦布之大本领,勿以齐梁小赋读之。

——陈洵《海绡说词》

法曲献仙音

黄钟商　秋晚红白莲

风拍波惊,露零秋觉,断绿衰红江上。艳拂潮妆①,淡凝冰靥②,别翻翠池花浪。过数点、斜阳雨,啼绡粉痕冷③。　　宛相向④。指汀州、素云飞过,清麝洗⑤、玉井晓霞佩响⑥。寸藕折长丝⑦,笑何郎、心似春荡⑧。半掬微凉,听娇蝉、声度菱唱⑨。伴鸳鸯秋梦,酒醒月斜轻帐。

[笺注]

① 潮妆:潮,红潮,状莲之红。

② 冰靥:冰,洁白,状莲之白。

③ 啼绡:带泪的丝织手帕。啼,泪珠。绡,鲛绡。传说海中鲛人所织的绡,沾水不湿。任昉《述异记》卷上:"南海出鲛绡纱,泉先(指鲛人)潜织,一名龙纱。其价百余金。以为服,入水不濡。"文选《吴都赋》注:"鲛人水底居也。俗传鲛人从水中出,曾寄寓人家,积日卖绡,绡者,'竹孚俞'也。""竹孚俞",实即俗语所说之竹膜,后用以泛指薄纱。陆游《钗头凤》:"春如旧,人空瘦,泪痕红浥鲛绡透。"粉痕:白色。

④ 相向:相对。温庭筠《莲浦谣》:"水清莲媚两相向,镜里见愁愁更红。"

⑤ 清麝:清新沁脾的荷香。李远《慈恩寺避暑》:"香荷疑散麝,风铎似调琴。"见前《拜星月慢》注⑫与《应天长》注③。

⑥ 玉井：见前《瑞鹤仙》（彩云栖翡翠）注⑰。

⑦ 藕折长丝：温庭筠《达摩支曲》："捣麝成尘香不灭，拗莲作寸丝难绝。"

⑧ 何郎：即"傅粉何郎"。何郎，即何晏，三国魏人，字平叔，美姿仪，面色甚白。魏明帝以为他面上傅粉，夏月与热汤饼，既噉，大汗出，以朱衣自拭，色转皎然（参《世说新语·容止》），后多用以描写美男子。李端《赠郭驸马》："薰香荀令偏怜少，傅粉何郎不解愁。"春荡：春心荡漾。

⑨ 菱唱：即菱歌，见前《齐天乐》（曲尘犹沁伤心水）注⑰。

[译诗]

西风向水面拍击

　　波浪被吓得一跃而起

白露悄无声息地飘零

　　深秋醒来，便君临大地

断折的绿叶，衰败的红花

　　凄怨地在江上孑然独立

红霞拂向你的面颊

　　涨红的两腮分外艳丽

你的资质素雅高洁

　　雪霞冰晶在笑窝里凝聚

翠绿水面翻卷着红的花浪

　　全然是，别有一番情趣

如今洒过可数的几点细雨

　　接着便追赶斜阳，匆匆离去

有如泪水湿了纱绢

　　　　粉面上的泪痕也透出冷寂
红、白两色相向而立
　　　　谁能分出上下高低
手指目视的水边沙洲
　　　　素白的云影飞逝迅急
似乎用清爽的麝香
　　　　把你薰染，重新梳洗
朝霞映射着华山玉井
　　　　佩环的声响传来耳际
即使抉断莲藕半寸之长
　　　　藕心的情丝也难以断折绝迹
可笑的是傅粉何郎
　　　　荡动的春心并不因此停息
双手捧起半掬秋水
　　　　微凉的感觉传至心底
听娇弱的蝉鸣节拍
　　　　同采菱的歌声配合紧密
伴着水中的鸳鸯
　　　　织入深秋的梦呓
酒醒之后，月光西斜
　　　　照进了轻帐的缝隙

[说 明]

　　红、白莲花作为歌咏对象，在古代咏物诗词中颇为罕见。起三句入题,"风拍"写"秋","露零"见"晚","衰红"指"红白莲"。"艳拂"三句分别写红、白莲花盛时的特点。"过数点"三句写现实之冷寂。下片续写盛时。"宛相向"以下五句分写红、白莲花。"寸藕"以下六句写菱歌唱答之间的情爱,并以"藕断丝连"来象征爱情的永恒。结拍两句以"鸳鸯"二字,将红、白莲花绾合在一起进入美好梦境。

又

放琴客,和宏庵韵①

落叶霞翻,败窗风咽,暮色凄凉深院。瘦不关秋,泪缘轻别,情消鬓霜千点。怅翠冷搔头燕②。那能语恩怨③。　　紫箫远④。记桃根⑤、向随春渡,愁未洗、铅水又将恨染⑥。粉缟涩离箱⑦,忍重拈、灯夜裁剪⑧。望极蓝桥⑨,彩云飞⑩,罗扇歌断⑪。料莺笼玉锁⑫,梦里隔花时见。

[笺注]

① 琴客:古侍儿名。朱《笺》:"琴客为柳浑侍儿。唐顾况有《宜城放琴客歌》。此则假以称人妾也。《绝妙好词笺》:'丁宥,字基仲,号宏庵。'"杨《笺》:"铁夫按:《塞翁吟·赠宏庵》词(见下),有'雕栊,行人去'一语,知宏庵实有是事,与梦窗同。"

② 搔头:簪的别名。《西京杂记》卷二:"武帝过李夫人,就取玉簪搔头。自此后,宫人搔头皆用玉,玉价倍贵焉。"白居易《长恨歌》:"花钿委地无人收,翠翘金雀玉搔头。"

③ 恩怨:恩情与怨恨。黄庭坚《听宋宗儒摘阮歌》:"深闺洞房语恩怨,紫燕黄鹂韵桃李。"

④ 紫箫:紫玉箫。见前《绕佛阁》(夜空似水)注⑫。

⑤ 桃根:王献之有妾曰桃叶、桃根。春渡:王献之《桃叶歌》:"桃叶复

又（落叶霞翻）

桃叶，桃树连桃根。""桃叶复桃叶，渡江不用楫。但渡无所苦，我自迎接汝。"

⑥ 铅水：指泪。李贺《金铜仙人辞汉歌》："空将汉月出宫门，忆君清泪如铅水。"

⑦ 粉缟（gǎo）：白色生绢制成的上衣，又称"缟衣"。

⑧ 拈：捏取。柳永《定风波》："针线闲拈伴伊坐。"

⑨ 蓝桥：见前《齐天乐》（芙蓉心上三更露）注⑧。

⑩ 彩云飞：喻别。李白《宫中行乐词八首》其一："只愁歌舞散，化作彩云飞。"晏几道《临江仙》："当时明月在，曾照彩云归。"

⑪ 罗扇：见前《瑞鹤仙》（晴丝牵绪乱）注⑪。

⑫ 莺笼玉锁：比拟，像黄莺被锁入樊笼一般。王安石《见鹦鹉戏作四句》："云木何时两翅翻，玉笼金锁只烦冤。"

[译诗]

　　霜叶飘落
　　　　似红霞在翻卷
　　破败的窗棂
　　　　在风中把泪水吞咽
　　凄凉的暮色
　　　　塞满了深深的庭院
　　人的消瘦
　　　　跟秋天毫不相干
　　泪水长流
　　　　是因为离别轻易而又突然
　　离情抹去了乌黑的秀发
　　　　两鬓刷上了繁霜千点

梦幻的窗口——梦窗词选

连翠色的玉簪都深感遗憾
　　簪上的紫燕在冷风中抖颤
哪里还能用语言
　　诉说过往的恩恩怨怨

紫玉箫的音声
　　已经消逝得很远
忘不了桃叶桃根
　　伴随春天渡江的口岸
忧愁尚未洗尽
　　泪痕又将离恨皴染
白色的缟衣沾满脂粉
　　染涩了箱笼的开关
怎能忍心再次拈出
　　长夜灯下裁剪的衣衫
远望蓝桥，彩云飞去
　　罗扇与歌声再难重见
料想黄莺
　　已被锁入樊笼里边
只能在梦里
　　隔着花丛不时晤面

[说明]

　　此为和词。因友人丁宥遣放姬妾有词作，梦窗乃用其原韵和之。

又(落叶霞翻)

丁宥原作遗失,《全宋词》仅存词一首。一起三句渲染环境氛围,烘托出叶落风咽深秋景象。"瘦不关秋",点季节时令,暗追"放琴客"即遣放姬妾这一主旨。"瘦""泪""鬓霜"诸句,由表及里,将"别""情"二字和盘托出却又委婉蕴藉。一结二句,通过"搔头燕"沉默无言,将别时场面写得历历如在目前。"语"字极佳,所谓"一字安贴,全篇皆活"是也。换头以下四句写"琴客"去后之离"愁"别"恨"。"粉缟"两句,写姬去后留下的衣箱不忍心开启,更不忍再穿上其为自己"裁剪"的衣衫。"望极"两句写重逢无望。结拍两句料想去后"琴客"好比被锁入樊笼的黄莺一般失去自由,只能在梦里相见了。全篇布置安贴停匀,极富实感,词中注入了词人自身类似的感受,故能真切感人,非寻常和词可比。

还京乐

黄钟商　友人泛湖，命乐工以筝、笙、琵琶、方响迭奏①

宴兰溆②，促奏、丝萦管裂飞繁响③。似汉宫人去④，夜深独语，胡沙凄哽⑤。对雁斜玫柱⑥，琼琼弄月临秋影⑦。凤吹远⑧，河汉去杳⑨，天风飘冷⑩。　　泛清商竟⑪，转铜壶敲漏⑫，瑶床二八青娥⑬，环佩再整⑭。菱歌四碧无声⑮，变须臾、翠翳红暝。叹梨园⑯、今调绝音希，愁深未醒。桂楫轻如翼⑰，归霞时点清镜⑱。

[笺注]

① 方响：古代打击乐器。南朝梁时首造，盛行于南宋。用长方钢片十六枚，分两排悬于一架，用小铜锤击以发声。(参《通典·乐四》)《杜阳杂编·中》："阿翘曰：'……因以声得为宫人'。俄遂进白玉方响。"白居易《偶饮》："千声方响敲相续，一曲云和戛未终。"

② 溆(xù)：水滨，水边。王融《渌水曲》："日霁沙溆明，风动泉华烛。"兰溆：长满兰花的水滨。兰：又象征事物的清雅、美好、芳香如兰。友情诚笃、气味相投、志同道合的知心好友，又称"兰交"。

③ 促奏：促节。庾信《乌夜啼》："促柱繁弦非《子夜》，歌声舞态异前溪。""繁响"句，即繁弦急管，形容管弦的乐声细碎而节拍急促。钱起《玛瑙杯歌》："繁弦急管催献酬，倏若飞空生羽翼。"欧阳修《采桑子十三首》其三："急管繁弦。玉盏催传，稳泛平波任醉眠。"

④　汉宫人去：指细君公主。相传汉武帝与乌孙和亲，以江都王刘建之女细君为公主，嫁乌孙王，令人于马上弹琵琶来解除她途中的思乡之情。

⑤　"胡沙"句：写琵琶的弹奏。李颀《古从军行》："行人刁斗风沙暗，公主琵琶幽怨多。"杜甫《咏怀古迹五首》其五："千载琵琶作胡语，分明怨恨曲中论。"

⑥　雁斜：又称"雁柱"，因筝柱斜列如雁行，故称。鲍溶《风筝》："雁柱虚连势，鸾歌且坠空。"李商隐《昨日》："十三弦柱雁行斜。"张先（一说欧阳修）《生查子》："雁柱十三弦，一一春莺语。"

⑦　琼琼：女艺人名字。据《青楼小名录》："薛琼琼本狭斜，以善筝入供奉。"据《丽情集》载："（薛琼琼）开元宫中第一手。"

⑧　凤吹：指笙。笙，又称凤笙，因笙有十三簧，形似凤，故名。

⑨　河汉：即银河。《古诗十九首》："迢迢牵牛星，皎皎河汉女。"苏轼《洞仙歌》："起来携素手，庭户无声，时见疏星渡河汉。"

⑩　天风：陆游《跋东坡"七夕"词后》："惟东坡此篇，居然是星汉上语，歌之曲终，觉天风海雨逼人。"夏敬观《映庵手批东坡词》："使柳枝歌之，正如天风海涛之曲，中多幽咽怨断之音，此其上乘也。"

⑪　泛：指乐器如琴瑟之弹奏。陶潜《闲情赋》："褰朱帏而正坐，泛清瑟以自欣。"苏轼《水龙吟·赠赵晦之吹笛侍儿》："嚼徵含宫，泛商流羽，一声云杪。"清商：清越的商声。商为五音之一。《后汉书·仲长统传》："弹南风之雅操，发清商之妙曲。"联系上片"秋影"二字，"清商"在此又指秋风而言。秋，于五音属商，于五行属金，于五方属西，秋风凄凉肃杀，故称。

⑫　"铜壶"句：古代铜制记时刻漏器。见前《瑞鹤仙》（记年时茂苑）注⑯。

⑬　瑶床：意同瑶席，坐席的美称。青娥：少女，此指美好的容颜。白居易《长恨歌》："梨园弟子白发新，椒房阿监青娥老。"

⑭　环佩：见前《琐窗寒》注⑳。

⑮　菱歌：采菱时所唱歌曲。梁简文帝《棹歌行》："妾家住湘川，菱歌本

自便。"卢照邻《七夕泛舟》:"日晚菱歌唱,风烟满夕阳。"

⑯ 梨园:本为唐玄宗培养伶人的处所,后遂称戏班为梨园,戏曲演员为梨园弟子。《新唐书·礼乐志十二》:"玄宗既知音律,又酷爱法曲,选坐部伎子弟三百,教于梨园,声有误者,帝必觉而正之,号皇帝梨园弟子。宫女数百,亦为梨园弟子,居宜春北院。"

⑰ 桂楫:桂木做成的船桨,亦称桂棹。代指船。

⑱ 清镜:指湖水。姜夔《湘月》:"中流容与,画桡不点清镜。"

[译诗]

　　欢宴在长满兰花的水滨
　　急促的节奏紧绕着丝弦狂奔
　　竹管吹得似乎快要爆裂
　　繁复的旋律高响入云
　　是汉家的公主辞乡远嫁吗
　　听她独言自语,夜色深沉
　　又像是边远胡地沙飞石走
　　哽咽之声凄楚难忍
　　面前是南归大雁斜行的飞阵
　　玫瑰色的筝柱排列得整齐严紧
　　是薛琼琼抚摸怀中的明月吗
　　投下深秋的夜影一痕
　　凤箫之声消失在高空云汉
　　天上飘来凛凛生寒的余音

　　柔爽清细的乐曲刚刚奏完

还京乐（宴兰淑）

　　突又变成铜壶滴漏的声韵

　　仿佛瑶床上入睡的二八少女

　　起床整衣的环佩之声入耳频频

　　荷塘里的菱歌骤然停息

　　四周霎时间碧色无垠

　　转瞬之间忽又一起变作

　　翠色的云翳，红色的烟氛

　　可叹梨园子弟如今调绝音稀

　　对此怎能不使人深感忧愁烦闷

　　桂木的船桨身轻如翼

　　归来吧，红霞不时将水的镜面亲吻

［说明］

　　描绘音乐艺术效果的诗歌，在文学史上屡见不鲜，其中最著名的是中唐时期白居易的《琵琶行》、韩愈的《听颖师弹琴》和李贺的《李凭箜篌引》。《琵琶行》对琵琶的演奏效果有着恰当的形容与精妙的比喻，使人读之有亲临其境如闻其声的贴切之感。《听颖师弹琴》用人语、鸟鸣、风起、絮飞、铁骑奔突、勇士拼杀等场景，状琴声高低急缓与强弱起伏，与白诗大体相近；但用"无以冰炭置我肠"的内官感受来形容琴声的艺术功效，却是韩愈的首创。《李凭箜篌引》与白、韩二诗不同，它舍弃了现实中的联想比喻而侧重于突出幻觉的联想与象征，侧重于从梦境与环境来刻画音乐的艺术效果，最终形成以幻想为核心的复合感觉的超常形态与错综组合。吴梦窗这首词成功地吸收了上述诸诗的艺术经验，在字句有严格限制的短章里，突出了词序中所说之四种乐器的不同特点，并作了美妙的传达。起拍两句对四种乐器首先加以综合推出。"丝"，指弦乐器之筝与琵琶；"管"，指笙；"促奏""繁响"不仅指节奏与旋律而言，同时也包括有"方响"的声"响"。"似汉宫"以下，开始分写四种乐器的特色及其艺术效果。首写"琵琶"，共用三句；次写"筝"，两句；"凤吹远"三句，写"笙"。换头"泛清商竟"，承上启下。承上，指对"琵琶""筝""笙"的清商之旋律音声作一总结概括；启下，接一"转"字而写"方响"之音。"二八青娥"，表面写青春少女，实写十六枚铜片在锤击之中发出的清脆音声。正因这些乐器的"迭奏"十分美妙，所以连池塘里采莲女娃们竞唱的菱歌也停了下来，屏息地静听。这是从客观方面来烘托"迭奏"的效果。此为第一层。"叹梨园"三句，再从唐代梨园古调的消失来加以肯定。煞尾用楫轻如翼来形容泛湖的畅爽神清，并用晚霞染红湖面作结。全词虽以写游湖与音乐的迭奏为主，但其中仍可以看出词人对徽、钦二帝被俘北去（如"汉宫人去"），以及唐五代与北宋积累起来的宝贵音乐资料被掠夺（"叹梨园今调绝音稀"）的深层苦闷。据《宋史·乐志》所载："靖康二年（1127）金人取汴，凡大乐轩架、乐舞图、舜文二琴、教坊乐器、乐书、乐章、明堂布政闰月体式、景阳钟并虡、九鼎皆亡矣。"由此可见，在描写泛湖游览与乐器迭奏之中，词人很自然地融入了家国兴亡之感。

塞翁吟

黄钟商　**赠宏庵**[①]

草色新宫绶[②]，还跨紫陌骄骢[③]。好花是、晚开红。冷菊最香浓。黄帘绿幕萧萧梦[④]，灯外换几秋风。叙往约，桂花宫。为别剪珍丛[⑤]。　雕栊[⑥]。行人去、秦腰褪玉[⑦]，心事称、吴妆晕浓。向春夜、闲情赋就，想初寄、上国书时[⑧]，唱入眉峰。归来共酒，窈窕纹窗[⑨]，莲卸新蓬。

[笺注]

① 宏庵：见前《法曲献仙音》（落叶霞翻）注①。

② 绶：古代的一种丝带，常用以系印环或帷幕，并以颜色之不同表示官吏的身份与等级。草色，即以草染之。《后汉书·张奂传》注："银印绿绶也，以艾草染之。"

③ 紫陌：泛称京城郊野的道路。李白《南都行》："高楼对紫陌，甲第连青山。"刘禹锡《元和十年自朗州承召至京戏赠看花诸君子》："紫陌红尘拂面来，无人不道看花回。"骄骢：青白色的马。见前《水龙吟》（夜分溪馆渔灯）注⑩。

④ 黄帘绿幕：韩愈《短灯檠歌》："黄帘绿幕朱户闲，风露气入秋堂凉。"

⑤ 珍丛：花丛。周邦彦《六丑·蔷薇谢后作》："静绕珍丛底、成叹息。"

⑥ 栊（lóng）：窗上木格，代指窗。《汉书·外戚传·孝成班倢伃》："广室阴兮帷幄暗，房栊虚兮风泠泠。"颜注："栊：疏槛也。"

⑦ 秦腰：意同楚腰，即细腰。

⑧ 上国：指京师。江淹《四时赋》："忆上国之绮树，想金陵之蕙枝。"《资治通鉴·唐德宗建中二年》："自上国来者，皆言天子聪明英武。"

⑨ 窈窕：深奥貌。王延寿《鲁灵光殿赋》："旋室㛹（pián）娟以窈窕，洞房叫窱而幽邃。"

[译诗]

新佩戴的官绶
　　是用草色染成
再骑着骄骢骏马
　　奔驰在京都大路正中
最美的鲜花
　　晚开的更红
冷风中绽放的菊
　　色艳香浓
黄的帷帘，绿的帐幕
　　圆一个冷寂凄清的好梦
哪管他灯火之外
　　换了几次秋风
畅叙往时的期待
　　进入攀折桂树的深宫
为此，离乡背井远去
　　修剪月中的珍贵花丛

塞翁吟（草色新宫绶）

  精雕细刻的窗栊
    离人去远已不见行踪
  瘦弱着秦国的细腰
    凋谢了美好的玉容
  谁能使人称心如意
    是吴国的艳妆，晕染重重
  春天的夜色降临
    闲情的抒写潇洒浑融
  想起最初向京城投寄
    音信里表达的私衷
  婉转的歌唱、吟咏
    连眉峰都展出笑容
  从京城归来
    共同举杯一饮千盅
  雕镂着花纹，深幽的窗棂
    还有饱满的莲子，簇新的莲蓬

[说明]

  此赠别丁宥之作。上片首二句，写其新授官职。虽然来之已晚，但词人仍鼓励他"好花是、晚开红"。三、四两句，即此意是也。五、六两句，写寒窗苦读。"黄帘绿幕"四字，在"帘""幕"之外，还深含季节变化与年来岁往。"黄"代指秋，"绿"指春。"灯外换几秋风"，是注脚。"叙往约"三句，暗用"蟾宫折桂"故事。"别"字点题，离乡赴京。下片从家属视角着墨，是"别"字的生发。换头，"雕枕"二字是下片的规定情境：展现闺中生活。"行人去"以下四句，写别后因相思而瘦损，稍有开心便艳抹吴妆，等待着"行人"的归来。"向春夜"五句，写闺人擅长诗赋，不断有作品寄往京城，且有展眉舒心之吟咏。"归来共酒"，写"行人"归来后的欢乐。"莲"，谐音隐语，同"怜"，同时又象征事业成熟，果实累累，以及爱情的美满。这首词同样具有感觉错综叠合的特点。况周颐举词中"心事称、吴妆晕浓"一句说："七字兼情意、妆束、容色，梦窗密处如此等句，或者后人尚能勉强学到。"（《蕙风词话》卷二）即指此而言。

又

饯梅津除郎赴阙[①]

有约西湖去,移棹晓折芙蓉。算才是,称心红。染不尽熏风[②]。千桃过眼春如梦,还认锦叠云重。弄晚色,旧香中。旋撑入深丛。　　从容。情犹赋、冰车健笔,人未老、南屏翠峰[③]。转河影、浮槎信早[④],素妃叫、海月归来[⑤],太液池东[⑥]。红衣卸了,结子成莲,天劲秋浓。

[笺注]

① 夏《笺》:"此与《凤池吟·庆梅津除左司郎官》,皆淳祐七年(1247)作。"

② 熏风:见前《水龙吟》(外湖北岭云多)注⑨。

③ 南屏:见前《霜叶飞》注⑧。

④ 浮槎:见前《琐窗寒》注⑧。

⑤ 素妃:王妃,杨贵妃,亦泛指仙女。温庭筠《晓仙谣》:"王妃唤月归海宫,月色淡白涵春空。"

⑥ 太液:池名,在唐长安城北面大明宫内。白居易《长恨歌》:"归来池苑皆依旧,太液芙蓉未央柳。"

[译诗]

　　殷切地与你相约

　　相约向西湖驶去

　　移动着船桨,拂晓

把芙蓉花折在手里
此时,才能算作是
满目花红,称心如意
红的晕染,染不尽
南风带来的和暖之气
千树桃花尽收眼底
春天梦一般缥缈依稀
竟认作是锦绣重叠
或者是云霞的密集
欣赏这美丽晚景
沉浸在香氛之中,一如往昔
随即再荡起船桨
消失在花丛,深深密密

潇洒从容,无限情意
都一股脑儿变成诗句
冰车一样的清澈透辟
健笔显示其尖锐犀利
人并不曾老去
南屏的绿色山峰高高耸立
银河横亘天际
旋转着直落远方大地
八月的仙筏驶过银河

又（有约西湖去）

提前传来信息

听从仙女的呼唤

告别深邃的海底

看，月亮终于归来

在太液池东边冉冉升起

芙蓉脱去红色的衣裙

莲实成熟，结成莲子

天上的秋风，劲疾

金秋的色彩，浓丽

[说　明]

　　这首词是饯别尹焕赴京任新职时所作。开篇两句用"折芙蓉"这一美好画面来赞颂好友的迁升，所以下面才有"称心红"之句。从"染不尽"开始，通过"千桃""锦""云"等层层烘托，结拍再用"旧香""深丛"与起句"有约"上下呼应。下片转写西湖美景。正如张炎所说："最是过片不要断了曲意。"然而，词人并不直接写景，而是从"人"写起。换头用"从容"二字来形容尹焕的潇洒风流。"情犹赋"以下四句，是"从容"二字的具体发挥，"人未老"三字方是一篇精神之所在。"转河影"以下写西湖夜景。"红衣卸了"三句扣起二句之"折芙蓉"。"结子成莲"，即是对尹焕的美好祝愿。全词写春至秋、花开至结子两个时间过程，二者叠合，相映成趣，借以象征好友之功业建树与生活美满。

丁香结

夷则商　秋日海棠[①]

香袅红霏[②],影高银烛[③],曾纵夜游浓醉[④]。正锦温琼腻[⑤]。被燕踏、暖雪惊翻庭砌。马嘶人散后,秋风换、故园梦里。吴霜融晓[⑥],陡觉暗动偷春花意。　　还似。海雾冷仙山[⑦],唤觉环儿半睡[⑧]。浅薄朱唇,娇羞艳色,自伤时背。帘外寒挂淡月,向日秋千地。怀春情不断,犹带相思旧子。

[笺注]

① 秋日海棠:即秋海棠,又称"八月春""断肠花"。传说古代有一痴情美女,遭人遗弃,因伤心过度,泪水落地而生此花,名"断肠花"。秋海棠原产我国,品种甚多,有四季秋海棠、竹节秋海棠、斑叶秋海棠、毛叶秋海棠、银星秋海棠等。

② "香袅"句:据《阅耕余录》:昌州海棠独香,号海棠香国。太守于邸前建香霏阁,每至花时,延客赏赋。苏轼《海棠》:"香雾空濛月转廊。"

③ "影高"句:苏轼《海棠》:"只恐夜深花睡去,故烧高烛照红妆。"银烛:杜牧《秋夕》:"银烛秋光冷画屏",点秋。

④ 浓醉:用杨贵妃故事。见前《宴清都》(绣幄鸳鸯柱)注⑥。

⑤ 锦温:周邦彦《少年游》:"锦幄初温,兽烟不断。"

⑥ 吴霜:周邦彦《迎春乐》:"鬓点吴霜嗟早白。"

⑦ 仙山：白居易《长恨歌》："忽闻海上有仙山，山在虚无缥缈间。"
⑧ 环儿：杨贵妃小字玉环。半睡：见前《宴清都》（绣幄鸳鸯柱）注⑥。

[译诗]

　　香氛袅袅

　　红雾霏霏

　　高烛投影

　　银屏生辉

　　只因纵情夜游

　　至今仍在沉醉

　　正是锦帷初温

　　肌肤琼瑶般嫩腻柔美

　　似微暖的积雪

　　被紫燕踏碎

　　惊恐地翻飞

　　在庭院石级上散落成堆

　　远去的骏马在嘶鸣

　　散去的人影淡远稀微

　　暗中偷换的是秋风

　　送你向故园的梦境回归

　　吴地的繁霜消失了

　　融入晓色晨晖

　　突然觉醒，暗中筹划

　　偷回春天的明媚

梦幻的窗口——梦窗词选

惊人的相似

相似的幸会——

海上的浓雾弥漫

绕着冷却的仙山下垂

在杨玉环的耳边低声呼唤

她似乎在半醒半睡

淡淡的唇膏

将朱唇点缀

面上带着当年的娇羞

艳色透出当年的妩媚

怎能不自怨自伤

开花的时光恰恰与自然相悖

帘外的寒气袭人

挂在天边的淡月正在偷窥

照向荡动着东风的秋千

悬垂的绳索显示出疲惫

怀念春天的情感

就像斩不断的一江春水

传递的是相思因子

无声息地撞击着心扉

[说明]

秋日海棠与海棠开花季节完全不同，但同为"海棠"，自是同宗姊妹，因之，作者从色、香、味、形诸方面使之相互比照，相映生辉。

丁香结（香裛红霏）

词中围绕着海棠与杨贵妃的传说故事，并适当穿插白居易与苏轼的相关诗句，或化用，或暗提，最大限度地拓展了海棠周遭的文化氛围。就构架而言，上片绘其形色花貌。结拍由表及里，赋予它以生机。换头以"还似"两字引出有关杨贵妃的形貌，将上片"秋风""春花"之间的距离加以填充，使"秋日海棠"全面人格化，那无言的花朵便具有了人的情感与灵性，那无知的秋日海棠也由此被写得活灵活现，栩栩如生，庶几呼之欲出了。在这"春""秋"节令变化之中，深层次地抒发了词人对时代盛衰的喟叹。通过梦幻境界来抒写情怀，本篇应属成功之作。

[汇评]

咏物题却似纪游，又似怀旧，俯仰陈迹，无限低徊。置身空际，大起大落，独往独来。秾挚中有雄杰意态，读吴词者所当辨也。"自伤时背"，贤者退而穷处意。"秋风换、故园梦里"，朝局变迁也，言外之旨，善读者当自得之。

——陈洵《海绡说词》

六幺令

夷则宫　七夕①

露蛩初响②，机杼还催织③。婺星为情慵懒④，伫立明河侧⑤。不见津头艇子⑥，望绝南飞翼⑦。云梁千尺⑧。尘缘一点⑨，回首西风又陈迹⑩。　那知天上计拙，乞巧楼南北⑪。瓜果几度凄凉，寂寞罗池客⑫。人事回廊飘渺⑬，谁见金钗擘⑭。今夕何夕⑮。杯残月堕，但耿银河漫天碧。

[笺注]

① 七夕：农历七月初七夜晚。相传七夕牛郎织女二星在天河相会。因织女工织，旧时妇女穿针设瓜果祭拜，称为乞巧。《荆楚岁时记》："七月七日，为牵牛织女聚会之夜。……是夕，人家妇女结彩缕，穿七孔针。或以金银鍮石为针，陈瓜果于庭中以乞巧。"

② 露蛩：蟋蟀。戴叔伦《客夜与故人偶集》："风枝惊暗鹊，露草覆寒蛩。"

③ 机杼（zhù）：织布机和梭子。后用以代指织布机。《古诗十九首》："纤纤擢素手，札札弄机杼。"催织：促织。蟋蟀因其鸣叫如织布机声音时高时低，仿佛催促人飞梭速织，而被称为"促织"。

④ 婺（wù）星：即婺女星。二十八宿之一。又称女宿、须女。杨《笺》："按《星经》：须女四星，一名婺女，主布帛，为珍宝藏。织女三星，主瓜果丝帛。婺与织女星数不同，所主不同，显分两星。今以婺为织女，疑

六幺令（露蛩初响）

误。"为情慵懒：严蕊《鹊桥仙》："蛛忙鹊懒，耕慵织倦，空做古今佳话。"

⑤　明河：天河。

⑥　津头：津，河边渡口。此指天河，即星津。张先《菩萨蛮》："寄语问星津，谁为得巧人。"艇子：轻便狭长的小船。温庭筠《西洲曲》："艇子摇两桨，催过石头城。"

⑦　南飞翼：南飞的乌鹊。曹操《短歌行》："月明星稀，乌鹊南飞。"此写七夕牛郎织女鹊桥相会故事。《白孔六帖·卷九五·鹊》"填河"条引《淮南子》："乌鹊填河成桥渡织女。"但今本《淮南子》无此语。《初学记》卷四注："吴均《续齐谐记》曰：桂阳城武丁，有仙道，忽谓其弟曰：'七月七日织女当渡河，吾向已被召。'弟问：'织女何事渡河？'答曰：'暂诣牵牛。'世人至今云，织女嫁牵牛是也。又傅玄《拟天问》曰：'七月七日，牵牛织女会天河。'"

⑧　云梁：云桥。此指鹊桥。梁，桥。《说文》："梁，水桥也。"

⑨　尘缘：指人间世俗之缘。牛郎织女本为天上仙星，终不免人世之相思怨别。韦应物《春月观省属城始憩东西林精舍》："佳士亦栖息，善身绝尘缘。"

⑩　陈迹：见前《水龙吟》（淡云笼月微黄）注⑮。

⑪　乞巧楼：《梦粱录》卷四"七夕"："其日晚晡时，倾城儿童女子，不论贫富，皆着新衣。富贵之家，于高楼危榭，安排筵会，以赏节序，又于广庭中设香案及酒果，遂令女郎望月，瞻斗列拜，次乞巧于女、牛。或取小蜘蛛，以金银小盒儿盛之，次早观其网丝圆正，名曰'得巧'。"《西湖游览志余》卷二十"熙朝乐事"："七夕，人家盛设瓜果酒肴于庭心或楼台之上，谈牛女渡河事。妇女对月穿针，谓之乞巧。"

⑫　罗池客：指柳宗元。韩愈著有《柳州罗池庙碑》，记述柳宗元在柳州的政绩。柳死后，当地百姓立庙纪念他。柳宗元还有《乞巧文》传世。

⑬　回廊：曲折回环的廊庑。此指唐玄宗与杨玉环密誓之"骊山宫"回廊。陈鸿《长恨歌传》："昔天宝十载，侍辇避暑于骊山宫。秋七月，牵牛织女相见之夕，……时夜殆半，休侍卫于东西厢，独侍上，……密相誓心。"飘渺：

高远若隐若现的样子。木华《海赋》:"群仙缥缈,餐玉清涯。"

⑭ 金钗擘:用李隆基、杨玉环爱情故事。白居易《长恨歌》:"钗留一股合一扇,钗擘黄金合分钿。但令心似金钿坚,天上人间会相见。"

⑮ 今夕何夕:《诗·唐风·绸缪》:"今夕何夕,见此邂逅。"又《长恨歌》:"七月七日长生殿,夜半无人私语时。"

[译诗]

躲在满是露珠的草丛

蟋蟀开始发出哀鸣

像是机梭往来不断

催促纺织,一声接着一声

传说天上的婺星慵懒

实在令人难以为情

她伫立银河的边岸

向浩瀚的天河大睁着眼睛

为什么渡口河津

不见有摆渡的舟艇

望啊望,直望见

南飞的乌鹊不再飞行

突然耸起云霞般的桥梁

千尺万尺是乌鹊用羽翼搭成

尘世的姻缘十分短暂

一年只有这一次重逢

这重逢转眼便成陈迹

六幺令（露萤初响）

不堪回首，剩下的只是西风

哪里料到天上的牛郎织女
也因智拙而难以挽回逆境
人间的乞巧楼台，反而
花样翻新地获取织女的聪明
然而瓜果酒筵，也往往
只能换来凄凉与失衡
当年罗池的柳宗元忍受寂寞
只有《乞巧文》赢来身后盛名
人间那曾经立誓密约的回廊
早已虚无缥缈，难以廓清
谁人见过那真的分擘金钗的场景
又有谁充当生死相依的见证
啊，今天的夜晚多么美好
美好的夜晚却去而不停
这杯中只有些许残酒
映出西斜的月影
只剩下天上耿耿银河
把宇宙映照得澄澈晶莹

[说明]

此词虽咏"七夕"，但并不胶着于"七夕"本身，也不针对牛郎织女的悲剧大发感慨议论。其独特之处，在于能从时代与政治这一层面上来加以生发。上片平起,从季节时令落墨,蛩响、促织均属寻常。但从"婺星"句开始凭空提起,以下大笔浓墨,通过"伫立""不见""望绝""回首""陈迹"等词语,反复渲染人间天上的孤独索寞,于是这孤独的气氛便向四面八方播散开来,笼罩整个天宇,悲剧意识极浓。下片转写人间的不平。过片两句为全篇之纲要,意谓连天上牛郎织女这样的神星,也终因力穷智拙而使美好爱情遭受摆布与宰割,并永远处于一年只能相会一次的逆境;而人间却想方设法传承"乞巧"的智谋,以求得织女的灵慧,用于纺织与缝纫。但作为政治人物却无法摆脱与牛、女相同的命运:柳宗元因遭受政治迫害而被贬往柳州,只能借"乞巧"之类的文章抒写人世抑郁不平。同样,比柳宗元更为尊贵的唐玄宗,虽然在七夕之夜同杨玉环有过盟约密誓,但最终不过是虚幻之言,杨玉环没有因此摆脱被缢死的命运,相反,马嵬悲剧或许正来自这"七夕"的密誓。全篇虚实并作,寄托遥深,针砭有力。在古代歌咏"七夕"诗词之中,这首词别开意境,另具创获,殊为难得。

[汇评]

此事偏要实叙,不怕惊死谈"清空"一流,却全是世间痴儿女幻境。极力逼出换头二句。"那知"二字,劈空提出。"乞巧楼南北",倒钩。以下分作两层感叹。"谁见金钗擘",则不独"不见津头艇子",人天今古,一切皆空。惟有眼前景物,聊与周旋耳。前段运思奇幻,后段寄情闲散,点化处在数虚字。

——陈洵《海绡说词》

蕙兰芳引

林钟商,俗名歇指调① 赋藏一家吴郡王画兰②

空翠染云③,楚山迥、故人南北④。秀骨冷盈盈⑤,清洗九秋涧绿⑥。奉车旧畹⑦,料未许、千金轻俾⑧。浅笑还不语,蔓草罗裙一幅⑨。　素女情多⑩,阿真娇重⑪,唤起空谷⑫。弄野色烟姿,宜扫怨蛾淡墨⑬。光风入户⑭,媚香倾国⑮。湘佩寒⑯、幽梦小窗春足。

[笺注]

① 朱校《梦窗词集》:"按,《清真集》作仙吕。"

② 藏一:即陈郁。朱《笺》:"《四库提要》:《藏一话腴》四卷,宋陈郁撰。郁字仲文,号藏一,临川人。理宗朝充缉熙殿应制,又充东宫讲堂掌书。始末略见其子世崇《随隐漫录》中。"吴郡王:《宋史·外戚传》:"吴益字叔谦,盖字叔平,俱宪圣皇后弟也,以恩补官。帝与后皆喜翰墨,故益、盖兄弟师法,亦有书名。益封太宁郡王,盖封新兴郡王。"《书史会要》:"吴居父,太宁郡王益之子,世称吴七郡王。性寡嗜好,日临古帖以自娱。字画类米芾,以词翰被遇孝宗。"按:居父名琚,号云壑,历尚书郎、部使者、直学士,有《云壑集》。

③ 空翠:色彩浓翠欲滴。王维《山中》:"山路元无雨,空翠湿人衣。"染云:多姿多彩的云。王安石《染云》:"染云为柳叶,剪水作梨花。"

④ 迥:遥远。

⑤ 秀骨：杜甫《赠左仆射郑国公严公武》："复见秀骨清。"盈盈：美好的样子。《古诗十九首》："盈盈楼上女，皎皎当窗牖。"

⑥ 九秋：秋季的九十天。骆宾王《望月有所思》："九秋凉风肃，千里月华开。"

⑦ 奉车：奉车都尉之简称。《汉书·百官公卿表》："奉车都尉掌御乘舆车。"又《册府元龟》引《窦固传》："（固）累迁奉车都尉，出玉门，击西域。"畹：见前《琐窗寒》（绀缕堆云）注⑫。

⑧ 侲（yù）：卖；亦指买。

⑨ 蔓草：蔓延滋生的草。江淹《恨赋》："蔓草萦骨，拱木敛魂。"罗裙：丝织的下裙。杜甫《琴台》："野花留宝靥，蔓草见罗裙。"

⑩ 素女：古代传说中的神女。《史记·封禅书》："太帝使素女鼓五十弦瑟。"扬雄《太玄赋》："听素女之清声兮，观宓妃之妙曲。"

⑪ 阿真：太真，唐玄宗贵妃杨玉环的道号。《旧唐书·后妃传·杨贵妃》："时妃衣道士服，号曰太真。"

⑫ 空谷：空谷足音，用以比喻难得而可贵的人物及其言论。《庄子·徐无鬼》："夫逃虚空者……闻人足音跫然而喜矣。"

⑬ "宜扫"句：即淡扫蛾眉，眉画得很轻。张祜《集灵台二首》其二："却嫌脂粉污颜色，淡扫蛾眉朝至尊。"

⑭ 光风：雨停日出，景物明媚，和风微拂。

⑮ 倾国：见前《琐窗寒》注⑬。

⑯ 湘佩：见前《扫花游》（冷空淡碧）注⑩。

[译诗]

  浓重的翠绿
    染遍了空际的行云
  你离开楚地群山很远
    又隔断南北旧日的友人

蕙兰芳引（空翠染云）

但你冷然的秀骨
　　盈盈的一往情深
连九秋的山涧
　　都被你的浓绿浸润
载运你的轻车
　　从旧时的九畹发轫
谁都可以料到
　　你的身价远胜千金
你默默地浅笑
　　无语含颦
蔓蔓的野草
　　为你织一幅罗裙

你情感丰富
　　是圣洁的女神
你娇生惯养
　　赛过玉环太真
如今把你唤醒
　　传来空谷回音
即使你显出荒野本色
　　同样能荡人心魂
你最适宜淡墨摹写
　　因愁怨而皱蹙眉纹

你把美好的风光
　　送入万户千门
媚人的香氛
　　倾倒举国人群
湘水女神的佩玉已经冷却
　　但小窗里的幽梦却春天般惬意称心

[说明]

　　画面上的兰花，是艺术的创作，是画家审美的升华，它源于现实而又高于现实。如果说绘画是第一度创造，那么，吟咏画兰的歌词则无疑是第二度创造了。这二度创造的特点是，它既要歌咏画面上的兰花，同时又不能脱离生活中的兰花。所以这首词一开始便兼顾到生活与艺术的两重性："空翠染云。"此四字既写出了兰花本身的生动活泼，浓翠欲滴；又兼顾了画家的用笔俊逸，墨分五彩。从"楚山迥故人南北"开始，用笔回到画面，它提示：画面的兰花来自楚国的土地，于是便同屈原《离骚》中的"秋兰"有着血缘关系了。其品洁，其志芳，其香远，其价高，这些特色在词中均有充分发抒。一结"浅笑"两句，绘其神情姿态，赋予人的灵性。下片以"素女""阿真"对此作进一步渲染。至此，第二度创造已发挥到极致。值得指出的是，词人还不曾忘记藏画的主人，"光风入户"，讲的是这画面的悬挂展出，使画主的堂屋金碧生辉，注满生机。虽然这兰花出生的故土已面对秋季，连湖水女神的佩玉也感到阵阵寒凉，但入画的兰花，却在小窗里进入清远深幽的梦境，沐浴春天一般的温暖，惬意称心。兰花的这种满足，正是对画主的称赞，实际上已经进入第三度创造了。这首词的特点，恰恰在于这三度创造的相互交融。

隔浦莲近

黄钟商　泊长桥过重午 ①

榴花依旧照眼②。愁褪红丝腕③。梦绕烟江路，汀菰绿，熏风晚④。年少惊送远。吴蚕老⑤、恨绪萦抽茧。　旅情懒。扁舟系处⑥，青帘浊酒须换⑦。一番重午，旋买香蒲浮盏⑧。新月湖光荡素练⑨。人散。红衣香在南岸⑩。

[笺注]

①　长桥：吴江的利往桥。《吴郡志》："利往桥，即吴江长桥也，庆历八年（1048）县尉王廷坚所建，有亭曰垂虹，而世并以名桥。《续图经》云：'东西千余尺，前临太湖洞庭三山，横跨松江，为海内绝景。'"

②　榴花：石榴花。韩愈《榴花》："五月榴花照眼明，枝间时见子初成。"

③　红丝腕：旧俗五月五日以五彩丝系臂，可辟鬼及兵。又名长命缕、续命缕、辟兵缕。

④　熏风：见前《水龙吟》（外湖北岭云多）注⑨。

⑤　吴蚕：见前《瑞鹤仙》（藕心抽莹茧）注⑪。

⑥　扁（piān）舟：小船。李白《宣州谢朓楼饯别校书叔云》："人生在世不称意，明朝散发弄扁舟。"因此典出自《史记·货殖列传》："范蠡既雪会稽之耻，……乃乘扁舟浮于江湖"，故"扁舟"多有隐居江湖之意。

⑦　青帘：古时酒店的青布招子，俗称酒旗。李中《送姚端秀才游毗陵》：

梦幻的窗口——梦窗词选

"风弄青帘沽酒市,月明红袖采莲船。"

⑧ 浮盏:《岁时杂记》:"端午以菖蒲或缕或屑以泛酒。"借以祛毒避邪。浮,即泛也。

⑨ 素练:白绢,用以形容湖水澄明清澈。

⑩ 红衣:荷花。姜夔《惜红衣》:"虹梁水陌,鱼浪吹香,红衣半狼藉。"在此代指别去的伊人。

[译诗]

　　啊,石榴花——
　　　　跟往年一样
　　　　　　依旧红艳照眼
　　离愁深埋心底
　　　　节日系的红丝彩线
　　　　　　早已褪出了玉腕
　　魂梦紧绕着
　　　　烟笼雾罩的
　　　　　　江滨和路面
　　汀州和湖草
　　　　一片葱绿
　　　　　　南风吹拂着夜晚
　　当时年少无知
　　　　而今却魄动魂惊
　　　　　　怎会送你走得天长路远
　　吴地的春蚕

隔浦莲近（榴花依旧照眼）

　　此刻已完全成熟
　　　　衰老而又慵懒
憾恨的思绪
　　萦系着寸寸茧丝
　　　　永世也难以扯断

长时期羁旅客游
　　思乡之情有增无减
　　　　使人疲惫不堪
小小扁舟
　　紧紧系在
　　　　桥边堤岸
酒旗翻卷
　　这浊酒一杯
　　　　早就应当更换
又是一年
　　端午佳节
　　　　回到身边
立即购置
　　泛香避邪的菖蒲
　　　　让它们浮上酒盏
新月一钩
　　映照湖面上的长桥

梦幻的窗口——梦窗词选

    荡漾出一条洁白的绸缎
   人,早已星散
   荷花仙子踏着月光渐去渐远
   香风啊,飘向了南岸

[说 明]

  梦窗词中与"重午"相关的作品,大都与他热恋过的苏州遗姬密切相关。本篇也是如此。端午时节,词人泊舟于苏州附近的"长桥",免不了要想起当年同爱姬分别时的情景。这首词就是通过如梦如幻的景物,回忆当年的分别以及由此而引起的怅惘与悔恨之情。起句点时。五月,正是榴花盛开的旺季,正如韩愈在《榴花》一诗所说:"五月榴花照眼明,枝间时见子初成。"词之起句,显然本此。但"依旧"两字却不单指眼前,而是把眼前同过往的"重午"勾连在一起了。但此句还有深层的含蕴,即所忆爱姬不仅能歌善舞,而且对词人一往情深。词人在另一首与"重午"相关的《踏莎行》(润玉笼绡)中就曾明确点出"舞"字:"榴心空叠舞裙红。"再联系武则天《如意娘》"开箱验取石榴裙"之句,相忆之情亦可想见。接句"愁褪红丝腕"对此作形象的补充。古代妇女习惯于端午节用五彩丝线系于腕上。但这"红丝"却因离愁别恨而褪尽了固有的鲜艳,暗写别时之长。"梦绕烟江路"一句接上启下,指出前后所写乃过往情事,如今已恍同梦境矣。"汀苽""熏风",均为梦境。"年少惊送远",是忆昔;"吴蚕老、恨绪萦抽茧",是感今。如今回忆当年"送远"情景,实在令人触目惊心。"少"与"老"是时间的两极,前后照应,加重反差。"抽茧"句,用李商隐《无题》"春蚕到死丝方尽"诗意。过片用"旅情懒"三字紧扣词题，引出下片，就"感今"之情大加生发。"扁舟"句，承"旅"字写"长桥"，"青帘"以下三句写"泊"，并借"酒"字融入"重午"的特殊氛围。"新月"以下三句，以景结情。"素练"，习惯用以形容河水，但此处却可以代指月光映照下的"长桥"。"红衣"，虽指荷花，但此也可代指远去的爱姬，并与起句"榴花"二字上下呼应。词人《踏莎行》结句之"隔江人在雨声中"，与此颇为相似。通过夜色中难以分辨的"红"，转化为难以嗅到的"香"，传达出一种潜在信息，让读者去发挥想象。虚处传神，最是词中胜境。"隔"，有时是很有艺术魅力的。

[汇评]

"依旧"，逆入。"梦绕"，平出。"年少"，逆入。"恨绪"，平出。笔笔断，笔笔续。"旅情懒"三字，缩入上段看。以下言长桥重午，只如此过，无复他情。词极萧散，意极含蓄。

——陈洵《海绡说词》

垂丝钓近

夷则商　云麓先生以画舫载洛花宴客[1]

听风听雨，春残花落门掩[2]。乍倚玉阑[3]，旋剪夭艳[4]。携醉靥[5]。放溯溪游缆[6]。波光撼，映烛花黯淡。　碎霞澄水[7]，吴宫初试菱鉴[8]。旧情顿减。孤负深杯滟。衣露天香染[9]。通夜饮。问漏移几点[10]。

[笺注]

①　云麓：见前《瑞鹤仙》（记年时茂苑）注①。画舫：彩饰图像的游船。刘希夷《江南曲》："画舫烟中浅，青阳日际微。"洛花：即洛阳花，牡丹花的别称。《群芳谱》："唐宋时，洛阳之花为天下冠。故牡丹竟名洛阳花。"杨万里《牡丹》："病眼看书痛不胜，洛花千朵焕双明。"

②　春残花落：指春花凋谢之后，牡丹始开，故牡丹又俗称"谷雨花"。皮日休《牡丹》："落尽残红始吐芳，佳名唤作百花王。"

③　玉阑：阑槛的美称。阑，同栏。李白《清平调词三首》其三："解释春风无限恨，沉香亭北倚阑干。"

④　夭：美盛的样子。《诗·周南·桃夭》："桃之夭夭，灼灼其华。"

⑤　醉靥：牡丹品种中有称"醉杨妃"者，又称"杨妃醉酒"，为洛花之最老品种，至今尚存。（参《洛阳县志》）

⑥　溯：逆流而上。

⑦　碎霞：状牡丹花之色彩。白居易《牡丹芳》："宿露轻盈泛紫艳，朝阳照耀生红光。"

⑧ 吴宫：吴国旧时的宫殿。辛弃疾《念奴娇·赋白牡丹》："对花何似？似吴宫初教，翠围红阵。"菱鉴：菱花镜。见前《庆春宫》（残叶翻浓）注③。

⑨ "天香"句：即"天香夜染衣"。见前《风流子》（金谷已空尘）注③。

⑩ 漏：见前《瑞鹤仙》（记年时茂苑）注⑯。

[译诗]

  耳鼓的风声频传

  还有淅沥的雨点

  春天伴着落花归去

  重门紧紧遮掩

  偶然闲倚栏杆

  随即剪下天艳的牡丹

  携带着微微的醉意

  还有惬意的笑靥

  沿着溪水溯流而上

  解开画舫的绳缆

  波光把水天摇撼

  映得烛光，略显黯淡

  散碎的霞光

  澄澈的水面

  有如吴国的深宫

  第一次试映菱花宝鉴

  旧时的情怀

  立刻减去了大半

梦幻的窗口——梦窗词选

怎能白白错过

深杯美酒的激滟

红衣上的露珠

是由天上的香风熏染

通宵达旦地夜饮

更漏啊,我问你是几更几点

[说明]

  词写日常的宴饮,但因有"洛花"对酒,于是寻常的宴饮也就有了诗情画意。起二句写伤春伤逝情怀,春残花落,房门紧掩,进入耳鼓的只是催送春天远去的风雨之声。然而当主人公偶然倚抚栏杆,突然发现此时牡丹盛开,红艳灼人,于是游兴大增。当即剪下朵朵牡丹,携带这满是笑涡的花枝进入画舫,急令解缆开船作竟夜之游。波光的撼动,连船内的烛光都黯然失色了。过拍"碎霞澄水",形容牡丹花倒映在清澈的水里,就像是吴国宫中的美人第一次照在菱花宝镜里面一样,原来那伤春伤逝的情感立刻减去不少,由此而通宵欢宴,几乎忘记了时间的推移。词的内容虽然简单,但感情流程却波澜起伏,对生活的热爱之情流注于字里行间。

荔枝香近

黄钟商　**送人游南徐**①

锦带吴钩②，征思横雁水③。夜吟敲落霜红④，船傍枫桥系⑤。相思不管年华，唤酒吴娃市⑥。因话、驻马新堤步秋绮⑦。　　淮楚尾⑧。暮云送、人千里。细雨南楼，香密锦温曾醉⑨。花谷依然，秀靥偷春小桃李⑩。为语梦窗憔悴。

[笺注]

① 南徐：古地名，即今江苏镇江。东晋在京口置徐州，南朝宋改称南徐。

② 锦带：用锦制成的带子。吴钩：古代吴国所铸的一种弯形宝刀。鲍照《结客少年场行》："骢马金络头，锦带佩吴钩。"

③ 征思：旅人的思绪、思念。王勃《寒夜思友三首》其二："云间征思断，月下归愁切。"雁水：杜牧《九日齐山登高》："江涵秋影雁初飞，与客携壶上翠微。"

④ 霜红：红叶。杜牧《山行》："停车坐爱枫林晚，霜叶红于二月花。"

⑤ 枫桥：地名，在今苏州市西十里。本作封桥，因唐代张继《枫桥夜泊》一诗而相沿作枫桥："月落乌啼霜满天，江枫渔火对愁眠。姑苏城外寒山寺，夜半钟声到客船。"张祜《枫桥》："唯有别时今不忘，暮烟疏雨过枫桥。"

⑥ 吴娃：指吴地美女。李白《忆旧游书怀赠江夏韦太守良宰》："吴娃与越艳，窈窕夸铅红。"吴王夫差曾在灵岩山建馆娃宫，纳美女西施。

⑦ 绮:绮陌,形容街道华丽如锦绣一般。
⑧ 淮楚尾:形容山水连环相接,延续不断。黄庭坚《谒金门》:"山又水。行尽吴头楚尾。"辛弃疾《霜天晓角》:"吴头楚尾,一棹人千里。"
⑨ 锦温:周邦彦《少年游》:"锦幄初温,兽烟不断,相对坐调笙。"
⑩ 靥(yè):酒窝。

[译诗]

  锦缎的带子
    佩着吴地的宝刀
  远征的思绪
    横穿雁群投影的江潮
  夜半高吟
    把经霜的红叶震掉
  航船靠岸
    在枫桥边系缆抛锚
  相思的折磨
    不分年长还是年少
  唤酒的声音很高
    吴地市街的美女艳冶苗条
  为了交谈停鞍驻马
    在锦绣般的新堤上漫步逍遥

  淮河楚水
    流过,到这里已成末梢
  暮云也在把你相送

荔枝香近（锦带吴钩）

  人啊，远去千里迢迢

细雨霏霏

  把南楼笼罩

香氛氲氲细密

  初温的锦幄令人醉倒

花的溪谷

  依然十分美好

秀丽的酒窝迷人

  桃花李花偷偷地把春天送到

悄悄地，我告诉你

  憔悴的梦窗，形容枯槁

[说明]

  此为送友人之作。虽然词中所送之"人"姓字不详，但其习武能文却是显而易见的。习武，故有"锦带吴钩"之饰；能文，则有夜半长吟，连红叶都为之震动而"敲落"，其俊逸之才亦可想而知矣。然而这两方面的才能均未能充分施展，他所能做的只是长时间地羁旅漫游，不断领略张继《枫桥夜泊》中所描绘的那种诗情画境。"相思不管年华"写其失意后之市井生活，包括与词人的知心话语。换头三句点地，拈出"送"字。"细雨"以下四句，看似回忆而实为梦境，词人从深秋回返到初春，回到了当年温馨甜蜜的生活环境。"依然"，即指此而然。然而此乃梦境，并非词人之所有。故结拍与此形成巨大而强烈的反差："为语梦窗憔悴。"这首词从一个侧面反映了南宋有志之士报国无门、才能不得施展的可悲现实。"憔悴"，又何止词人自己。

又

七夕①

睡轻时闻,晚鹊噪庭树。又说今夕天津②,西畔重欢遇。蛛丝暗锁红楼③,燕子穿帘处。天上、未比人间更情苦。　秋鬓改,妒月姊、长眉妩④。过雨西风,数叶井梧愁舞。梦入蓝桥⑤,几点疏星映朱户。泪湿沙边凝伫。

[笺注]

① 七夕:谓农历七月初七夜晚,详见前《六幺令》注①。

② 天津:银河的别称。屈原《离骚》:"朝发轫于天津兮,夕余至乎西极。"

③ "蛛丝"句:见前《六幺令》注⑪。

④ 月姊:指月中嫦娥。李商隐《楚宫》:"月姊曾逢下彩蟾,倾城消息隔重帘。"眉妩:双眉妩媚可爱,又作眉抚。张说《赠崔二安平公乐世词》:"自怜京兆双眉妩,会待南来五马留。"

⑤ 蓝桥:蓝桥驿,用裴航遇云英故事,见前《齐天乐》(芙蓉心上三更露)注⑧。

[译诗]

　　睡意很轻很淡

　　　　不时有声音传来耳畔

　　　　时间已临近傍晚

又（睡轻时闻）

   乌鹊在庭中树上叫得正欢
又听说今天夜里
   故事发生在银河渡口的西岸
银河的西岸啊
   一年一度的欢晤重现
然而，蛛丝紧锁着门户
   红楼啊却显得十分幽暗
只留下小小一处
   让燕子往来穿过帷帘
天上，未必能比得过
   情感更加痛苦的人间

秋天的鬓发
   已渐衰渐变
不由得羡妒月姊啊
   双眉永远妩媚娇妍
刚刚下过阵雨
   西风又送来雨点
井上梧桐叶落几片
   带着忧愁舞姿蹁跹
只有进入梦境
   才能在蓝桥会面
疏星数点点

把红色的门窗映遍

泪水湿透衣衫

长时间凝神，伫立沙边

[说明]

词写"七夕"，但并不直写"七夕"牛郎织女故事，而是侧重抒写人间的离情，使"天上""人间"形成强烈对比。宋词中咏"七夕"之作品甚夥。以北宋而言，则张先、欧阳修、晏几道、苏轼、秦观、陈师道等均有佳作流传。张先说："牛星织女年年别，分明不及人间物。"（《菩萨蛮》）欧阳修说："一别经年今始见，新欢往恨知何限。"（《渔家傲》）秦观广为流传的是《鹊桥仙》："两情若是久长时，又岂在朝朝暮暮。"而吴文英此词却与上述诸作不同，它强调人间的痛苦更甚于织牛："天上、未比人间更情苦。"正因为如此，这首词所写乃是人间性的"七夕"，而与天上的"七夕"无涉。起二句写闺中人午后慵惓不堪，直至傍晚仍未起床，只有鹊噪之声传来耳畔。接二句写人语，从人声中得悉今天是"七夕"，牛郎织女在银河西岸会面。"蛛丝"两句写闺中人的寂寞孤单，只见燕子穿帘往来。最后逼出"天上、未比人间更情苦"的叹息。换头三句写时光易逝，闺人鬓发秀眉已渐变渐衰，不由得羡妒月姊的青春永驻。"过雨"两句点时令季节。"梦入"两句写只有梦中才能欢会，为"人间更情苦"做注脚。天上的"七夕"毕竟可以"重欢遇"，是实写；而人间的"七夕"却只有"梦入蓝桥"，是虚写。所以，用"泪湿沙边凝伫"的落寞景象结束全篇。

西 河

中吕商　陪鹤林登袁园①

春乍霁②。清涟画舫融洩③。螺云万叠暗凝愁④，黛蛾照水⑤。漫将西子比西湖⑥，溪边人更多丽⑦。　　步危径⑧，攀艳蕊。掬霞到手红碎。青蛇细折小回廊，去天半咫⑨。画阑日暮起东风，棋声吹下人世。　　海棠藉雨半绣地。正残寒、初御罗绮。除酒消春何计。向沙头更续、残阳一醉。双玉杯和流花洗。

[笺注]

① 鹤林：吴泳。朱《笺》："《宋诗纪事》：吴泳，字叔永，号鹤林，潼川人，嘉定元年（1208）进士。理宗朝，仕至起居舍人，兼直学士院，权刑部尚书，终宝章阁学士，知泉州，有《鹤林集》。"袁园：据杨《笺》："《絜斋集》：袁正献公有是亦楼，楼侧有水，有山，有花竹，与词中所言恍惚略同，疑即此词之袁园。"

② 霁：雨雪停止，天气放晴。

③ 清涟：清澈的水波。涟，水面被风吹起的波纹。

④ 螺云：形似螺髻一样的云峰。

⑤ 黛蛾：黛色的蛾眉。温庭筠《感旧陈情五十韵献淮南李仆射》："黛蛾陈二八，珠履列三千。"此用以形容山峰。

⑥ "西子"句：苏轼《饮湖上初晴后雨二首》其二："水光潋滟晴方好，

山色空濛雨亦奇。欲把西湖比西子，淡妆浓抹总相宜。"

⑦ 多丽：杜甫《丽人行》："三月三日天气新，长安水边多丽人。"

⑧ 危：高。

⑨ 半咫：一尺的八寸为咫。半咫，形容距离很近。

[译诗]

  多雨的初春
    刚刚透出晴天
  清澈的波纹
    连画舫也融入水面
  螺旋般的云层千重万叠
    暗中凝聚着内心的愁烦
  山峦似黛色的蛾眉
    照进水里把妩媚增添
  不要轻易地标举西施
    总是用她比喻西湖的秀艳
  溪边的少女啊
    丽人多多，成群结伴

  走过高耸的险径
    攀折花蕊的鲜妍
  掬起水中的红霞
    到手里又碎成霞的珠串
  青蛇一般细小绵长

西河（春乍霁）

　　回廊曲折蜿蜒
直向空际盘旋
　　距离天空咫尺仅半
画栏里满是暮色
　　东风又贴近身边
棋声从天上响起
　　又被吹向人寰

海棠被雨水冲刷
　　半树落花去织作花的地毯
不巧又遭遇寒潮
　　先让花的世界保暖
除了饮酒抒怀
　　消磨春光还有何等妙算

走啊，去向沙滩吧
　　再把酒杯斟满
让妩媚沐浴着斜阳
　　一醉方休却也简单
盥洗成双的玉杯
　　再清一清水中漂流的花瓣

[说明]

　　此为游园而写。全词共分三段，三段之间分合得体，似断而实连。第一段写"游"，第二段写"登"，第三段写"醉"。第一段，游览雨后初春的袁园,笔端集中于水上。起笔"春乍霁"三字最为重要,因为这三字笼罩全篇,为游园登山饮酒增添了欢乐气氛,引发出诗的激情。第二句就此加以生发。"清涟"写雨后春水的清澈透明,"画舫"紧扣词题并增加了动感,一个"画"字无形中又增加了色彩的丰艳。"螺云",写"乍霁"的天空;"黛蛾",写春雨洗濯的溪水,勾勒出"袁园"的大背景。"漫将"两句将笔墨轻轻宕开,借"西子"来比喻"溪边人"之"多丽",使前此诸句落到实处。第二段扣题写"登",通过"登"字写出了园内假山之奇峻。换头两句既写"步"又写"攀",通过手脚并用突出了山石之"危"。下面,"青蛇细折"与"去天半咫"对此再加烘托。"棋声吹下人世"一句,已夸张到无以复加的程度。第三段起笔与"春乍霁"前后呼应,借"海棠藉雨"为游人们铺了一张花的地毯。"除酒"三句集中写一"醉"字,最后以盥洗"玉杯"作结。全词一气贯注,气魄宏大,小小"袁园"写得有声有色,充满了诗情画境。词中用夸张手法,把园中景点写得婀娜多姿,色彩丰富,有移步换形之趣。

浪淘沙慢

夷则商，俗名商调　**赋李尚书山园**①

梦仙到②，吹笙路杳③，度巘云滑④。溪谷冰绡未裂⑤。金铺昼锁乍掣⑥。见竹静、梅深春海阔。有新燕、帘底低说。念汉履无声跨鲸远⑦，年年谢桥月⑧。　　曲折。画阑尽日凭热。半扆起玲珑⑨，楼阁畔、缥缈鸿去绝⑩。飞絮飏东风，天外歌阕。睡红醉缬⑪。还是催寒食⑫。看花时节。　　花下苍苔盛罗袜。银烛短、漏壶易竭⑬。料池柳、不攀春送别。倩玉兔⑭、别捣秋香⑮，更醉踏，千山冷翠飞晴雪⑯。

[笺注]

①　李尚书：据朱《笺》："按南宋李姓官尚书，与梦窗同时者，据《宋史》凡三人：李鸣复，字成叔，泸州人，嘉定二年进士，拜侍御史，兼侍讲，权工部尚书，兼吏部，端平三年拜参知政事；李知孝，字孝章，光之孙，嘉定四年进士，拜殿中侍御史，绍定五年迁工部尚书；李曾伯，字长孺，覃怀人，居嘉兴，官淮东制置使，进权工部尚书。梦窗所赋'山园'，当是曾伯。"夏《笺》曰："朱《笺》谓南宋李姓官尚书，与梦窗同时者，有李鸣复、李知孝、李曾伯三人，定山园属工部尚书曾伯。按《续通鉴》：'淳祐六年四月，权兵部尚书李曾伯应诏上疏。'《宋史》曾伯传，亦不云官工部；朱《笺》似误。又据《续通鉴》：'淳祐四年，李心传权刑部尚书；五年，李性传以礼部尚书给事中签枢密院事，李韶权礼部尚书。'是梦窗同时官尚书者，又不止三人也。"又杨

《笺》:"词一曰'吹笙路杳',二曰'汉履无声跨鲸远',尚书已故,似不必限于同时求之矣。"要之,"李尚书"为谁?待考。

② 梦仙:白居易《梦仙》:"人有梦仙者,梦身升上清。"

③ "吹笙"句:用仙人王子乔故事。据《列仙传》:"王子乔者,周灵王太子晋也。好吹笙作凤凰鸣。游伊、洛之间。"

④ 巘(yǎn):山峰。柳永《望海潮》:"重湖叠巘清佳。"

⑤ 冰绡:细洁雪白的生丝织品。

⑥ 金铺:铜制门环上的装饰物,作龙、蛇或虎形以衔接门环。《汉书·扬雄传上》:"排玉户而飏金铺兮,发兰蕙与穹穷。"掣:拽,拉。

⑦ 汉履:《汉书·郑崇传》:"喜为大司马荐崇,哀帝擢为尚书仆射。数求见谏争,上初纳用之。每见曳草履,上笑曰:'我识郑尚书履声。'"跨鲸:又作骑鲸,借指死亡或隐遁。陆游《七月一日夜坐舍北水涯戏作》:"斥仙岂复尘中恋,便拟骑鲸返玉京。"

⑧ 谢桥:谢娘家的桥,代指谢娘家。谢娘:唐代名妓谢秋娘。此为泛指。张泌《寄人》:"别梦依依到谢家,小廊回合曲阑斜。多情只有春庭月,犹为离人照落花。"

⑨ 蜃:海市蜃楼,在海滨或沙漠中看见空中或地面以下出现远处景物的影像,多在夏天。

⑩ "缥缈"句:借苏轼词意。苏轼《卜算子》:"缺月挂疏桐,漏断人初静。时见幽人独往来,飘渺孤鸿影。"

⑪ 醉缬(xié):醉眼,眼花而视线不清。庾信《夜听捣衣》:"花鬟醉眼缬,龙子细文红。"李贺《恼公》:"醉缬抛红网,单罗挂绿蒙。"

⑫ 寒食:见前《扫花游》(冷空淡碧)注①。

⑬ 漏壶:见前《瑞鹤仙》(记年时茂苑)注⑯。

⑭ 玉兔:指月亮。古代传说月中有兔,故称。韩琮《春愁》:"金乌长飞玉兔走,青鬓长青古无有。"

⑮ "别捣"句：指月中玉兔捣药。傅咸《拟天问》："月中何有？白兔捣药。"秋香：指月中桂树。李贺《金铜仙人辞汉歌》："画栏桂树悬秋香。"

⑯ "千山"句：姜夔《踏莎行》："淮南皓月冷千山，冥冥归去无人管。"

[译诗]

是在梦里吗？不然
　　　怎么像进入仙境
耳边，响起神秘的箫笙
　　　却看不见前进的路径
登上水中的山峰
　　　仿佛在云彩上滑行
溪谷里的坚冰不曾干裂
　　　绸缎一般素洁晶莹
黄铜的门环白昼紧锁
　　　此刻却突然开启了门缝
终于看见了竹丝
　　　是那样深邃幽静
报春的红梅
　　　海水般深阔繁盛
还有新来的燕子
　　　在帘下密语低鸣
怎能忘记你的脚步
　　　去了去了，你跨着远去的长鲸
年年岁岁，岁岁年年

　　　　心系谢家桥畔的月影
婉转曲折
　　　　整天把栏杆倚凭
好像海市蜃楼
　　　　凌空高耸，玲珑丰盈
掠过了楼阁身边
　　　　远去的孤鸿缥缈难逢
柳絮漫天飞扬
　　　　吹送着的是款款东风
天外的歌声哪里去了
　　　　是睡梦中的红花醉眼朦胧
一切都不曾改变
　　　　催送着寒食降临人境
莫放过，莫放过
　　　　赶紧把看花的时令恭迎

花下的苍苔难以忍受
　　　　数不尽的罗袜游兴大增
银烛越烧越短
　　　　漏壶的水标很快就要滴净
可以想到池边的柳树吧
　　　　竟无人攀折春天的枝条送人远征
烦请月中的玉兔

浪淘沙慢（梦仙到）

把秋日的桂香灵药捣制成功

让我们乘醉重踏千山

看冷的夜空，雪花飞迸

[说明]

　　名为"赋李尚书山园"，实际上是一篇忆旧与悼亡的词篇，其中还杂有人世变异与家国兴亡之叹。开篇，词人把笔锋伸向虚无缥缈的梦境与仙境："梦仙到"。随之又用"吹笙踏杳"来加以烘托。李贺《天上谣》："王子吹笙鹅管长。"不仅如此，还可以联及魏晋时的"游仙"诗。不同的是词中的"游仙"主要写的是盛衰消亡，并不侧重于列仙之趣与玄言之思，坎壈情怀却贯穿于字里行间。"溪谷"以下至"低说"，已回到人世的"山园"，竹静、梅深、新燕，皆眼前景观。"念汉履"一句扣题中之"李尚书"，"谢桥月"三字不仅写岁岁年年毫无变化，而且还曲折地写出李尚书的故园之思。换头以"曲折"二字提起，是写人生的，也是写家国时事的，于是引出登楼之所见所感。"鸿去""飞絮""东风""天外歌阕"，对此作全方位的渲染。"睡红醉缃"一句，境生象外，就"催寒食"而转人世如常，了无变化，每逢"看花时节"，车马纷纷，游人如蚁，直至"花下苍苔盛罗袜"：死的已经死去，活着的照样寻欢逐乐，甚至夜以继日，"银烛短、漏壶易竭"。甚至连池边柳枝在新春到来之际，也很少有游人攀折送别了。词人对此深有感慨，但却并不说破，而是别开异境，在人们尽情欣赏春光只知寻欢逐乐之时，转而呈现"千山冷翠飞晴雪"的巨大变化，将醉生梦死的现实尽皆摒弃。可见，本篇并不是一般的悼亡忆旧，而是寓有家国兴亡之叹的现实针对性很强的力作。虽然，"李尚书"其人未定,但就相关史料与当时形势言之,则似与李曾伯较为接近。《宋史》李曾伯本传说:"曾伯初与贾似道俱为阃帅,边境之事,知无不言。似道卒嫉之,使不竟其用云。"词似对李曾伯表示怀念而对贾似道弄权朝中及穷奢极侈有所讽喻。李曾伯是南宋末期存词最多的词人之一,共二百零二首,其中和词七十五首,寿词三十七首。

西平乐慢

中吕商　过西湖先贤堂，伤今感昔，泫然出涕①

岸压邮亭②，路欹华表③，堤树旧色依依。红索新晴④，翠阴寒食，天涯倦客重归⑤。叹废绿平烟带苑⑥，幽渚尘香荡晚⑦，当时燕子，无言对立斜晖⑧。追念吟风赏月，十载事、梦惹绿杨丝。　　画船为市，天妆艳水，日落云沉，人换春移⑨。谁更与、苔根洗石⑩，菊井招魂⑪，漫省连车载酒，立马临花，犹认蔫红傍路枝⑫。歌断宴阑，荣华露草⑬，冷落山丘⑭。到此徘徊，细雨西城，羊昙醉后花飞⑮。

[笺注]

①　先贤堂：在西湖三堤路。周密《武林旧事》卷五："先贤堂，名'仰高'，祠，许由以下共四十人，刻石作赞，具载事迹。……中有振衣、古香、清风堂。山亭流芳，花竹萦纡，小山曲径。今归旌德，堂宇皆废。"据杨《笺》："所谓'感昔'者，必感恩知己之人。考梦窗生平交际，……与此四字最近者，惟一吴潜。潜帅绍兴，梦窗在幕中，况两人集中互有唱和，如《金缕曲》记沧浪亭之游，《浣溪沙》记舟中之迓，后又入吴绍兴幕，踪迹狎近，与词中所言看花载酒相类。然潜以景定二年（1261）贬循州，三年暴卒，后未必归葬西湖，除吴外竟无人足以当之。或者词中'华表'，非必本人墓中物，所谓感伤者，乃见物思人欤？此亦梦窗长寿之证已。"泫然：伤心流泪的样子。陆游《沈园》其二："此身行作稽山土，犹吊遗踪一泫然。"

② 邮亭：古时官方供传递文书、公物者休息或换马的房舍。见前《塞垣春》注⑭。

③ 欹：倾斜状。华表：古代帝王为表示纳谏而竖立的木柱，也用以标示衢路，又称诽谤木或谤木。又，建在桥梁、城门、宫殿、帝王坟墓前的大柱，也称华表，有标识及修饰作用。建于墓前的称墓表，多为圆形石柱，也有上部加横石板，成十字形。

④ 红索：秋千的彩色绳索。王建《寒食》："白衫眠古巷，红索搭高枝。"见前《宴清都》（翠羽飞梁苑）注⑥。

⑤ 倦客：厌于游宦而想辞官之人。《史记·司马相如列传》："长卿故倦游。"陆机《长安有狭斜行》："余本倦游客，豪彦多旧亲。"

⑥ "废绿"句：写先贤堂的荒废。温庭筠《莲浦谣》："鸣桡轧轧溪溶溶，废绿平烟吴苑东。"

⑦ 渚（zhǔ）：水中小块陆地。

⑧ "燕子"两句：刘禹锡《乌衣巷》："旧时王谢堂前燕，飞入寻常百姓家。"

⑨ "人换"句：王勃《滕王阁诗》："闲云潭影日悠悠，物换星移几度秋。"

⑩ 与：为也，共也。李商隐《汴上送李郢之苏州》："苏小小坟今在否？紫兰香径与招魂。"苔根：李白《襄阳歌》："君不见晋朝羊公一片石，龟头剥落生莓苔。"石：碑碣，石刻。《吕氏春秋·求人》："故功绩铭乎金石，著于盘盂。"注："石，丰碑也。"《梦粱录》卷十二"西湖"："曰南山第一桥，名映波桥，西偏建堂，扁曰'先贤'。……建堂奉忠臣孝子、善士名流、德行节义、学问功业，自陶唐至宋，本郡人物许箕公以下三十四人，及孝妇孙夫人等五氏，各立碑刻，表世旌哲而祀之。"可与前注①引《武林旧事》中之"刻石作赞，具载事迹"相参看。

⑪ 菊井招魂：用菊花等向先贤表示祭奠。梦窗《霜叶飞》（断烟离绪）："半壶秋水荐黄花，香噀西风雨。"招魂，古代民间祭奠死者习俗之一。宋玉有《招魂》之作。王逸《楚辞章句》曰："宋玉怜哀屈原，忠而斥弃，愁懑山泽，

魂魄放佚,厥命将落。故作《招魂》,欲以复其精神,延其年寿。外陈四方之恶,内崇楚国之美,以讽谏怀王,冀其觉悟而还之也。"

⑫ 蔫(niān,旧读 yān)红:枯萎将谢的花。蔫,植物失去水分而枯萎变色。杜牧《春晚题韦家亭子》:"蔫红半落平池晚,曲渚飘成锦一张。"路枝:即路歧,又作路岐,指岔路。枝(qí),歧生。

⑬ 露草:指草上的露水很快便会消失。《乐府诗·薤露》:"薤上露,何易晞。露晞明朝更复落,人死一去何时归。"又可指沾满露珠的青草。杜甫《陪郑公秋晚北池临眺》:"萋萋露草碧,片片晚旗红。"

⑭ 冷落:即零落意。山丘:坟墓。曹植《箜篌引》:"生在华屋处,零落归山丘。"

⑮ "羊昙"句:用羊昙哭谢安故事。羊昙,晋泰山人,谢安之甥,多才艺,为谢安所爱重。谢安死后,昙辍乐经年,行路不经谢安所住之西州路。一时醉过州门,经从者告知,悲吟曹植诗"生存华屋处,零落归山丘",恸哭而去。(参见《晋书·谢安传》)温庭筠《经故翰林袁学士居》:"西州城外花千树,尽是羊昙醉后春。"

[译诗]

岸边

　　邮亭

　　　　孤独耸立

路上

　　华表倾斜

　　　　让人叹息

堤上的树木

　　旧时的颜色

　　　　引发了旧时的记忆

梦幻的窗口——梦窗词选

秋千
　　红色的绳索
　　　　悬垂在放晴的空际
寒食节来临
　　翠绿的树荫
　　　　日渐浓密
此刻
　　浪迹天涯的倦客
　　　　又撞回已经寂寥的归地
令人感伤的是
　　平林的烟霭映带着
　　　　吴地宫苑荒芜的碧绿
幽静的水边沙地
　　尘埃里杂着花香
　　　　落寞的夜幕轻轻掀起
噢，当时的燕子
　　面对斜晖夕照
　　　　默默无言地并肩而立
是否在追忆当年
　　畅游时与清风结伴
　　　　还有赏月时的甜蜜
十年过去了
　　难圆的好梦啊

西平乐慢（岸压邮亭）

　　　　在绿杨和柳丝上萦系

湖面的画船
　　拼合成
　　　　水上的闹市通衢
天冶的妆束
　　刺目的艳服
　　　　把湖水映得十分凄丽
太阳
　　落下山去
　　　　云朵在沉没聚集
人呢
　　已经换了一代
　　　　春天在不断变易
还有谁能同我一起
　　面对生满霉苔的碑石
　　　　洗去那掩盖历史的尘泥
还有谁摘取菊花
　　汲取清澄的井水
　　　　向先贤的英魂略表心迹
白白地想起
　　车马接着车马
　　　　满载美酒溢出浩然正气

梦幻的窗口——梦窗词选

或者
　　停车驻马
　　　　欣赏春花的旖旎
时至今日
　　连岔路上枯萎的红花
　　　　都能辨认得十分清晰
歌声静止
　　盛大的酒宴
　　　　已临近散席
荣华富贵
　　就像草上的露滴
　　　　转眼便不见痕迹
最终只落得
　　冷冷清清，还有
　　　　山丘般的小小墓地
偶来此地
　　信步徘徊
　　　　细雨洒向城西
禁不住像羊昙哭谢安那样
　　酒后的泪水伴着落花
　　　　飞向高空化作无语的悲啼

[说明]

　　杨《笺》认为，此词之"伤今感昔，泫然出涕"，其对象"除吴

西平乐慢（岸压邮亭）

（潜）外竟无人足以当之"。又在《吴梦窗事迹考》中云：此作"必应在（吴潜）复官之后"。以上所说虽不无道理，但仍难以坐实，亦不必坐实，视之为泛指可也。当国家面临危急存亡的关键时刻，上层统治集团却仍在寻欢逐乐，作为有良知的爱国士子，在先辈贤哲面前又怎能不伤今感昔，义愤填膺。但身为政治圈外的布衣之士，对此却无能为力，于是悲从中来，免不了要"泫然出涕"了。词中充分反映出这一系列复杂纠结的思想情感。一起三句，通过"邮亭""华表"这些意象，再加之以"压""欹"等动态感极强的词语，描绘出当时临安与西湖临近败亡的衰飒景象。然后再以"旧色依依"四字串接今昔之感。"红索新晴"，为西湖增添了亮色，但仅此一句，不过为重归的"天涯倦客"略增新鲜感而已。所以下面就发出了深长的喟叹，连当年的燕子，如今都默默无语地"对立斜晖"。一结用"十载事"将时空的间距拉开，通过梦境与湖边的柳丝，将词人的诗思与京都联系起来。换头以下所写之"画船""夭妆"，是过往之"吟风赏月"，又是"重归"后目之所见。"人换春移"既指"十载"，也指先贤们所经历的历史时空，引出以下无人再续先贤遗踪的恸感，并对"连车载酒，立马临花"之辈深表鄙弃。最后终于对宇宙、历史、人生发出了带有哲理意味的感叹："歌断宴阑，荣华露草，冷落山丘。"终拍用羊昙哭谢安的事典结束全篇。全词情辞慷慨，用笔却仍能婉转平和。结拍诸句悲从中来，不能自已。所谓真悲无声而哀，真情在内，神动于外。此所以感人。

瑞龙吟

黄钟商，俗名大石调，犯正平调　**赋蓬莱阁**①

堕虹际②。层观翠冷玲珑，五云飞起③。玉虬萦结城根④，淡烟半野，斜阳半市。　　瞰危睇⑤。门巷去来车马，梦游宫蚁⑥。秦鬟古色凝愁⑦，镜中暗换⑧，明眸皓齿⑨。　　东海青桑生处⑩，劲风吹浅，瀛洲青浅⑪。山影泛出琼壶⑫，碧树人世⑬。枪芽焙绿⑭，曾试云根味⑮。岩流溅、涎香惯搅⑯，娇龙春睡。露草啼清泪⑰。酒香断到，文丘废隧⑱。今古秋声里⑲。情漫黯⑳，寒鸦孤村流水㉑。半空画角㉒，落梅花地㉓。

[笺注]

①　蓬莱阁：在今浙江省绍兴市。《舆地纪胜》："绍兴郡治在卧龙山上，蓬莱阁在郡设厅后，取元微之'我是玉皇香案吏，谪居犹得近蓬莱'句也。"又《会稽志》："张伯玉《州宅诗序》云：'越守王工部至和（宋仁宗年号，1054—1056）中新葺蓬莱阁成，画图来乞诗。'工部，乃王逵也。"

②　际：恰逢其时。

③　五云：五色彩云。白居易《长恨歌》："楼阁玲珑五云起，其中绰约多仙子。"

④　玉虬：虬龙。屈原《离骚》："驷玉虬以乘鹥兮，溘埃风余上征。"

⑤　瞰（kàn）：向下看，俯视。睇（dì）：旁视，流盼。危睇：惊心刺目。温庭筠《登李羽士东楼》："高楼本危睇，凉月更伤心。"

⑥　梦游宫蚁：用唐李公佐《南柯太守传》故事。东平淳于棼，家住广陵郡东十里，宅南有大古槐一株。一日生解衣就枕，见二紫衣使者奉槐安国王之命请生入古槐之穴，并以公主妻之，历尽荣华。所生五男二女，男以门荫授官，女亦聘于王族，荣耀显赫，一时之盛，代莫比之。后国王疑忌，加以时议弹劾，乃命生暂归本里，一见亲族。俄出一穴，见本里闾巷，不改往日，生遂发寤如初，梦中倏忽，若度一世。生与二客寻槐下穴，掘穴究源，见大穴可容一榻，上有积土如城郭之状，二大蚁处小台之上，左右大蚁数十辅之，此其王矣。即槐安国都也。所谓"南柯一梦"，即指此而言。

⑦　秦鬟：见前《扫花游》（暖波印日）注②③。

⑧　镜中：指秦望山倒映入镜湖。镜湖，又名鉴湖、长湖、太湖，在绍兴市南，汉代修筑的人工湖。唐玄宗开元中，秘书监贺知章求以湖为放生池，诏赐鉴湖剡溪一曲，以养天年，因亦名贺鉴湖。宋熙宁后渐废为田。（参《读史方舆纪要》）

⑨　明眸皓齿：杜甫《哀江头》："明眸皓齿今何在？血污游魂归不得。"

⑩　东海青桑：用沧海桑田故事。《太平广记》卷六十引《神仙传·麻姑》："麻姑自说云：'接侍以来，已见东海三为桑田。向到蓬莱，水又浅于往昔会时略半也，岂将复还为陵陆乎？'"

⑪　泚（cǐ）：清。

⑫　琼壶：神话传说中的仙山。《列子·汤问》："渤海之东，不知几亿万里，有大壑焉。……其中有五山焉，一曰岱舆，二曰员峤，三曰方壶，四曰瀛洲，五曰蓬莱。"

⑬　碧树：绿叶覆盖的树或长青树。此指仙山中的玉树、宝树。班固《西都赋》："珊瑚碧树，周阿而生。"

⑭　枪芽：指尚未舒展开的嫩茶芽叶。吕仲吉《建安茶录》："茶芽如鹰爪、雀舌者为上，一枪一旗，次之。"苏轼《怡然以垂云新茶见饷，报以大龙团，仍戏作小诗》："拣芽分雀舌，赐茗出龙团。"焙绿：烘制的嫩茶。据《品

茶要录》："茶事起于惊蛰前，其采芽如鹰爪，初造曰试焙，又曰一火，其次曰二火。二火之茶，已次一火矣。故市茶芽者，唯同出于三火前者为最佳。""焙绿"即其最佳者。

⑮ 云根：本指深山云起之处，这里代指茶树。据《咸淳临安志》："钱塘宝云庵产者，名宝云茶；下天竺香林洞产者，名香林茶；上天竺白云峰产者，名白云茶。……又，宝严院垂云亭亦产茶。"

⑯ 岩流：指泉水。涎香：指龙涎香，喻水之名贵与香洌可口。据《岭南杂记》："龙涎于香品中最贵重，出大食国西海之中，上有云气罩覆，则下有龙蟠洋中大石，卧而吐涎，飘浮水面，为太阳所烁，凝结而坚，轻若浮石，用以和众香焚之，能聚香烟，缕缕不散。"又云："鲛人采之，以为至宝，新者色白。……入香焚之，则翠烟浮空，结而不散。"又张世南《游宦纪闻》：龙涎香"出大食国。近海傍常有云气罩山间，即知有龙睡其下。或半载，或二、三载，土人更相守视。俟云散，则知龙已去，往观必得'龙涎'，或五、七两，或十余两，视所守人多寡均给之"。下句"娇龙春睡"，即指此而言。今考，龙涎香乃海洋中抹香鲸之肠内分泌物，并非传说中之"龙涎"。

⑰ 露草：见前《西平乐慢》注⑬。李贺《苏小小墓》："幽兰露，如啼眼。"梦窗《金缕歌·陪履斋先生沧浪看梅》："叹当时、花竹今如此。枝上露，溅清泪。"

⑱ 丘：坟墓。《古诗十九首》（去者日以疏）："出郭门直视，但见丘与坟。"文丘：文人的坟墓。隧：道路，墓道。又作水道解。

⑲ 秋声：秋季西风劲吹草木凋落所产生的肃杀之声。庾信《周谯国公夫人步陆孤氏墓志铭》："树树秋声，山山寒色。"孟郊《分水岭别夜示从弟寂》："古木摇霁色，高风动秋声。"

⑳ 黯（àn）：黯然，沮丧、失意的样子。柳宗元《别舍弟宗一》："零落残魂倍黯然，双垂别泪越江边。"

㉑ "寒鸦"句：秦观《满庭芳》（山抹微云）："斜阳外，寒鸦万点，流水

绕孤村。"

㉒ 画角：指角声。角，古代管乐器，形如竹筒，本细末大，以竹木或皮革制成，亦有铜制者，外施彩绘。发声哀厉高亢，多用于军中，以警昏晓。

㉓ 落梅花：即《梅花落》，笛曲名。因句式平仄要求而倒置，亦状梅花散落的季节特点。李白《与史郎中钦听黄鹤楼上吹笛》："黄鹤楼中吹玉笛，江城五月落《梅花》。"

[译诗]

正是彩虹
　　向下悬垂的时机
层层楼观
　　冷翠玲珑，巍然耸立
五色祥云
　　凌空飞举
白玉似的虬龙
　　盘绕在城垣根际
西去的斜阳
　　照射半个市区

站在高处远眺
　　所有风光尽入这凝神流睇
门巷之间
　　车来马去
真像是南柯一梦

经历了富贵荣华的蝼蚁
秦望山依然旧态
　　　古色中平添愁绪
倒映历史画卷的镜湖
　　　不知不觉物换星移
当时的明眸皓齿
　　　如今去向哪里

东方的沧海变成了
　　　青桑丛生的陆地
劲风吹起
　　　大海明澈见底
瀛洲仙境
　　　更显得清新无比
山影里托出个琼壶
　　　传说中的仙山从海上泛起
碧绿的大树枝叶扶疏
　　　跟人世间相差无几
"枪芽"般珍贵的嫩茶
　　　焙制出诱人的绿意
"云根"的神韵
　　　品尝后便令人神迷
山崖上泉水倾泻

瀑布般飞迸撞击

海面的龙涎香回旋搅动

  海底娇龙也失去春天的睡意

草叶上露珠闪烁晶莹

  有如啼泣时的泪滴

酒的香氛到何处才能停歇

  是文人的丘垅,废隧的穴隙

古今的巨大变化

  全都融入秋声传出的信息

情绪不要枉自低沉,面前是

  "寒鸦数点,流水绕孤树"这种诗意

还有,半空中传来

  画角之声如诉如泣

还有,《梅花落》这一笛曲

  乐声回旋,落向茫茫大地

[说 明]

  全篇紧紧围绕"蓬莱阁"这一题旨,通过梦幻般的仙境予以充分展开。一起三句,勾画蓬莱仙境的背景。这仙境出现于彩虹下垂之际,上有五彩祥云飞舞笼罩,使蓬莱阁玲珑剔透,金碧辉煌;下面是卧龙环绕城根,淡烟弥漫,斜阳照临街市。此为第一段。第二段转写绍兴故郡的特异风光。词人目之所见,并非寻常事物,而是《南柯太守传》中所描述的那种历史遽变,人们熙来攘往,你争我夺,到头来转眼成空,正所谓"贵极禄位,权倾国都,达人视此,蚁聚何殊"。在此,词人并非泛泛而言，而是有其现实针对性的。第三段是全词的重点，词的主体部分。前五句用"沧海桑田"事典。承上，点出"琼壶"；启下，转写"碧树人世"。但以下所写之"枪芽""云根""涎香""娇龙"等物典，仍是实中有虚，带有浓厚的神话色彩。从"露草"句开始至终篇，用"今古秋声里"加以唱叹，将"蓬莱阁"这一主题融入历史时空。"情漫黯"以下，用秦观《满庭芳》(山抹微云)上片结句之意境（"斜阳外，寒鸦万点，流水绕孤村"）结束全篇。很显然，这首词并非一般的登临酬唱，"南柯一梦"也非寻常的感叹，从"秦鬟古色凝愁"句，可以看出历史的深蕴，与后来所写《金缕歌》(陪履斋先生沧浪看梅)中"后不如今今非昔"的内涵是一致的。南渡之后，上层统治集团偏安误国，朝廷权贵你争我夺，相互倾轧，南宋已濒临灭亡边缘，对此，词人怎能不黯然神伤？词人用杜甫《哀江头》中的诗意（"明眸皓齿今何在？血污游魂归不得"），大有"少陵野老吞声哭"的悲感。此其一。其次是词中多用强烈对比。借对蓬莱仙境的烘染，衬托"人世"的没落；借秦观所写之蓬莱阁（包括《望海潮》"秦峰苍翠"）来暗喻"今古"之巨大变化；"落梅花地"，既可解为乐曲声声，又可解为南宋梅花盛开的季节已经过去。第三是善于通过梦幻境界来抒写蕴含哲理的历史情怀。这一点与秦观之《满庭芳》《望海潮》加以比照，便可以清晰地辨认出来。最后是词体形式与一般之三段词体（如柳永的《夜半乐》）有所不同。这是一首"双拽头"体。凡是三叠词前两叠字句全同者，称为"双拽头"，有如两匹并辔的骏马拉出一辆华贵的车子，给人以全新的感觉。这首词的"双拽头"有明确分工：一叠就"蓬莱"二字写东海仙境，另一叠就"阁"字写登临所望，然后牵出第三叠，展开这一大段的铺叙。形式与内容契合，非常紧密。

又

送梅津①

黯分袖②。肠断去水流萍③,住船系柳④。吴宫娇月娆花⑤,醉题恨倚,蛮江豆蔻⑥。　吐春绣。笔底丽情多少,眼波眉岫⑦。新园锁却愁阴,露黄漫委⑧,寒香半亩。　还背垂虹秋去,四桥烟雨⑨,一宵歌酒。犹忆翠微携壶⑩,乌帽风骤⑪,西湖到日,重见梅钿皱⑫。谁家听、琵琶未了,朝驄嘶漏⑬。印剖黄金籀⑭。待来共凭,齐云话旧⑮。莫唱朱樱口⑯。生怕遣、楼前行云知后⑰。唳鸿怨角⑱,空教人瘦。

[笺注]

①　梅津:见前《水龙吟》(望春楼外沧波)注①。

②　黯:黑。江淹《别赋》:"黯然销魂者,唯别而已矣。"黯然,即无精打采。分袖:分手,分别。同"分袂""分襟"。

③　肠断:形容极度哀痛,好像肠子都寸寸断裂了。《世说新语·黜免》载,东晋桓温入蜀,至三峡中,部伍中有人捕获猿子,其母缘岸哀号,追行百余里不肯离去,后跳上船,倒地而死,剖其腹,肠皆寸断。《陇头歌辞》:"陇头流水,鸣声幽咽。遥望秦川,心肝断绝。"流萍:同漂萍,指人像萍叶一样浮于水面而漂流无定。杜甫《赠翰林张四学士垍》:"此生任春草,垂老独漂萍。"

④　住船系柳:许浑《晚泊七里滩》:"天晚日沉沉,归舟系柳阴。"

⑤　吴宫:古代吴国的宫苑。李白《登金陵凤凰台》:"吴宫花草埋幽径,

晋代衣冠成古丘。"

⑥　蛮江：泛指南方少数民族聚居地带之江水。苏轼《初发嘉州》："锦水细不见，蛮江清可怜。"陆游《青玉案·与朱景参会北岭》："小槽红酒，晚香丹荔，记取蛮江上。"豆蔻：植物名，又名草果。春夏间开黄白色花。杜牧《赠别二首》其二："娉娉袅袅十三余，豆蔻梢头二月初。"

⑦　岫（xiù）：山。

⑧　委：同"痿"，疲病。

⑨　四桥：苏州甘泉桥，一名第四桥。因泉水甜美，唐宋时经品评为全国第四位，故名甘泉。姜夔《点绛唇·丁未冬过吴松作》："第四桥边，拟共天随住。"刘仙伦《贺新郎·题吴江》："依旧四桥风景在。"

⑩　携壶：杜牧《九日齐山登高》："江涵秋影雁初飞，与客携壶上翠微。"

⑪　乌帽：用孟嘉落帽故事。《晋书·桓温传》载：孟嘉为征西桓温参军，九月九日登高，帽为风吹落而不觉。后成为重阳登高常用典故。见前《霜叶飞》注⑯。陈师道《和李使君九日登戏马台》："九日风光堪落帽，中年怀抱更登台。"

⑫　梅钿：杨《笺》："妇女摘梅子以钿簪之，曰梅钿。"

⑬　"琵琶未了"二句：据《词林纪事》卷七"孙洙《菩萨蛮》黄花庵注"云："孙公于元丰间（1078—1085）为翰苑，与李端愿太尉往来尤数。会一日，锁院宣召者，至其家，则出数十辈踪迹，得之于李氏。时李新纳妾，能琵琶。公饮不肯去，而迫于宣命，入院几二鼓矣。遂草三制，罢，复作此长短句，以记别恨。迟明遣以示李。"其词曰："楼头尚有三通鼓，何须抵死催人去？上马苦匆匆，琵琶曲未终。回头凝望处，那更帘纤雨。漫道玉为堂，玉堂今夜长。"

⑭　黄金：印，黄金印。刘过《沁园春·张路分秋阅》："印金如斗，未慊平生。"籀（zhòu）：籀文，古代一种书体，相传周宣王时太史籀所造。后多用于印文。

⑮ 齐云：苏州齐云楼，见前《齐天乐》（凌朝一片阳台影）注①。

⑯ 樱口：见前《霜叶飞》注⑩。《本事诗·事感》载白居易诗："樱桃樊素口，杨柳小蛮腰。"

⑰ 行云：响遏行云。《列子·汤问》：薛谭拜秦青为师学讴，艺未成却以为尽其所妙，辞归。秦青并不挽留，送至郊外，为薛抚节悲歌，"声振林木，响遏行云"。薛知己之不足，返回继续学习，终身不敢言去。

⑱ 唳：鹤、雁鸣叫声。风声鹤唳。角：见前《瑞龙吟》（堕虹际）注㉒。

[译 诗]

分手的瞬间
　　止不住神色黯然
令人肝肠寸断
　　这一去似浮萍在水中漂转
恨不得船只停止启动
　　缆绳牢系垂柳的躯干
吴地的故宫林苑
　　还有闭月羞花的娇艳
醉酒时泼墨挥毫
　　倚声低唱别时的恨憾
赠别南方江滨的少女
　　二月初时的豆蔻华年

锦心绣口
　　吐出的是春天的秀美芊绵
笔底写出绮艳情思

473

梦幻的窗口——梦窗词选

　　　千言万语难以估算
眼神，如澄波流盼
　　　眉峰，似山峦淡远
这里新筑的园林闭锁
　　　锁住的是满载离愁的阴云一片
连露珠都映出黄色
　　　青枝绿叶萎缩枯干
只有寒风飘洒幽香
　　　在半亩庭院中弥漫

然而你背对垂虹桥
　　　面向秋风扬帆去远
第四桥边——
　　　烟的幕布，雨的帷帘
忘不了通宵达旦
　　　轻歌曼舞，灯红酒阑
忘不了九日齐山登高
　　　翠微路上携壶纵览
乌纱帽突然坠落
　　　是秋风乍起狂吹乱卷
待到你的征帆
　　　靠向西湖的堤岸
再次见到梅子的钗钿

又（黯分袖）

　　　　插在簪环，已皱蹙不堪
听，这是谁家的门巷
　　　　琵琶的音声连绵不断
上朝的骏马奔驰
　　　　嘶鸣着把更漏声遮掩
黄金大印
　　　　把籀文刻满……
但总有一天你会重游旧地
　　　　并肩倚凭西向的栏杆
再登上齐云楼绝顶
　　　　倾吐别后的思念
为此莫许樱唇绣口
　　　　唱出相思的情感
怕的是空际行云
　　　　会把歌声送往妆楼的窗前
再让回归的大雁捎来泪水
　　　　让凄厉的角声唱出哀怨
结果，白白地使人消瘦
　　　　瘦得比黄花更加可怜

[说明]

　　此乃词人送别挚友尹涣而作，但写法却极为别致。词人并不直抒惜别之情，而是通过"居者"与"行者"两方面加以展开，词人却"置身题外"，只在关键时刻作画外的旁白或略加感叹。起拍用"黯分袖"三字点题,暗合"送"字。以下分别从"居者"与"行者"两方面着墨。"肠断"两句写"居者"面对这一令人"肠断"的离别,她恨不得船儿牢系树干永远不要启航。"吴宫"以下三句写"行者"的恋恋不舍,同时还交待了"居者"的身份与情态。此为第一叠。第二叠"吐春绣"三句承此加以生发,写尹梅津与"居者"的热恋。"居者"的美丽与温情曾激活"行者"满腹诗情,留下为数不少的佳构。然而,这一切均因这场离别而变作历史陈迹。"新园"三句,通过园林的萧飒索寞烘托出别后的凄凉。以上两叠,字句声韵全同,即所谓"双拽头"是也。这两叠实际上是词的上片。第三叠则为词的下片。别离的时刻到了。"还背垂虹秋去"三句通过苏州著名景点交待时、地、人物关系。"犹忆翠微"两句就季节生发,回忆当年。"西湖"以下六句,写尹海津赴南宋都城临安以后的官署生活,是词人的虚拟想象。"待来"两句,设想梅津有朝一日肯定会重返苏州,在齐云楼上共话当年旧情。"莫唱"以下五句,笔锋陡转,叮嘱梅津万万不可把回忆旧情写成歌词交歌女们去演唱。因为这样做,连楼前的行云都会把你的眷恋之情送到"居者"的楼前,使她涕泣难禁,瘦弱不堪。

此为梦窗词中最难索解的作品之一。因为作者摒弃了单线直寻的惯常手法,在较长的篇幅里运用齐头并进、四面开花的手法来加以描述。时间分过去、现今、未来;地点又兼写两地不同景点与船行线路;人物在"居者""行者"之外还兼有词人之观察与感受。以上又时常处于并行、交叉与更替之中,给人以错综叠合、变幻莫测的感觉,颇近似现代所说的意识流。这类词篇为数甚多,以后还将有所论及。

又（黯分袖）

[汇评]

　　一词有一词命意所在，不得其意，则词不可读也。题是梦窗送梅津，词则惟说梅津伤别。所伤又是他人，置身题外，作旁观感叹，用意透过数层。"黯分袖"，谓梅津在吴，所眷者此时不在别筵也。第一、二段设景设情，皆是空际存想。后阕始叙别筵，"一宵歌酒"，陡住。"翠微"是西湖上山，故下云"西湖到日"。"犹忆"是逆溯，"到日"是倒提。"谁家听、琵琶未了，朝骢嘶漏"，乃用孙巨源在李太尉家闻召事。梅津此时盖由吴赴阙也。"待来共凭，齐云话旧"，一笔钩转。然后以"莫唱朱樱口"一句归到别筵。"空教人瘦"，则"黯分袖"之人也。吴词之奇幻，真是急索解人不得。

　　　　　　　　　　　　　　　　——陈洵《海绡说词》

又

德清清明竞渡①

大溪面。遥望绣羽冲烟②。锦梭飞练③。桃花三十六陂④,鲛宫睡起⑤,娇雷乍转⑥。　　去如箭。催趁戏旗游鼓,素澜雪溅。东风冷湿蛟腥,淡阴送昼,轻霏弄晚⑦。　　洲上青苹生处,斗春不管,怀沙人远⑧。残日半开,一川花影零乱。山屏醉缬⑨,连棹东西岸。阑干倒,千红妆靥,铅香不断⑩。傍暝疏帘卷。翠涟皱净,笙歌未散。簪柳门归懒⑪。犹自有玉龙,黄昏吹怨⑫。重云暗阁,春霖一片⑬。

[笺注]

① 德清:县名,在今浙江省北部。竞渡:划船比赛。《荆楚岁时记》:"五月五日竞渡,俗为屈原投汨罗日,伤其死,故并命舟楫以拯之。"朱《笺》:"按《岁时广记》引《越地传》云:'竞渡起于越王勾践,殆习之以为水战者。'""在越俗则以春水方生便于水事,流传为清明水嬉故实。《吴郡志》竞渡亦用清明、寒食,是其证也。"夏《笺》:"《韵语阳秋》(十九)谓:'今江浙间竞渡,多用春月。'引沈佺期三月三日骧州诗、王绩三月三日赋,皆以上巳为招屈之时。又云:'《琴操》以五月五日吊介子推禁烟,《异苑》则以为寒食始禁烟;由当时五月五日,以周正言;今用夏正,乃三月也。以上巳为招屈之节,岂亦是耶?'与朱《笺》说异。""张先《木兰花》云'龙头舴艋吴儿竞',亦'吴兴寒食'词也"。

又（大溪面）

② 绣羽：色彩鲜艳美丽的鸟羽，即飞翔的鸟类。杜甫《清明》："绣羽衔花他自得，红颜骑竹我无缘。"词中特指旗帜。

③ 锦梭：此指竞渡的彩船。

④ 陂（bēi）：池塘，塘岸。王安石《题西太一宫壁二首》其一："三十六陂流水，白头想见江南。"《河南通志》："中牟县，圃田泽，……为陂者三十六。"词中"三十六陂"为泛指。姜夔《惜红衣·吴兴荷花》："问甚时同赋，三十六陂秋色。"

⑤ 鲛（jiāo）：同"蛟"，蛟龙，传说中的龙。

⑥ 娇雷：形容鼓声、划船的号子声。

⑦ 霏：云气。

⑧ "怀沙"句：指屈原。《史记·屈原列传》："乃作《怀沙》之赋，……遂自投汨罗以死。"

⑨ 醉缬：见前《浪淘沙慢》（梦仙到）注⑪。

⑩ 铅香：脂粉的香气。

⑪ 簪柳门：插柳屋门。《武林旧事》卷三"祭扫"："清明前三日为寒食节，都城人家，皆插柳满檐，虽小坊幽曲，亦青春可爱。大家则加枣锢于柳上。然多取之湖堤。"

⑫ "玉龙"两句：见前《水龙吟》（外湖北岭云多）注⑧。

⑬ 春霖：春雨。霖，连绵小雨。

[译诗]

真够辽阔啊
　　你这清溪的水面
看艳丽的彩旗
　　冲入远处的青烟
赛船像锦饰的机梭

　　　　滑翔在素白绸缎般的水面
三十六陂溶溶春水
　　　　荡动着红桃的花瓣
海底蛟宫的蛰龙
　　　　突然惊醒，大睁双眼
划船的号子
　　　　惊雷般在空际盘旋

真够迅捷啊
　　　　竞渡的船只飞快如箭
号令是彩旗挥舞
　　　　还有激荡水面的鼓点
素洁的波澜
　　　　冰雪般纷飞四溅
东风吹送蛟宫的腥气
　　　　湿漉漉地融入春寒
闲淡淡的烟霏
　　　　抚摸着傍晚

新生的青青苹草
　　　　长满沙洲汀岸
在这里玩耍斗草
　　　　没有人能够发现

又（大溪面）

但是，一想到屈原沉沙
　　　心啊，就飞向很远很远
斜阳掀起半边天幕
　　　让晚霞落入一马平川
花枝儿更加妩媚
　　　花影儿婆娑散乱
山峦如耸立的屏风
　　　被红霞照得像条醉汉
拥挤的船只桨相连
　　　从东岸直到流水的西畔
平静的溪水
　　　倒映出红色的栏杆
倒映着万千个红妆
　　　闪现出笑靥千万
脂艳粉浓的馨香
　　　不断向四周弥漫
傍晚，暝色稀疏
　　　绣帘高卷
翠绿的涟漪轻盈
　　　溪水素洁清浅
笙歌此伏彼起
　　　久久难以消散
折取柳枝插向屋檐

梦幻的窗口——梦窗词选

  人却迟迟地不愿回还
 是谁伴着黄昏暮色
  让笛声吹出心中的幽怨
重重的阴云
  把楼阁遮暗
春季特有的小雨啊
  轻轻地洒下一片

[说明]

  词写浙江德清的清明划船比赛，是一幅独具特色的宋代风俗画。起拍"大溪面"三字，勾画出比赛场地的开阔。紧接着便进入比赛场景的描写与气氛的烘托。词人用"绣羽"代指迎风猎猎的彩旗，用"锦梭"形容划行在白色水面上的赛船。"桃花"以下三句状沸腾的溪面仿佛沉睡的蛟龙苏醒过来，又像是惊雷在半空中突然炸响。整个赛场被写得有声有色，读之使人有亲临其境之感。此为一叠。第二叠将视线从广角拍摄收拢过来，转为特写镜头。词人将笔墨集中在冲向最前面的那只船上，其"去如箭"，旗舞鼓擂，冲波溅雪，气势非凡。"东风"三句略作推宕，转作季节、天气与时光推移的描述，作侧面烘托。第三叠从更为广泛的文化视野对"竞渡"与"清明"再作发挥。"洲上"三句从"踏青""斗草"的习俗联及远古屈原投江沉沙的传说，交代"竞渡"的历史渊源。继之用"残日""花影"二句对此略加展开。"山屏"以下五句，镜头从远处再摇回到溪边，侧重于观众游人的拍摄。"傍暝"四句接写溪边游人流连忘返，"笙歌未散"与"归懒"相互呼应，取代了喧嚣的划船号子与锣鼓之声，别有一番情趣。然而，

又（大溪面）

人们的游兴未尽，直到黄昏时分又不知何处送来幽怨的笛声。但此时正重云密布，"春霖一片"，以景结情，别饶韵致。本篇同前首虽是同一词调，但写法上采用单线直寻，历时性的发展之中虽有共时性的拓展，但整体上没有大的起伏交叉，比较完整通透地描绘出清明的风俗与竞舟的全过程，有浓郁的乡土气息。

大 酺

无射商，俗名越调　荷塘小隐[1]

峭石帆收[2]，归期差，林沼年消红碧。渔蓑樵笠畔，买佳邻翻盖，浣花新宅[3]。地凿桃阴，天澄藻镜[4]，聊与渔郎分席。沧波耕不碎，似蓝田初种[5]，翠烟生璧[6]。料情属新莲，梦惊春草[7]，断桥相识[8]。　平生江海客。秀怀抱、云锦当秋织。任岁晚、陶篱菊暗[9]，逋冢梅荒[10]，总输玉井尝甘液[11]。忍弃红香叶。集楚裳、西风催箸[12]。正明月、秋无极。归隐何处，门外垂杨天窄。放船五湖夜色[13]。

[笺注]

① 荷塘：毛荷塘，词人好友。小隐：结庐于山林隐居不仕，与隐居于朝市的"大隐"相对。王康琚《反招隐诗》："小隐隐陵薮，大隐隐朝市。"白居易《中隐》："大隐住朝市，小隐入丘樊。"苏轼《六月二十七日望湖楼醉书五绝》其五："未成小隐聊中隐，可得长闲胜暂闲。"

② 石帆：山名。《大明一统志》："石帆山在（绍兴）府城东一十五里，遥望如张帆临水。"

③ 浣花：浣花溪，在四川成都西郊，又名"百花潭"，为锦江支流。溪边有杜甫草堂。杜甫《院中晚晴怀西郭茅舍》："浣花溪里花饶笑，肯信吾兼吏隐名。"

④ 藻镜：生满水草的池塘。

⑤ 蓝田初种：蓝田，地名，在陕西，秦置县，以产美玉而闻名。班固

《西都赋》："陆海珍藏，蓝田美玉。"亦借指蓝田之玉。初种，种玉。干宝《搜神记》卷十一："（杨）公汲水作义浆于坂头，行者皆饮之。三年，有一人就饮，以一斗石子与之，使至高平好地有石处种之，云：'玉当生其中。'杨公未娶，又语云：'汝后当得好妇。'语毕不见。乃种其石。数岁，时时往视，见玉子生石上，人莫知也。有徐氏者，右北平著姓，女甚有行，时人求，多不许。公乃试求徐氏。徐氏笑以为狂，因戏云：'得白璧一双来，当听为婚。'公至所种玉田中，得白璧五双，以聘。徐氏大惊，遂以女妻公。"后因以"种玉"比喻缔结良缘。

⑥ 翠烟生璧：李商隐《锦瑟》："沧海月明珠有泪，蓝田日暖玉生烟。"

⑦ "梦惊"句：见前《扫花游》（草生梦碧）注②。

⑧ 断桥：地名，在杭州西湖孤山东侧。本名宝祐桥，唐代呼为断桥。《武林旧事》卷五："又名'段家桥'。万柳如云，望如裙带。白乐天诗云：'谁开湖寺西南路，草绿裙腰一带斜。'"

⑨ 陶篱：陶渊明《饮酒二十首》其五："采菊东篱下，悠然见南山。"

⑩ 逋冢：逋，林和靖，名逋。冢，坟墓。《梦粱录》卷十五："和靖先生林处士墓，在孤山。"又卷十一："西湖堤上名孤山，乃林和靖先生隐居处，其山耸立，傍无联附，为湖山之绝胜也。"又卷十二："西泠桥外孤山路，有琳宫者二，曰四圣延祥观，曰西太乙宫，御圃在观侧，乃林和靖隐居之地，内有六一泉、金沙井、闲泉、仆夫泉、香月亭。亭侧山椒，环植梅花。亭中大书'疏影横斜水清浅，暗香浮动月黄昏'之句于照屏之上云。"

⑪ 玉井：见前《瑞鹤仙》（彩云栖翡翠）注⑰。

⑫ 楚裳：屈原《离骚》："制芰荷以为衣兮，集芙蓉以为裳。"

⑬ 五湖：太湖。《吴越春秋》载，越国大夫范蠡助勾践灭吴之后，"乃乘扁舟，出三江入五湖，人莫知其所适"。《史记·河渠书》："于吴则通渠三江五湖。"集解："韦昭曰：'五湖，湖名耳，实一湖，今太湖是也，在吴西南。'"又作太湖及其附近四个湖泊的合称。《吴越春秋·夫差内传》："入五湖之中。"注曰："曰胥湖，蠡湖，洮湖，滆湖，就太湖而五。"

梦幻的窗口——梦窗词选

[译诗]

紧靠峭立的石壁
　　把船帆缓缓收起
只因四处漫游
　　经常延误归期
丛林池沼已近岁尾
　　绿叶红花便失去生机
附近，既可披蓑打渔
　　砍柴时又可戴上斗笠
买一块芳邻的土地
　　把房屋翻盖修葺
新建的宅院
　　可与浣花溪相互比拟
开垦荒地，栽桃树李
　　有树荫可以供人休憩
清溪，蓝天一样澄澈见底
　　萍藻，在如镜的水面色彩凄迷
这与神话中的天台山极为近似
　　可以同刘晨、阮肇分割一席之地
虽然在浩瀚的烟波之上
　　无法耕出肥沃的颗粒
多么像在蓝田山播种
　　烟霭中生成无数碧玉

或许感情已全部付出
　　　在新结的莲心上紧紧维系
有时突然从梦中惊醒
　　　获得"池塘生春草"这样的名句
或者在断桥附近
　　　同林和靖不期而遇

整个人生
　　　都在江海之上客居
心里有美好追求
　　　胸中有逸怀浩气
面对萧瑟的秋风
　　　编织锦绣般的丽辞绮语
任你时光如箭
　　　很快便是岁尾年底
萧条了陶潜采菊的东篱
　　　暗淡了篱边的秋菊
荒芜了林和靖的墓地
　　　凋损了梅园里的春意
因为这一切都抵不过
　　　品尝华山玉井甘醴的欣喜
所以才忍心抛弃
　　　绿叶红花的芳香四溢

集楚地的芙蓉为裳
　　制南国的芰荷为衣
为抵御西风劲吹
　　才用这高尚的服装蔽体
明月照在当头
　　秋天啊茫无涯际
你啊，到底归隐何处
　　门外的垂杨只露出天空窄窄缝隙
而你却已解缆放船
　　趁五湖的夜色分外美丽

[说明]

本篇暗扣"荷塘"，讴歌友人归隐生活。上片共分五层，每层三句。首三句就"峭石"联及船"帆"，并以"归"字领起全篇。"渔蓑"三句写"翻盖""新宅"，为终老林泉作长远准备。"地凿"三句，写开山与疏浚河渠。"沧波"三句既点"耕"字又强调"种"字，为下片"陶篱"句暗作伏笔。结拍三句先点"新莲"，暗合"荷塘"之"荷"字；次点"春草"，用谢灵运梦中得"池塘生春草"事，既写出隐者的诗情逸韵，又暗嵌"荷塘"之"塘"字典，用心可谓良苦。下片则分四层。换头三句就上片加以生发，写其逸怀浩气。"任岁晚"五句，先用陶潜躬耕采菊，次用林逋树梅养鹤，再用华山玉井莲花之高洁，对毛荷塘加以颂扬。"玉井""红香叶"均暗扣"荷"字。"集楚裳"四句，用《离骚》句意，续写隐者的高洁秀朗。结拍三句，用范蠡扁舟五湖事典结束全篇。

浣溪沙

门隔花深梦旧游,夕阳无语燕归愁。玉纤香动小帘钩①。　　落絮无声春堕泪,行云有影月含羞。东风临夜冷于秋。

[笺注]

① 玉纤:形容女子纤细的手指。

[译诗]

　　深锁的门户,深密的花丛
　　隔不住的梦啊,梦见了旧日的艳游

　　沉默的夕阳,沉默的归燕
　　燕子回来了,怎能不歌唱忧愁

　　纤纤的玉指,淡淡的幽香
　　那会是你吗,掀动帷幕的小小银钩

　　落絮啊无声,春意啊无声
　　但我却听见,春天在泪坠不休

行云啊有影,月亮啊有影
月亮啊,你为什么半含娇羞

春风吹来了,春夜降临了
春天的寒夜,冷过了深秋

[说明]

词为悼念已经死去的爱妾而作。据夏承焘《吴梦窗系年》"其时春,其地杭者,则悼杭州亡妾"之说,词人再次返杭州时,其爱妾"离骨渐尘桥下水"(《定风波》),"燕亡久矣"(《绛都春》)。他仍不免要凭吊旧居,回忆昔时的游踪。但深锁的门户,深密的花丛,仿佛一道无情铁幕把他们二人永远隔开了。但这铁幕却隔不断词人的记忆与梦幻。词人久久徘徊在门外,孤独地一任回忆啮噬他滴血的心房。夕阳悄无声息地滑下地平线,只有燕子在诉说归来的忧伤。此刻,是梦境,还是现实?反正奇迹出现了:词人久久凝望的那扇窗子上,突然小小的银钩在夕阳下晃动,闪闪发光。窗帘被挂起来了,无形的铁幕被掀开了。是熟悉的面孔出现了吗?不然为什么会飘来一阵幽香?词人在门外久久徘徊,只有柳絮无声地坠落。是春天在默默哭泣,还是自己的眼泪在流淌?行云把词人的身影投向大地,那躲在行云背后的,是月亮还是她含羞的面庞?词人忘记了一切,就像在梦中一样,久久地徘徊,把东风吹拂的春夜竟错当成寒冷的深秋。"玉纤香动",写的是一种错觉,一种幻境,极富神秘感,甚至带有一种"鬼"气。"夜"与"冷"更加重了这种神秘气氛。因词人对这一境界注入了真实的情爱,读之森然,却并不使人感到恐怖,而只见其词之美。

[汇评]

《浣溪沙》结句，贵情余言外，含蓄不尽。如吴梦窗之"东风临夜冷于秋"，贺方回之"行云可是渡江难"，皆耐人玩味。

——陈廷焯《白雨斋词话》

"梦"字点出所见，惟夕阳归燕。"玉纤香动"，则可闻而不可见矣。是真是幻，传神阿堵，门隔花深故也。"春堕泪"为怀人，"月含羞"因隔面，义兼比兴。东风临夜，回睇夕阳，俯仰之间，已为陈迹，即一梦亦有变迁矣。"秋"字不是虚拟，有事实在，即起句之旧游也。秋去春来，又换一番世界，一"冷"字可思。此篇全从张子澄"别梦依依到谢家"一诗化出，须看其游思飘渺、缠绵往复处。

——陈洵《海绡说词》

点绛唇

试灯夜初晴①

卷尽愁云,素娥临夜新梳洗②。暗尘不起③。酥润凌波地④。辇路重来⑤,仿佛灯前事。情如水。小楼熏被。春梦笙歌里。

[笺注]

① 试灯:指元宵节前张灯预赏。
② 素娥:月亮。
③ 暗尘:反用苏味道《正月十五日夜》"暗尘随马去"句意。
④ 凌波:形容女子步履轻盈。曹植《洛神赋》:"陵波微步,罗袜生尘。"
⑤ 辇路:帝王车驾所经中央大路,代指京城临安的繁华街市。

[译诗]

　　雨后的愁云,

　　　　全被清扫一光。

　　月亮直到晚上,

　　　　才重新梳洗化妆。

　　酥油般光洁的土地,

　　　　就像凌波仙子飘行的洛水流淌。

　　再次走过,

　　　　京城的御路街坊。
　　过往的情事，
　　　　就像发生在灯前一样。
　　柔情似流水漾成涟漪，
　　　　送我回到小楼楼上。
　　展开熏烤过的被褥，
　　　　笙歌在春天的梦里回荡。

[说明]

　　雨后初晴的正月十五前的夜晚，词人被重新梳洗过的月亮吸引到张灯结彩的"辇路"上来了，到处都显出一派清爽温馨。那温馨的往事，不就发生在这灯火之下吗？词人的情感立即掀起涟漪，于是赶忙回到小楼，展开被褥，准备再一次进入那温馨的梦境。谭献评此词说："起稍平，换头见拗怒。'情如水'三句，足当'咳唾珠玉'四字。"（《谭评词辨》）其实，起处平平，正是为下片感情波澜的掀起预作准备，是以退为进，形成强烈对比的着意之笔。

[汇评]

　　起稍平，换头见拗怒。"情如水"三句，足当"咳唾珠玉"四字。

　　　　　　　　　　——谭献《谭评词辨》

　　起便精神。结语亦是他人道不到。

　　　　　　　　　　——陈廷焯《云韶集》卷八

　　艳语不落俗套。

　　　　　　　　　　——陈廷焯《词则·别调集》卷二

　　此词上半阕专写题中五字，下半阕则抒写情思之语。"卷尽"二句指初晴也。"素娥"，月也。"暗尘"句用苏味道《元夜》诗"暗尘随马去，明月逐人来"，周美成《解语花·上元》词亦有"钿车罗帕相逢处，自有暗尘随马"语，皆纪士女嬉游也。今曰"不起"，则初晴之时，游人尚少。"酥润"句写月色著地如水，而以"酥润"二字形容之，极能道出雨晴月地景色。换头言重来京市。"灯前事"而以"仿佛"二字形容之，旧事往情已淡然忘之矣。"情如水"，即淡忘之意。"小楼"二句中"小楼熏被"，寂境也。"笙歌"，喧境也。小楼之人"春梦"于"笙歌"声里，将喧寂不同之境地连缀之，而欢戚相异之感自在言外。谭献评此三句为"咳唾珠玉"，盖赞其用意深微而吐词温丽也。

——刘永济《微睇室说词》

祝英台近

春日客龟溪游废园①

采幽香,巡古苑,竹冷翠微路②。斗草溪根③,沙印小莲步④。自怜两鬓清霜,一年寒食,又身在、云山深处。　昼闲度。因甚天也悭春⑤,轻阴便成雨。绿暗长亭,归梦趁风絮。有情花影阑干,莺声门径,解留我、霎时凝伫。

[笺注]

① 龟溪:在今浙江德清县。

② 翠微:青翠色。

③ 斗草:古代女子春日采百草比赛的一种游戏。溪根:溪边。

④ 莲步:指女人的足迹。南齐东昏侯用金凿成莲花贴于地上,命潘妃在上行走,说"此步步生莲华也"(参《南史·齐废帝东昏侯纪》)。

⑤ 悭(qiān)春:吝惜春光,不放春光到人间。

[译诗]

采一枝无人欣赏的鲜花,

花苞散发着幽香。

徘徊在古老废园,

竹林给青翠小路洒满阴凉。

谁人在溪边玩过斗草游戏?

莲花般足迹印在沙上。
水中映出伤心的身影,
两鬓染满了秋霜。
一年一度的寒食节啊,
我仍在云深山深的地方!

在悠闲中打发白昼时光,
为什么老天悭吝到如此模样?
它不许春光降临大地,
稀薄的阴云也会阵雨骤降。
浓绿遮暗了分手的长亭,
归家的好梦伴随柳絮飞扬。
有情的只是园中的花影、阑干,
还有莺声、曲径、门廊……
只有它们把我殷勤挽留,
理解我短暂的伫立和痴情的遐想。

[说明]

　　作者借游龟溪废园之机,抒写人生的失意以及对故乡的思念。作者不是一般地描绘废园中的荒芜景色,而是通过精心选择与巧妙安排,烘托出一种幽寂冷清的境界,并借以倾诉怀乡思归的悒郁情怀。与此相关,作者还选择一些富有感情色彩的字面来加重气氛的渲染,如"幽""古""冷""清霜""绿暗"等等;另一方面又用侧面点染手法,使意境与情感的表达更为委婉、深致。凡此,均可看出作者匠心之所在。

祝英台近（采幽香）

[汇评]

　　梦窗精于造句，超逸处，则仙骨珊珊，洗脱凡艳……又《春日客龟溪游废园》云："绿暗长亭，归梦趁风絮。"……俱能超妙入神。

——陈廷焯《白雨斋词话》

婉转中自有笔力。奇想。然亦只是常意，不过善于传写。

——陈廷焯《云韶集》卷八

风入松

听风听雨过清明,愁草瘗花铭①。楼前绿暗分携路②,一丝柳,一寸柔情。料峭春寒中酒,交加晓梦啼莺。　　西园日日扫林亭。依旧赏新晴。黄蜂频扑秋千索,有当时、纤手香凝。惆怅双鸳不到③,幽阶一夜苔生。

[笺注]

① 草:写,此指作品起草。《瘗花铭》:庾信作有《瘗花铭》。铭,古代一种文体,刻在器物或墓碑上以示哀悼。

② 分携:分手,分别。周邦彦《一落索》:"料想是、分携处。"

③ 双鸳:美人的鞋子,这里代指足迹。

[译诗]

　　耳边充满了风声雨声,

　　风雨声中送走了清明。

　　案上铺展葬花词残稿,

　　在愁闷之中难以草成。

　　楼前树上的枝叶已经萌生,

　　暗绿的颜色把分手的道路掩映。

　　树上的千丝万缕,

风入松（听风听雨过清明）

一枝一叶都牵动寸寸柔情。

料峭春风送来阵阵寒意，

此时我正酣醉难以睡醒。

偏偏又增添黄鹂的啼叫，

扰乱我拂晓时难寻的好梦。

西园里依旧是往日风景，

每天都要把树木亭台打扫洁净。

我依然到此重游旧地，

欣赏风雨后刚刚放晴的佳境。

黄蜂为什么一次再次，

扑向秋千悬垂的玉绳？

莫非她荡过秋千的纤手，

让余香凝聚绳上吸引着黄蜂？

遗憾的是她已别我远去，

此地再难以见到她的足迹行踪。

幽暗的石阶更加幽暗，

一夜之间便苍苔丛生。

[说明]

　　就"愁草瘗花铭"的字面看，似是起草葬花诗词，实际却是悼亡，"花"即是亡妾。词中并非全面回忆与亡妾的共同生活，而是通过重游"西园"所发现的一个细节——"黄蜂频扑秋千索"来抒写深沉的悼念。黄蜂的"频扑"，激活了词人的灵感，并使之迸发"有当时、纤手香凝"的想象。这种由生活中个别细节触发的想象，内含多重转折与深化关系。"黄蜂"的功能是采集花粉酿蜜，但是当它不断扑向秋千绳索时，便自然使人想到绳索上必有"花"的"香"气，再由"香"而联及"纤手"，联及亡人。这四次联想与审美转化（蜂→绳→香→人），给读者提供了想象与再创造的阔大空间。正如谭献所说："'黄蜂'二句，是痴语，是深语。"

[汇评]

此是梦窗极经意词，有五季遗响。"黄蜂"二句，西子裙裾拂过来，是痴语，是深语。结处见温厚。

——谭献《谭评词辨》卷一

情深而语极纯雅，词中高境也。婉丽处亦见别致。

——陈廷焯《云韶集》卷八

思去妾也。此意集中屡见。《渡江云》题曰西湖清明，是邂逅之始，此则别后第一个清明也。"楼前绿暗分携路"，此时觉翁当仍寓西湖。风雨新晴，非一日间事，除了风雨，即是新晴。盖云，我只如此度日。"扫林亭"，犹望其还，赏则无聊消遣。见秋千而思纤手，因蜂扑而念香凝，纯是痴望神理。"双鸳不到"，犹望其到，"一夜苔生"，踪迹全无，则惟日日惆怅而已。当味其词意酝酿处，不徒声容之美。

——陈洵《海绡说词》

莺啼序
春晚感怀

残寒正欺病酒,掩沉香绣户。燕来晚、飞入西城,似说春事迟暮。画船载、清明过却,晴烟冉冉吴宫树①。念羁情、游荡随风,化为轻絮。　　十载西湖,傍柳系马,趁娇尘软雾。溯红渐、招入仙溪②,锦儿偷寄幽素③。倚银屏、春宽梦窄,断红湿、歌纨金缕④。暝堤空,轻把斜阳,总还鸥鹭。　　幽兰渐老,杜若还生⑤,水乡尚寄旅。别后访、六桥无信⑥,事往花委,瘗玉埋香,几番风雨。长波妒盼⑦,遥山羞黛,渔灯分影春江宿。记当时、短楫桃根渡⑧。青楼仿佛,临分败壁题诗,泪墨惨淡尘土。　　危亭望极,草色天涯,叹鬓侵半苎⑨。暗点检、离痕欢唾,尚染鲛绡⑩,弹凤迷归⑪,破鸾慵舞⑫。殷勤待写,书中长恨,蓝霞辽海沉过雁⑬,漫相思、弹入哀筝柱。伤心千里江南⑭,怨曲重招,断魂在否?

[笺注]

① 吴宫:五代十国时吴越王钱镠在杭州建都,大兴土木,构筑宫殿。此指南宋王朝的宫廷苑囿。

② 仙溪:用刘晨、阮肇入天台山遇仙女故事。据《幽冥录》载,汉明帝永平五年(62),剡县刘、阮入天台山迷不得反,经十三日饥饿殆死,见山上

大桃,饥而食之。后出大溪,遇二女子,姿质绝妙,邀刘、阮至家,并招为婿。半载后,刘、阮归乡,而亲旧零落,已过七世矣。

③ 锦儿:泛指侍婢名。幽素:指书信。

④ 歌纨:歌唱时手中所执的纨扇。金缕:金线绣成的华美衣着。杜秋娘《金缕衣》:"劝君莫惜金缕衣,劝君惜取少年时。花开堪折直须折,莫待无花空折枝。"

⑤ 杜若:又称竹叶莲,夏季开花。李贺《南园》:"杜若已老兰苕春。"周邦彦《解连环》:"汀洲渐生杜若。"

⑥ 六桥:西湖有苏堤,堤上有桥六座,名映波、锁澜、望山、压堤、东浦、跨虹,因此堤乃北宋苏轼所筑,故名苏堤。

⑦ 长波:指美人眼睛。

⑧ 桃根:屡见前。

⑨ 苎（zhù）:苎麻,色白,此用以形容鬓发半白。

⑩ 鲛绡:丝绸手帕。据《述异记》,鲛绡乃南海鲛人所织之绡。

⑪ 軃（duǒ）凤:受到伤害而翅翼下垂的凤鸟,代指亡妾。

⑫ 鸾:鸾镜。《艺文类聚》卷九十引范泰《鸾鸟诗序》:"昔罽宾王结罝峻卯之山,获一鸾鸟。王甚爱之,欲其鸣而不致也。乃饰以金樊,饷以珍羞。对之愈戚,三年不鸣。其夫人曰:'尝闻鸟见其类而后鸣,何不悬镜以映之？'王从其意。鸾睹形悲鸣,哀响冲霄,一奋而绝。"

⑬ 过雁:用雁足传书故事。

⑭ "伤心"三句:《楚辞·招魂》:"目极千里兮伤春心,魂兮归来哀江南。"

[译 诗]

一

带有寒意的春风啊,

趁我在醉梦之中,

正猖狂向我进逼。

为了抵御残寒的攻势,
　　室内燃起浓郁的沉香,
　　再把雕花的门窗紧闭。
燕子啊,你为何姗姗来迟?
一飞回这西湖边上的旧城,
就好像在说春天的脚步已经远去。
　　湖上的画船哪里去了?
　　载着美好的季节——
　　载着清明消失得无踪无迹。
眼前一片晴烟缓缓升起,
笼罩那金碧参差的吴国宫殿,
还有枝叶扶疏的绿树长堤。
　　猛然,伤春伤别的情感袭上心头,
　　仿佛上下飘飞的柳絮,
　　随着春风此伏彼起。

二

哦,西湖,我在你的身边,
经历了十个寒暑交替。
　　凭靠着岸边的柳树,
　　把骏马在树干上紧系。
趁轻尘里杂着花瓣,
趁雾气里溢满香气。
　　沿着开满红花的幽径溯流而上,

　　　　进入梦中仙境获得意外的艳遇。
有聪明伶俐的锦儿,
为我们把书信传递。
　　　　倚靠着房中银饰的屏风,
　　　　更觉得春天充满了诗意。
春天虽无限富有,
对我们却悭吝而又小气。
　　　　刚进入温馨的睡梦之乡,
　　　　便被你惊醒,逼迫我远远离去。
那使人肠断之泪,
湿透了你手中的纨扇和金线绣成的舞衣。
　　　　暮色笼罩空旷漫长的堤岸,
　　　　漫长的堤岸啊,为什么容不下我们的一席之地?
当时我为什么轻易地把这芳草斜阳,
打总儿交给无知的鸥鹭去尽情嬉戏?

三

散发幽香的兰花,
已经逐渐老去;
　　　　布满芳洲的杜若,
　　　　却长得分外茂密。
我长期滞留水乡泽国,
什么时候才有归期……

莺啼序（残寒正欺病酒）

　　啊，自从我撇下你一去不回，
　　　如今又来六桥之上把你寻觅。
可是，哪里还有你的踪影啊，
哪里还有你一星半点儿信息？
　　看，繁花已经枯萎，
　　　纷纷扬扬，落满大地。
这就是埋葬你的地方吗？
你，花一般的容颜，玉一样的姿质，
竟孤零零被遗弃在荒郊野地。
　　白天，你忍受寒风的吹拂，
　　　夜晚，你横遭暴雨的鞭袭。
江上的柔波竟无比羞惭——
恨自己比不上你眼睛的明亮美丽；
　　远处的山峦，曾妒忌在心——
　　　恨自己为什么不如你的秀眉使人入迷？
看，闪烁的渔火已经点燃，
当年，渔灯把我们的身影投在江里；
　　那令人难忘的春江花月之夜啊，
　　　美妙的一刻在心头刻下永世难忘的印记。
至今，我还清楚记得——
短楫轻棹送我们在桃根渡口分离。
　　忘不了分别时，在青楼的破壁之上，
　　　题下了呕心沥血的惨淡诗句。

那不是用水,而是用泪研制浓墨写成的啊,
如今,早已变成细碎的尘土撒入大地……

四

站在高高的山亭之上,
望尽远方的天地;
 只见芳草与天涯紧密粘连,
 上哪儿寻找你的踪迹?
为此我长吁短叹,
白发苎麻般侵入我的发际。
 我默默地翻检你的遗物,
 为的是寻求心灵上的安憩。
离别的泪水与欢乐时的唾茸,
在手帕上留下难以磨灭的印记。
 你像一只折断翅翼的凤鸟,
 迷失方向,再也无法把归路寻觅。
我像被囚禁在樊笼里的孤鸾,
面对你留下的碎镜再难高举翅翼。
 噢,请你为我暂停片刻,
 待我把心中话语变成殷勤的诗句。
或者,直接写下我永远的长恨,
当作书信投寄给你。
 可惜,天上布满蓝色的霞光,

莺啼序（残寒正欺病酒）

地下，浩瀚的大海渺无涯际。
那为我传书递柬的大雁啊，
消失在空中还是沉没在海底？
我只好把满腹相思之情，
白白谱进这割裂心肝的乐曲——
借哀筝的一弦一柱，
倾吐我此时难以言传的心意：
"目极千里兮伤春心！"
听，这幽怨的曲调在呼唤着你！
"魂兮归来哀江南！"
孤凄的幽魂啊，如今你去向哪里？

[说明]

　　《莺啼序》是词中最长的词调，全篇二百四十字，为梦窗首创。这首词在《宋六十名家词》中题作"春晚感怀"。感怀，也就是怀旧悼亡之意，即悼念杭州亡妾，是梦窗词中最完整、最能反映词人与亡妾情爱关系的长篇力作。它形象地交代了作者与亡妾的邂逅相逢与生离死别，字里行间还透露出这一爱情悲剧是某种社会原因酿成的。全词共分四段。第一段伤春，是悼亡的铺垫。第二段怀旧，由上段伤春引发。第三段伤别。第四段悼亡。表面看，这首词运用了传统抒情、写景与叙事的方法，但实际却与传统手法有明显不同，并由此而带有西方所说"意识流"的特征。词中并未交代事件的起因、发展与主要过程，而是把这一过程打乱，根据意识活动，从中拈出孤立的某一片段，插入到词中相关的部位中去。作者考虑的不是事件发展的连续性，不是情节运动的完整性，也不是风景画面的和谐与统一。为了含蓄地曲折地表现情感活动过程，他笔下出现的人、事、景、物、情，均呈现突发、多变的特点，并带有明显的跳跃性。时空形态的处理也与传统写法不同。词中采取过去、现在（有时还包括未来）相互交叉、相互渗透，甚至颠来倒去的手法来处理时空关系。在时间这一无尽的长河之中，随意选出全部事件之中的任何一环，忽而向前飞跃，忽而向后回缩。在空间关系上，本来身在甲地，忽又跃至乙地、丙地，并与时间的现今、过去、未来交糅互渗在一起。通过比拟、借代、用典与感性化修辞，使全词具有明显的象征性。凡此，均说明这首词艺术上的独创特质，在整个词史中也极为罕见。

[汇评]

全章精粹，空绝古今。追叙昔日欢场，写得踌躇满志。妙句。此折言离别泪痕，血点惨淡，淋漓之极。此折抚今追昔，悼叹无穷。结笔尤写来呜咽。

——陈廷焯《云韶集》卷八

此调颇不易合拍，《词律》详言之矣。兹篇操纵自如，全体精粹，空绝古今。（"倚银屏"五句）追叙旧欢。"轻把斜阳"二句，束上起下，琢句精炼。（"长波"数句）此特序别离事，极淋漓惨淡之致。末段抚今追昔，悼叹无穷。按《招魂》乃屈原作非宋玉作。结句"魂兮归来哀江南"，言魂归哀江之南也，哀江在今长沙湘阴县，有大哀、小哀二洲，后人误解以为江南之地可哀，谬矣。沿用已久习为故，然不可不解。

——陈廷焯《别调集》卷二

莺啼序(残寒正欺病酒)

  第一段伤春起,却藏过伤别,留作第三段点睛。燕子画船,含无限情事,清明吴宫,是其最难忘处。第二段"十载西湖",提起。而以第三段"水乡尚寄旅"作勾勒。"记当时、短楫桃根渡","记"字逆出,将第二段情事,尽销纳此一句中。"临分""泪墨","十载西湖",乃如此了矣。"临分"于"别后"为倒应,"别后"于"临分"为逆提。"渔灯分影",于"水乡"为复笔,作两番勾勒,笔力最浑厚。"危亭望极,草色天涯"遥接"长波妒盼,遥山羞黛","望"字远情,"叹"字近况,全篇神理,只消此二字。"欢唾"是第二段之欢会,"离痕"是第三段之"临分"。"伤心千里江南,怨曲重招,断魂在否",应起段"游荡随风,化为轻絮",作结。通体离合变幻,一片凄迷,细绎之,正字字有脉络,然得其门者寡矣。

——陈洵《海绡说词》

八声甘州

灵岩（陪庾幕诸公游）①

渺空烟四远，是何年、青天坠长星②？幻苍厓云树，名娃金屋③，残霸宫城④。箭径酸风射眼⑤，腻水染花腥。时靸双鸳响⑥，廊叶秋声⑦。　宫里吴王沉醉，倩五湖倦客⑧，独钓醒醒⑨。问苍天无语，华发奈山青。水涵空、阑干高处，送乱鸦、斜日落渔汀。连呼酒、上琴台去⑩，秋与云平。

[笺注]

① 庾幕：即仓幕。当时吴文英在苏州为仓台幕僚。灵岩：灵岩山，在苏州市西南三十里，上有春秋吴国古迹。

② 长星：彗星。

③ 名娃：美女，此指西施。金屋：用金屋藏娇事典。

④ 残霸：指吴王夫差称霸一时，有始无终。残，残灭无常。

⑤ 箭径：即采香径。自灵岩山上望之，一水直如矢，故名箭径。

⑥ 靸（sǎ）：没有后跟的拖鞋，这里作动词用。双鸳：妇女所穿之鸳鸯履。

⑦ 廊：响屧（xiè）廊。屧，木底鞋。《吴郡志·古迹》："响屧廊在灵岩山寺。相传吴王令西施辈步屧，廊虚而响，故名。"

⑧ 五湖倦客：指范蠡。《吴越春秋》载：越国大夫范蠡助勾践灭吴后，"乘扁舟出三江入五湖"。

⑨ 醒醒：极其清醒。
⑩ 琴台：在灵岩山上，传说西施弹琴处。

[译 诗]

辽阔的地平线一望无边，
水天空阔不见半点儿云烟。
老天啊到底是何年何月，
你把巨大的彗星抛来人间？
让它幻化成这苍翠的高山，
山岩上的古树直插云天。
馆娃宫在山顶巍然耸立，
藏的是西施，一位天下名媛。
吴王夫差在此寻欢逐乐，
争霸称雄的局面转眼烟消云散。
看，箭径笔直地射向太湖，
酸风袭来使人难开双眼。
那脂腻粉浓的溪水，
竟染腥了两岸缤纷的花瓣。
还不时传来轻踏疾行的声响，
是当年西施脚下木屐的余音缭绕耳畔？
还是秋风吹卷起萧萧落叶，
敲打着响屧廊那残存的木板？

馆娃宫里的吴王醉意沉酣，

范蠡却从容地荡舟湖面。
他驾一叶扁舟去徜徉山水,
消除那积年累月的困倦。
他在独自垂钓,
清醒自得,神态悠然。
老天啊,尽管我一再提问,
可你为什么总是缄口无言?
看,白发已侵向我的鬓边,
却刷不白灵岩青翠的山峦!
湖水荡动着远处天空,
还有像梳子一样高耸的阑干。
这阑干把乱飞的乌鸦和西斜的落日,
一股脑儿梳落到那聚满渔帆的汀岸!
为了尽醉方休,需要好酒,
为了置身峰顶,登高望远;
且把琴台踏于足下……
只见秋意塞满轻烟四远的广大空间。

[说 明]

　　本篇登临吊古,触目生悲。作者生活于南宋灭亡前夕,外有强敌压境,内有权臣误国,宋王朝从上到下一片耽安享乐。面对吴国兴亡的陈迹,作者不由得产生了悲今悼昔的哀思。全篇立意超拔,境界高远,波澜壮阔,笔力奇横。从结构言之,也是脉络井井,布置停匀。

"问苍天"以下五句突为空际转身，别开异境。结拍遒劲，高唱入云。这首词不独是梦窗词之上品，在整个宋词当中也允称佳作。

[汇评]

词中句法，要平妥精粹。一曲之中，安能句句高妙，只要拍搭衬副得去，于好发挥笔力处，极要用工，不可轻易放过，读之使人击节可也……如吴梦窗《登灵岩》云："连呼酒，上琴台去，秋与云平。"《闰重九》云："帘半卷，带黄花、人在小楼。"……此皆平易中有句法。

——张炎《词源》卷下

"箭径"六字承"残霸"句，"腻水"五字承"名娃"句。此词气骨甚遒。

——陈廷焯《词则·大雅集》卷三

"腻"字从"腥"字意出，警策无比。

——郑文焯《手批梦窗词》

换头三句，不过言山容水态，如吴王范蠡之醉醒耳。"苍天"承"五湖"，"山青"承"宫里"，独醒无语，沉醉奈何，是此词最沉痛处。今更为推演之，盖惜夫差之受欺越王也。长颈之毒，蠡知之而王不知，则王醉而蠡醒矣。女真之猾，甚于勾践；北狩之辱，奇于甬东；五国城之崩，酷于卑犹位；遗民之凭吊，异于鸱夷之逍遥。而游艮岳幸樊楼者，乃荒于吴宫之沈湎。北宋已矣，南渡宴安，又将岌岌，五湖倦客，今复何人。—"倩"字有众人皆醉意，不知当时庚幕诸公，何以对此。

——陈洵《海绡说词》

踏莎行

润玉笼绡①,檀樱倚扇②,绣圈犹带脂香浅。榴心空叠舞裙红③,艾枝应压愁鬟乱④。　　午梦千山,窗阴一箭,香瘢新褪红丝腕⑤。隔江人在雨声中,晚风菰叶生秋怨⑥。

[笺注]

① 润玉:光润如玉的肌肤。

② 檀樱:浅红色樱桃小口。

③ 榴心:指红榴裙颜色鲜艳。

④ 艾枝:民间习俗,用艾蒿做成虎形,或剪彩为虎粘艾叶以戴。(参《荆楚岁时记》)

⑤ 香瘢:指古代处女的"守宫朱"。古代女孩自幼便于手腕上用银针刺破一处,涂以七斤朱砂喂得通体尽赤的守宫(即壁虎,又称蝘蜓)血,留下一痣粒大小的红瘢点,直至婚嫁破身后消失。见前《满江红》(结束萧仙)注⑫。红丝腕:见前《隔浦莲近》注③。

⑥ 菰(gū):草本植物,生浅水中,梗高五六尺,叶如蒲。

[译诗]

　　光洁如玉的肌肤

　　　　笼罩一层

　　　　　　轻薄的纱绢

踏莎行（润玉笼绡）

嫩红色的樱唇
　　紧紧贴近
　　　　团扇上的画面
彩绣的围饰
　　还保留着脂粉的余香
　　　　虽然又浅又淡
是石榴的花心吗
　　皱折起的舞裙
　　　　仍然那般红艳
艾枝做成的发饰
　　紧压在鬓边
　　　　展示出愁烦散乱

刚刚午睡
　　便进入梦境
　　　　越过千重云山
窗外的日影
　　飞快西斜
　　　　像射出的一支金箭
"守宫朱"的瘢痕
　　刚开始消褪
　　　　五彩丝线还系在臂腕
隔着江水

梦幻的窗口——梦窗词选

> 传来你的话语
> 　　消失在雨声中间
> 晚风吹拂
> 　菰叶在低诉
> 　　伤秋的情感袭上心坎

[说明]

　　上片写梦中所见,却不予说破。起拍从肌肤、樱唇、绣圈、脂香等几方面着色,复衬之以纱衣、罗扇、红裙,晕染其人之美。过片才点出以上所写不过"午梦"中之情景而已。但"香瘢"一句,又折回梦境,是全词极细微之处,故特为拈出,形成全词之亮点。"香瘢"者,"守宫朱"也。古代女孩自幼便被用银针在手腕刺破一处,涂上一种特地用七斤朱砂喂得全身尽赤的守宫(即壁虎)血,让刺破处留下痣粒般大的红瘢点,可以和贞操一起永葆晶莹鲜艳,直至婚嫁"破身"后才逐渐消失。李贺《宫娃歌》:"蜡光高悬照纱空,花房夜捣红守宫。""香瘢"在词中,暗示这是梦中所见的关键性特写镜头,是婚后不久的情事,故说"新褪"。梦境变成了现实,还是现实变成梦境?结拍二句,仿佛她的话语声从江对岸传来,又消失在雨滴声中,缥缈而朦胧。虽然时在端午,但晚风吹动菰叶,词人却误以为是分别时的秋季,悲秋伤别的幽怨之情蓦然袭上心头。王国维对梦窗词多有贬抑排斥,但对结拍二句却极为赞赏。(参见《人间词话》)

[汇评]

　　介存谓梦窗词之佳者,如"水光云影,摇荡绿波,抚玩无极,追寻已远"。余览《梦窗甲乙丙丁稿》中,实无足当此者。有之,其"隔

踏莎行（润玉笼绡）

江人在雨声中,晚风菰叶生秋怨"二语乎?

——王国维《人间词话》

读上阕,几疑真见其人矣。换头点睛,却只一梦。惟有雨声菰叶,伴人凄凉耳。生秋怨,则时节风物,一切皆空。

——陈洵《海绡说词》

唐多令

惜别

何处合成愁?离人心上秋①。纵芭蕉、不语也飕飕②。都道晚凉天气好,有明月、怕登楼。　　年事梦中休。花空烟水流。燕辞归、客尚淹留③。垂柳不萦裙带住④,漫长是、系行舟。

[笺注]

① 心上秋:"心"字上加一"秋",即为"愁"。

② 飕飕:风雨声,后又用以形容凉、冷。

③ 淹留:滞留不归。曹丕《燕歌行》:"慊慊思归恋故乡,君何淹留寄他方。"

④ 裙带:代指女性。

[译诗]

　　是什么组合成一个字:"愁"?
　　噢,离人心上的深秋!
　　纵然芭蕉叶上还没有雨点敲击,
　　但到处都使人感到风冷飕飕。
　　都说秋天的傍晚美好凉爽,
　　还有皎洁的明月照在当头;

唐多令（何处合成愁）

而我却心怀恐惧，

怕的是，此刻登上高楼。

往事历历，岁月悠悠，

如今连梦里也无法聚首。

花落空空，云烟散尽，

只有秋水在无语东流。

燕子又别我而去，

我却客居在外长期滞留。

垂柳啊，你无法挽住她别时的裙带，

却时常枉费气力想拉住急驶的行舟！

[说明]

　　词写客中为客，别中有别，在抒写羁旅怀人诗词中，构思颇为独特。起拍之"合成愁"与"心上秋"之问答拼字，想已奇警。结拍本已客中为客，却又送客（"裙带"）远行，虽属常情，但感受却更为深至。全词口语白描，与梦窗其他作品略有不同。张炎不喜梦窗词，但说"此词疏快，却不质实"（《词源》卷下）。

[汇评]

　　此词疏快，却不质实。如是者集中尚有，惜不多耳。

——张炎《词源》卷下

　　无风花落，不雨蕉鸣，是妙对。"纵"字衬。

——《古今词统》卷九

所以感伤之本,岂在蕉雨?妙妙。"垂柳"句原不熟烂。

——沈际飞《草堂诗余正集》

梦窗词大率沉静为主,此篇独清快。

——陈廷焯《云韶集》卷八

语浅情长,不第以疏快见长也。

——陈廷焯《别调集》卷二

张皋文《词选》,独不收梦窗词。以苏、辛为正声,却有巨识。而以梦窗与耆卿、山谷、改之辈同列,不知梦窗者也。至董氏《续词选》,只取梦窗《唐多令》《忆秋游》两篇,此二篇绝非梦窗高诣,《唐多令》一篇,几于油腔滑调,在梦窗集中,最属下乘。《续选》独取此两篇,岂故收其下者,以实皋文之言耶?谬矣!

——陈廷焯《白雨斋词话》卷二

金缕歌

陪履斋先生沧浪看梅①

乔木生云气。访中兴、英雄陈迹②,暗追前事。战舰东风悭借便③,梦断神州故里。旋小筑、吴宫闲地。华表月明归夜鹤④,叹当时、花竹今如此。枝上露,溅清泪。　　遨头小簇行春队⑤。步苍苔、寻幽别坞⑥,问梅开未?重唱梅边新度曲,催发寒梢冻蕊。此心与、东君同意⑦。后不如今今非昔,两无言、相对沧浪水。怀此恨,寄残醉。

[笺 注]

① 履斋:即吴潜。沧浪:沧浪亭,苏州著名园林之一。原为五代吴越广陵王钱元璙花园,后归北宋诗人苏舜钦,并在园内筑沧浪亭,故名。后又为南宋抗金名将韩世忠别墅。

② 英雄:指韩世忠(1089—1151),字良臣,绥德人,行伍出身,御西夏有功。金入侵,他于河北抗金并随高宗南下,升浙西制置使。建炎三年(1129)冬,兀术渡江,他率八千人至镇江,扼长江绝兀术归路,转战至黄天荡,相持四十八日,大败兀术,又于大仪(扬州西北)大破金与伪齐联军。他力主抗金,反对和议,绍兴十一年(1141)被召至临安授枢密使,解除兵权。他上书反对和议,又以岳飞冤狱面诘秦桧,所言既不采纳,乃自请解职,闭门谢客。

③ 战舰东风:指黄天荡战役中韩世忠虽得大胜,但因遭火攻而败归镇江。史载,兀术"刑白马以祭天,及天霁风止,兀术以小舟出江,世忠绝流

击之。海舟无风不能动，兀术令善射者乘轻舟，以火箭射之，烟焰蔽天，师遂大溃，焚溺死者不可胜数。世忠仅以身免，奔还镇江"（《宋史纪事本末》卷六十四）。这句说：如果东风劲吹，毫不吝惜地给韩世忠以一臂之助，失去的神州故里便会由此得以收复。

④ 华表：设立在宫殿、城垣等建筑前面作为装饰、标志之用的大柱。归夜鹤：据《搜神后记》载，丁令威学道于灵虚山，后化鹤归辽东止于城门华表上。此用以比韩世忠，死而有知，重返故里。

⑤ 遨头：古代太守的别称。

⑥ 别坞：别墅。

⑦ 东君：春神，这里指吴潜。

[译诗]

　　高耸挺拔的大树啊，

　　氤氲的云气从你这里升起。

　　为表示对中兴名将的景仰，

　　我到此叩访英雄遗迹。

　　这怎能不让我把你追忆，

　　你曾挫败过强敌的锐气。

　　假如东风毫不吝惜地助你一臂之力，

　　你的战舰会把十万强敌葬身湖底。

　　人们渴望恢复神州故里的壮志，

　　绝不会变成断续无凭的梦呓。

　　迫使你快速重建这小小园林，

　　把吴宫的荒苑作自己闲居的住地。

　　如今你若趁月明之夜重返故土，

金缕歌(乔木生云气)

并化作仙鹤在华表上昂首挺立;

你也会像丁令威一样,

因为物是人非而衔悲叹息。

梅花,照旧含苞待放,

竹枝,依然亭亭玉立。

那枝上晶莹的露珠啊,

尽是他们溅出的泪滴。

游园队伍簇拥着太守,

到沧浪亭把春天寻觅。

脚下踏着苍苔,

环绕你住过的旧居;

再走向你亲手种植的梅树,

看是否已到花开时机?

紧靠着梅花近旁,

把新近谱写的歌曲唱起。

为的是催促寒枝上冰冻的花苞,

开放得更加繁茂美丽。

我的心炽热得像春天,

跟履斋先生同样充满深意。

未来,比不上今天,

今天,又怎能比得上往昔!

我们面面相对都缄口无言,

沉默也是一种心灵的话语。
让满树红色花苞伴着我们，
身影倒映沧浪之水，真切清晰。
啊，暂且把胸中难言的怨恨，
寄托在这醉意将醒未醒之际。

[说明]

《金缕歌》即《贺新郎》。词中通过沧浪亭看梅，怀念抗金名将韩世忠的英雄业绩，对南宋国势日衰、濒临灭亡的现实与未来，表示巨大的悲愤和忧虑，"后不如今今非昔"。全词一气呵成，结构严密，别具匠心。陈洵说："前阕沧浪起，看梅结。后阕看梅起，沧浪结。章法一丝不走。"（《海绡说词》）

[汇评]

梦窗《金缕曲·陪履斋先生沧浪看梅》云："华表月明归夜鹤，叹当时、花竹今如此。枝上露，溅清泪。"后叠云："此心与、东君同意。后不如今今非昔，两无言、相对沧浪水。怀此恨，寄残醉。"感慨身世，激烈语偏说得温婉，境地最高。

——陈廷焯《白雨斋词话》卷二

稼轩词云："而今已不如昔，后定不如今。"即其年《水调歌头》之意，而意境却别。然读梦窗之"后不如今今非昔，两无言、相对沧浪水"，悲郁而和厚，又不必为稼轩矣。

——《白雨斋词话》卷六

起五字神来。通首流连咏叹，天地为之低昂。欷歔流涕有如此者。

金缕歌（乔木生云气）

一片热肠，有谁知得。沉痛迫烈，碎击唾壶。意极激烈，语却温婉。

——陈廷焯《云韶集》卷八

"此心与、东君同意"，能将履斋忠款道出。是时边事日亟，将无韩岳，国脉微弱，又非昔时。履斋意主和守，而屡疏不省，卒致败亡。则所谓"后不如今今非昔，两无言、相对沧浪水。怀此恨、寄残醉"也。言外寄慨，学者须理会此旨。前阕沧浪起，看梅结。后阕看梅起，沧浪结。章法一丝不走。

——陈洵《海绡说词》

附

主要参考文献

《宋史》
《宋六十名家词》　　　　毛晋　编
《介存斋论词杂著》　　　周济　撰
《白雨斋词话》　　　　　陈廷焯　撰
《蕙风词话》　　　　　　况周颐　撰
《彊村丛书》　　　　　　朱祖谋　辑
《海绡说词》　　　　　　陈洵　撰
《人间词话》　　　　　　王国维　撰
《吴梦窗词笺释》　　　　杨铁夫　笺释，陈邦炎、张奇慧校点
《唐宋词人年谱》　　　　夏承焘　著
《唐宋词论丛》　　　　　夏承焘　著
《全宋词》　　　　　　　唐圭璋　编
《词话丛编》　　　　　　唐圭璋　编
《宋词纪事》　　　　　　唐圭璋　编著

《灵谿词说》	缪钺、叶嘉莹 著
《迦陵论词丛稿》	叶嘉莹 著
《词人吴文英事迹考辨》	谢桃坊 著
《唐宋词通论》	吴熊和 著
《唐宋词史》	杨海明 著
《增订注释全宋词》	朱德才 主编

跋

断臂的维纳斯

"芳菊开林耀,青松冠岩列。怀此贞秀姿,卓为霜下杰。"面对先师陶尔夫教授这部厚厚的《梦窗词选》,陶渊明的诗忽然鸣响在我的耳际。"凡要承受神国的,若不像小孩子,断不能进去。"《新约·路加福音》中的话语也像由远而近的帆影闪现在我的脑海。大约两个月前,我收到了商务印书馆转来的书稿清样,对我而言,本来写一篇跋是非常轻松的事,但是我忽然感到沉重,即将翱翔的文思悄然收敛了翅膀。其实,我很清楚,我的跋不及时完成,这本书的出版进度就会受到影响——过去作为职业编辑的经验如此默示于我。然而,这篇跋的撰写竟然被我延宕至今。或许是因为常常人在旅途,或许是因为我不愿很快地了结与陶师的一段文字缘,或许是因为我年过半百、精力衰退,总之,一向雷厉风行的我,居然这样拖沓,我自己也感到迷茫。然而,此时此刻,毕竟安然地幸福地踏实地面对陶师的书稿了。

夜色沉寂。陶师的书使我情思飞跃。他是一个多么纯粹的人!他倾心研究的吴梦窗又是一位多么深情的词人!文学是心灵的门,词是文学中的文学,是诗中的诗。词中的春色也是最为动人的。春天总是

跋　断臂的维纳斯

无限宽广的,所以老杜说"无边春色来天地"。既然如此,春梦也应当是没有边际的,然而,梦窗却偏偏说"春宽梦窄"(《莺啼序》)。对于梦境、梦幻、梦思的描写,确实是梦窗词境的一大亮点。于是,陶师引领着我们进入那深情绵缈的充满梦幻的窗口,确乎是"超逸之中见沉郁之思(陈廷焯《白雨斋词话》),确乎是"每于空际转身,非具大神力不能"(周济《介存斋论词杂著》),经过陶师的笺注、评析和今译,梦窗词的七宝楼台焕发出绚烂的艺术光彩。但是,这部书仅仅是他未完成的《梦窗词通解》的一部分。那是1991年的春天,有一次我去陶师家里,当时他正计划注释、今译全部的梦窗词作,预计成书会有一百万字左右。当时,他正为书名而犹豫,我脱口便说"应该叫'梦窗词通解'",他欣然采纳。1994年9月,我考入陕西师范大学文学研究所师从霍松林教授攻读博士学位,陶师是推荐人之一。记得赴陕报到不久,他便写来一封长信,对我颇多鼓励和慰勉。和许多经历风暴、离别妻儿、外出求学的青年学子一样,我那时的心境可谓"残寒正欺病酒",真的凄凉、困惑,得到陶师的来信,心里畅快许多。其实,我和陶师的交往不是太多,算来他只给我们上过四学时的宋词专题课便因病休假了。但我深知,他是一位真正的学者和诗人,他的渊懿纯美的精神世界每每令我赞叹不已。我们曾在游泳池里一起研讨"老头漂"的功夫,可惜我没学会;我们曾经一起考察金上京遗址,一路上,他谈锋甚健,旨趣迷人。他的文章写得年青、漂亮,这是我当时最为羡慕的。后来他溘然长逝,更给我留下了深隐的悲思。因此,他的未完成的遗作《梦窗词通解》一直缭绕在我的心中。2012年的春天,在商务印书馆召开的一次古典文学普及读本选题会上,我当场朗诵了这部遗稿中的一段文字，那是陶师用极其美丽的现代诗笔为一首梦窗词所作的今译，与会的学者们无一不表示叹服。

断臂的维纳斯，仍然是无比美丽的女神雕像，是永恒的艺术瑰宝。我坚信，这本《梦窗词选》也是如此。它的问世足以告慰陶师的在天之灵。

最后，我们不妨再读一首尼采的诗：

谁终将声震人间，必长久深自缄默；谁终将点燃闪电，必长久如云漂泊！

范子烨

2015年重阳节

《梦幻的窗口——梦窗词选》书后[1]

记不清陶尔夫是从什么时候开始关注吴梦窗的，但肯定不是读大学期间，也不是赴黑龙江任教前期（即1976年以前）。他第一篇解读梦窗词的论文《说梦窗词〈莺啼序〉》发表在《文学遗产》1982年第3期上，从这一时间推断，他开始潜心体会梦窗词，应该是上个世纪七十年代末。

陶说过，少小喜欢词与大多数爱好者一样，也是从喜欢李煜、二晏、柳永、欧阳修、苏轼、李清照、辛弃疾、姜夔开始的，他们足以让不同年龄不同性别不同学养不同遭际的人迷恋一生。中年以后，陶在《北宋词坛》与《南宋词史》之外，也曾饱蘸着心血先后写出研读晏殊、晏几道、李清照、辛弃疾、姜夔、吴文英的专题论文[2]，但大块大块的时间却投入到吴梦窗身上去了。是因为喜欢而研究，还是因

---

1 本文作者是此书作者的夫人，二人皆为黑龙江大学教授。
2 《晏几道梦词的理性思考》，《文学评论》1990年第2期；《"稼轩体"：高峰体验与词的高峰》，《文学评论》1993年第1期；《"易安体"：古代女性文学高峰及其成因》，《文学遗产》1994年第6期；《姜白石词：论音乐与歌词》，《文学评论》1995年第5期；《梦窗词：梦幻的窗口》，《文学遗产》1997年第1期；《珠玉词：诗意的生命之光》，《北京大学学报》1997年第6期。

研究而喜欢？说不准。情感与理性，有时并不那么同步。当年陶与我总是各忙各的，顾不上就吴梦窗这一存在作深入到精神隧道的交流。不过，有一点是毋庸置疑的，陶十分看重这位词人，看重他特别的艺术个性，看重那驱之不尽的朦胧，看重那朦胧对南宋词史、对词本体美学所作出的不自知的贡献。

之所以用"看重"这个词儿，是经过思索的。它比较理性，与赞叹、陶醉、钟爱等有所不同。陶后期的研究选题中，吴梦窗占的比重的确醒目：梦窗词笺注；梦窗词今译；梦窗词汇评；梦窗词解读。其成果形式是四种书。其中，第一项已完成，"笺注"的简本已被收入朱德才教授主编、杨燕教授任分卷主编的《增订注释全宋词》（文化艺术出版社，1997）；笺注单行本尚未修订出版。"汇评"也已近尾声。"今译"与"解读"则是进行态。1997年5月14日10时，陶在一个轻松和谐的会上突发心疾，骤然间带着满满的无尽的遗憾去了。

1992年，陶在他十分珍惜的杨铁夫《吴梦窗词笺释》[1]扉页上，写下韩愈《杂诗》中两句诗："岂殊蠹书虫，生死文字间。"这是谶语吗？陶实现了"生死文字间"的夙愿。他的死是尊严的。

但毕竟留下一堆半拉子工程。其中，增补改写《北宋词坛》为《北宋词史》，修订《南宋词史》，向为母校百年校庆献礼的《历代名家词传》奉交四种书稿，将论文自选集《说诗说稗》重校付梓等，在陶的忘年交杨庆辰、杨燕特别是诸葛忆兵鼎力援手下，一一如期完成。

---

[1] 陶尔夫研治吴梦窗词所依版本主要是：朱孝臧《彊村丛书》本《梦窗词集》及《梦窗词集补》；杨铁夫笺释、陈邦炎、张奇慧校点的《吴梦窗词笺释》；唐圭璋主编的《全宋词》等。

《梦幻的窗口——梦窗词选》书后

唯梦窗词的手稿与残稿一直没有触动,一搁置就是十六年之久。这十多年间,我以及我和陶的年轻朋友们,没有任何一个人走近吴梦窗,也没有向吴梦窗靠拢的迹象。我曾一一掂量过陶留下的半拉子作业:"今译",是万万做不了的,是我和陶的朋友望而却步的。"解读",可以做,但隔膜较多,我的热情和学养储备都不够用。唯"汇评"一项无障碍,有望胜任,在短期内愉快地把遗稿迅捷地进行到底。不料迟了一大步。在续写之初,浙江古籍出版社便推出了吴蓓笺校的《梦窗词汇校笺释集评》——一部精心制作的好书。它的出现,契合了陶的心志,续写"汇评"的工作暂告终止;然而,总觉得有愧于陶。

在不知如何弥补的日子里,范子烨君再次说起陶的遗著(含未完成残稿)如何整理问世的话题,并提供了两家资深望重的出版机构正在邀请专家论证相关选题的确凿信息。在子烨的热诚推荐与敦促下,我怀着歉疚,翻拣出陶的《梦窗词今译》未完成稿(子烨戏称为"断臂的维纳斯"),开始了时断时续的整理与校订。由于老眼昏花,又拒绝电脑的帮助,校订的过程,是在自家书房和校图书馆之间来回游走的过程。一项小小作业,拖延了近两年时光。完稿后,在责编启示下,并参照《南宋词史》及陶论梦窗的学术兴奋点,取名为《梦幻的窗口——梦窗词选》。

"词选"二字,只是姑妄用之,其实并不谨严。因为,书中的90多首词,不是"选"出来的,而是正在进行中的《梦窗词今译》的原本状态。打个蹩脚的比喻吧:90多首词,不是从装满珠子的盘子里挑拣出来的大而圆的成品;它是半截子精心编织中的绚丽华美的披风。陶的本意是将340多阕梦窗词全部译成白话诗,其工作顺序是依照原

梦幻的窗口——梦窗词选

词集的排列顺序,一阕又一阕逐一进行的。每阕之后,都由四个部分组成:笺注、译诗、说明、汇评(汇集前人对这阕词的评语,而不是对梦窗词的整体性评语)。谁能料到,此项工作进行到四分之一左右,陶匆匆撒手去了。今日付梓的91篇中的前82篇,正是《梦窗词集》的前82阕;只有后面的9篇,才具有严格意义上的"词选"性质,因为,它们是从相关陶著中移植过来的,而被选入被移植的主要原因是它们已经被陶译成了白话诗。有"译诗",才能具备每阕词之后的四个要素,没有"译诗",就不能进入这本"词选"了。

把密丽深曲的梦窗词译成浅近疏朗的白话诗,是陶的痴迷选择。一位学养深厚又长期从事文史古籍编辑工作的同窗挚友,曾斩钉截铁力劝他放弃这一又傻又笨的念头,他也清楚地记得几位令人尊敬的前贤的"古诗今译"事业所遭遇的质疑和冷落。可陶痴心不改,他固执地认定:今译,是别一种注释。有些语词和诗句,靠注释是难以落实的,聪明的办法是略而不注。可"译"诗,却是躲不过去的,总得正面应对。所以说,今译,是对注释的一种补充。即使不甚精当不甚准确的"译",也会产生抛砖引玉的积极效应。陶,就这么死心眼儿,循着原词集的顺序,一阕复一阕,挨排儿往下"译"去。

在翻拣这半截子手稿的时候,不止一次萌生出一连串带着妥协意味的"假如"。当年,假如陶多少听从一下挚友的劝阻,假如他闪现哪怕一星半点儿动摇,假如他把"全译"的初衷转换成"选译"的实践,那该有多好。那样的话,今日的《梦窗词选》(及其笺注、译诗、说明、汇评等等),就不是一段绚丽质实但毕竟尚未完工的华美珠披,而是一条细心筛出眩人眼目的特色珠链了。

说到译诗，有必要透露一下陶译梦窗词过程中不易察觉的苦，一种揉着快乐的郁闷。通常情况下，陶的研读体验，是不需要家人分享或分忧的。不过，再内敛的性情也有按捺不住的时候。这种偶然涌动的感慨，当是原词过于晦涩、译诗过于难产的时候才迸发的。比如他曾经半是抱怨半是自嘲地说：吴梦窗太麻烦人了。他的许多许多诗句，总是很难用简洁清俊的白话传达，总是得绕着绕着再绕着，才能贴近他的情绪和意境；他呕出一个句子，我得耗费三四个句子才能表述，我变成特别唠叨特别啰嗦的人了。但他又自信地强调：从专业的眼光看，这毕竟是"意译"，近乎极致的"意译"，迂回行进的"意译"。受"信达雅"中那个"信"字的感召，我不遗余力地向词的原生态靠拢。

看得出，陶被运思深窈的梦窗词诱入了译诗困境。纠结着，辛劳着，却又愉悦着，坚持着，毫不动摇。不过，对当今年轻读者来说，迂回行进的"意译"，是不是有点"隔"的感觉？陶在天有灵，是不是也会为此而忐忑？

感谢陶的学生胡元翎教授委派她的得意门生宋学达君，为《梦窗词选》书稿校订引文1200余处。谢谢责编厚艳芬女士，她在编审过程中的敬业精神与专业学养让我十分感佩。

感谢所有怀念着陶、关爱着我的好人！

刘敬圻

2014年冬